学海探骊

中国现代文学及琉球汉诗研究

黄裔 著

海峡出版发行集团
THE STRAITS PUBLISHING & DISTRIBUTING GROUP
海峡文艺出版社

图书在版编目(CIP)数据

学海探骊:中国现代文学与琉球汉诗研究/黄裔著. —福州:海峡文艺出版社,2015.2
ISBN 978-7-5550-0494-3

Ⅰ.学… Ⅱ.①黄… Ⅲ.①中国文学—现代文学—文学研究—文集②汉诗—诗歌研究—琉球—文集 Ⅳ.①I206.6—53②I313.072—53

中国版本图书馆 CIP 数据核字(2015)第 036419 号

学海探骊
——中国现代文学与琉球汉诗研究

黄 裔 著
责任编辑 任心宇
出版发行 海峡出版发行集团
海峡文艺出版社
经　　销 福建新华发行(集团)有限责任公司
社　　址 福州市东水路 76 号 14 层　　**邮编** 350001
发 行 部 0591—87536797
印　　刷 福州万达印刷有限公司　　**邮编** 350008
厂　　址 福州金山橘园洲工业园仓山园 19 号楼
开　　本 787 毫米×1092 毫米　1/16
字　　数 260 千字
印　　张 16
版　　次 2015 年 2 月第 1 版
印　　次 2015 年 2 月第 1 次印刷
书　　号 ISBN 978-7-5550-0494-3
定　　价 36.00 元

自　序

林海权教授为这本小书题写书名“学海探骊”，我想，其实我倒像老牛拖一辆破车，在陌生的旷野上问路前行。当年，跟我同命运者，见面就诉说：“我们是野草，自生自灭。”为什么？一不是什么梯队成员，二没有拿到科研项目，三没有机会出省进修深造。

我从事业余教育，享受不到脱产搞科研的优惠，只能在不出差一段时间、没有杂务时“见缝插针”，也就是抓住“业余之业余”间隙，搞点杂七杂八的小玩意儿，留存个人在求知路上的艰难轨迹。人们也许很难想象我搞出点东西经历途中之坎坷。

1979 年，福建现代文学研究会纪念五四运动 60 周年，我抛出《郁达夫小说：呼唤人性的复归》。另一篇《论郁达夫的自卑情结》，于《福建论坛》1989 年第 6 期刊出，论述郁达夫存在“五大自卑”，点到郁达夫自卑感的总体特征。从郁氏恋情小说归纳出 5 种“情节模式”，这也许是开启郁达夫小说的钥匙。此文经过修改，投给纽约、香港、台北合办的《九州学刊》，1992 年发表了。到 1994 年底，改革开放带来新的学术民主，《语文学刊》第 5 期发表《郁达夫小说：呼唤人性的复归》，还放在“文艺新论”栏中；《中国现代文学研究丛刊》作为“1994 年中国现代文学论文选目”进行推荐。《郁达夫与传统理欲观》从哲学史角度来考察郁达夫如何向传统理欲观发出挑战。

1990 年冰心研究会在福州成立。11 月 7 日，福建师大邀请中国现代文学馆馆长舒乙研究员作讲座，人们茅塞顿开，看到一个“新冰心”。我教现当代文学，平时爱读冰心散文，她作为《散文世界》刊物的顾问，在该刊“想到就写”专栏，发表许多针砭时弊的醒世文章，我都爱读。舒乙说，冰心读了《人民文学》载《神圣忧思录——中小学教育危境纪实》后，面对“文明的断裂”、“师道的陨落”导致教师职业“神圣”的消失，她老人家“泪如雨下”，作《我请求》，推荐这篇“忧思录”。冰心文章在《人民日报》一发表，神州大地，大中小学教师和一切有识之士都给冰心写信，冰心让人把两麻袋信件送交中国现代文学馆收藏。舒乙特别说到冰心为《滴血的童心——孩子心中的文革》一书作序之事。这本书的主编李辉、高立林，“文革”初还是十多岁的孩子，书中100个作者，当年都是中小学生，粉碎“四人帮”后都走上工作岗位，他们轻抚心灵伤痕，写下“伤痕文学”，对当年揪斗田汉、吴晗等，或卷入破“四旧”狂潮，深感痛疚。身为《北京晚报》编辑的李辉，请冰心为此书作序。有着十年惨痛经历的冰心，为了民族命运与国家前途，为了不再重演史无前例的悲剧，挥笔疾书，“1986年10月3日晨急就”此序。序中有几句话：“孩子是中国的希望和未来，只要他们把自己的‘难忘一事’永远铭记在心，英国思想家孟德斯鸠在一段话中所说的‘既无法律，又无规则，由单独一人按照一己的意志与反复无常的心情领导一切’的史无前例的怪事才不会重演!”此时全国坚冰早已解冻，彻底否定“文革”已成潮流，于是它在11月7日《北京晚报》上跟读者见面。1989年7月《滴血的童心——孩子心中的文革》一书也问世了。

舒乙的讲座，引来观众阵阵自发的热烈掌声，也使我心头久久不能平静，我决定要把冰心这篇《序》选为教材，无奈索遍《全国报刊索引》，如海底捞针，而教材又急于付梓，只得求助于舒乙先生和冰心老人。舒馆长在百忙中拨冗为我复印《序》并附一信。我大喜过望，付印同时致信深表感谢。

至于冰心老人，我刚发信就深感愧疚，特别是读了她的《施者比受者更有福》等文，获悉她股骨骨折后复信困难，我每每自责无端给老人增烦添乱。谁知翌年1月，竟收到主编李辉先生寄来的《滴血的童心——孩子心中的文革》一书，附信说是“遵冰心先生嘱”寄赠的。这本书只印5000

册、一年半前出版，估计主编是费了不少精神才弄到手的。手捧这本珍贵的书，我心潮起伏，思绪万千。对于一个素不相识的教师的请求，老人在养伤中却惦记在心，托人去办。她为我的教学与研究提供难得的史料，不仅体现老人对晚辈的厚爱与鼓励，更体现老人对故乡教育事业的关注，寄托老人对青年一代的厚望。我除了给老人家和主编致谢外，又将书中的序付印，并告诉学生们，把这种深情厚谊与扶掖关怀铭刻心中。冰心精神激励我去读她大量近作，写成《略论“新冰心体”的艺术风格》、《无意树旗帜却成为旗帜》、《冰心：文坛泰斗，情系教坛》、《冰心的一篇〈序〉》等文。

1991年，中国老舍研究会通知会员将召开“首届国际老舍学术讨论会”，我想涉足无人问津的老舍与郁达夫人品文品比较领域。可是，恰遇校图书馆大装修，停止借书一学期，馆长特批我借了些书，我越来越发现有很大空间的可比性，终于写出2.3万字长文与会。大会闭幕式上，执行主席、研究会副会长孙钧政教授给予好评：“黄裔先生比较两位人生历程、创作道路、艺术风格迥然不同的作家，论析了他俩‘根本的一致性’、‘惊人的相似性’、‘内在的相通性’和‘彼此的互补性’，得出独特的结论。”《中国现代文学研究丛刊》1993年第1期主编董炳月在《首届国际老舍学术讨论会综述》以300字篇幅介绍拙文。《文学评论》1992年第6期《首届国际老舍学术讨论会论点撮要》也点到拙文。吴小美教授在《中国现代文学研究丛刊》1995年第2期总结我国15年老舍研究的专文《开创“老舍世界”诠释与研究的新局面》，拙文也忝列“文学比较的优秀成果”之一。由于拙文篇幅太长，《福建师范大学学报》分两期刊发。《人品比较》一文，中国人民大学书报资料中心全文转载。《文品比较》一文，《中国现代文学研究丛刊》作为“1993年中国现代文学研究论文选目”推荐。

1996年12月召开纪念郁达夫诞辰100周年国际学术讨论会，因会议通知投递失误，我未能与会，乃将拙作《论“沉沦小说派”——为纪念郁达夫诞辰100周年而作》邮寄大会交流，针对评论界长期的低估与争议，另唱一调。大会从50多篇论文中遴选24篇出版，拙文有幸入选。之前，先刊发于《福建师范大学学报》，中国人民大学书报资料中心全文转载，《中国现代文学研究丛刊》收入1997年《中国现代文学研究论文索引》。

《〈战士与苍蝇〉考辨》针对评论界久悬未决的鲁迅矛头所向，考证出

“苍蝇”是指“研究系”梁启超，纠正了《鲁迅杂文辞典》陈源说，得到日本鲁迅研究专家丸尾常喜教授的认可与好评。《追本溯源：重探现代评论派》对许多文学史乖违史实、凭空论断，把现代评论派当成黑靶。我爬梳原始资料，考辨校订，公允评定其功过，被《中华读书报》摘引并好评。《巴金的〈激流三部曲〉》和《老舍的市民小说》是文学史教材的两个专章，主编评价：“从新的思维角度切入，很有创见。”

至于研究琉球汉诗，似乎有点机遇。1993年以来，王耀华、徐恭生两位教授轮番赴日本讲学。以王教授为首组织一个中琉文化研究所，拟编撰一本《中琉文化交流史》，开会分工由我写一章3万字的《文学交流》，他们提供了几本琉球汉诗集及“久米村家谱”等，都是无标点、无断句的木板雕刻本。可就这些资料，却也来之不易。由于琉球虽曾是明清属国，却无一兵一卒，故三度覆灭，文物丧失殆尽，至今各种资料尚处于钩沉之中。由日本上里贤一教授提供资料，徐恭生教授将它复印，不远万里，从冲绳带回。我原先就喜爱古典文学，凭借这些资料，加上自己到图书馆锐意穷搜，然后进行爬梳考订，对照各种版本，校勘考辨，去伪存真，前后两年，写成一章3万字，交给主编王教授。后因故未成书付梓，我只留提纲，没留底稿，堆积的也是些一鳞半爪的边角料。至1993年，有关方面通知我1994年下半年，将召开“第五届中琉历史关系国际学术研讨会”，让我提供一篇论文。由于3万字文稿无法找回，只好重打鼓，另开张，对琉球汉诗作个宏观扫描，写成《论中国诗歌对琉球汉诗的影响》（即本书的“初探”）。当时我从徐教授处借来前四届中琉历史关系国际学术会的论文集，对琉球研究了然于胸的徐教授明确地告诉我，琉球汉诗这领域没人涉足过，你是首开研究。这一点拨，给我平添了无限的动力，事实如此，《第三届中琉历史关系国际会议论文集》中台湾李猷先生的论文说，王家鸿教授著外交诗话“寻觅不得”程顺则《雪堂燕游草》诗集，台湾陈捷先教授从美国也只“觅得”其中十余首诗。（见拙作《琉球汉诗初探》）显然，台湾地区与美国对琉球汉诗的钩沉，比起琉球（冲绳）本土，是滞后许多。徐教授从日本带回的资料中，就有《雪堂燕游草》，我据此撰写《五探琉球汉诗——程顺则〈雪堂燕游草〉》。

琉诗研究的校勘考辨，颇费功夫。“五探”中蔡铎说程顺则“三至闽，两入都”，我据家谱考订为“五至闽，四入都”。再者，不同版本偶有改动：程诗《姑苏省墓二首》有“鹿走山前松径乱，猿啼碣上墓门秋”诗句，《皇清诗选》中将“猿啼”改为“乌啼”。笔者解读：“兽对兽”改为“兽对禽”，一则有所变化，二则“乌啼”比“猿啼”更凄切。又，刻工时有笔误，程诗《午门颁弊》，显然“弊”乃“幣”之误，因为清朝给琉球贡团赏品中有钱币。程诗《晚泊淮阴感赋》中“胯”误刻为“跨”。此不赘述。此外，《雪堂燕游草》之三附录陈世法《琉球考》，占 19 页之多，个人诗集“附录”别人文章，我评之曰“蛇足”。

“外行看热闹，内行看门道。”研究古诗的行家大有人在，我既未入“门”，更不期求得“道”，不敢班门弄斧。这点小玩意儿，若能给读者提供些微参考，也就感到莫大安慰。6 篇小文，写作时间跨度 19 年，问世形式也不一。初探、五探、六探，分别写于 1993、2002、2011 年，曾在国际会议上交流。二探、三探、四探，则都是发表于《语文学刊》，写作时间分别是 1994、1995、1996 年。我考虑到该刊读者不一定熟悉琉球汉诗是啥名目，且各篇之间都是隔一年发表，为此都交代几句背景，重复也就难免。

总的说来，只有初探、五探、六探，阐述了些极肤浅的看法，由于时间匆促，酝酿不深，加上限于水平，粗疏、偏颇甚至谬误，在所难免。而二、三、四探，多是统计数据，汇自诗集、家谱等资料。恳望专家学者不吝赐教，批评指正。

2014 年 8 月于康山里

目　录

琉球汉诗研究

中国现代文学研究

附录

琉球汉诗研究

初探琉球汉诗

——论中国诗歌移植的硕果

琉球汉诗，指琉球王国时代琉球诗人用古汉语创作的诗篇。它既是冲绳文学世界中的奇葩，又离不开中国古代诗艺的哺育滋养。它是琉球王国与明、清两朝文学交流的结晶。

日本琉球群岛，古为琉球国，亦称中山国。明、清两代，中琉交往密切。琉球察度二十三年、明洪武五年（1372），明太祖派杨载与琉球建立册封进贡关系，琉球开始大量吸收中国文化。由于中朝册封使团带动，琉球官员文士吟作汉诗，盛极一时。察度四十三年、洪武二十五年（1392），明太祖令闽36姓200余人移居琉球（后又多次移居），专助教化，也传播汉诗。同年起，至尚泰三十二年、光绪五年（1879），琉球被“处分”止，琉球陆续派遣“官生”（留学生）、“勤学”（自费生）来华学习，更重视习作汉诗，于是汉诗之花绽蕾吐艳，蔚为奇观。本文试就琉球汉诗的作家作品概貌、内容与形式、中国诗歌移植的特点和琉球汉诗兴盛的原因，进行宏观扫描。

一

明、清两代（察度二十三年至尚泰三十二年，即1372年至1879年），琉球诗坛上的诗作者究竟多少，琉球汉诗总量究竟几许，至今尚难准确统计。主要是因为资料尚处于不断钩沉之中。明朝琉球汉诗至今不见一首，世上现存的都是清代琉球汉诗。

如所周知，在历史上，琉球王国历经三度覆亡。第一次是尚宁二十一年

(1609)，萨摩军入侵，尚宁王与百官贵胄被虏，随即签署降书。第二次是尚泰三十二年（1879），明治政府宣布“处分琉球”，琉球王国遂不复存在。第三次是昭和二十年（1945），琉球被战火毁为废墟，文物典籍荡然无存，冲绳归美国管辖。至今，日本、美国、台湾、香港等国家和地区，都在钩沉琉球汉诗资料。《第三届中琉历史关系国际学术会议论文集》中台湾李献先生论文说，王家鸿教授著外交诗话“寻觅不得”程顺则《雪堂燕游草》诗集，陈捷先教授从美国也只觅得其中十余首诗。对于琉球大诗人程顺则的主要诗集尚且如此，一般诗作者零星诗作散失，更不待言。又如蔡大鼎在琉球刊行的早期诗作《漏刻楼集》孤本藏冲绳博物馆，但1945年竟焚于战火。笔者就多年锐意穷搜之所得，试将琉球汉诗作者按成长途径分三个系列。

（一）“官生”诗人系列：琉球国自察度四十三年（1392）至尚泰二十一年（1868），前后476年，其间除中断219年外，共派遣97名“官生”到明、清国子监读书习礼。他们在赴华留学前，先学会话和习练汉诗，入监后写汉诗是一门主课。据现存资料，已觅得下列汉诗：蔡文溥《四本堂诗文集》；毛世辉《毛世辉诗集》；东国兴、向克秀、阮宣诏、郑学楷合集《琉球诗课》（教习孙衣言辑评）；东国兴《东国兴诗稿》；林世功、林世忠合集《琉球诗课》（教习徐幹辑评，下同）与《琉球诗录》等。至于梁成楫、阮维新、蔡世昌、马执宏，虽未钩沉到其个人诗集，但都留下零星篇什。

（二）“勤学”诗人系列：这些来闽读书习礼的唐荣自费留学生，均在福州柔远驿延师受业，由于学习的时间与方法都灵活，成效也快，“从发展社会生产力和繁荣文化艺术角度来考察，他们所做的贡献比官生来得大”①。汉诗写作收获也不例外，诗集有：程顺则《雪堂燕游草》、《雪堂杂组》；蔡温《澹园诗文集》、《澹园全集》、《蔡温选集》与《蔡温全集》；蔡温之父蔡铎《观光堂游草》；曾益《执圭堂诗草》；周新命《翠云楼诗笺》；蔡肇功《寒窗纪事》等。

（三）官员、学者及其他诗人系列：这是崛起于琉球国内的诗人。蔡大鼎是突出的代表，有《漏刻楼集》、《闽山游草》、《续闽山游草》、《北燕游草》与《北上杂记》；杨文凤《四知堂诗稿》，并辑《中国册封使及从客与琉球诗人唱和诗》；尚元鲁、郑元伟、魏学贤《东游草》；毛有庆《竹阴诗稿》；程顺则早夭儿子程抟万《焚余稿》。

尚贞三十七年、康熙四十四年（1705）刊行的30卷本《皇清诗选》，收录琉球、朝鲜、安南诸国汉诗。琉球入选25位诗作者70首诗，朝鲜8首、安南4首。琉球汉诗，被选入诗歌国度、泱泱大国天朝诗选，当然值得自豪。其实，25位诗作者还只是琉球庞大诗人群中的一小部分。诗选中琉球诗作者除属第一、二系列者外，还有朝官与王族毛泰永、王明佐、蔡应瑞、向龙翼、郑明良、梁邦基、梁津、尚弘毅、尚纯、杨有秾、吴彬、毛文哲、陈其湘、毛国珍、毛允丽、吴世俊、郑宗德、杨茂、杨天佑等19名。

琉球国唯一的诗文总集《中山诗文集》（尚敬十三年即1725年刊行）里诗作者为数更多，除列名第一、二系列及入选《皇清诗选》者外，还有翁白仪、毛自义、夏德宣、章受祐、郑宗善、梁邦翰、郑永安、陈初源、孙自昌、文克继、毛知传、郑弘良、金元远、蔡灼、梁镛、金溥、郑永功、阮超敦、郑孝思、梁学弘、魏学源、蔡如茂等22名。

必须指出，许多诗作者，都算琉球人，其作品都是琉球汉诗。第一系列中，毛世辉、马执宏为琉球王子弟，首里人②，向克秀、东国兴为琉球国陪臣子弟，首里人③，其余9人为久米村华裔④。第二系列中，程顺则为琉球人血统，过继给久米村华裔。第三系列中，尚弘毅为中山王弟，尚纯为中山王世子，都是纯琉球血统。琉球人能有诗集传世，实难能可贵，这是真正意义的琉球汉诗。

至于久米村华裔诗人，也应具体分析。第一系列中，蔡世昌（1737～1798），系闽36姓南安县移民蔡崇之第13世孙；阮宣诏（1811～1885），系久米村阮氏9世。第二系列中，曾益（1645～1705），为久米村曾氏6世；父子诗人蔡铎（1644～1724）、蔡温（1682～1761），是琉球血统。史学家、诗人蔡铎，首里人后代，9岁过继给蔡崇9世孙蔡锦为子。政治家、诗人蔡温，则为久米村蔡姓11世。周新命（1666～1716），其祖父为琉球血统，过继给久米村人，补入唐荣，王赐周姓。第三系列中，郑弘良（1645～?）系闽36姓长乐县移民郑义才12世孙。总之，这些诗人为琉球血统者自不待言，为华裔移居琉球400～500年、繁衍9～13世者，也早已与琉球人同化，他们的汉诗，也能代表琉球。

经查明，《中山诗文集》中诗作者，好些不在《皇清诗选》25人之列。更何况还有几位重要诗人及后起之秀（如蔡大鼎、林世功），未及选入《中山诗文集》。他们在琉球与中国诗坛，为读者熟知，足见琉球汉诗作者之多。

以下就3个系列各选介一位诗人。

（一）程顺则（1663～1734），字宠文。1683年出使福州，师从朱子学家陈元辅学习4年。1689年，又滞榕从陈元辅研习朱子学与汉诗3年。他为孔孟思想及中国文化传播琉球，为推动琉球汉诗创作与汉学研究，为中琉政治、经济、文化交流及两国人民友谊，做出巨大贡献，时人誉为“名护圣人”，台湾琉球学家杨仲揆誉之为“孔孟思想的伟大传人”。程顺则也是伊波普猷等著《琉球之五伟人》中论列人物之一。程的汉诗，在琉球文学史上占极重要地位；在清国诗坛，也是周边国汉诗人中最有影响的一位。《皇清诗选》录琉球25位诗人70首汉诗，程顺则入选21首。《中山诗文集》里1/3为程顺则诗文。近年出版的《琉球汉诗选》⑤，只选8家，程顺则诗占1/4强。程顺则现存诗118首，擅七绝七律，“咏物之工，颂扬之美，兼而有之”，“以真性情，为真文章，追太史工部风”⑥。程顺则5次来福州，4次上北京，纪行览胜、即景咏物诗，占44.6%；在外交、学术活动中，诚挚结交清国学士，赠酬答对诗占21%。

（二）林世功（1841～1880），字子叙。1868年至国子监就读，善赋诗。1874年学成归国，任国学大师。1875年日本令琉球与清断绝关系，次年琉球密遣林世功等偷渡福建，呈文要求维持现状。1879年日本废藩置县，林世功、蔡大鼎等径奔北京，长跪乞师求援，无效。1880年缔结琉球分割条约，林以自刃抗议，留下绝命诗与遗禀。诗其一：“古来忠孝几人全，忧国思家已五年。一死犹期存社稷，高堂端赖弟兄贤。”其二：“廿年定省半违规，自认乾坤一罪人，老泪忆儿双白发，又闻噩耗更伤神。”

《琉球诗课》是国子监“官生”习作的丰碑，时人公认为上品。全卷53首，均五言八韵排律，以“妥帖详雅”见长，“有中朝馆阁气象”⑦，为试帖诗样板。课余诗作《琉球诗录》，可谓琉诗精品。它比“诗课”更有自由驰骋的天地，创作个性更得以发挥。全卷91首，古近体兼有，古体（五言、七言、杂言、入律古风）11首；近体80首（五律39首，七律、五绝、七绝、五排共41首）。古体比重虽小，但已显示其创作古体的潜在才能。这在琉球诗人中实属罕见。即景咏物与纪行览胜诗占全卷1/3。林世功现存诗147首，擅五律五排，情真意切，熔铸词采，不见痕迹。

（三）蔡大鼎（1823～?），字汝霖，久米村华裔。天资颖敏，学力过人。25岁，印行早期诗作《漏刻楼集》。1860年，官拜进贡存留通事，出使中朝，在榕滞留，赋诗结集为《闽山游草》。1867年再随谢恩使团来华驻闽，又有

《续闽山游草》付梓。1872年，任进贡都通事入京，途次吟作结集《北燕游草》。

1875年，明治政府严令琉球与清朝断绝关系，次年，蔡大鼎等受密遣来华，请福建巡抚转呈朝廷。1879年，日本实行“琉球处分”，蔡大鼎等求援心切，化装径奔北京。林世功殉国前，将呈递总署禀词与绝命诗交给他。他在《北上杂记》中描叙他们的请愿活动，燃烧着满腔悲愤之情。

蔡大鼎创作量超过任何一位琉球诗人。仅《闽山游草》、《续闽山游草》就有340首，几乎等于程顺则一生诗作的3倍。蔡大鼎倾注深情，大笔纵横为闽山立传。纪行览胜与即景咏物诗占两集25.4%。他特别多愁善感，正续集里怀乡思亲、念友恋人诗占29.5%。与闽中诗人往来唱和诗占20.87%。他长于七绝，正续集里七绝占64.4%。其诗善写羁旅之情，“琢句工稳，秀骨天成，清新俊逸”⑧。蔡大鼎诗作，可谓琉球汉诗之绝响。赵翼诗云“国家不幸诗家幸，赋到沧桑句便工”，对于蔡大鼎来说，已是“赋到沧桑句亦工”，只是“国家诗家两不幸”。琉球国寿命与蔡大鼎创作生命相继告终，真是琉球文学的莫大损失！

二

琉球汉诗内容丰富多彩。抽样分析8种个人诗集，大致有如下几项内容：纪行览胜、即景咏物、感时述怀、怀乡思亲、念友恋人、送行留别、赠酬答对、赞中琉友谊、歌功颂德、悼亡怀古、求神降福、拟古、论政、题画等。各种诗集内容各有侧重。见下表：

<table>
<tr><th>诗集
占诗集比例（%）
题材</th><th>闽山游草</th><th>续闽山游草</th><th>雪堂燕游草（附6首）</th><th>雪堂杂组</th><th>琉球诗录（卷一）</th><th>翠云楼诗笺</th><th>观光堂游草</th><th>执圭堂诗草</th></tr>
<tr><td>纪行览胜</td><td colspan="2">24.8</td><td colspan="2" rowspan="2">44.6</td><td rowspan="2">32.9</td><td rowspan="2">25</td><td rowspan="2">75</td><td>78</td></tr>
<tr><td>即景咏物</td><td></td><td></td><td></td></tr>
<tr><td>感时述怀</td><td>8.2</td><td></td><td>2.3</td><td></td><td>15.3</td><td>18.7</td><td>3.5</td><td>7.1</td></tr>
<tr><td>酬赠答对</td><td colspan="2" rowspan="2">26</td><td colspan="2" rowspan="2">29</td><td rowspan="2">12</td><td rowspan="2">18</td><td></td><td></td></tr>
<tr><td>颂中琉友谊</td><td>10.7</td><td>7.1</td></tr>
<tr><td>怀乡思亲</td><td colspan="2" rowspan="2">29.5</td><td colspan="2"></td><td rowspan="2">15.3</td><td>6.2</td><td>3.5</td><td></td></tr>
<tr><td>念友恋人</td><td colspan="2"></td><td>21.8</td><td></td><td></td></tr>
<tr><td>送行留别</td><td>2.1</td><td></td><td colspan="2">6.2</td><td>2.1</td><td>6.2</td><td></td><td></td></tr>
<tr><td>悼亡怀古</td><td colspan="2">3.2</td><td>14.2</td><td></td><td>12</td><td>3.1</td><td></td><td>7.1</td></tr>
<tr><td>歌功颂德</td><td>1.1</td><td></td><td>7.1</td><td></td><td></td><td></td><td>14.2</td><td></td></tr>
<tr><td>求神降福</td><td>5.6</td><td></td><td></td><td></td><td>2.1</td><td></td><td></td><td></td></tr>
<tr><td>题画、论政</td><td colspan="2">论政 1.2</td><td></td><td></td><td>题画 1</td><td></td><td></td><td></td></tr>
<tr><td>拟古</td><td></td><td></td><td></td><td></td><td>4.3</td><td></td><td></td><td></td></tr>
</table>

以上分项，只是相对而言，其间跨类交叉，在所难免。以下择要阐析。

（一）纪行览胜，即景咏物。在琉球汉诗中，此类题材最多，最为灿烂夺目。《琉球汉诗选》中此类占60.4%。从首里经福州到北京，迢迢数十万里，既有海上险风恶浪、海盗抢掠的威胁，也有球阳、八闽九州名胜古迹、明媚风光，可供欣赏。这为他们的创作提供丰富而难得的题材。琉球使臣、“官生”从首里往北京进贡、就学，须途经庆良间岛、姑米岛、八重山，到中国定海（或梅花）、福州、剑津、浦城、江山、杭州、苏州、京口、扬州、淮阴、泰安、天津等。古代交通极为不便，辗转迂回，跋涉万分艰苦，且不说大海风浪险恶无情，就是闽江也滩多水急，时见舟覆人亡惨状。程顺则《黯淡滩》摹写了过险滩时的心情。使臣、“官生”们沿途登临名楼、古刹、宝塔、园林，都留下足迹与诗篇。东苑八景、同乐园八景、许田湖、恩纳岳、戏马台等，代表琉球岛国风光；鼓山、乌塔、仙霞岭、苏堤、岳王坟、灵隐寺、虎丘、寒山寺、枫桥、露筋祠、卢沟桥……闽海神州的名胜，更是目不暇接，美不胜收。曾益的《游灵隐寺》，慧眼独识，旧题材翻出新意，人间沧桑兴废，变幻无常，唯有佛禅能葆其永恒的生命力："我爱西湖灵隐寺，寺门斜傍薜萝开。蒲团竟日谈兴废，花径由人数往来。草色遥连骑马路，涛声长绕讲经台。幸留一片袈裟地，不共沧桑化劫灰。"（点系《皇清诗选》所加，下同）⑨。孙思九赞程顺则的《晚泊露筋祠》："历观此题诸诗，当以此为第一。"林世功的《露筋祠》当时虽未及选入《皇清诗选》，却独具风格："贞心终不改，赢得露筋名，俎豆千秋重，声名万古清。停桡行客谒，破屋晓鸦鸣。一片高邮月，多情夜自明。"诗人高度赞佩女神之贞烈。联系诗人日后的殉国壮举，也可以说是托贞女以自况。作者不重在对眼前"境"的描绘，而重在"意"对"境"在纵深上的突破与超越。透过将现实时空开拓为既广且深的心理时空，给读者以深层次的心灵魅力。

琉球汉诗各种选本中咏物佳作甚多。《皇清诗选》中毛泰永《咏松祝汪太公寿》诗曰："植体宜千仞，垂阴动百寻。李膺真烈烈，和峤自森森。桃李何堪较，雪霜安得侵。万年身不老，种子又成林。"诗人刻画松的傲骨，赞颂其顽强的生命力，傲干奇枝斗霜雪，不图一时艳丽，追求持久的生命价值。孙思九评它"取材自古，寄托殊深"，切中肯綮。

（二）怀乡思亲，念友恋人。乡愁是一曲古老不衰的歌。琉球小农经济孕育人们对土地的依恋感，封建宗法制度的统治与封建伦理观的熏染，更强化了人们对族亲的依附，对父母的孝爱。因此琉球诗人一旦离乡背井，浪迹天涯，宦游异邦，求学中朝，乡愁便自然成为他们诗作共同的重大主题。他们写愁，凭借的景色物象各异，或见花生愁（程顺则《仙霞岭观梅》），或望月生愁〔周新命《坐月》（疑为"望月"之误——笔者）〕，或逢节生愁（曾益《清湖除夕》），或送行断肠（周新命《送郑克理归中山》），或病中思归（蔡文溥《春日病窗书怀》），或闻笛怀乡（程顺则《广陵月夜闻笛》），或淫雨思乡（蔡肇功《雨中思归》）。蔡大鼎诗作中随处见愁，且不说逢节、来鸿、闻雁、梦醒等触媒能引起怀乡思亲，即便独酌、宴饮、登临、望江、唱和，都足以牵动他的乡愁，甚至咏物、谢赠、候风等，也都极自然地勾起乡愁。他的《舍馆杂诗十首》、《旅馆杂咏六首》，都是用组诗形式集中地抒写乡愁。诗人让"松籁"、"寒鸦"、"黄昏"、"夜雨"、"排字雁"、"浮云"、"猿声"、"圆月”、“双燕”、“孤灯”、“捣衣”等构成一个意象群，多角度、多层次地予以展现，汇成一支多声部的乡愁大联唱，从心底激起读者共鸣。再举两首表现技巧同中见异的乡愁诗。林世功《江上》写道：“无端江上水，日夜去悠悠。欲寄相思泪，不知何处流。”蔡大鼎《万寿桥书怀》诗曰：“不识桥东水，曾流到仲山。低头添别泪，何日故乡还。”两诗构思的共同点是，从江河终须入海，想到托江水把“相思泪”带回中山，但念及它去向渺茫，则“添别泪”，终于悬而不决。这两首诗，不仅都是词意联属，句句相承，即具有形象的圆整性，而且构思有异曲同工之妙：它符合事理，具有圆通的理；布局上首尾圆合，具有圆转的形；遣词贴切、形象、生动、新鲜，具有圆活的语。这三“圆”，使得诗通体皆圆，真可谓珠圆玉润。但两诗人思路走向不同，诗句自然相去甚远。蔡大鼎怀念亲人的诗颇多，他未出国门就写下8首献给严父大人。《续闽山游草》第一首就是《临别忆先严大人》，还有一首《正月十六日望谒先严大人》，够得上孝亲了。哪怕是《寄示长子》，也是“躬行孝悌思贤哲，勉读诗书答圣明”。还有一首拈用乐府诗杂曲题名的五言古风闺思诗《自君之出矣》，本是男人思妇，诗人却转为少妇思郎，有意改变抒写角度，既出人意想，又合情合理。这种别致新颖的构思，反映了夫妻相互思念的真情，使诗意更深入一层。中国古代名士风流也影响蔡大鼎。他们恃才放达，不拘小节，放浪形骸。蔡自山陬海澨来到闽都，乡愁撩人，偶至秦楼楚馆，以慰“征夫伤情”，其5首寻花问柳之作，可窥见杜牧、李商隐、柳永、秦观的流风余韵：或抒发惜别情人之隐衷，或回味欢会之甜美，或状写梦聚破灭之怅惘，情深意长，表达羁旅天涯的孤寂，宦游异域的厌倦。

（三）赠酬答对，赞中琉友谊。这类诗，是琉球诗人之间或琉球诗人与中朝诗人之间的赠酬答对。不论是和诗、依韵，还是用韵、依韵，都唱出富有历史意义的中琉友谊最强音。《中国册封使及从客与琉球诗人唱和诗》，是中琉诗人唱和诗总集。《中山诗文集》收琉球王族朝臣28位诗作者赋诗37首，盛赞中琉友谊。还收清国诗作者《雪堂赠言》诗28首，康熙朝册封使徐葆光《赠言》10首。编者让他们的歌咏汇入琉球诗人的中琉友好大合唱，意义深长。

“官生”、“勤学”在国子监、福州留学，虚心求教，在教习等悉心教导下，收效显著。林世功《学成将归留别馆中助教文式周博士通溥泉徐伯英诸先生兼呈徐小勿夫子》，表达衷心感谢师长辛勤教诲，与依依惜别之情。琉球诗人在华期间，利用同中国诗人学者频繁交往机会，拜师交友，以程门立雪精神，学习切磋，异常虚心诚恳。琉球诗人中，与中朝诗人赠酬答对诗作最多者，首推蔡大鼎。他居官柔远驿，与闽中学士时相过从，论世谈诗，相互赠答，仅《闽山游草》正续编，此类诗就有 69 首，其中与郑虞臣唱和 28 首。蔡与郑过从甚密，谊兼师友，情逾骨肉。蔡思家心切，郑常给予抚慰。蔡得家书，郑特赋诗祝贺。由于郑温暖他游子之心，他体味到闽中“山水萦纡胜故园”。蔡大鼎《和答郑省三先生送别韵》（之三）是感人诗篇：“从此迢迢隔海天，东南山水别愁牵。驿楼依旧羁人返，月镜来宵独自圆。”面对郑省三为他归国送行，前两句直接抒发主观感情，造成惜别、远念、迷惘的浓重氛围；第三句强调空间环境不变，时间与人事全变，心理时间短，物理时间长，发生错位。末句急转，奇峰突起，境界顿开，让圆月来弥补别离遗憾，安慰送别者：纵然天各一方，海天却隔不断深情厚谊。这句以高远的精神境界超越前三句之有限性。程顺则、蔡铎、曾益、周新命、林世功等，也都以各自歌喉唱出中琉友谊之歌。

1699 年，林玉岩序《雪堂燕游草》，从昔日采风异邦，联想到他赴琉时久米村华裔程顺则等以诗就正于他，后高度评价《雪堂燕游草》，预言将来一旦有采风异邦，必首登程子之诗。果然，6 年后刊行孙思九辑评的《皇清诗选》，大量辑录程顺则诗。程顺则作《喜宪副林玉岩先生惠序燕游草赋谢》，后两联曰：“采风远及扶桑国，校士全收贵筑篇。小草得邀元晏笔，笺头香气夜生烟。”闽 36 姓渡海在久米村乃至球阳生根开花，华夏的桑梓文化也在久米村乃至球阳生根开花。园丁林玉岩在琉球浇灌汉诗这棵奇葩，从某种意义上说，林玉岩为弘扬桑梓文化做出了贡献，林玉岩与程顺则文字之交，可说是文坛佳话。正是有赖于许多园丁的辛勤培植，琉球汉诗才繁花似锦，争妍斗艳。

感时述怀、悼亡怀古、送行留别的诗作，也占较大比重，限于篇幅，待另文探索。这里略谈歌功颂德与求神降福诗。

琉球被明清王朝誉为“守礼之邦”，国人以此自豪。琉球极重礼仪，“冬至、元旦，国王皮弁执圭，先拜岁德，乃北向遥贺皇上万万岁，三跪九叩。礼毕，始登殿受百官贺。”[10] 忠君孝亲，对中朝皇帝和琉球王的歌功颂德，在琉球汉诗中占重要地位。按琉球惯例，每年元旦，全民都应给国王拜年。即使奉命出使，途中也应行此礼节，有蔡大鼎诗为证：《舟中元旦朝贺》、《客中元旦望拜国主》，“喜向中山展拜长”，并感受到“瑞气自呈船左右，天颜咫尺沐恩光”。即使在驿馆，同样是“衣冠遥拜五云东”。

《琉球诗课》按试帖诗规定，内容必须直接间接地对皇帝歌功颂德。蔡铎《观光堂游草》中歌功颂德诗占14.2%，《候朝》、《赐宴恭纪》收入《皇清诗选》，且评价甚高，前者被誉为“盛世气象，故自不凡。诗亦雄丽，不减岑王诸作”，后者有“是宴是诗，俱绝千古”赞语。

关于求神降福。琉球是多神信仰国家，它受中国道教的影响，对鬼神的迷信，比中国甚至有过之无不及。琉球有天神、海神、太阳神、水神、雷神、祖宗神、灶神、门神、屋敷神、田神、船神、铁匠神、猪栏神、鸡笼神等等，似乎无物不有，无所不在。这当然也和古代科学文化落后有关。琉球汉诗中，求神降福题材不少，仅《闽山游草》就有16首。蔡大鼎在球阳、福州，常进庙宇求神保佑；腊月二十四、正月初四，他都赋诗送迎圣母上天、下天。最典型的是，在危急关头就求助于神。“一经姑米风波险，舟子相惊祷告频。幸赖灵神时有应，风平浪息渡前津。”（《海上口占》）其实岂止是舟子相惊祷告，从后两句看，恐怕作者也禁不住祷告呢。

三

中国诗歌移植琉球，有如下特点：

（一）时间阈限分明。琉球汉诗这朵奇花开放的起迄时限十分明确，即以明朝与琉球国建交为起点，以琉球国消亡为终点。从洪武五年、察度二十三年（1372）明太祖册封琉球中山王起，至光绪五年、尚泰三十二年（1879），日本明治政府宣布“废藩置县”，琉球国被日本吞灭并成为其国中的一个县；随着王国成为历史陈迹，琉球汉诗创作也戛然而止，详见上述。而在此之前，至今未见有琉球汉诗；在此之后，琉球（冲绳）纵有人再作汉诗，也已属日本汉诗范畴了。

（二）全方位辐射。中国古代诗歌对琉球汉诗创作的影响，是全方位辐射的。从诗体、诗律到诗品，从语音、文字、词汇，到题材、主题，从意境追求、想象定势、审美心理结构，到艺术构思方法，全盘影响了琉球汉诗创作。关于琉球汉诗的体式和格律。其体式，大量是近体（绝句、律诗、长律），也有少量古体（五古、七古、杂言、骚体、柏梁体）。其格律，字数、句数、押韵、平仄、对仗等，均符合要求。论艺术成就，某些诗作与明、清一般诗作并列，也未必逊色。《皇清诗选》中的琉球汉诗、《琉球诗课》、《琉球诗录》，有好些诗整首被辑评者加上朱圈密点。孙思九赞曰“结构谨严，通篇老成”，“三四寄怀自远，五六属对甚工”。徐幹也有类似好评：“格律谨严”，“格律浑成”，“情致缠绵，格律严谨”，“工雅”，“格局老到”，“游刃有余”等等。辑评者均按传统的意境追求、想象定势、审美情趣等，对诗作进行衡量、品评。他们习用古代诗学鉴赏规范“韵”、“味”、“骨”、“气”、“神”等来评论。《沧浪诗话》、《随园诗话》等理论批评，对琉球汉诗创作及理论发展，起积极作用。蔡温、曾益个别诗句偶有出韵现象，情有可原，也真实地表明异国诗人掌握汉诗格律难度之大。

（三）连根移植。汉诗移植琉球，完全不同于剧种的移植，它是从意识深层世界观上进行移植，以统治中国思想领域的哲学观、伦理观、道德观，来深刻地改造琉球社会。几世纪前琉球有识之士就开始研究汉学，就是连根接受移植的表现。特别是明、清与琉球建立册封、进贡关系，不是以经济掠夺为目的，而是为维护其天朝之威严，并传播儒家学说，因而琉球方面乐于接受，乃至于后来日本明治政府严令其与中国断绝关系时，琉球还决定即使承诺一切条件，也不能断绝与中国之关系。“恩德情义，昊天罔极，何可背负，竟绝朝贡……父子之道既绝，累世之恩既忘，何以为人？何以为国？”[11] 在漫长的封建时代，儒家思想的穿透力与弥漫性，超过其他思想因素。“礼”为儒教核心，此外，忠、孝、节、义、仁，以及修身、齐家、治国、平天下等观念，全都融入琉球诗人的血液。翁兆连序《闽山游草》说：“学不外于修齐平治，道具在于四子五经，苟通文之士，以躬行之实，求道学之真，安见球阳之地，非濂洛关闽耶？”林世功正是站在孔孟学说的思想制高点上，背负无力回天的十字架，跌撞冲向生命终点，杀身成仁，舍生取义。这至忠的壮举，是忠孝节义文化氛围中的产物。

（四）相互促进作用。琉球汉诗创作，不仅繁荣了中琉两国的文学创作，对双方社会的外交、文化等发展，都起促进作用。琉球文学，从古代文学到近代文学，从咒祷文学、叙事文学、抒情文学到剧文学，都或多或少地从中国古典文学，特别是古典诗歌中吸收养分。选入《皇清诗选》的琉球和其他周边国的诸多汉诗，由于诗集在国内外广为传播，自然也繁荣和促进了清诗创作。

四

琉球汉诗的繁荣，绝不是偶然的。

语言文字是文学的载体。琉球语言文字，明显地受到汉语言文字的影响。徐葆光在《中山传信录》中曾论及汉字影响琉球，琉球字母与中国切音字母的血缘关系。明、清两代，琉球政府公文，寺庙、公祠、学校的碑铭，以及保留至今的历史文献、诗文，都使用汉字。汉语言在琉球社会流行甚广，闽人36姓早已扩散到琉球群岛，琉球方言中至今还保留许多福建方言词。1796年刊行的《唐歌唐跃集》，不仅用汉字写成，有好多诗句夹杂着福州方言。总之，琉球在语言文字上与中国的血缘关系，是琉球汉诗产生与繁荣的基础。

（一）濒海岛国形成其开拓奋斗意识，贫弱小国孕育其对毗邻大国的依附心理，而中国灿烂文化对他们尤具魅力。有人把人类分为大陆民族与海洋民族。梁启超说："海也者，能发人进取之雄心者也。"琉球算是海洋民族。海洋民族之文化心理较外向，文化系统处于一种动态和开放的状况。但是，漫长的近于凝滞的自然经济形态，又孵育出近于凝滞的文化心理形态。琉球受中国影响，其文化也是伦理政治化的文化；家族制度是琉球封建统治的核心。中国是诗的国度。唐代定型的近体诗，产生于封建秩序与道德规范、审美观念逐渐恢复正常的基础之上，适应于不尚变革的社会。这一切正符合琉球的国情。唐代近体诗是中国诗的一座高峰，并成为后世楷模，也是中国文化宝库的珍品。琉球人也最喜欢读写格律严谨的近体诗，于是以近体诗为主的琉球汉诗，便呈现日益繁荣的景观。

（二）"官生"、"勤学"为中国诗歌移植琉球的中坚力量。唐帝国采用科举取士制度，而进士考试则以诗赋为主要内容。为适应考试需要，让应试者习作"试帖诗"，大都为五言六韵或八韵的排律，以古诗句或成语为题，限定韵脚。至清代，试帖诗格式限制更严，内容不离为皇帝歌功颂德，并须切题。当时琉球知识界虽也风行试律，可多为"四韵"，不作"八韵"。国子监以清朝殿廷考试的标准，对"官生"进行规范化训练。从1841年阮宣诏等入监就读起，一律学作"八韵"。由教习徐幹辑评的《琉球诗课》林世功、林世忠诗作，在琉球汉诗发展史上，起了开风气、导潮流作用。他们经受极严格的正规训练，加上刻苦攻习，做到格律达标，技巧圆熟，用典亦见功力。

（三）琉球王倡导，36 姓与册封使团带动。琉球起先未采用科举取士制度，后来仿效中国做法，一时间以诗赋取士成为大势所趋的风尚。久米村取士，也以《四书》、赋诗为考试内容。学校每月一考，或四书，或赋诗，勤奋好学而诗文佳者，升为学长，以次入仕籍⑫。在以诗赋取士形势下，琉球王倡导并带动写汉文汉诗，于是形成全国读写汉诗的浓厚风气。使臣能即席赋诗自不待言，就是一般官员、百姓，也以能赋汉诗为荣。1684 年，册封使林玉岩羁琉，适母 90 大寿，琉球君臣获悉，唱和为寿者百余人，尚贞王为长文寿序，王族、朝官赋诗，均雅丽堂皇，可诵可传，极一时之盛。诗文收《中山诗文集》。以上为纯琉球人。至于久米村华裔能诗善文者，更是汉诗创作的中坚力量。上述三个系列诗人中，好些是久米村华裔，笔者以为，程顺则、蔡大鼎、林世功是杰出代表。

奉派至琉的册封使与从客，能诗者不少。特别是康熙以后，多由翰林院学养有素的儒臣充任册封使，这就强化了“礼乐教化”的力量。明、清两代，册封使团诗人多有诗集传世，汪楫、林玉岩有《中山竹枝词》，徐葆光有《奉使琉球诗》，王文治有《海天游草》，赵文楷有《槎上存稿》、《石柏山房诗补》，李鼎元有《师竹斋诗集》，赵文楷、李鼎元诗还见诸《中国册封使及从客与琉球诗人唱和诗》集，林鸿年有《册封琉球赋》等。使团在琉球因须候风方得开洋，一般都逗留数月，这就为中琉诗人提供了吟诗交流的良机。儒臣滞琉期间，赋吟颇多，播下诗文种子，浇灌汉诗花圃。由于使团的带动激发，每次册封活动，琉球全国都掀起汉诗创作高潮。

注释：

①徐恭生：《琉球国在华留学生》，《福建师范大学学报》1987 年第 4 期。

②中国第一历史档案馆藏，嘉庆十六年（1811）礼部奏折。

③《钦定大清会典事例》第 514 卷。

④《仲原善忠全集》第 1 卷。

⑤岛尻胜太郎选、上里贤一注：《琉球汉诗选》，冲绳文库 1990 年版。

⑥陈元辅：《雪堂纪荣诗·跋》、《雪堂燕游草·叙》，《雪堂燕游草》，京兆书林奎文馆藏，正德甲午年（1714）刻。

⑦孙衣言：《琉球诗课·序》，同治十二年（1861）刻本，徐幹评定，北京国家图书馆藏。

⑧郑虞臣：《闽山游草·序》，钦思堂藏版，同治癸酉年（1873）刻。

⑨录自《皇清诗选》。但其标题无"游"字，疑有误。"薛萝"，各种版本均此，疑为"薜萝"之误。

⑩徐葆光：《中山传信录》。转引自谢必震《中国人眼中的琉球社会》，见琉球中国关系国际学术会议事务局《琉中历史关系论文集》（第四届琉中历史关系国际学术会议）。

⑪（台）杨仲揆：《琉球古今谈》，第78页，台湾商务印书馆1990年版。

⑫《明英宗实录》第301卷。

1993年9月于进步路新村

本文载《福建师范大学学报》1995年第3期，题为《琉球汉诗：中国诗歌移植的硕果》，收入教育部《高等学校文科学报文摘》1995年第6期。

福建省社会科学院、福建师范大学、华侨大学等四单位合办第五届中琉历史关系国际学术研讨会，在1994年11月24～27日召开，日本、中国台湾和大陆70多位专家学者到会，提交49篇论文。笔者提交《论中国诗歌对琉球汉诗的影响》，在大会交流、宣读。1996年7月《第五届中琉历史关系学术会议论文集》由福建教育出版社出版，用中、日文排版。收入本书时，改为现名，以求统一。

再探琉球汉诗

现今日本之冲绳县，古为琉球王国，亦称中山国。琉球汉诗，为琉球诗人用古汉语创作的诗篇。它是琉球文学天宇一掠而过的流星，也是东方文学史上的一个哑谜。说是“流星”，指这种文学样式“生存期”仅约200年，即从1686年琉球“官生”（公费留学生）蔡文溥等进入清代北京国子监（简称“北监”）就读算起，至蔡大鼎“绝响”诗集《北上杂记》刊行（1884）为止。说是“哑谜”，只因琉球三度覆灭，屡经浩劫，汉诗资料丧失殆尽，引来各国研究者竞相钩沉，许多问题都成为难解之谜。

诗人诗作尚难统计

明清两代（从明洪武五年、琉球察度二十三年，即公元1372年，至清天聪八年、琉球尚丰十四年，即公元1634年，从清顺治元年、琉球尚贤四年，即公元1644年，至清光绪五年、琉球尚泰三十二年，即公元1879年），琉球诗坛究竟有多少汉诗，多少诗人？至今难以准确统计，不仅因为琉球汉诗研究领域全然是一片空白，更主要是因为琉球汉诗资料尚处于不断发掘之中。明代的琉球汉诗，至今未发现一首。世上现存的，都是作于清代。

笔者就多年锐意穷搜之所得，对琉球汉诗进行纵横两向的考察，试图描绘琉球汉诗创作发展的轨迹，鸟瞰琉球汉诗作者队伍的结构。

创作发展的轨迹

从纵向考察，琉球汉诗创作过程是：时起时伏，波峰迭起，浪头奔突，呈波浪式前进，斜线状上升。

中国与琉球国在1372年至1879年的500年间，维持着宗主国与附属国的关系。换言之，明洪武五年（1372），明太祖遣杨载至琉球建立册封、进贡关系，这封贡关系一直延续到清末。清光绪五年（1879），日本明治政府宣布琉球“废藩置县”，并严令琉球割断与清国的关系。

明代自与琉球建交后的200多年间，虽未见留下一首汉诗，但它可视为琉球汉诗创作的准备阶段。有了明代的蓄势，至清代，汉诗才可能出现井喷式的景观。明时琉球“官生”在国子监修习的课程，为日后清朝国子监培养“官生”积累了经验。明初36姓中文化素质较佳者“专助教化”，也传播汉诗。1469年，原设泉州的“来远驿”移设福州，改名“柔远驿”，亦称“琉球馆”。省府福州，文学、闽学、教育等方面都较泉州发达，无疑对琉球产生更大影响。

清朝200多年间，琉球汉诗艺苑，诗人辈出，人才济济，诗集名篇，花团锦簇，异彩纷呈，令人目不暇接。

琉球汉诗创作，从诗人崛起、作品问世来考察，笔者认为，大致可分两个阶段。

第一阶段：1686年至1759年。

真正显示出琉球汉诗创作成绩的，是从17世纪末，即清康熙二十五年（1686）开始。这一年，涌起第一个波峰，琉球“官生”梁成楫、郑秉均、阮维新、蔡文溥至北监就读。这是琉球国在中断109年后再度派“官生”来留学。康熙帝十分重视琉球“官生”的读书习礼。康熙帝于二十七年（1688），特谕礼部：“琉球国送到陪臣子弟三人入监读书，着安置得所，寻选取肄业贡生一人，令其教习博士一员，专司董率祭酒司业，时为稽察，俾之讲习有成焉。”①礼部命浙江宁波徐振、福建郑某为梁成楫等“官生”的教习。从康熙二十七年（1688）起，北监才设教习，教“官生”读书习礼。潘相《琉球入学见闻录》云：“明时琉球入学，不设教习，其法甚略。至我朝康熙二十七年梁成楫等入学，上特命司成于肄业正途贡生中遴学行之优者，奉举一人为教习，专司讲解，派博士等官经理之，堂官不时加谨稽察。”② 教学常规形成，师资配备加强，确保琉球汉诗创作走上轨道。梁成楫、阮维新都留下诗作，蔡文溥更有诗集《四本堂诗文集》等传世。

17 世纪末至 18 世纪初，涌起第二个波峰。这时期，诗人们接二连三地创作 7 个诗集：1689 年曾益著《执圭堂诗草》；1690 年蔡铎著《观光堂游草》；1693 年周新命著《翠云楼诗笺》；1696 年程顺则刊行《雪堂燕游草》。还有蔡肇功著《寒窗纪事》；蔡温著《澹园诗文集》；程抟万著《焚余稿》。这些诗集，如雨后春笋，竞相生长。

标志着一大飞跃的是，《皇清诗选》选录琉球汉诗。康熙四十四年（1705）刊行的 30 卷本大型诗集《皇清诗选》，由孙思九辑评、黄朱芾编校而成。其中 4 卷大量选录 25 位琉球诗人的 70 首汉诗。辑评者给予高度评价的有：程顺则 21 首，蔡铎 10 首，周新命 9 首，曾益 6 首，王明佐、梁成楫、阮维新各 1 首。琉球诗人竟能跻身于汉诗故乡——宗主国清朝诗人之行列，不能不说是一个飞跃。小小附属国琉球的诗，被选入诗歌之国的诗选，（这是当时日本国所求之不得的荣誉）自是值得自豪，表明他们的创作水平算是已“达标”，并够优选之“格”。这可是一个前所未有的巨大波峰：第三个波峰。

在这一成就的鼓舞下，琉球诗坛又涌起一个更大的波峰，即第四个波峰。琉球尚敬十三年、清雍正三年（1725），琉球国刊行一本《中山诗文集》。这是琉球文学史上空前的也是仅有的一次汉诗文大检阅。上自国王，下至王族朝官，诗文荟萃，交映生辉。一位琉球王和两位朝官的 8 篇散文，收入该集；39 位诗作者的 256 首汉诗，收入该集，其中包括诗人程顺则、蔡铎、周新命、曾益、程抟万 6 部诗集。诗人阵容如此庞大，不少诗章可与清诗媲美，不能不说是又一飞跃。尽管由于种种原因，未能把琉球国所有优秀诗篇都收入此诗文集，但基本上已能反映当时琉球汉诗的创作水平。

综上所述，琉球诗史上已出现诗作者 43 人，除《四本堂诗文集》、《澹园诗文集》因未见诗集而篇数未计入外，至少有 363 首汉诗确切数据，不仅数量可观，质量亦见良好。

第二阶段：1760 年至 1884 年。

历史跨入 18 世纪 60 年代，琉球汉诗创作又展新姿。清乾隆二十五年（1760），琉球“官生”蔡世昌、郑孝德、梁允治、金型等 4 人入北监读书习礼，潘相为教习。梁允治、金型中途病故，蔡世昌、郑孝德学成归国。据中国第一历史档案馆资料记载，这批“官生”正值乾隆盛世，文化发达，学得较以往各届都好。蔡、郑二人诗篇，中国第一历史档案馆有案可查。笔者手头录15首，亦可窥见全豹之一斑。此为第五个波峰。

清嘉庆十六年、琉球尚灏八年（1811），毛世辉、马执宏、陈善继、梁元枢4人进北监学习。毛世辉、马执宏学成回国，毛著《毛世辉诗集》，手抄本藏冲绳县立博物馆。马也有诗篇传世。此为第六个波峰。

清道光二十一年、琉球尚育七年（1841），琉球“官生”阮宣诏、向克秀、郑学楷、东国兴入北监就读。他们潜心习诗，学业精进，教习孙衣言将他们4人课堂习作辑评刊行，谓《球琉诗课》。后东国兴又有《东国兴诗稿》行世。这第七个波峰，比前者有所超越。

第八个波峰是，尚育十年（1844），琉球国内诗坛也崛起3位诗人：尚元鲁（王族）、郑元伟、魏学贤，他们刊行合著诗集《东游草》。这个波峰的意义在于，琉球国依靠自己的力量培育了几个诗坛新秀。

第九个波峰是，清同治六年、琉球尚泰二十年（1867），琉球国最后一批“官生”林世功、林世忠、葛兆庆、毛启祥4人入监就读（毛启祥于赴监途中病故，葛兆庆、林世忠学业未成病故）。林世功、林世忠兄弟习诗成绩显著，入监次年，教习徐幹为其2人辑评《琉球诗课》、《琉球诗录》各2卷，收汉诗147首，刊行于清国诗坛。这个波峰不仅有课堂习作，还有课外习作，比阮宣诏等4人的《琉球诗课》那次波峰，声势更大，就数量和质量而言，也都有新的突破。

必须着重指出，崛起于琉球本土的诗人蔡大鼎，掀起了第十个波峰。他是一位高产诗人，36年间，刊行5部诗集，创琉球汉诗人创作的最高纪录。仅《闽山游草》与《续闽山游草》两册，就有338首之多。蔡大鼎汉诗，不仅唱到琉球国消亡之日，他的诗集还刊行在“琉球处分”5年后的1884年！

此外，还有3部诗集，至今尚难觅到：一是毛有庆著的《竹阴诗稿》，一是杨文凤著的《四知堂诗稿》，一是杨文凤辑的《中国册封使及从客与琉球诗人唱和诗》。它们刊行的年代，也尚待查证。

综观第二阶段汉诗创作，主要诗人至少有14位，诗集至少有14部，仅其中《闽山游草》、《续闽山游草》、《琉球诗课》、《琉球诗录》4部就有587首，远超过第一阶段的数量，何况还有10部诗集未计在内。遗憾的是，琉球汉诗人们的歌唱，在高潮之中戛然而止。

以上对清国198年（康熙二十五年即1686年至光绪十年即1844年）间的琉球汉诗创作，进行一次宏观扫描。显然，两个阶段有不同特点：第一阶段，在琉球王倡导带动下，全国习作汉诗蔚然成风，在全民读写汉诗的热潮中，作者多，数量少，质量也不平衡；第二阶段，诗人虽少，诗集却多，质量也不断提高，标志着汉诗创作渐臻成熟。回顾琉球汉诗从酝酿而兴盛而高潮而绝响的光辉历程，使我们由衷敬佩琉球人民的伟大创造，它给人类留下了珍贵的文化遗产。

汉诗诗人队伍结构

从横向考察，琉球汉诗作者的结构，拙作《论中国诗歌对琉球汉诗的影响》，（见本书第一篇，收《第五届中琉历史关系学术会议论文集》）就琉球汉诗人成长的途径，将他们分为三个层面，但限于篇幅，未能作详细介绍，本文对此略作阐述。

一、“官生”诗人

琉球国（三山分立时代）自琉球察度四十三年、明洪武二十五年（1392）往明朝派遣第一批“官生”起，至琉球尚泰二十年、清同治六年（1867）往清朝派遣最后一批“官生”为止，前后475年，其间除中断219年外，琉球国共派遣97名“官生”到明、清的南京、北京国子监读书习礼。他们在来华留学前，先学会话与习练汉诗，入国子监后写汉诗是一门主课。给诗题，限韵脚，多为“五言八韵”的排律。据现存资料，这97名官生中，有诗集、诗篇传世者共13名：1. 蔡文溥（有诗文集《四本堂诗文集》、《同乐苑八景》两册，《中山诗文集·雪堂纪荣诗》收1首）；2. 梁成楫（《皇清诗选》收七律1首）；3. 阮维新（《皇清诗选》收七律1首）；4. 郑孝德（史料载郑孝德见到乾隆皇帝、恭庆皇太后万寿等诗18首③）；5. 蔡世昌（史料载蔡世昌见到乾隆皇帝、恭庆皇太后万寿等诗11首④）；6. 毛世辉（有《毛世辉诗集》）；7. 东国兴；8. 阮宣诏；9. 向克秀；10. 郑学楷（东、阮、向、郑4人在北监就读时，教习孙衣言将其课堂习作辑评刊行，是谓《琉球诗课》；东又有《东国兴诗稿》）；11. 林世功；12. 林世忠（这两位兄弟诗人，入监次年，教习徐幹为其辑评刊行《琉球诗课》、《琉球诗录》各2卷；林世功另有篇什）；13. 马执宏（有诗篇传世）。以上诗人，有的虽未钩沉到其个人诗集，但在那霸市所编的《家谱、资料》中，则散见他们留下的零星诗篇。

二、“勤学”诗人

这些来闽读书习礼的自费留学生，均在福州柔远驿延师受业，由于学习时间与方法都较灵活，成效也快，“从发展社会生产力和繁荣文化艺术角度来考察，他们所做的贡献比官生来得大”⑤。据现存资料，“勤学”生中，有诗集传世者有6名：1. 蔡铎（有诗集《观光堂游草》）；2. 曾益（有诗集《执圭堂诗草》）；3. 蔡肇功（有诗集《寒窗纪事》）；4. 程顺则（有诗集《雪堂燕游草》、《雪堂杂组》及其他篇什）；5. 周新命（有诗集《翠云楼诗笺》）；6. 蔡温（有《澹园诗文集》、《澹园全集》、《蔡温选集》、《蔡温全集》）。

三、崛起于琉球的诗人

这是一个庞大的诗人群，他们有官员、王族、学者和少年诗人，其中有杰出诗人蔡大鼎，但更多的是为花木作泥土的诗人群。这一层面诗人，据不完全统计，有42名。其中主要的诗人是：蔡大鼎（有《漏刻楼集》、《闽山游草》、《续闽山游草》、《北燕游草》和《北上杂记》诗集5种）；杨文凤（有诗集《四知堂诗稿》，并辑《中国册封使及从客与琉球诗人唱和诗》）；毛有庆（有《竹阴诗稿》）；程抟万（有《焚余稿》诗集）；魏学贤、尚元鲁（王族）、郑元伟（魏、尚、郑三人合著《东游草》）。

《皇清诗选》和《中山诗文集》中的琉球诗作者，则是一个庞大的诗人群。

《皇清诗选》入选梁成楫、阮维新、程顺则、蔡铎、周新命、曾益、王明佐、毛泰永、蔡应瑞、向龙翼、郑明良、梁邦基、梁津、尚弘毅、尚纯、杨有稂、吴彬、毛文哲、陈其湘、毛国珍、毛允丽、吴世俊、郑宗德、栢茂、杨天佑等25位诗作者的70首诗。

《中山诗文集》入选程顺则、周新命、蔡铎、曾益、程抟万、蔡文溥、梁成楫、阮维新、王明佐、尚纯、尚弘毅、毛泰永、翁自仪、毛自义、夏德宣、毛允丽、王世俊、章受祐、郑宗善、郑宗德、梁邦翰、郑永安、陈初源、郑弘良、孙自昌、杨有稂、文克继、毛知传、栢茂、吴彬、金元远、蔡灼、蔡应瑞、梁津、毛国珍、郑明良、梁邦基、梁镛、金溥等39位王族、官员、学者的256首诗篇。另，据《那霸市史·家谱资料》蔡氏家谱载，蔡应瑞：康熙三十八年（1699），国王喜唐荣繁生赐宴，时应瑞应教赋诗2首。蔡氏家谱第944页，蔡宏谟《富士山诗》二首。《那霸市史·阮氏家谱》第184页，载阮廷宝奉旨恭进七言律诗《上元赐宴赏灯奉旨恭纪圣恩二首》。

以上三个层面汉诗人，重复者只算1人，共61人。

特别值得注意的是，以上三个层面的诗人，严格地说，都是琉球人或被琉球同化的华裔（移居琉球400～500年，在琉球传至9～13世的华裔），因此，他们所作的汉诗，足称琉球汉诗。琉球人能有如此众多的汉诗传世，实难能可贵。

"官生"诗人中，毛世辉、马执宏为琉球国王子弟，首里人⑥；向克秀、东国兴为琉球国陪臣子弟，首里人⑦；其余9人为久米村华裔⑧；而蔡世昌，系闽36姓南安县移民蔡崇第13世孙；阮宣诏，系久米村阮氏9世。这些都可算琉球人。

"勤学"诗人中，程顺则系琉球人血统，过继给华裔，因此追根溯源仍是琉球人；曾益，系久米村曾姓6世孙；蔡铎、蔡温父子诗人，系久米村8世、9世孙。这些也都算是琉球人。

崛起于琉球的诗人，尚弘毅为琉球王弟，尚纯为琉球王世子，皆纯琉球血统；郑弘良，乃1392年闽36姓长乐移民郑义才12世孙；程抟万系程顺则儿子，亦属琉球血统。这些也都算琉球人。

注释：

①中国第一历史档案馆藏，康熙上谕档二十七年（1688）上谕。

②北京图书馆善本部档案文献：地939·5·943，第3卷。

③④中国第一历史档案馆藏，军机处录副奏折，乾隆二十六年（1761）十一月初一礼部奏折。

⑤徐恭生：《琉球国在华留学生》，《福建师范大学学报》1987年第4期。

⑥中国第一历史档案馆藏，军机处录副奏折，嘉庆十四年（1809）礼部奏折。

⑦《钦定大清会典事例》第514卷。

⑧《仲原善忠全集》第1卷。

1994年9月于进步路新村

本文载《语文学刊》1995年第4期。

三探琉球汉诗

拙作《论中国诗歌对琉球汉诗的影响》和《再探琉球汉诗》撰写之后，发现琉球汉诗诗人群是一个至少由60多人构成的庞大队伍。现将新近所得资料呈献读者，并求指正。以下按诗人成长途径，分三大系列作详细介绍。

一、“官生”诗人

琉球国自1392年与明朝建交起，至1868年被日本明治政府“废藩置县”止，共派遣97名“官生”至明、清最高学府国子监读书习礼，也习练汉诗。据现存资料，其中12名“官生”有6种诗集和零星汉诗传世。

（一）梁成楫、阮维新、蔡文溥。清康熙二十五年、琉球尚贞十八年（1686），琉球王遣其子弟梁成楫、郑秉均，阮维新、蔡文溥4人至北监（“北京国子监”的简称）读书习礼①，因使船自那霸开洋时，遇大风漂到麻姑山，郑秉均不幸遇难。康熙帝十分重视，特谕礼部：“着安置得所，寻选取肄业贡生一人，令其教习博士一员，专司董率祭酒司业，时为稽察，俾之讲习有成焉。”②康熙二十九年（1690），他们4年学习期满回国。1. 梁成楫（1668～1702），字得远，久米村人，梁嵩9世孙。成楫的祖父应材，字绍江，正议大夫；成楫父邦翰，字艳江，正议大夫，充康熙二十一年（1682）贡使，诗收入《中山诗文集》。邦翰有6子，成楫排行第3，1686年入北监就读，1692年学成归国后，与阮维新、蔡文溥同为久米村讲解师兼读书师。历任顶戴黄冠、座敷、朝京都通事。康熙三十六年（1697），同紫金大夫蔡铎等纂修《中山世谱》。康熙三十八年（1699），“王世孙命为讲解师，日夜在殿中初讲《四书》”[③]。康熙四十年（1701）任接贡使都通事来华，翌年回国时在海上遇难。《皇清诗选·七言律卷之24》录梁成楫《凤尾蕉》1首。《那霸市史·家谱资料》载国子监博士苏州陆德元撰《赠言》一文，说梁成楫请陆德元给取个“字”，其中有这样几句：“致道者，莫如学；而行远者，莫如舟。今夫造舟者，梓材丹艧罔不毕具，而后可以施其楫矣。楫既成而以之行远，固已沛然而莫之御矣。”表达了陆德元对梁成楫的殷切期望与良好祝愿。2. 阮维新（?～?），字天受，其先祖福建漳州府龙溪县人。明万历时有阮国，字我萃，与毛国鼎同奉命移居琉球，官正议大夫，充万历三十四年（1606）谢封使。阮国传4世至维新。维新1686年入北监就学，学成归国后，累官紫金大夫，充康熙五十三年（1714）贡使。《皇清诗选·七言律卷之24》录其诗《凤尾蕉》1首。3. 蔡文溥（1671～1745），字天章，号如亭。蔡朝用曾孙蔡应瑞，为正议大夫，《皇清诗选·五言律卷之16》录其诗1首。应瑞有5子，文溥为长子，1686年至北监就读。文溥从小笃志问学，成绩优异，能诗善文，被誉为“中山第一才”。他奉命为王世子尚纯、世孙尚益讲授《四书》、《诗经》、《纲监》等。为国学大师。著有《四本堂诗文集》、《同乐苑八景》及《中山学校序》。《中山诗文集·雪堂纪荣诗》中存蔡文溥诗1首。《那霸市史·资料篇·蔡氏家谱》收蔡文溥诗30首：《东宫菊花应教》；《春日幸佐敷御殿应教》；《春日赐唐荣诸臣宴于南殿应教》；《中秋东苑奉陪王世子、王世孙看月》；《奉皇徐征斋太史（2首）》；《徐太史赐诗画二幅次韵报谢》；《菊影次徐太史韵》；《奉赠中权恭戎伟亭老宗兄》；《奉赠护封赞戎文忠老宗兄》；《题天使院种蕉图》；《徐太史枉过四本堂志喜》；《送徐太史归朝（2首）》；《题日本国前摄政藤原家熙公物外楼赋（6首）》；《同乐苑应令恭呈二首》；同乐苑八景（8首）：《延贤桥》、《恤农坛》、《洗笔塘》、《望春台》、《观海亭》、《翠阴洞》、《摘茶岩》、《种药堤》。

（二）郑孝德、蔡世昌。乾隆二十五年、琉球尚穆九年（1760），郑孝德、蔡世昌、梁允治、金型4人入北监就读，潘相为教习[④]。此时梁允治（1732～1760）29岁，为4人中最长。金型（1742～1760）时年19岁，为4人中最小。金型废寝忘餐，埋头读书，因用功过度，入监月余，积劳成疾，太医院诊治无效，遂卒。允治为学亦极勤奋，诗文甚可观，因读书辛苦，加以为金型料理丧务过分劳累，病卒于馆。皇上恤赏梁允治、金型各300两白银。教习潘相为诗文悼念金型、梁允治二生，《咄咄行》称道金生“风雅富文史”，盛赞梁生透彻理解洛闽理学，“手著已等身，质问忘斜晷”⑤。乾隆二十八年（1763），琉球王尚穆书折奏请郑孝德、蔡世昌学成归国。1. 郑孝德（1735～?），字绍衣。孝德之祖士绚，正议大夫，充清雍正四年（1726）贡使；孝德之父国观，少有志趣，1722年北学于闽，1728年始归，乾隆九年（1744）充朝京都通官。殁于馆，葬京师通县张家湾。乾隆二十五年（1760），孝德入北监就学，昼夜刻励，孜孜问学不怠，手抄《四书五经》儒先语，热衷于朱子，尤玩味《小学》、《近思录》等书，善书法诗文，皆有规矩，教习潘相为郑孝德座右铭曰：“欲为海国无双士，来读天都未见书。”他学成归国，官至紫金大夫。郑孝德现存诗仅见18首：《辛巳（1761年——笔者）十一月十五日皇上（乾隆帝——笔者）恭迎皇太后圆明苑进宫，恭庆万寿，诏许陪臣孝德等用本国衣冠随班接驾，恭纪一首》、《恭庆圣母皇太后七十万寿诗八首（之一）》、《二十四日（1761年阴历十一月——笔者）承恩赏赐缎疋，貂四张，恭纪》⑥、《冬夜书怀》、《秋雨叹》、《游陶然亭》、《赋得秋色正清华》、《有感口占》、《成均望家信》、《接家信志喜》、《酬高丽李伯祥》⑦。另外，散文有《瑞泉记》、《那霸港记》、《重修泉崎桥记》。2. 蔡世昌（1737～1798），字汝显，蔡文溥之弟，蔡天章从孙。其先世自宋端明殿学士，君谟以文章政事显，厥后6世孙蔡崇生为南安县移民，奉明太祖命入琉球，传10数世，子孙着绿者数十人，入太学者强半。世昌为崇生13世孙。世昌之祖父、伯叔，皆官上大夫。父光君为正议大夫，娴礼法，笃志洛闽学。世昌“胚胎前光，耳濡目染，早铮铮有才声”。1760年，世昌入北监就学，刻苦力学无间，酷爱韩愈文，教习潘相赠联云：“人在海邦推俊杰，学从京国问渊源。”学成归国，官至紫金大夫。世昌现存诗仅见11首：《辛巳（1761年——笔者）十一月十五日皇上恭迎皇太后自圆明苑还宫，庆贺万寿，诏许陪臣世昌等用本国衣冠随班接驾，恭纪一首》、《恭庆圣母皇太后七十万寿诗八首（之一）》、《二十四日（1761年阴历十一月——笔者）承恩赏赐缎三疋，貂四张，恭纪》⑧、《游陶然亭》⑨。

（三）毛世辉、马执宏。嘉庆十六年、琉球尚灏八年（1811），“琉球国王遣其子弟陈善继、马执宏、毛世辉、梁元枢至监，本监选取副贡生黄景福为教习，以训迪之”⑩。1. 毛世辉（1787～1830），童名真山户，号笔山。1811年入北监，学成归国。清道光八年（1828）来华任进贡使节正使。著有《毛世辉诗集》，手抄本藏冲绳县立博物馆。2. 马执宏（?～?），首里人，贵族子弟。1811年入北监就读，学成归国，任“御物奉引”、“双纸库里”、“国学奉引”，工书法绘画。

（四）阮宣诏、东国兴。清道光二十一年、琉球尚育七年（1841），“琉球国陪臣子弟阮宣诏、向克秀、郑学楷、东国兴入监，选取贡生教习（孙衣言——笔者）。并派博士助教董率稽察如定制。25年，琉球王国题请官生归国，部议如所请，赐筵宴如定制”[11]。这批官生，汉诗写作成绩优良，教习孙衣言将课堂习作辑评刊行，题为《琉球诗课》。向克秀于归国途中病故，不久郑学楷亦亡故。1. 阮宣诏（1811～1885），系久米村阮国9世孙。道光二十一年（1841），入北监留学，归国后，三度出使入京，历任正议大夫，紫金大夫。阮归国10年，充入贡副使至都，得便探望恩师孙衣言，孙赋赠2首[12]。“琉球处分”后，阮持对抗态度，与日本内务大臣抗争甚烈。后亡命清国，直至去世。2. 东国兴（?～?），首里人，贵族子弟。在北监学习成绩优良。直到10年后，教习孙衣言赋诗还说他“门下东生最妙年，当时文笔亦飘然”[13]。学成归国后，曾任侍讲，在王宫授王世子经。明治政府“处分琉球”时，他支持“废藩置县”政策。著有《琉球诗课》（与人合作）和《东国兴诗稿》。

（五）林世功、林世忠。清同治六年、琉球尚泰二十年（1867），“琉球国王尚泰遣陪臣子弟葛兆庆、林世忠、林世功等4人（另一名，毛启祥于赴监途中病故，皇上恤赏白银300两——笔者），入监读书”；“十一年（1872年——笔者）奏准，琉球官生葛兆庆、林世忠病故，恩赏银两，照雍正二年成案办理”；“十二年奏准，琉球国入监官生林世功等（实仅林世功一人——笔者）期满回国”[14]。林世功、林世忠入监次年（1868），教习徐幹为他们辑评并刊行《琉球诗课》、《琉球诗录》各两卷。此为琉球国向清国派遣的最后一批“官生”。1. 林世功（1841～1880），字子叙，久米村华裔，为抗议“琉球分割”而殉国的忧国诗人。1867年，至北监就读，学习成绩优异，尤善赋诗，教习徐幹将其诗辑评为《琉球诗课·卷一》、《琉球诗录·卷一》，同时于同治七年（1868）刊行。1874年学成归国，翌年任国学大师。同年，明治政府勒令琉球与清国断绝关系，次年琉球王密遣林世功、向德宏等偷渡福建，呈文报警，要求维持现状。同时亡命来闽的还有蔡大鼎等，计19人。当时清廷自顾不暇，使林世功、向德宏羁留福州待命达3年之久。1879年，明治政府宣布“废藩置县”，林世功、向德宏、蔡大鼎见主辱国亡，乃改装径奔北京，长跪乞师求援，无效。1880年10月，琉球分割条约缔结，林世功为抗议

"分割"，于11月20日自刃，留下遗禀与绝命诗2首。其一曰："古来忠孝几人全，忧国思家已五年。一死犹期存社稷，高堂端赖弟兄贤。"其二曰："廿年定省半违规，自认乾坤一罪人。老泪忆儿双白发，又闻噩耗更伤神。"林世功死时，上有衰亲，下有妻儿，而背负无力补天的十字架，跌撞冲向生命终点。他站在孔孟思想制高点上，声称自己渺小卑微，忏悔负罪的人生。面对顾家与忧国的矛盾，孝亲与忠君的对立，他为了社稷，牺牲家庭。但终以"上不能救君，下不能存都"，无以对国人，而"一死泣请天恩，迅赐救亡存国，以全臣节"，足见君忧臣辱、君辱臣死的观念已融入其血液之中。林世功现存诗147首，擅长五律五排，情真意切，熔铸词采，不见痕迹。2. 林世忠（？～1872），字子翼，久米村华裔。同治六年（1867）入北监就读，成绩优良。不幸的是，这位才华横溢的诗人，却病逝于风华正茂之年。著有《琉球诗课·卷二》与《琉球诗录·卷二》。

二、"勤学"诗人

这些在福州柔远驿（琉球国宾馆）延师受业的自费留学生，学成回国后做出多方面贡献。据现存资料，这类诗人有6位，著有诗集10种。

（一）蔡铎（1644～1724），童名思德，字天将，号声亭，史学家，诗人。系久米村蔡氏8世，本是琉球血统，过继给久米村人。23岁时来闽"勤学"。他是编修史书的先驱者，编纂《历代宝案》、《中山世谱》、《中山世鉴》。他又以"宏才伟抱，博学多识"闻名遐迩。1690年春，奉贡京师归国，著《观光堂游草》，陈元辅评曰："缠绵恺恻，一往情深，经营惨淡，出以风雅殆兼之矣。"

（二）曾益（1645～1705），号虞臣，久米村曾氏第6世。1663年至福州学文习礼，1665年归国后，屡任使臣赴闽至京，"历齐楚燕赵吴越之区，见闻既广，落笔惊人"，"况言言典雅，不为花鸟空谈；字字清新，堪作云上实录"[15]。1687年，将途次吟作，结集《执圭堂诗草》，后收入《中山诗文集》刊行。累官紫金大夫。

（三）蔡肇功（1656～1737），童名思五郎，号绍斋，久米村人。造历官，汉诗人。曾5次来华。1678年奉命至闽"从薛一白而学历法"，历4载学成归国，"以掌历法而造大清时宪历，颁行国中"，"从此琉球开始使用大清时宪历"[16]。著有诗集《寒窗纪事》。

（四）程顺则（1663～1734），字宠文，琉球人血统，过继久米村华裔。1683年，作为谢封使船通事滞留福州，师从朱子学家陈元辅学习4年，学成归国，任教久米村。1689年，任接贡存留通事，滞留福州3年，再从陈元辅研习朱子学与汉诗。时捐资购得《十七史》一部1592卷，回国赠孔子庙。后奉命为世子、世孙讲解《四书》、《唐诗》。1707年，奉命为进贡正议大夫到京，捐资购得《六谕衍义》与《指南广义》各一部，重刻前者数百部携回琉球。前者系康熙帝圣谕16条之简称，内容为忠孝节俭、明礼守法之类。程顺则将它献给琉球王与鹿儿岛藩主，国王、藩主如获至宝，定为全国国民修身课本，前后历200～300年。此为程顺则以中国教材教育传播琉球与日本之一大贡献。经程顺则建议，琉球开始建立学校。他又是琉球汉学奠基人。他还捐资购得《皇清诗选》数十部，献给王府、圣庙及分赠师友。他为孔孟学说及中国文化传播琉球，为推动琉球汉诗创作与汉学研究，为中琉政治、经济、文化交流及两国人民友谊，做出巨大贡献。时人誉之为“名护圣人”，至今名护市政府前还矗立着程顺则塑像。台湾琉球学家杨仲揆誉之为“孔孟思想的伟大传人”⑰。程顺则又是伊波普猷、真境名安兴著《琉球之五伟人》中论列人物之一。程顺则的汉诗创作，在琉球文学史上，占极重要地位。在清国诗坛，他也是周边国汉诗人中最有影响的一位。仅就琉球汉诗集而言，《中山诗文集》中1/3为程顺则诗文；《皇清诗选》入选琉球25位诗人汉诗70首，程顺则竟占21首；1990年日本出版岛尻胜太郎选、上里贤一注的《琉球汉诗选》，仅选8位诗人作品，程顺则占1/4强。程顺则现存诗118首（《雪堂燕游草》85首，《雪堂杂组》28首，《奉答诸公宴集雪堂赋诗纪荣》1首，此外，笔者从《那霸市史·家谱资料·著作》中发现4首）。

程顺则兼擅七绝七律。《雪堂燕游草》79首中，七绝七律共68首，占86%；《雪堂杂组》28首中，七律七绝共24首，占85%。他的诗体物工致，抒情深切，其师陈元辅评程诗“咏物之工，颂扬之美，兼而有之”⑱。他五至闽、四入都，纪行览胜、即景咏物诗篇，占44.6%；在外交、学术活动中，诚挚结交清国文士官员，酬赠答对诗占21%。《那霸市史·资料篇·程氏家谱》收程顺则诗4首、文11篇。

（五）周新命（1666～1716），字熙臣。12岁若秀才，16岁秀才，22岁任通事，翌年附贡入闽，滞留7年间，师从竺天植3载，“读书之暇，雅好赋诗”，“见闻既广，落笔沉酣”⑲，其诗情兼有屈原之怨、贾谊之激、嵇康之愤、阮籍之狂[20]，“时发泄于诗歌，以抒其不平之慨”[21]。陈允溥评周诗“雍容而尔雅，和易而入人，彬彬有中州气习”[22]。他的《翠云楼诗笺》计32首，后悉数收入《中山诗文集》。周新命归国后曾给王世孙尚益讲解《四书》、《诗经》，直至尚益为中山王为止。1711年，周为久米村讲解师。周历任都通事、中议大夫、正议大夫。

（六）蔡温（1682～1761），字文若，父蔡铎为琉球血统，过继给久米村人。蔡温为琉球杰出的政治家与科学家。1078年任进贡存留通事，在柔远驿滞留3年期间，专攻地理、天文、气象学，归国后，任琉球历史上第一位国师。1728年，任法司官兼国师职。1735年，洪水泛滥，他奉命到羽地决川以定百姓，并修民田，民得以安居乐业。为此，琉球王亲至浦添驿迎其归来，赐御笔奖状一纸，金织锦带一条。他还奉命以西方科学测量法绘全国地图，为琉球农业生产和地理事业做出重大贡献。蔡温“治术与治绩为琉球古今独步。而著述17种，至今传为琉球‘国书’。其对琉球，可谓‘作之君作之师’，其影响之深远，可想而知”[23]。著有《澹园诗文集》、《澹园全集》、《蔡温选集》、《蔡温全集》。《那霸市史·家谱资料》第369页有蔡温作3篇文：《木假山记》、《物外楼记》和《三府龙脉碑记》，又4首诗：《再题物外楼四首》。

三、崛起于琉球的诗人

这类诗人，虽未到北监、柔远驿留学，却是在琉球国内读写汉诗的大环境中崛起诗坛。它包括王族、官员、学者、神童等43人。蔡大鼎乃其中最杰出的代表。据笔者所知，他们有9种诗集传世，还有许多零星篇什见之于《中山诗文集》与《皇清诗选》等。

（一）王明佐（1622～1684），号怀楚，久米村王氏3世。官至紫金大夫。1645年，南明隆武帝朱聿键在闽即位，琉球王奉谕派王舅及王明佐等前来庆贺，事毕归琉，途遇海盗，折回福州。清“贝勒将军特召琉使，谕以归顺之命，更吩咐赴京朝勤”[24]。王明佐等在明、清政权交替之际，顺应时代潮流，向清投诚。顺治帝嘉其归诚，并命通事赴琉招抚。王明佐存诗《送汪检讨舟次还朝兼祝封翁八十大寿》，收《皇清诗选·五言律卷之十六》，孙思九评“从容冠冕，赠句佳品”。此诗以《咏松》为题收《中山诗文集》。

（二）程抟万（1689～1702），程顺则次男，不幸14岁夭殇。“早岁能诗”，年虽幼而力于诗，纵卧病在床，亦手不释卷。程顺则编选《中山诗文集》时，录抟万 11 岁至 14 岁时所作诗 10 首，谓《焚余稿》，并请陈元辅作序。陈元辅从抟万联想诗仙李白、鬼才李贺，赞抟万诗“明白流畅，字字欲仙，非鬼才也”，满怀悲恸地慨叹“使天假之以年，窥杜陵之堂奥，大程氏之家声，正未可量”，哀叹惋惜“白雪之歌未终，考兰之花已谢”。琉球失去这位神童诗人，确是诗坛损失。

（三）魏学贤（1806～1850），又名学诚，字有正，久米村魏氏 9 世孙。书法家，诗人。12 岁为若秀才，历任都通事、中议大夫。他与尚元鲁、郑元伟合著诗集《东游草》，清嘉庆二十一年、琉球尚温十年（1844）刊行。

（四）蔡大鼎（1823～?），字汝霖，久米村华裔。《那霸市史·家谱资料》第 932 页云：“大鼎事亲至孝，常尽省定之礼，毫无怠慢，虽经出在他处，入而伺其安否。至于诸凡事情，亦尽代劳之道。况当慈母染病之时，除加心调治外，往东禅寺佛前，燃油掌上，祈以痊痾，两手就烂。奈病势沉重，不见其效，遂乃身故。大鼎不胜悲叹之至。然因严父在世，强以叹心，常慰父情。其后，充役赴闽之时，再三劝父选配娶妾，保养身体，且其年老身衰，愁闷难胜，屡邀其友与父谈论，以慰心情。因其患中风，奉供医药，以行调治，跟游四面而保养。病势渐重。遂卧箦床，当此之时，昼夜愈尽心力，既行医治，复祈神祇，历十余日不见其效，不幸辞世。易胜器恸，至其送终人等，无不感叹。既而，每逢祭祀，亦尽如在之诚，不但此也，自兄弟至亲族，交以和睦等由，禀明朝廷，由是褒嘉大鼎孝行，颁赐挂床一幅，绵子一把，以示恩典。又为前事，翌年九月九日，赏赐钱一千六百文。”[25]蔡大鼎不仅有力行孝道的一面，还有创作丰收的一面。他天资颖敏，学力过人，工于诗文，笃好于学。25 岁，印行早期诗作《漏刻楼集》。1860 年，任进贡存留通事，出使中朝，滞留福州 3 年多，赋诗结集《闽山游草》。1867 年再随谢恩使团来华驻闽，于是又有《续闽山游草》问世。“游草”正续集计 342 首，于 1873 年同时镌刻。1872 年，任进贡都通事入京，途次吟作结集《北燕游草》。1875 年，明治政府严令琉球与清国断绝关系，次年，蔡大鼎等受遣来华，请福建巡抚转呈朝廷。1879 年明治实行“琉球处分”，蔡等求援心切，乃化装径奔京师，在东华门长跪不起。林世功殉国前，将呈递总署禀词与绝命诗托付于他。蔡大鼎《北上杂记》写着他和林世功、向德宏的请愿活动，文中燃烧着满腔悲愤。蔡大鼎诗作，可谓琉球汉诗最终之绝响。清人赵翼诗云“国家不幸诗家幸，赋到沧桑句便工”，蔡大鼎确已“赋到沧桑句便工”，只不过“国家诗家两不幸”，其创作生命与琉球国寿命相继告终，人们在怜悯琉球国三遭覆灭的时刻，也痛惜这颗巨星的消失！

注释：

①中国第一历史档案馆藏，康熙二十九年（1690）《起居注》。

②中国第一历史档案馆藏，康熙上谕档，二十七年（1688）上谕。

③⑯那霸市企画部市史编集室：《久米村家系谱》下册第790页、第545～559页。

④中国第一历史档案馆藏，军机处录副奏折，乾隆二十五年（1760）正月二十三日。

⑤那霸市企画部市史编纂室：《那霸市史·资料篇·金氏家谱》第65页。

⑥⑧北京图书馆善本部藏档案文献：地939·5·843，卷3。

⑦⑨刘耿生：《明清国子监的琉球留学生》，琉球中国关系国际学术会议事务局《琉中历史关系论文集》（第四届琉中历史关系国际学术会议）。

⑩中国第一历史档案馆藏，嘉庆十六年（1811）礼部奏折。

⑪⑭《钦定大清会典事例》卷514。

⑫⑬孙衣言：《逊学斋诗钞》卷10。

⑮陈元辅：《执圭堂诗草·序》。

⑰㉓（台）杨仲揆：《琉球古今谈》，第100页，台湾商务印书馆1990年版。

⑱陈元辅：《雪堂燕游草·跋》，京兆书林奎文馆藏，正德甲午年（1714）刻。

⑲⑳㉑竺天植：《翠云楼诗笺·序》。

㉒陈允溥：《翠云楼诗笺·序》。

㉔那霸市企画部市史编集室：《那霸市史·资料篇·久米村系》，第942页。

㉕那霸市企画部市史编集室：《那霸市史·蔡氏家谱》，第932页。

1995年12月于康山里新村

本文载《语文学刊》1998年第2期。

四探琉球汉诗

古琉球国诗人所作汉诗，为琉球文学史上的珍品，但由于琉球三度遭劫、覆亡，诗篇大量散失，多年来，一些国家、地区多方钩沉，有不少收获。如今，"虎口余生"的琉球汉诗集，足称"稀世奇珍"。

据笔者初步统计，琉球汉诗集有如下 35 部（同书名重复者不再计入）：1687 年曾益著《执圭堂诗草》；1690 年蔡铎著《观光堂游草》；1693 年周新命著《翠云楼诗笺》；1696 年刊行程顺则著《雪堂燕游草》；1705 年刊行《皇清诗选》卷 16、24、27、29；1725 年刊行《中山诗文集》（包括 6 个诗集：《执圭堂诗草》、《观光堂游草》、《雪堂燕游草》、《雪堂杂组》、《焚余稿》、《翠云楼诗笺》；又 4 个组诗：尚弘毅等祝汪太公寿诗、尚弘毅等祝林母寿诗与林副使德政歌、蔡铎等的《雪堂纪荣诗》）；蔡文溥著《四本堂诗文集》；蔡肇功著《寒窗纪事》；蔡温著《澹园诗文集》、《澹园全集》、《蔡温选集》、《蔡温全集》；毛世辉著《毛世辉诗集》；尚元鲁、郑元伟、魏学贤合著《东游草》；阮宣诏、东国兴、向克秀、郑学楷合著《琉球诗课》；东国兴著《东国兴诗稿》；1848 年刊行蔡大鼎著《漏刻楼集》；1868 年刊行林世功、林世忠合著《琉球诗课（卷 1、2）》与《琉球诗录（卷 1、2）》；蔡大鼎著《闽山游草》、《续闽山游草》（1873 年刊行）与《北燕游草》；1884 年刊行蔡大鼎著《北上杂记》；杨文凤著《四知堂诗稿》；杨文凤辑《中国册封使及从客与琉球诗人唱和诗》；毛有庆著《竹阴诗稿》；1990 年出版岛尻胜太郎选、上里贤一注《琉球汉诗选》。

以下选介 5 部诗集。

一、《雪堂燕游草》

这本刊行于1696年的诗集，是琉球较早出现的汉诗集，作者程顺则是琉球最重要的且有拓荒之功的汉诗人之一。京兆书林奎文馆藏版《雪堂燕游草》共73题、79首（其中七绝41首，七律27首，五古5首，五绝2首，七古1首），附6首（皆为送行留别题材），又附录陈兴法录《琉球考》。书前有林麟焻1699年《序》。程顺则，“少聪颖，长复嗜古”，“虽王事鞅掌，而执经问业，寒暑弗辍，且虚衷取友，更多结纳”①，其“攻诗有年，为中山之秀”②，“得李杜沈宋之奥，尤擅四声”③，“以真性情，为真文章，追太史工部风”④。1697年“奉其国命，来朝京师”，自发棹至解缆，“往返万有余里，凡所过之通都大邑，所游之古刹荒祠，与所交之名公巨卿，皆著之于诗，而三州佳丽，搜奇抉胜，尤多吟咏”⑤。诗集《雪堂燕游草》，“忠孝之思深，师友之情笃，山川之兴长，无一不挥洒于楮上，且风流蕴藉，大得唐人微旨”⑥。“观程子之诗，知其为人，洵不愧彼所谓豪杰之士矣”⑦。试列《皇清诗选》辑评者孙思九对程顺则诗部分评语，以窥一斑。《晚泊露筋祠》为同题材诗作好中选优一例，评语曰：“三四亦沉雄亦婉约，历观此题诸诗，当以此为第一。”程顺则拜谒葬孤骨于异邦之先君墓，赋《姑苏省墓》，孙思九评曰：“哀慕之思，溢于言表，令人不忍卒读。”《仙霞岭观梅》评曰：“诗境如塞外山花，别饶奇秀。”《都门留别李鸿胪元章先生》评曰：“结句悠然，有不尽之致。”《登金山浮图》评曰“借喻处其寄托自远”，“句亦如御风而行”。程诗尚有不少歌功颂德获得好评。《赐宴春官》评曰：“圣朝柔远之仁，于此可见。”《耕织图》评道：“颂扬得体。”《赐宴恭纪》评语曰：“蓼萧湛露，不及外臣，西旅越裳，不闻作颂，是宴是诗，俱绝千古。”总之，无论是宏观审视，还是细加品味，同样是交口称扬。

二、《皇清诗选》

这是清康熙四十四年、琉球尚贞三十七年（1705）刊行的30卷本大型诗集，由孙𬭎思九辑评、黄朱芾奕藻编校。其中4卷大都选录周边国汉诗，选录25位琉球诗人的70首汉诗（详见下文），选录朝鲜国林忆龄、姜克诚、白光勋、契逊、崔寿岘、金宏弼、李植、权遇等 8 人的 8 首汉诗，选录安南国阮贵德、陈王寿、何宗穆等 3 人的 4 首汉诗。

《皇清诗选》中的琉球汉诗：

1.《皇清诗选五言律卷之十六》收录琉球国 8 人汉诗 15 首：毛泰永（琉球国法司官）《咏松祝汪太公寿》，王明佐（怀楚，琉球国紫金大夫）《送汪检讨舟次还朝兼祝封翁八十大寿》，蔡应瑞（祚庵，琉球国正议大夫）《王世子赐程顺则凤尾蕉宴僚友于雪堂赋诗纪荣》，曾益（虞臣，琉球国紫金大夫）《过黯淡滩》、《游虎丘》，蔡铎（声亭，琉球国紫金大夫）《渊关夜泊》、《西湖看梅》，周新命（熙臣，琉球国正议大夫）《寄程宠文》、《闲居》、《九日登碧山寺》，程顺则（宠文，琉球国紫金大夫）《广陵月夜闻笛》、《都门留别李鸿胪元章先生》、《维扬遇雪》、《江郎积雪》，向龙翼（琉球国法司官）《三日漫兴》。

2.《皇清诗选七言律卷之二十四》收录琉球国 9 人 28 首汉诗：蔡铎（声亭，琉球国紫金大夫）《琼河发棹留别闽中诸子》、《仙霞岭》、《候朝》、《赐宴恭纪》、《己巳除夕泊舟北新关》，曾益（虞臣，琉球国紫金大夫）《仙霞岭》、《灵隐寺》、《清湖除夕》、《已巳元旦鸿胪禹慎斋先生招饮仙馆》，郑明良（赓桥，琉球国正议大夫）《王世子赐程顺则凤尾蕉宴僚友于雪堂赋诗纪荣》，梁邦基（本宁，琉球国正议大夫）《凤尾蕉》，梁津（得济，琉球国副通事）《凤尾蕉》，梁成楫（得剡，琉球国都通事）《凤尾蕉》，阮维新（天受，琉球国紫金大夫）《凤尾蕉》，周新命（熙臣，琉球国正议大夫）《登石鼓屴崱峰》、《和林端木初冬集饮梁得声望中楼韵》、《钓龙台怀古》、《秋日同程素文过陈渭生草堂看花不遇》，程顺则（宠文，琉球国紫金大夫）《晚泊露筋祠》、《宋翰林瀔川先生惠教春山八咏和章赋谢》、《都门九日》、《赐宴春官》、《耕织图》、《仙霞岭观梅》、《姑苏省墓》（2 首）、《鸿胪萧子贻先生招饮道山精舍》、《洪江送鸿胪萧子贻先生还朝》。

3.《皇清诗选五言绝句卷之二十七》收录琉球国 7 人 8 首汉诗：尚弘毅（中山王弟）《咏松竹寿汪检讨封翁》，尚纯（中山王世子）《咏双松》，杨有根（琉球国遏闼理官）《咏竹祝汪太翁》，吴彬（琉球国那霸官）《咏竹》，程顺则（宠文，琉球国紫金大夫）《渊关夜泊》、《舟过延津》，毛文哲（琉球国正议大夫）《题画竹》，陈其湘（琉球国正议大夫）《题画竹》。

4.《皇清诗选七言绝句卷之二十九》收录琉球国 12 人 19 首汉诗：毛国珍（琉球国法司官）《祝汪太公寿》，毛允丽（琉球国紫巾官）《咏松》，吴世俊（琉球国耳目官）《咏松》，郑宗德（琉球国正议大夫）《祝汪检讨封翁八十寿》，栢茂（琉球国那霸官）《咏松竹》，蔡铎（声亭，琉球国紫金大夫）《黄河》、《晓发兰溪》、《蛟潭夜泊》，周新命（熙臣，琉球国正议大夫）《送郑克理归中山》、《雨夜怀蔡天章》，程顺则（宠文，琉球国紫金大夫）《登金山浮图》（2首）、《淮角楼逢滇南总裁宋灊川太史赐闱墨》、《燕关秋夜寄留边杨丹岩》、《出都》，毛文哲（琉球国正议大夫）《题画》，陈其湘（楚冰，琉球国正议大夫）《题画》，向龙翼（琉球国法司官）《山游》，杨天佑（琉球国贡使）《过友人园居口占以赠》。

兹录部分评语，以见琉球汉诗在《皇清诗选》中的地位。王明佐《送汪检讨舟次还朝兼祝封翁八十大寿》评曰："从容冠冕，赠句佳品。"曾益《游虎丘》评曰："三四可当虎丘棒喝。"三四句为："川原经万劫，花鸟自千秋。"（点为辑评者所加，下同——笔者）蔡铎《西湖春梅》评曰："起句突兀，通篇善为梅花写照。"原诗构思确乎与众不同："梅有孤山骨，看来不改芳。自嫌三楚媚，岂作六朝香。月径浮水魄（'魄'疑是'块'之误，繁体颇近似——笔者），霜天淡晓妆。桥边桃柳色，零落怨萧郎。"蔡铎《仙霞岭》评语曰："其气博大，其声沉雄。"三四句加圈处并评注："咏地咏物，酷肖山行景况。"原诗为："南天锁钥古仙霞，闽越相连百万家。鸟道千寻蝌蚪字，马蹄十里野棠花。乡园缥渺浮云迴，剑佩萧条夕阳斜。见说九重多雨露，岭头翘首望京华。"蔡铎《候朝》评语曰："盛世气象，故自不凡，诗亦雄丽，不减岑王诸作。"周新命《钓龙台怀古》评语曰："感时花溅泪，恨别鸟惊心，同一寄慨，不减许浑刘沧怀古诸什。"周新命《秋日同程素文过陈渭生草堂看花不遇》评语赞道："辞意兼到，情景两擅。"陈其湘《题画竹》评曰："东坡记画水，言扪之有棱，此题画竹，则更听之有声矣。画固神奇，诗亦苍翠。"蔡铎《晓发兰溪》评语曰："橹答渔歌莺入梦，钱曲江佳句也，此更轻倩可人。"所谓"轻倩可人"的诗句是："人语橹声江上下，还听杨柳有莺啼。"蔡铎《蛟潭夜泊》评语曰："奇情奇景，足令读者洞心骇目。"原诗如此展现奇情奇景："孤帆日暮泊江浔，愁把乡心托素琴。却怪寒潭深百尺，时当风雨作龙吟。"陈其湘《题画》评语道："情景历历，笔有化工。"

三、《中山诗文集》

这是琉球唯一的一部汉诗文总集。琉球尚敬十三年、清雍正三年

(1725)，程顺则在福州编辑并付梓这部诗文集。早在康熙六十年（1721），闽人郑晃为它作序，盛赞琉球“国主之文，炳炳琅琅”，如龙翔凤起，日光玉洁，下而王子及诸臣，率皆质有其文，无惭作者，而程君宠文，则文词尤富，其貌廓以闳，其音璆以清，其精坚玮丽，如金石竹箭之英”。同年，王登瀛亦为之序。此时王夫子谈经驿楼，结识蔡铎、曾益、程顺则，读中山王二寿序，谓“冰清玉润，气夺锺岳”，读蔡铎、曾益、程顺则等游草，谓“出诸性情，皆有太史公之笔”，竭力支持其“汇梓成集”⑧。后来，程顺则在恩师陈元辅的鼓励与帮助下，完成了刊行计划。全书由5个系列内容组成。

第一系列，以程顺则诗文为中心组成。程顺则诗包括：一、《雪堂燕游草》85首（冠以林麟焻序、陈元辅序、蔡铎序）；二、《雪堂杂组》28首；三、《雪堂纪荣诗·奉答诸公宴集雪堂赋诗纪荣》1首。3种计114首；程顺则另有碑文记散文5篇。

有关程顺则的还有：一、《雪堂纪荣诗——王世子特赐程顺则凤尾蕉宴集诸僚友于雪堂赋诗纪荣》，作者有蔡铎、金元远、蔡应瑞、郑明良、梁邦基、蔡灼、梁镛、梁津、梁成楫、阮维新、蔡文溥（5首）、金溥等12人的16首诗；二、《雪堂赠言》：中国诗人群谭述、周寅旸、戴翼、高国、王逸、林皦、林成琏、吴国贤、黄壮猷、林潭、郑瀛、竺天植、赵澄、萨宏、李长策、张潭、卓琮、戴施、郑祚昌、郭秉学、严英、杨泽裕、释照乘、释际立、陈镛、陈学海、陈元辅、陈文雄等28人的28首诗，前面冠以陈文雄的《征诗小引》；三、徐葆光为程顺则礼成归国奉送出都赋《赠言》诗10首；四、程顺则之早夭儿子抟万的《焚余稿》诗10首，陈元辅作序。

第二系列，《中山诗文集》收录3位与程顺则同时来闽“勤学”的久米村华裔的诗集，作者或附贡入闽，或自京归来，赋诗成册。一、曾益《执圭堂诗草》，著于1687年，收诗14首，1689年陈元辅为序。二、蔡铎《观光堂游草》，收诗31首，1690年汇集成册，陈元辅为序。三、周新命《翠云楼诗笺》，收诗32首，1693年业师竺天植为序，陈允溥亦作序。

第三系列，《中山诗文集》卷首为中山王、王族与群臣祝颂册封使之诗文：一、中山王尚贞近400言之《奉送翰林汪先生还朝序》（1683年作）；二、王族尚弘毅、尚纯以及朝官毛国珍、毛泰永、翁自仪、毛自义、夏德宣、毛允丽、王明佐、吴世俊、章受祐、郑宗善、梁邦翰、郑永安、郑宗德、陈初源、孙自昌、杨有褆、文克继、毛知传、郑弘良、栢茂、吴彬等23位作者的

25首《中山诗——题画奉祝诰封翰林院汪太公寿》；三、中山王尚贞近600言之《恭祝中翰林玉岩先生贤母敕封戴太孺人荣寿序》（1683年作）；四、王子尚纯《小诗恭赠玉翁林先生》1首；五、王弟尚弘毅、朝官毛泰永、毛国珍、翁自仪4位作者《恭祝林母戴太夫人寿诗》4首，附《德政歌》9首。

第四系列，殿后有7篇碑文记，其中中国册封使3篇，程顺则4篇（已计在程顺则文之内）。册封使3篇为：一、汪楫于康熙二十二年（1683）作《琉球国新建至圣庙记》；二、林麟焻于康熙二十二年（1683）作《琉球国新建至圣庙记》；三、徐葆光于康熙五十八年（1719）作《琉球国新建儒学碑文》。

第五系列，陈元辅作《中山自了传》，为有特异功能的琉球人自了立传。

综观全集，共收录琉球王族、官员、文士39位诗作者的汉诗256首（其中包括程顺则114首，蔡铎32首，周新命32首，曾益14首，程抟万10首，蔡文溥5首，梁成楫、阮维新、王明佐各1首，王弟尚弘毅、王子尚纯各2首）；琉球王与官员、学士散文8篇；另收清国使臣、学士诗38首，散文13篇。汇成规模盛大的中琉友谊大合唱。

四、《琉球诗课·卷1、卷2》

官生林世功、林世忠兄弟合著、教习徐幹评定的《琉球诗课·卷1、卷2》，清同治七年（1868）在清国刊行，为国子监官生习作的丰碑，时人公认为上品。卷1为林世功诗作，53首；卷2为林世忠诗作，49首，两卷共102首，均为五言八韵排律，以“妥帖详雅”见长，且“有中朝馆阁气象”[⑨]。这是一本试律之作，是试帖诗的样板。试律诗体，最初见诸唐代。在科举制度选拔人才中，进士是最高层次的人才，而进士考试则以诗赋为主要内容。为适应科举考试需要，从唐代起就让应试者考前长期练习一种“试帖诗”，大都为五言六韵或八韵的排律，以古人诗句或成语为题，往往冠以“赋得”二字，表明所限的韵脚，首联就得点题。清代试帖诗，格式限制尤为严格，内容大都直接或间接为皇帝歌功颂德，并须切题。就清朝社会而言，上自朝廷儒臣硕生，下至山陬海隅乡曲之士，都在“揣摩声病，排比藻缋”[⑩]，以期符合应试之体。而当时的邻邦琉球，起先未采取科举取士制度，后来亦仿效中国做法，一时以诗赋取士成为大势所趋的风尚。而琉球知识界，虽也风行试律，可他们所作的多为四韵。直到清道光二十一年（1841）阮宣诏等来国子监就读起，才学作八韵诗。而由教习徐幹辑评的林世功、林世忠《琉球诗课》，在琉球汉诗发展史上，起了开风气、导潮流的作用。此时清朝殿廷考试，都用八韵。林世功、林世忠等在北监就读时，就经受了极严格的正规训练，写出规范的试帖诗。教习徐幹夫子给予很高评价，诸如“格律高浑，气象峥嵘”、“诗中有画，雅韵欲流”、“秀色可餐”、“秀韵天成”、“通体雅饬，语语匀圆”、“佳句可入锦囊”、“关合巧妙，别有慧心”等等。林世功《积水远生烟》评语曰：“题本细腻，作者虚与委蛇，便觉神味渊永，凝眸十字，神回气合，着纸欲飞，尤为隽妙。”林世功《流年又喜经重九》评语为：“通体扼定，又字着笔，妙得题神，六联尤警。”林世功《左右修竹》评语为：“难得如此自然，是为试帖正宗。”林世功《隔千里兮共明月》评语曰：“度帖体裁，唐人音节，吴楚一联，能从大处落墨，尤非时手所可及。”林世功《日华川上动》评语曰：“错彩镂金，光艳夺目。”林世功《晓江晴觉蜀波来》评语曰：“浣花联工丽典切，余亦笔情跌宕，卓尔不群。”林世功《潮随山雨入秋城》评语曰：“气魄沉雄，精光四溢。”全诗朱圈密点。林世忠《更容残梦到江南》亦通篇圈点，评语为：“起承两联，安顿有法，三联领得起，七联收得足，杰作也。”

《琉球诗课》的内容，因受课堂习作特点制约，源于书本的题材多，源于现实的题材少。就林世功的卷 1 而言，不外如下 6 类：1. 写景咏物，共 22 首，占 43.3%，如《岩泉滴久石玲珑（得声字）》、《积水远生烟（得烟字）》、《月作主人梅作客（得梅字）》；2. 感怀即兴，共 9 首，占 16.9%，如《竹解心虚即我师（得师字）》、《吾得及春游（得游字）》、《花柳更无私（得游字）》等；3. 谈诗论学，共 9 首，占 16.9%，如《工夫在诗外（得诗字）》、《旧书不厌百回读（得思字）》、《浔阳琵琶（得舟字）》等；4. 纯粹歌功颂德，共 4 首，占 7.5%，如《大富贵亦寿考（得仙字）》、《日华川上动（得川字）》等；5. 怀乡思亲恋人，共 6 首，占 11.3%，如《燕子楼（得飞字）》、《玉关柳（得关字）》、《天宝宫人（得宫字）》等；6. 咏史游仙，共 2 首，占 3.7%，如《赤壁烧兵（得烧字）》、《松凉鹤梦清（得松字）》。

五、《琉球诗录·卷 1、卷 2》

《琉球诗录》为“官生”林世功、林世忠兄弟的课余习作诗集，教习徐幹评定，孙衣言作序，同治十二年（1873）刊行。它比1868年刊行的《琉球诗课》有自由驰骋的广阔天地，从选材、诗体到用韵等，都突破了各种限制，确保创作主体的创作个性得以发挥。“诗录”分两卷，共147首。卷1计91首，林世功著；卷2计56首，林世忠著。论诗体，古近体兼而有之。卷1近体（五绝、七绝、七律、五排）80首，古体（五言、七言、杂言、入律古风）11首；卷2近体（五绝、七绝、五律、七律、五排）47首，古体（五古、杂言）9首。从诗体比例来看，两诗人近体诗中五律均占大多数，前者有39首，后者有16首，可见他们均擅长五律。而古体比重虽小，但已初步显示其创作古体的潜在才能。这在琉球诗人中是难能可贵的。徐幹评林世功《都门雪中作》道：“林生入学不解作古诗，初作此题，尚觉不俗，姑存之以示鼓励。”这既说明其初学乍练而又有潜力，也说明其勤奋习练。论题材，卷1中即景咏物、感时述怀与纪行览胜，占全卷之一半。值得一提的是，林世功受佛教影响较深，他的敬神拜佛与众不同，他路见“绀殿经残劫，香台只断碑”的废寺，怅然而生悲凉之情，作《经废寺》以言志，教习徐幹评曰“苍凉”。另一首《古寺》，抒发了诗人对“多年绝梵音”、“曲径苔荒无客到”的古寺不胜感慨之情。这种感情生成并非偶然，联系其日后乞师时多次烧香求神庇佑，足见其笃信佛教、敬神意识之浓。卷2中，纪行览胜、感时述怀、即景咏物，占全卷67.8%。论技巧，《琉球诗录》处处遵循中国古典诗学鉴赏论，从评语见出评点者徐幹夫子较多接受钟嵘、王夫之、严羽等审美理论的影响，以味评诗，以韵评诗的审美观随处可见。评语有直接引用严羽《沧浪诗话·诗辨》中的“羚羊挂角，无迹可求”，言意境之超脱，又“镜花水月，诗境似之”等语，亦见《诗辨》的影响。徐幹还用“澹远”、“苍凉”、“悲壮”、“清超”、“浑括”、“俊逸”、“沉雄”、“潇洒”、“静穆”、“神味渊永”、“情韵俱远”、“清丽芊绵”等来评点概括，还有“得味外味”、“饶有古意”、“挥洒自如，此境颇不易到”、“曲折赴题，情景入妙”、“遥吟俯唱、逸兴遄飞”等等。可以想见，教习是以钟嵘、王夫之、严羽等的诗学理论来指导学生的汉诗写作的，并培养他们效法唐代名家风格：“结有唐音”、“晚唐风味”、“风骨近盛唐”、“次联格律在韦孟之间”。《拟杜工部登楼》评语为：“起从乡思说起，收从乡思反收，结构严矣，而一种忠爱深情活现纸上，真不愧少陵嫡派。”《拟王维山居秋暝》评语为：“警句颇似摩诘。”由此窥见国子监是按传统诗学的审美规范，来培养训练琉球“官生”的。以下列举两位诗人某些诗作略作比较，见出在这自由命题的诗集里，有些诗题，是二人从福州至北京纪行览胜，或在监就读时相约而作的诗篇，取材一致，篇数、用韵有别，诗味各异，但所取得的成就却不相上下。同以《山居》为题，林世功只写五律1首，用十五删韵，颈联为佳句，教习评语为“二联静细”；而林世忠则写五律2首，一首用十五删韵，有两联佳句，另一首用四支韵，有一联佳句，教习评语为“有逸致”。另一篇为《寒渔》的同题五律，林世功用一东韵，有一联佳句，评语为“工稳”；林世忠用十一尤韵，有一联佳句。又一篇为《寒柝》的同题五律，林世功用七阳韵，有两联佳句，评语为“悲壮”；林世忠用一东韵，也有两联佳句。他们还同以《纳凉》为题，林世功作七绝2首，分别用七阳韵、四支韵，前一首有一联佳句，评语为“晚唐风味”，后一首有一联佳句；林世忠则写七绝3首，分别用一先韵、十五咸韵、六麻韵，评语为“均有逸致”，有5个佳句。他们还都作过《塞上曲》，林世功为五律2首，前一首用十四寒韵，有一联佳句，后一首用七虞韵，有两联佳句，评语为“颇有杜陵气息”；林世忠为七律1首，用八庚韵，整首为朱圈密点的佳篇，评语为“步伐整齐”。基于以上例证，我们称《琉球诗录》为琉球高调、汉诗精品，也许不算过分吧。

注释：

①③⑥蔡铎：《雪堂燕游草·序》，《雪堂燕游草》，京兆书林奎文馆正德甲午年（1714）刻。

②④⑤陈元辅：《雪堂燕游草·叙》，《雪堂燕游草》，京兆书林奎文馆正德甲午年（1714）刻。

⑦林麟焻：《雪堂燕游草·序》，《雪堂燕游草》，京兆书林奎文馆正德甲午年（1714）刻。

⑧王登瀛：《中山诗文集·序》，官省图书。

⑨⑩孙衣言：《琉球诗课·序》，《琉球诗课》，同治十二年（1861）刻本。徐斡评定，北京国家图书馆藏。

1996年3月于康山里新村

本文载《语文学刊》1996年第4期。

五探琉球汉诗

——程顺则和《雪堂燕游草》

琉球最重要的汉诗人程顺则（1663～1734），童名思武太，字宠文，号念庵。他一生5次来到福州，其中4次上北京（有的著作说他“三至闽，两入都”，与家谱不符）。康熙二十二年（1683），任谢封使船通事入京，后留福州“勤学”4年，跟从朱子学家陈元辅研习朱子学，学成回国，任教久米村。康熙二十八年（1689），任接贡存留通事，又跟陈元辅研习朱子学和习练汉诗3年，自费购1592卷本《十七史》一部回国赠孔庙。康熙三十五年（1696），任进贡北京大通事晋京，离京后滞留福州到1698年回国。《雪堂燕游草》（下简称《游草》）即成书于此行。康熙四十五年（1706），任进贡正议大夫到福州。1707年经山东谒孔子故居，拜孔林圣墓，后上京纳贡受赏。康熙五十九年（1720），送册封使徐葆光回京，入都纳贡，领钦赏后，捧敕书出京，在江南捐资购得30卷本《皇清诗选》数十部，翌年经福州回国，献给王府书院、圣庙各一部，其余分赠师友。

程顺则是个官员兼诗人，历任官和职有：通事、都通事、中议大夫、正议大夫、紫金大夫、隆勋紫金大夫等。他的汉诗，在琉球文学史上占重要地位。在清代诗坛，他是周边国汉诗人中最突出的一位。《皇清诗选》入选25位诗人的70首汉诗，他的诗竟占21首；琉球空前的《中山诗文集》，他的诗与文占1/3；1990年日本出版的岛尻胜太郎选、上里贤一注的《琉球汉诗选》，8家91首诗中，他的诗占1/4强。程顺则现存诗118首，包括《游草》85首，《雪堂杂组》28首，《雪堂纪荣诗·奉答诸公宴集雪堂赋诗纪荣》1首。此外，笔者发现《那霸市史·家谱资料·著作》记载：程顺则有文11篇，诗

4首。文题为：《柔远驿土地祠记》、《柔远驿崇报祠记》、《重修临海桥碑文》、《程家世亲墓碑文》、《琉球国新建至圣庙记》、《新建启圣公祠记》、《庙学记略》、《琉球国创建关帝庙记》、《恭赠前摄政太政大臣藤原家熙公高隐》、《徵言》、《中山王府官制序》。诗题为：《寄赠物外楼隐君子》2首、《喜宪副林玉岩先生惠序燕游草赋谢》、《奉送徐太史澂斋还朝》。总计起来，为118首。

程顺则兼擅七绝七律。《游草》中七绝七律占84.7%，《雪堂杂组》中七绝七律占89.2%，《程氏家谱》4首程诗全是七绝七律，《雪堂纪荣诗》的"奉答"也是七律。总之，现存程诗118首中，七律七绝共102首，占总数86.5%。他的诗，体物工致，抒情深切，业师陈元辅评说"咏物之工，颂扬之美，兼而有之"①。

《游草》的书名：雪堂，程顺则雅号。燕（yān），燕京，北京别称。游草，指北京之行诗草。这本诗，论篇数虽远不及蔡大鼎《闽山游草》（正续集338首）丰富，但它却是程顺则最主要的诗集。关于《游草》刊行年代问题。上述的《琉球汉诗选》和池宫正治等编的《久米村——历史与人物》，都说它是1696年刊行的。他们一定持论有据。可笔者以为，此诗集曾多次刊行。就笔者案头这个京兆书林奎文馆藏版本来说，林麟焻和陈元辅都是读了诗集以后，于康熙三十七年（1698）为它作序的，推断是1698年出第2版。濑尾维贤源三郎《题雪堂燕游草后》说他收藏辛卯年（康熙五十年，1711年）版本，推断是第3版。他根据辛卯版重刻的癸巳年（1713）版本，推断是第4版。而封底又注明"正德甲午春正月奎文馆主人濑尾源兵卫新刻"，"正德"是日本年号，甲午即1714年，"新刻"推断是第5版。

时人对此诗集及程顺则其人其诗如何评价？先说评论诗集，如："若赐宴颁币、舟中拜阙、放鹤亭读圣制诸作，瞻仰吾君也。姑苏省墓二首，不忘乃父也。忠孝之思，蔼然言表。至其登临赠答，俯仰陈迹，流连吊古，有慷慨悲歌之致。"② "凡所过之通都大邑，所游之古刹荒祠，与所交之名公巨卿，皆著之于诗。而三州佳丽，搜奇抉胜，尤多吟咏……九重宫阙之巍峨，以及大江南北、湖山林麓、城邑亭台之壮丽，以真性情，为真文章，追太史、工部风。"③ "忠孝之思深，师友之情笃，山川之兴长，无一不挥洒于楮上，且风流蕴藉，大得唐人微旨。"④ "笔锋骇人，词名达远，真所谓稀世之才子矣。"⑤再说评论程顺则的人品诗品，如："观程子之诗，知其为人，洵不愧彼所谓豪杰之士矣。"⑥ "宠文……少聪颖，长复嗜古，前后三至闽、两入都，虽王事鞅掌，而执经问业，寒暑弗辍，且虚衷取友，更多结纳，以故榕城知名士，咸乐与之游，即翰苑巨公，旗门儒将，亦靡不刮目，得李杜沈宋之奥，尤擅四声……宠文其可以地囿之乎？况今人文方盛，宠文年甫及壮，优悠渐渍之久，其所造正未可量。”⑦

《游草》共 87 页，包括三项内容：一、序（第 2～22 页）、跋（第 84 页）；二、诗（第 24～62 页），包括附 6 首交游送别诗；三、附录陈世法《琉球考》（第 64～83 页）（“蛇足”不属本文研究范围——笔者）。

序、跋共 4 篇：林麟焻《序》，陈元辅《叙》，蔡铎《序》，濑尾维贤源三郎的《跋》。林麟焻是清国册封使，其序总评此诗集时首先看到的是“忠孝之思”，接着点出登临诗篇之美，还预言日后选编国内外汉诗集时，必首选程顺则诗。陈元辅是福州名士，两度为程业师，教他研习朱子学和习练汉诗，说“程子攻诗有年，为中山之秀”，赞许他“以真性情，为真文章，追太史、工部风”⑧。蔡铎是琉国紫金大夫，年龄、资格都比顺则老，他比程大 19 岁，也早升为紫金大夫，其诗集《观光堂游草》于 1690 年成书，但诗名不及顺则。蔡铎作为小国的高官兼诗人，在序中也处处表露出他的地位和观点，除颂扬大清皇帝之文德武功外，还点出清之幅员广、声教隆从古未有，更高度评价程的人品文品，特别盛赞其诗才，强调其伦常道德修养，预言来日若选编国内外汉诗，采风者定然选录程诗。果然，1705 年选编刊行的《皇清诗选》，就大量入选程诗，兑现了林序和蔡序预言，也奠定了程顺则在琉球文学史上的地位。

二

《游草》是程顺则奉命出使清国，往返途中所赋之诗。目录不按经历地点顺序排列，大体是从福州经运河，到北京，又回福州。为便于理解行踪，笔者在此特作一番梳理，还原当年使事活动轨迹。以下按使团赴京路线排列，用［　］插注今地名，阿拉伯数字表示这地名见之于第×题诗（全书收诗 79 题，85 首）。

［福州南台］琼河(1)(73)－［古田水口］困关(2)－［南平］黯淡滩(4)·延津(3)－建溪(70)(72)－［浦城］仙霞岭(62)－［浙江江山］江郎山·江郎石(6)(61)－兰溪(60)－［杭州］西湖(48)·放鹤亭(49)·林和靖墓(50)·苏小墓

(51)·陆宣公祠(53)·岳飞墓(54)·苏堤(55)·湖心亭(56)(57)·飞来峰(58)—[江苏]太湖(67)—[苏州]姑苏(41)(45)(46)·虎丘(42)·寒山寺(43)·枫桥(43)(44)·吴县程泰祚墓(46)·胥门(47)·小武当(63)(64)(65)(66)(67)(68)(69)(71)—[常州]延陵(33)·挂剑台(33)·晋陵(40)—[镇江]京口(8)(39)·润州(39)—[长江]扬子江(38)—[扬州]广陵(10)(12)·维扬(10)(35)·炀帝地(12)·芜城(13)·江都(13)·二十四桥(13)—[高邮]露筋祠(14)—淮阴(34)—黄河(18)(22)—[河北]沧州(7)[北京]京华(1)(25)·长安(喻指北京)(20)(32)·神京(23)·皇城(23)·京邸(23)(30)·帝城(24)·都门(25)(31)·午门(27)·蓬莱(喻指皇宫)(27)(37)·帝都(31)。

《游草》中有各种诗体,七绝40首,占总数47.5%;七律32首,占37.6%;五律4首,占4.7%;五绝2首,占2.35%;五古6首,占7.06%;七古1首,占1.18%。就内容来说,有如下4类(几类间有交叉关系;凡跨类的,只放在某类评析)。

(一)登临览胜,思乡感怀,即景咏物。此类诗占总数52.9%。其中登临览胜最多。《登金山塔》之二(《皇清诗选》改题《登金山浮图》),从佛塔高插云天,自然引出凭虚御风之意,又从"云飞处"自然转到思念家国之情,结句水到渠成落到"望海东"。而"极目苍茫"显出境界高远。诗作正是借助"意"纵深突破"境",巧妙完成"登高望乡"主题。《晚泊露筋祠》是览胜怀古诗。诗人怀着崇敬心情瞻仰这座为纪念古代贞女而建的神祠,并欲献酒敬奠。《游草》颔联作"当年红脸",后《皇清诗选》改"当年绿鬓",避免误为怒容,且突出青春容颜,跟意境也更协调。《皇清诗选》给"粉黛"二句加圈,旁注"言婉而多风",给"当年"二句圈点。总评说:"三四亦沉雄亦婉约。历观此题诸诗,当以此为第一。"这是诗评家审视同题材诗后所下的结论,评价甚高。《广陵月夜闻笛》为览胜思乡怀古之作。诗人面对当年隋炀帝被缢之地,不由心潮起伏。时值晚秋,在山林幽深、万籁俱寂的月夜,江涛交织悲凉笛声,激起作者深深乡愁。《皇清诗选》评:"不必选意而句自动人。"笔者以为,从审美结构审视,这首诗酝酿过程经三步骤:第一,山水意象化:诗人选取林壑、月、杨柳、炀帝地、笛声、广陵涛、江岸等意象,汇聚成一个艺术世界;第二,意象场面化:上述意象群构成一个孤冷凄清的场面;第三,场面镜头化:在上述基础上,诗人摄下一个游子月下怀乡的刹那镜头。由于事情发生在炀帝被缢地,因此掺入怀古成分。《游草》中乡愁情愫时有所见。一个异邦使臣来华朝贡，路程既遥远，交通又不便，思乡之情在所难免。《乡梦》既是怀乡又是记梦，通过梦幻集中展现乡愁。诗作呈现情感的方式是采用现实画面与梦境画面叠映的双重结构。诗人身在“东厢”（现实），梦见自己在家乡被“召入王门赐酒浆”（梦境），这情景合乎生活逻辑，因为他将在北京接受皇上赐宴。因此两种画面叠映一起，不悖情理。《仙霞岭观梅》是登临即景思乡之作。作者时刻不忘光荣使命，“玺书高捧”，豪情满怀。仙霞岭横亘闽浙，岭上有关帝庙、雨花庵、五显庙、小天池等。诗人从北京回程，须途经福州归国。过了此岭就入闽界，因此说“过此仍为闽峤客”。峤，山锐而高，浦城状元岭可谓峻峭，用“峤”极为恰切。《皇清诗选》评：“诗境如塞外，山花别饶奇秀。”“倒飞沙”、“闻雁”，恍若塞外。闻雁思家，蕴含乡愁。全诗不着“梅”字，却能见梅。“岭头花”、“雪里香”均指梅。诗作见出诗人练字功力，“曲”，突出山路“迂回路转”的“二十四曲”；“磴”，状写360级石阶。这与李鼎元《使琉球记（上）》所记相符。此类诗还有《过苏小墓》、《谒四贤祠》、《陆宣公祠》、《拜岳鄂王墓》、《苏堤观柳》、《拜林和靖先生墓》、《湖心亭》、《飞来峰》、《过钓台》、《江郎积雪》等十来首。

（二）赋朝贡，颂功德，表忠孝。这类诗虽只占总数25.9%，但它最能体现诗人的思维导向：仰慕天朝、恪守臣节、知恩图报、忠君孝亲等，它渗透到他的每根神经，因此特作重点剖析。《游草》中写进京朝贡的诗，可看出从福州到北京又回福州的粗略轨迹。第一首《琼河发棹》是纪行诗，写进贡使船从福州柔远驿启程，由琼河入闽江溯行，充满对天朝的恭顺崇拜，船上岸边同声高唱太平盛世之歌，祈盼着承受皇上的恩泽，祈求一路平安。终篇《琼河解缆》跟它遥相呼应，结束了在大陆的整个进贡行程。在赴京途中，贡使团长途跋涉，苦不堪言，若遇狂风暴雪，渡大河险滩，更是历尽风险。《渡黄河》写渡河时惊心动魄的情景。尽管遇到惊涛骇浪，但为了完成神圣的朝贡使命，绝不敢有半句怨言。献雉，指表忠心。据说雉是一种守节的鸟，以此表达琉球对大清恪守臣节的坚定信念。《过扬子江》也写经历一番险风恶浪的考验。不必说是大江大河，即使是溯行闽江，也莫不提心吊胆。《黯淡滩》写纤夫拉纤在岸上艰难迈步，就怕竹缆一断，招致船翻人亡的灭顶之灾。《维扬遇雪》写贡使冒大雪跋涉在扬州道上。不冒热气的枯井，为寒云所冻，弱柳枝也被摧残得奄奄一息。接着笔锋从视觉转向触觉，雪压帽檐沉甸甸，足见雪非常之大，不忍重鞭策马，深知马行进之难，此情景怎不叫诗人倍觉凄凉？《皇清诗选》虽无评语，却给“冻云”四句圈点。

诗集涉及歌功颂德、表达忠孝兼有进贡纪行、思乡感怀的有13首，其中着重颂功德、表忠孝的有9首。《赐宴春官》是典型的歌颂清廷功高德隆恩溥的诗篇，写皇宫赐宴春官的盛况。它从皇帝传旨宴请琉球使臣，写到宴会厅的豪华堂皇，美酒佳肴的名贵丰盛，通宵聚谈，充满欢乐气氛。琉球本来对天朝所施恩惠就万分感恩戴德，使臣们又受盛宴款待，更是大喜过望，感激涕零。首联就点明“柔远恩深礼法宽”等深切感受。清朝对琉球一贯采取“怀柔远人”的方针。怀柔，实质是用政治手段笼络其他国家。柔远，即安定远方之人。礼法，礼仪法度。《游草》中这首诗标题和末句都作“春宫”。但从韵脚判断，当是“春官”之误。春官，此指礼部。外宾参加宴会，当时由礼部有关机关负责安排。《皇清诗选》亦作“春官”，评语是：“圣朝柔远之仁，于此可见。”《午门颁币》也是典型的歌功颂德诗。明清两代对琉球的进贡历来是“厚往薄来”，琉球进贡只是些粗陋土产，而天朝赏赐的则是些冠服、绸缎锦绣、名贵药材，甚至钱币。《游草》题为《午门颁弊》，“弊”疑是“币”(繁体像“弊”)之误。《琉球汉诗选》作“颁币”。此诗就是写对琉球贡团的一次赏赐。仪式是在紫禁城正门午门举行的。鸿胪官宣布仪式开始，朝廷张黄金榜公布所赏品名，赏品堆满帝台，逐一赏给。这岂止是赐给财物，更使受赏的琉球王、使臣感到无尚荣光。尾联表示唯一的报答是“承恩竞捧出蓬莱”。蓬莱，喻指皇宫。《京邸中秋》诗题注：“时皇上亲统禁旅，西征噶尔丹凯旋，颁诏中外。”康熙帝用兵边疆，击溃骚乱日久的噶尔丹，自是万分得意，向国内外发布捷报。作者跟天朝同命运，借此喜事大加歌颂：“秋光此夜十分清，大地河山尽水晶。况复西征新奏凯，欢声月色满皇城。”《都门九日》标题暗示九月初九重阳节在北京度过。诗篇除描摹首都壮丽威严、灿烂辉煌外，还抒发“名士登台乐”，状写“陪臣作赋豪”。特别值得关注的是“圣代即今声教远”，指如今清王朝的封建思想和制度覆盖四海乃至邻邦。声教，风声教化。琉球国正是在这种“声教”下，大量引进程朱理学、封建典章制度、礼仪律令。程顺则等为琉球国草拟的《中山王府官制序》说：“伏睹国圣天子声教诞敷，无远弗届，所有本国官爵，敢不仰遵国王命，依衔翻正，以昭车书一统之风？”⑨《出都》一诗，赋朝贡而又颂功德。骑上好马，“天书高捧出长安”，意气豪迈，激情满怀。“中原锦绣山川丽”，是写实，“江南江北立马看”，却只是想象，否则既非乘飞机，哪来如此广阔视野？《皇清诗选》评：“结有举头天外之想。”这是顺作者思路下的评语。《长至舟次拜阙》也是歌功颂德。冬至日，敞开一道道宫门，朝官列队台上，进贡使臣朝拜于宫门外望楼，国内外官员祝颂皇帝高呼万岁声，响彻宫殿。《姑苏省墓二首》是悼亡尽孝诗。作者先父泰祚 1673 年护贡进京，病逝归途，1675 年葬于吴县。1684 年作者赴京返程，便道省墓（诗中说“十四年”，实际仅 12 年。除非 1686 年写此诗，才够 14 年）。诗前小序说：“重瞻墓木，血泪横流，感赋二律，以志依恋云。”此诗字字泣血，声声含泪，从中看出作者处理忠与孝之关系。首句表明致力“王事”理所当然，次句“赢得荒碑记故臣”，就哀怜先人结局，显然流露悲戚。颔联充分抒发父子亲情：“万里海天生死隔，一时父子梦魂亲。”作者父亲为“王事”客死丧葬异域，父子分别处于两国的阴曹阳间，连每年探墓也办不到，只能在梦中与鬼魂相会，也太令人同情。尾联以路人受感染而落泪，衬托自己悲痛情怀。第二首点出 14 年来多少次痛哭流泪。颔联对偶十分工整：“鹿走山前松径乱，乌啼碣上墓门秋。”后句《游草》作“猿啼”，《皇清诗选》改为“乌啼”，把“兽对兽”改为“兽对禽”，一则有所变化，二则乌鸦啼比猿啼似更惨厉。尾联凄楚哀切，余韵悠长：“过此不知何日到，茫茫沧海望无由。”《皇清诗选》评：“哀慕之思，溢于言表，令人不忍卒读。”这是因为墓前景象经过作者悲痛心灵的渗透、溶解、孕育之后，形成令人悲恸凄楚的意境，具有强烈感人力量。此外，《闽关夜泊》、《舟过延津》、《京口晚泊》、《圣制耕织图》、《放鹤亭拜读圣制舞鹤赋》等，都属这类。

（三）怀古咏史，论诗赏画。此类诗占总数 20.6%。《胥门吊古》是怀古咏史诗。胥门，苏州伍子胥门。阖闾若有灵，将为子胥被夫差赐死而痛哭，夫差偏不让胥“抉目”而将他尸首沉江。曾几何时，越就灭了吴。诗人有感于夫差不用胥而招祸，凭吊赋诗。《姑苏台怀古》直接从吴国霸业凋零切入，阖闾姑苏台已荒凉破败，夫差享乐的馆娃宫，也布满藤萝。颔联对偶颇工整：“茂苑凫鹥争浅草，荒台麋鹿走晴莎。”《芜城怀古》是即景怀古诗。通过展现广陵残败破乱、荒芜不堪的凄凉景象，抒发诗人感叹兴亡之情怀，具有一定审美价值。《晚泊淮阴感赋》是怀古诗。船泊淮阴江岸，不禁想起韩信。他忍气吞声受胯下辱（《游草》中“胯”误作“跨”），忍饥垂钓接受漂母给饭。后来项羽不起用他，凭着萧何推荐，刘邦才筑高坛封他为大将。他助刘邦灭项羽，为兴汉第一功臣。但忌刻寡恩的刘邦，称帝后让吕雉给韩扣上“谋反”

罪，也是这个萧何骗韩入吕后圈套，以致被斩于长乐宫。韩信因有萧何这个“知己”，枉被灭族，人们能不为韩洒同情泪？诗人有感于季札对亡友徐君守信义，作《挂剑台行》，盛赞这位不论友人健在或已故，都要兑现“心许”的昔贤。《湖心亭读太史宋灢川先生“乾坤浮水面，鱼鸟见天心”联句回一截》属论诗的内容。诗人读宋先生联句，联想王勃《滕王阁序》中的千古名句，并将二者相提并论。笔者以为，王勃与宋灢川在技巧上有高下之分，不可同日而语。看来联句显然受“落霞与孤鹜齐飞，秋水共长天一色”启发，但技巧不及王勃。王撷取既优美又富可感性的意象，描绘出旷远背景，在水天一色的青碧中，点缀红霞、孤鹜，构成开阔鲜明画面。无生命晚霞和有生命飞鸟并举，画面格外明丽鲜活。宋灢川的联句不知出处何在。“乾坤浮水面”，不由人想起杜甫诗句“乾坤日夜浮”。“鱼鸟”句把人带进水天相连的浑然境界，因而“天心”中有鱼也有鸟。诗人把这个联句捧为“绝调”。而“千秋吴越月明孤”，可以理解为写眼前景，也可以理解为对这联句的赞赏：在悠久的吴越文化氛围中，它像一轮明月永放光芒。若真有这个意思，那就有溢美之嫌。显然作者对宋太史有些偏爱，在这本总共 79 题的诗集里，专为宋太史而作的就占 4 题（程与同僚毛吉云赠答的仅 3 题，与业师陈元辅赠酬的也仅 2 题）。为宋太史而作的另外 3 题是：《灢川先生赐春山八咏和章赋谢》、《京邸荷太史宋灢川先生惠教瀛台恭纪诗并墨画赋谢》、《淮角楼逢滇南正总裁宋灢川太史赐闱墨》。清代礼部选定应试者试卷，编刻成书，叫“闱墨”。“康熙九年议准，嗣后每年乡会试卷，礼部选其文字中程者，刊刻成帙，颁行天下”[10]。宋太史赠闱墨给程顺则，还教他赋诗作画，可见彼此过从甚密。《圣制耕织图》写皇帝画的《男耕女织图》，表现封建帝王重视农业生产，忧国忧民。图里画的是农民赶牛儿犁田，农妇背大筐干活，还有养蚕作茧缫线，谷物登场丰收……皇帝心里牵挂的尽是农事，于是乎“农家乐”之类的民谣，将飘荡在四海九州。这既是读画的诗，展现画面情景，又在歌功颂德，可谓“厚人伦”、“美教化”的宫廷文学。此外，《订同僚长毛吉云先生郑基桥夫子观琼花图不果》、《寒山寺读户部员外郎张懿孙先生枫桥夜泊石刻》等，也属论诗赏画类。

（四）酬赠答对，咏中琉友谊。此类诗占总数的 20%。从《都门留别鸿胪李元章先生》看出程顺则广泛结交清朝官员文士。彼此虽是“浅交”，但心却相通，直到夜深人静，投壶、弹琴方罢，主人送行，两人不舍分手。诗以

"不知沧海外，犹得见君无"作结，切合异邦诗人心理。《皇清诗选》评"结句悠然，有不尽之致"。这是元人揭曼硕所谓"语少意多，句穷篇尽，目中恍然别有一境界意思"[11]。《洪江送鸿胪萧子贻先生还朝》写萧鸿胪将离福州回京，诗人到洪江送行。诗作写出洪江一带景色，想象萧君将骑上红色骏马，乘坐雕着青雀的大船，过太湖、西湖，因无所赠，只能挥泪"劝加餐"。《皇清诗选》评："自吴而越而闽途中情景历历如画。"《第三届中琉历史关系国际学术会议论文集》有一篇论文《琉球程顺则宠文诗作之研究》（当时尚未钩沉《游草》）评此诗说："据……魏学源《福建进京水陆路程表》小注中有'五里洪塘'一语，疑程先生送别萧君还朝，即在福州附近。或江与塘一字之误。全句（疑是'全诗'——笔者）起二句即好，项联（疑是'颈联'——笔者）上句第五字下句第六字，均有笔误，今为更正，中山集缮本非佳，非程君自写也。"这篇论文作者和魏先生，也许都不熟识福州。福州人大都知道"洪塘"这地名，从前属闽侯县，现在属福州市。福州无"洪江"地名，疑是"洪塘"之误。按规定，清朝各级官员往来于北京与福州，都只能在洪山桥码头启程或登岸，鸿胪萧子贻自不例外，此诗就是写诗人到洪山桥码头送行。另，查《中山诗文集》确有此诗，但与《皇清诗选》校对，前者有 10 个错字：蕖、过、摇、青、雀、泛、烧、橐、堪、劝。《游草》中有 19 首都是酬答应和清国官员文士的诗，或回味酒逢知己，或吟咏同游之乐，或抒发离情别绪，或赏鉴石刻精品，或寄怀闽中夫子，或感戴教诲师恩，或赋谢诗艺画技，或致谢赐赠闱墨等等，总之，它们从多侧面反映中琉人民友谊，限于篇幅，不一一评说。

三

程顺则生活年代跨康熙、雍正两朝，以下剖析清国心态、琉球心态和诗人心态，以透视创作背景。

（一）清国心态。就政治斗争而言，清兵入关后内忧外患连年不断，南有郑成功抗清，北有噶尔丹勾结帝俄为患，各地抗清斗争此起彼伏。清为巩固其统治，继承许多明代制度，还掺杂不少欺骗因素，以缓和满、汉民族矛盾，如宣称中央官制大致满、汉平分。就思想文化而言，为镇压反满活动，兴七八十起文字狱；沿袭八股取士制度，推崇朱熹为儒学正宗，用程朱理学抵消反满思想；借修《明史》，举行博学弘词科，取录文士授翰林院官职，诱文士专攻八股和诗文；当时诗歌理论则以汉魏古诗唐近体诗为攻习目标。而琉球“官生”诗人、“勤学”诗人正是在这种背景下习练汉诗的。

国际上，荷兰、西班牙、葡萄牙等早期殖民主义者，对清国虎视眈眈。当时虽未经历鸦片战争较量，但康熙对他们已感畏惧，且存戒心，预言将来“中国必受其累”，并下令沿海增设炮台。不过，此时，清还敢对英夷摆出“天朝大国”架势，开口“天朝物产丰盈，无所不有，原不借外夷货物以通有无”，对“尔国”“加恩体恤”，闭口“天朝统驭万国”，“天朝加惠远人、抚育四夷”[12]。话说回来，明清的外交方针是“怀柔远人”、“厚往薄来”。清朝对周边各国，只要他们按期朝贡，就报以封赐。可日本、吕宋、占城等国却“久不贡”，或“贡使渐稀”。甚至清国还兵败于缅甸、安南。在基本闭关的情况下，唯独与琉球交往较多。有人说清国收了个穷干儿子，只在政治上享有“宗主国”虚名，经济上却耗费极大，每次册封或进贡，为维持“天朝”尊严，也出于炫耀心态，对琉球的赏赐，往往超过琉球所贡的几倍或十几倍。总之，清国对琉球一味施予恩泽，以巨大付出博得一番歌功颂德，从而满足天朝大国的虚荣心，以扩大国际影响。

（二）琉球心态。琉球原先经济文化十分落后，是东亚暹罗、苏门答腊、满喇加、高丽、爪哇、日本、交趾、占城等十几国中最穷的一国。自明初接受中国教化援助以后，逐渐变成海商王国。中国厚赐及通商利润，是琉球的生命线。但在程顺则出生的半世纪前，日本萨藩就灭了琉球，琉球就处于“两属时代”：明属中国，暗属萨藩，沦为萨的奴隶。萨藩控制了琉球的经济命脉，随贡互市和中国赏赐，被萨掠夺殆尽，琉球只得突破清朝三年一贡规定，改为两年一贡，加上隔年接贡，如此每年都有贡船来闽贸易。而琉球百姓大都靠铁树籽粉充饥，史称琉球为“苏铁地狱”。

琉球不仅经济上依赖清国生存，意识形态也属于清国儒家思想体系，实行封建宗法制度。英国张伯伦著《琉球与琉球人民》说：“琉球的确无愧于‘守礼之邦’四个大字。这是……中国皇帝赐予琉球的，琉球引以为荣”，“琉球……以偃武修文（点为笔者所加）的君子之国为理想，这使……拿破仑等，无法置信。”[13]先说“修文”，修明文教。明清两代，中国的历法、学制、教科书、朱子学、宗法制度、航海、宗教、文与艺等，在琉球全面传播。清以后历任琉王，大都善于汉诗汉文，至于久米华裔能诗文的，更不可胜数。再说

"偃武"。琉球100多年偃息武备，民不知战事，以致萨军入侵，仅郑迵率众抵抗，迵被俘宁死不屈，入油锅壮烈殉国。琉球尚宁王及朝官数十人被俘，签投降书。在琉人看来，清国与萨藩，一仁一酷，一富一贫。如此，琉球自然对萨藩恐惧和无奈，对清国由衷向慕和感戴。琉球在与清国交往中，是以"修臣职"、"惟声教"而受厚待的。可以说琉球对中朝的歌功颂德，不排除功利主义色彩，但更多的是对儒学的"心慕手追"，心有灵犀一点通。

（三）诗人心态。程顺则出身"守礼之邦"世代官宦之家，且是琉球血统过继久米村的。其祖父虞秉宪，六品官。其父虞泰祚，官至都通事。只因久米闽36姓的程家几近绝嗣，"王念其先世有功于国，不忍令其湮没无传"⑭，1656年琉王命泰祚过继程家，改姓程。后泰祚上京进贡客死丧葬中国，顺则11岁成"烈士遗孤"，这使他跟贡事又多了一层关系。顺则母亲郑氏，是久米村正议大夫郑子孝长女。因此顺则是在浓郁的程朱理学文化氛围中成长的，血管里奔流的是孔孟之道和向慕中华、恪守臣节的鲜血。他到中国研习的是朱子学和汉诗，收藏的是朱熹手迹"忠孝"⑮、"行仁义事"、"存忠孝心"⑯等等，把它们奉为至宝，珍藏留给子孙，先后请翰林院郑任钥和册封使徐葆光、赵文楷、李鼎元等鉴赏并题词。郑任钥写道："中山为国，越在海外，其俗守礼尚义，臣事天朝，最为恭谨，遭逢圣天子临御日久，文德覃敷，洋溢乎方外……故迩来其国文物彬彬可观，使者程君尤其杰出者也……凡遇胜迹，每流连观览……过曲阜，游孔林，指陈往事，尤钦仰向往焉。"⑰所以程顺则一旦遇上《六谕衍义》（康熙帝圣谕，内容系教忠教孝，明礼守法等）便如获至室，自费购得一部，在福州重刻数百部带回国，献给琉球王和鹿儿岛藩主，琉王、藩主定为全国国民修身读本。他自费购《皇清诗选》回国事已见上述。在传播汉诗和中国文化方面，都做出贡献，当时被誉为"名护圣人"（名护为琉北重镇）。乔治克尔著《琉球史》称"程顺则为儒家思想在琉球之传人，不独大有影响于琉球，抑且转而影响及于日本"，台湾琉球学者杨仲揆也称之为"孔孟思想的伟大传人"⑱。鲁迅说："从血管里出来的都是血。"笔者以为，从程顺则笔下出来的，都是仰慕清朝、热爱琉球、忠君尽孝的诗篇。程顺则所代表的政权、道德、教育、文学等上层建筑，都积极地为"两属时代"的琉球经济基础服务。在清国眼中，程顺则是按孔孟之道树起的样板，因此他的诗作，首先引起清国关注，在《皇清诗选》中，他必然成为周边国汉诗入选最多的诗人。与程同时代的"勤学"诗人蔡铎、曾益、周新命、蔡温，"官生”诗人梁成楫、蔡文溥，都是上层知识者，既能当官，又会写诗，他们共同特点是效忠琉球，向慕中华，恪守臣节。尽管明清换代，但由于封贡政策的连续性，琉球始终恪守臣节，对清国总是迎恩受赏，感戴不尽。程顺则是这些官员诗人的杰出代表。他首先是官员，其次才是诗人。杨仲揆评价说：“程顺则为醇儒教育家……其于琉球之贡献，计有改定官制，纠正度量衡制度，树立学制端正学风，树立德行楷模，输入中国文教思想，笃行孔孟教义。”⑲从汉诗创作来看，程顺则确是琉球最重要的一位诗人。上文所引序跋中的评价，可供参阅，其中虽有溢美成分，却大都点到关键。

注释：

①③⑧（清）陈元辅：《雪堂燕游草·叙》，《雪堂燕游草》，京兆书林奎文馆藏，正德甲午年（1714）刻。

②⑥（清）林麟焻：《雪堂燕游草·序》，《雪堂燕游草》，京兆书林奎文馆藏，正德甲午年（1714）刻。

④⑦［琉］蔡铎：《雪堂燕游草·序》，《雪堂燕游草》，京兆书林奎文馆藏，正德甲午年（1714）刻。

⑤［琉］濑尾维贤源三郎：《题雪堂燕游草后》，《雪堂燕游草》，京兆书林奎文馆藏，正德甲午年（1714）刻。

⑨⑭⑰那霸市企画部市史编集室：《那霸市史·程氏家谱》，第555、541、557页。

⑩（清）昆冈：《大清会典事例·礼部·贡举》，光绪年间石印本。

⑪（元）揭曼硕：《诗法正宗》，转引自肖弛《中国诗歌美学》，北京大学出版社1986年版。

⑫（清）王庆云：《熙朝纪政·敕谕英吉利国王二道》，光绪二十八年（1902），上海书局。

⑬⑮⑯⑱⑲（台）杨仲揆：《琉球古今谈》，第115、345、368、100、101页，台湾商务印书馆1990年版。

2002年1月至5月于康山里

第九届中琉历史关系国际学术会议于2002年11月7～8日召开。日本、德国和中国台湾、香港、大陆的62位专家学者参加会议。笔者提交论文《五探琉球汉诗——程顺则和〈雪堂燕游草〉》并在大会交流宣读。论文先在《福建师范大学学报》2003年第5期发表，后收入《第九届中琉历史关系国际学术会议论文集》，于2005年10月由海洋出版社出版。

六探琉球汉诗

——末代诗人，琉诗绝响

本文研究琉球国爱国诗人蔡大鼎的贡献。琉球是中国明、清两代的附属国，光绪年间被日本并吞。亡国前，蔡大鼎与几位爱国志士奉国王之命为挽救其祖国命运到北京求救，毫无效果。亡国后，他们痛感无颜面对国王和民众，只好客死在中国。论琉球汉诗，蔡大鼎数量最多，质量最优。内容广泛，包括：孝亲忠君，忧国思乡，倾慕中华文化，盛赞闽都薪传，放歌三山史韵，关注左海民俗，迷信神祇，并重域外交往。必须指出，附属国地位决定他只能歌唱清朝大恩大德和虚假太平。

研究琉球诗人蔡大鼎的汉诗创作，须从特定的社会时空背景切入。“诗家”和“国家”忧乐同步，蔡大鼎的忧患意识和琉球、清朝的存亡兴衰胶合一起。蔡大鼎的创作生涯，正值清国多难之秋。对外屡战屡败，连续签订丧权辱国的条约；对内加紧搜刮人民，激起民众武装反抗；唯对琉球，为显示宗主国尊荣，却优礼厚赐来贡使团。

蔡大鼎（1823～?），字汝霖，久米村华裔。天资颖悟，笃好于学，工于诗文。可他却赶上多灾多难年代。早在明万历三十七年（1609），日本萨摩藩就侵占琉球，却又令其继续向清国称臣进贡，旨在掠夺清朝给它的封贡财物。蔡大鼎正是生长在明属中国、暗属日本萨摩藩的“两属时代”。此是清道光至光绪年间。清咸丰十年（1860）、同治六年（1867）蔡大鼎两度任进贡存留通事，久驻福州，赋诗《闽山游草》正续集。清光绪元年（1875），日本严禁琉对清进贡。1876 年，向德宏、蔡大鼎、林世功等受遣密航至榕，为日本“阻贡”事，请福建巡抚转呈朝廷。殊不知此时中日政府正在交涉琉球归属问题，致使向德宏他们等候3年未得谕示。1879年日本明治政府宣布“处分琉球，废藩置县”。向、蔡、林等求援心切，剃发改装北上，入京屡向朝廷递请愿书，哭求宗主国武力介入。此时清国难于自保，陷于两难境地，一则慑于日本严密侦防，二则怕有失宗主国尊严，可又无力维持琉球两属现状，最终只好谕示向德宏等归国。1880年11月20日林世功在京自刃，以死乞师，毫无结果。向德宏、毛凤来、毛精长、蔡大鼎最终“客死中国”[①]。忠臣殉国，可歌可泣！清代赵翼诗云：“国家不幸诗家幸，赋到沧桑句便工。”蔡大鼎可谓“琉诗绝响”，“赋到沧桑句便工”，叹只叹“国家诗家两不幸”，其创作生命与琉国寿命相继告终，岂不痛哉?!

解读《闽山游草》，举隅评说。

一、孝亲忠君，忧国思乡

蔡大鼎可谓忠孝两全，既忠于国主，又孝敬父母。族谱说他“事亲至孝”，受朝廷褒嘉。“当慈母染病之时，除加心调治外，往东禅寺佛前，燃油掌上，祈以痊疴，两手就烂。奈病势沉重，不见其效遂乃身故。”[②]《闽山游草》正续集有8首诗表达作者对严父的孝敬。总之，事亲至孝是蔡突出的品质。

蔡大鼎的忠君忧国也十分突出。他出使中朝，每遇元旦、冬至，都要写诗吟咏，如《舟中元旦朝贺》、《客中元旦望拜国主》、《冬至望拜》，不忘“天颜咫尺沐恩光”、“望拜吾王碧海东”等。而中国古代似乎未见元旦向当朝皇帝拜贺之诗。这也许跟琉球国情与诗人思维定势有关。至于化装北上乞师，则更充分体现蔡大鼎等的忠君忧国情怀。蔡写他们读密书中“国已被灭”时的心情：“泣读之余，肝胆几裂，痛不欲生”，“宏等，有何面目，复立天地之间，生不愿为日国属人，死不愿为日国属鬼，虽糜身碎首，亦所不辞”。他们哭求宗主国武力介入：“如得兴师问罪即以敝国为向导，宏（向德宏——笔者）愿充先锋使日本不敢逞其凶顽。宏……甘愿效力军前，以泄不共戴天之愤……敝国官民仰仗天朝兵威，必能协力齐心，尽逐日兵出境，自无不克者。愚瞽之见是否有当统恳立赐裁决施行，则敝国上自国主下及臣民，世世生生永沐皇恩宪德于无既矣。”[③]字里行间，渗透着对国主对社稷的无限忠诚。蔡大鼎写他们在京搞救国运动，不仅奔走呼吁，还祀天求神：“正阳门内有关帝庙，我辈祈祷国事，每月朔或望，上庙行之。”[4]这在今天看来显见其迷信愚昧，但在迷信神道的琉球，在呼天不应、叫地不灵的时日，救国动机则无可置疑。

蔡大鼎出使中国，久驻榕城，其乡愁旅思是“跨国”之旅所生成，因此，其诗之乡愁情愫非同寻常。《闽山游草》正续集342首诗中，纯写或兼写乡愁者，占93首。可以说，乡愁是贯串整个诗集的一根红线。而表达乡愁的角度与方式，则多种多样。或孝亲祝寿，或怀念先严，或怀乡思妇，或修书示儿，或逢节怀乡，或即景思乡，或咏物怀乡，或登临怀乡，或感时怀乡，或见鸟思乡，或望江思乡，或记梦怀乡，或听戏怀乡，或醉酒怀乡，或唱和怀乡，或乡心“碰撞”（异国逢老乡，思归起共鸣），等等。限于篇幅，不加例析。

二、倾慕中华文化

蔡大鼎《〈闽山游草〉自序》言及创作缘起。他在公暇之余，“既而环山匝野，不尽奇观，乃复搜索枯肠，推敲拈韵，况且睹其人物，接其丰标，洵山川钟毓之奇，实海峤人文之盛，至若学问才华，皆如山斗，曷胜仰慕之至。随即受业于门，愿留领教，凡有往来赠答，托诸诗篇，乞为点定，捧见润色，不唯雕龙绣虎之才，更有戛玉敲金之句，洵当奉为楷模，以垂不朽”[5]。

从《闽山游草》看出，他悉心学作近体、古体诗。他擅长七绝，七律也得心应手，还写五绝、五律、排律、古风、口号、“七碎”、“五碎”，此外，还写其他琉球诗人罕见涉笔的效柏梁体、蝉联诗、一句诗。此见出作者潜心诗艺，刻苦求工，其对仗、平仄、押韵等，都体现格律之严谨。《闽山游草》问世时，福州知名度高的名公巨卿林寿图、郑虞臣、翁兆连、谢鼎、乐诚、丁启承都乐于为之作序。“林寿图（1809～1885），道光二十五年进士，官工部主事等职，后主讲鳌峰书院等。著有《启东录》、《黄鹄山人诗抄》等”[6]。林寿图序盛赞蔡人品文品：“天资明敏，颖悟过人，雅有推敲之癖”，其诗集“天籁发于自然，其志和，其音雅”[7]。郑虞臣序谓蔡诗“琢句工稳，秀骨天成，清新俊逸，兼而有之”[8]。诸序中溢美之词在所难免。不过，蔡诗确是佳句迭出。《闽山游草》正集诗281首中，有佳句者101首，占35.94%；续集诗59首，有佳句者56首，占94.91%，甚至有几首全是浓圈密点。从1860年开手吟咏正集，到1873年全册付梓，统计资料表明，后期诗艺益臻成熟。

从蔡大鼎诗作，见出他善于汲取中国古诗美学的养料。读蔡诗《舟中晓景》，令人联想张继《枫桥夜泊》。两诗固然都以“月落乌啼”起笔，但它们所捕捉的意象、所建构的意境，迥然有别。张继是夜泊枫桥时分，卧闻山寺夜钟引发出离情羁思，他借夜半钟声，衬托出夜的静谧，孤舟客子的旅愁，为千古名作。蔡大鼎从中获得灵感，却又反其意而用之。张吟的是“夜泊”，蔡摄的是“晓景”。全诗运用白描手法。前两句“月落乌啼宵寂寞，前村微逗（疑是‘微透’之误——笔者）曙灯光”，上弦月已沉落，远处村落在曙色中隐约透出灯光。后两句“悠悠海日生残夜，更见千山野色苍”（刻版加点，下同——笔者），勾勒出旭日从海面从容不迫地浮升的状貌。放眼远望，千山野色一片苍茫。两句诗仅写日出与山色，若与张诗后两句比照，显见张诗的意象密度之大：姑苏、城外、寒山寺、夜半、钟声、客船，13 字写 6 种景象，构成完整的艺术意境。总之，蔡诗是从张诗蜕化而来，但又有所创新。对读二诗，则见张诗意境幽深凄清而旷远，蔡诗意境苍茫寥廓而明亮。

蔡能灵活用典。略加改动，镶嵌入诗，天衣无缝，显见功底之深。《座间味村酌酒即事》，似是从李白《客中作》得到启示。李诗云：“兰陵美酒郁金香，玉碗盛来琥珀光。但使主人能醉客，不知何处是他乡。”蔡诗云：“今宵为有樽中好，一宿前村醉玉觞。丝竹管弦愁绪散，不知身是在他乡。”可谓羚羊挂角，无迹可求。蔡诗《自君之出矣（十首）》，源自乐府旧题，六朝唐代，拟作不少。唐代张九龄有《赋得自君之出矣》，雍裕之有《自君之出矣》，蔡诗与以上二者异处在于，蔡诗为“一句诗”，一组每首头句相同，突现闺怨之深沉，收到强烈的艺术效果。《谢魏五兄见寄》末句“为念伊人水一方”，是诗经《蒹葭》“所谓伊人，在水一方”的浓缩。《寄候严父大人》中的“秋水蒹葭各一方”，也活用此典。《和郑夫子登镇海楼韵》中的“杨柳依依雨雪霏”，用诗经《采薇》“昔我往矣，杨柳依依。今我来思，雨雪霏霏”之典。《舍馆杂诗十首》中有“窥客檐前双燕子，似曾相识海东来”诗句，颇似宋晏殊《浣溪沙》“无可奈何花落去，似曾相识燕归来”词句。《和答郑夫子祝接信韵》中“陟岵正生行役思”，典出诗经《陟岵》。《八重山开洋》中“安澜万里挂东风，远影孤帆旭日红”，似是从李白《黄鹤楼送孟浩然之广陵》中“孤帆远影碧空尽，唯见长江天际流”那旷远浩茫的境界中蜕化出来。《旅馆咏诗六首》其中的“春晖寸草意犹怜”，典出孟郊《游子吟》“谁言寸草心，报得三春晖”。受王维《汉江临泛》“江流天地外，山色有无中”影响，蔡《召氏仪者客楼即景》也有“众鸟争鸣烟云里，远山半现有无中”；《和答杨兄赠修元宗墓韵》又有“隔绝幽明展寸衷，音容恰在有无中”，活用甚好。蔡《和答郑虞臣夫子见寄韵》评郑虞臣诗风“知是君诗推大雅，岂同岛瘦与郊寒”，只因蔡熟知贾岛、孟郊“寒苦瘦硬”的风格，以及郑虞臣之所推崇。冰冻三尺，非一日之寒，蔡对诗经、乐府、唐诗、宋词等，都下过功夫，才能信手拈来，都运用自如。

三、盛赞“第二故乡”与闽都薪传

中国明清两代均执行“怀柔远人”、“厚往薄来”的方略。福州地方官热情接待琉球朝贡者，对琉球遭风遇难船只关怀备至，抚恤甚优。“于是福州作为琉球国朝贡专港的地位更加稳固，使琉国人将福州视为第二故乡”[9]。蔡大鼎作为久米村华裔，一度进北京，两度拜进贡存留通事，在柔远驿居住多年，把福州视为“第二故乡”，与馆驿结下不解之缘，留下13首诗、1篇文。《驿楼秋兴二首》乃感时述怀之作，面对榕城、琼水，“独坐高楼思悄然”，“夕阳远客独凝眸”，表露出思乡之切。“报候影过江上雁，吟风声断柳中蝉”，对仗甚严，且从皎然在目的物境，推向邈远的情境、意境。《驿楼梦醒即事七首》与杜甫《梦李白二首》同为记梦诗，却各不相同。杜诗以“初梦”、“频梦”建构，蔡诗7首，5次点“梦”：“梦里”、“梦后”、“短梦”、“惊梦”、“惊梦”，且以乡愁纵贯全诗。续集里《到柔远驿》颔颈二联为“万寿钟声敲月响，九仙山色带霞幽。云间时露千屏岭，江畔争过一叶舟”。诗人再度来到柔远驿，回忆往昔受到“怀柔远人”的热情接待，赏玩周边美好景色，畅谈历历如在眼前的往事，确乎“相谈往事思悠悠”。

“柔远驿”原意是“优待远人，以示朝廷怀柔之至”。福州地方官员十分关怀琉球朝贡者，对他们居处之柔远驿饬工拨款修缮[10]。琉球驻榕官员蔡大鼎、向德裕、王兼才、杨廷鼎、周兆麟等也主动捐资修缮，彰显出他们爱驿如家精神[11]。另方面，从清同治十一年（1872）官方严禁当地百姓骚扰柔远驿的碑文，见出地方政府对琉国朝贡人员的保护[12]。

《过榕城》诗云：“东西旗鼓添诗思，翘首乌峰一抹云。”《福州府志》云，北宋治平年间，福州太守张伯守提倡植榕树，20年后，呈现一派“绿荫满城，暑不张盖”的景象。后由于历代广植榕树，更使绿榕满城，因此福州别称

"榕城"[13]。蔡大鼎点出"东西旗鼓"。诚然，鼓山山巅如鼓，耸峙福州之东；旗山则雄踞西侧，山巅如展旗之状，可谓旗鼓相当[14]。

蔡大鼎对福州培育人才的摇篮，甚感兴趣，瞻仰过文庙，参加过明伦堂举哀，走访过贡院、鳌峰书院、凤池书院等，留下诸多诗章。

《辛酉八月朔丁祭谒见文庙》诗曰："客居闽峤值秋丁，整肃衣冠仰圣明。乐备杏坛多士集，礼尊阙里庶宫盈。洋洋俎豆兼三代，秩秩罍樽列两楹。遥忆球阳当此日，略同释奠尽丹诚。"《福州府志》云：福州旧孔庙本位于学宫之西，因低洼狭小，乃移至城南（即今圣庙路——笔者），且扩大了若干倍。蔡大鼎客居福州，适逢这年祭文庙之壮举，乃整顿衣冠，瞻仰圣庙。诗作状写福州祭孔的盛况，渲染祭祀的肃穆庄严气氛，颂扬孔子培育人才的建树，联想到琉国祭孔时人们赤心虔诚、顶礼膜拜的情景，与福州不相上下。我们从琉球《中山诗文集》中不难找到佐证。琉国紫金大夫金正春来清国观光后，回国议请立庙，王允其议，命程顺则主持建庙[15]，康熙五十八年（1719）竣工。汪楫《琉球国新建至圣庙记》从中国天子重道崇儒，孔子之庙祀遍天下，转议"琉球国远在海东万里外，亦建至圣庙于国门"，"凡有志于圣人之学者，无不奉琉球为指归"[16]。林麟焻《琉球国新建至圣庙记》云，作者询问琉国诸大夫建孔庙的缘起，他们"咸跪而言曰：圣庙之建肇自康熙八年陪臣入贡中国，见夫学宫巍峨布满天下，瞻慕感动归而陈诸王前"，"中山贤王果能观感淬砺建立圣庙"，且"诸大典必一一仿中国而行之"[17]。以上资料显示，琉球国尊孔崇儒之盛。杨仲揆《琉球古今谈》以《孔孟思想与琉球学制》专章论述[18]，表明孔子儒学对琉球产生影响之深广。无怪乎蔡诗中自然联想到球阳圣庙祭孔"略同释奠尽丹诚"。

《游贡院》诗曰："十里周围左右通，棘围宏敞试群雄。万间号舍疏还密，两道文场西复东。御制诗中崇学校，至公堂上振儒风。题名雁塔今时重，遥忆菁莪养士隆。"贡院是科举时代举行乡试、会试的场所。古时全省各地考生到省城福州赴考，地点设在现今中山路丽文坊里。贡院里有考官住房，考生住的号舍，还有对读、受卷、弥封、内供4种处所，等等。《福州府志》有《福建贡院记》和《福建重修贡院记》二文，写福州贡院改建前后的结构、布局、设施等。

《游鳌峰书院》诗曰："三山养秀集群贤，十郡英才乐育年。司马文章推独步，江淹词赋构新篇。堂称正谊光风爽，祠奉名儒霁月鲜。碌碌违（疑是

‘远’之误——笔者）人何所愿，得沾化雨阐薪传。”诗作描摹全省书院之冠的盛况，以及名师云集，高徒辈出，表达诗人希冀从书院中获得教化与薪传的心愿。鳌峰书院由福建巡抚张伯行于康熙四十六年（1707）设立，选址鳌峰坊。这家官办学府，院内有两方御赐横匾：一为康熙五十五年（1716）御笔题写的“三山养秀”；一为乾隆三年（1738）御笔题写的“澜清学海”。书院学风极浓，曾先后校刊先贤、鸿儒遗著数十种；有书舍120间。选九府一州优秀生员、监生、童生入学，规模为全省书院之冠。日常供给学员衣物、食宿，如同现在的公费生。主持书院的山长，先后有林枝春、朱仁、孟超然、陈寿祺诸人。他们都是享誉八闽、卓有建树的鸿儒耆宿。林则徐、蓝鼎元、赵轩波等，都曾就读于该书院[19]。

《游凤池书院口号绝句》诗曰：“致道堂前霁月明，鸡窗有味读书檠。满园桃李迎人笑，多士新题雁塔名。”凤池书院，由闽浙总督汪志伊于嘉庆二十二年（1817）设立，院址在三牧坊。招收对象、录取名额、“膏火银”供给，均与鳌峰书院同。康梁维新后，为适应时代变革的潮流，鼓吹新学，提倡实用，学风为之一变，与鳌峰书院齐名[20]。

四、放歌三山史韵

在《闽山游草》342首诗中，纪行览胜、即景咏物占69首，其中多数是大笔纵横为闽山立传。蔡多次游鼓山，留下《春日登鼓山》、《鼓山道中口占》、《游鼓山涌泉寺》、《鼓山前浦泊舟》、《咏涌泉寺牡丹》等诗章。鼓山被诗人誉为“闽山第一峰”，名不虚传，海拔919.1米，以涌泉寺为中心，四方计160个景点。寺东有灵源洞、喝水岩、国师岩等20多景，南有回龙阁等50余景，西有达摩洞等40余景，北有绝顶峰等40余景。涌泉寺坐落鼓山山腰，寺前有一口井涌出泉水（即今罗汉泉）而得名。涌泉寺始建于后梁开平二年（908），距蔡赋诗时已近千年。闽王王审知重建寺，建成后开山祖师神晏被闽王加冕为兴圣国师。最盛时有千余僧众，藏经25000余卷。千余年间，两度遭焚，多次扩建，康熙皇帝亲笔题“涌泉寺”匾额，至今仍悬于寺门。现今之涌泉寺，保持明、清时代布局，由天王殿、大雄宝殿、法堂、圆通殿、钟楼、鼓楼、藏经阁等，构成一个完整的建筑组群，体现了我国古代建筑艺术的优良传统和独特风格。灵源洞是久已干涸的山涧。传说开山祖师神晏念经时恶水声打扰禅心，他喝令水流向东涧，西涧从此干涸，故名“喝水岩”。鼓山摩崖石刻素有“天然碑林”之称，历代诗人墨客勒石抒怀，朱熹、蔡襄、李纲、文天祥等的题刻有300多处，琳琅满目，美不胜收[21]，正如蔡诗所云：“石上诗章句最工。”如今，涌泉寺在海外尤其是东南亚和日本，有深远影响。1982年，国务院公布为全国重点寺庙。蔡诗《春日登鼓山》“云生脚底千秋石，籁响天边万里风”，精巧地状写出绝顶峰景观。峰上刻有“天风海涛”4字，浓缩了诗句中的意境。峰顶常有云雾笼罩，蔡大鼎观赏之余不仅有“云生脚底”之感，耳旁更震响着峰巅呼啸万里的狂风！

蔡诗《登镇海楼》开篇是：“巍巍老屋接苍穹，古越风光一目中。”从明初建楼到蔡氏登楼，已470多年，当然已是“老屋”，但确是顶天立地“巍巍”“接苍穹”。当年在山巅谯楼鸟瞰福州城，一切尽收眼底。诗人把镜头转向楼内，“千岭影摇高牖北”，诗思颇似杜甫《绝句》“窗含西岭千秋雪”。杜甫是凭窗远眺西岭积雪，蔡则是透过北面高窗欣赏群山景观。而诗人极目远望，勾起思乡情怀：“万里球阳应眺望，能教远客思无穷。”人们常说“三山两塔一楼”，屏山为三山之一，一楼即镇海楼。越王故都就建在屏山之麓，故屏山又名越王山。明洪武二年（1369），驸马都尉王恭主持修筑福州府城，在屏山顶修一座城门的谯楼，作为其他城门建楼的“样楼”。因登此楼可以眺望千里闽江入海口，而且海船昏夜进出福州港都以此为标志，有“临江控海”之说，乃命名“镇海楼”。镇海楼，北倚北峰，南有五虎山为案，东衬鼓山，西托旗山。左前于山相扶，右前乌山呼应[22]。镇海楼建楼至今600多年，屡建屡毁。2006年，市政府按旧制重建此楼。如今，因屏山高楼林立，镇海楼边古木参天，无法眺望五虎山与闽江入海口。蔡氏《和郑虞臣夫子登镇海楼韵》，也是描绘镇海楼的景观，颔颈二联颇佳：“卧虎山横形突兀，钓龙人去景依稀。万家树影宵迎月，四面山光昼掩扉。”

《九日登乌石山》写出诗人登临乌石山后的深切感受。福州三山之中蔡首推乌石，他满怀“慕古风”之情，攀登此山。放眼万里晴空，只见“多少纸鸢飞碧汉，往来旅雁傍丹枫”。面对层层叠叠的城墙，诗人不禁赞叹“数重城郭金汤固，八郡河山带砺雄”。尾联还点到古迹越王台。相传汉代何氏九兄弟于九月九日登高引弓射乌落此，故而得名。山上胜迹极多，摩崖石刻约200处。以唐大历七年（772）大书法家李阳冰篆书《般若台记》为最古。还有宋郡守程师孟建的道山亭，为纪念宋代杨时、胡安国等9位名儒的九贤祠。明代饥荒年头，华侨陈振龙为救广大饥民，从菲律宾偷运回菲当局禁运的薯苗到福州，种植成功，后人建“先薯亭”以纪念。这些都是研究历史和书法艺术的珍贵资料。

《登越王台怀古》诗曰：“为慕遗风独上台，楼船东去复东来。云烟绕堞龙何去，花卉盈庭鸟自回。潮阔虎门红蓼密，水清螺渚白芦开。琱弓宝马今无见，唯有寒泉注碧苔。”福州城内有乌石山、于山、屏山（古称越王山）三山鼎立。追溯到秦汉时期，秦亡汉兴，越王勾践后裔无诸因助汉灭楚有功，汉高祖五年（前202），被封为“闽越王”，国都在原冶城故址（最早的冶城只及今鼓楼区冶山一隅之地）[23]。“越王台在嘉崇里。台上有石刻大书曰‘全闽第一江山’，台下有石刻，宋赵汝愚隶古大书‘南台’二字，置于路口”[24]。蔡氏登台，抚今追昔，感慨万千，想象飞腾，不受时空限制，正如刘勰所谓“思接千载”、“视通万里”，做到艾青说的“把互不相关的事物，通过想象，像一条线串联起来，形成一个统一体”[25]。此诗佳句迭出，格调秀雅，词采妍丽。

《登石塔》诗云：“直上云霄句最工，凭高长啸海天风。危檐掩映朝霞赤，绝顶光辉暮日红。突兀目穷千里外，登临身在半空中。为寻胜概遨游处，八郡河山景莫穷。”黑塔亦称乌塔，其前身为唐代净光塔。唐德宗贞元十五年（799），福州观察使柳冕为祝贺德宗皇帝寿辰而建。唐僖宗乾符六年（879）塔遭火焚。现存的石塔，是王审知第七子闽王王延曦重建，更名“崇妙保圣坚牢塔”，俗称“乌塔”，为全省现存最古的石塔之一。塔身八角形，7层，高35米，造型古朴大方。塔身第一层底部浮雕龙凤纹，基座刻覆莲瓣，工艺精致。每层塔壁都有浮雕佛像，共46尊。第4层塔壁嵌着楷书的塔名碑，第5层刻建塔的“塔记”，第7层有祈福题名碑，这些都是研究五代闽国建筑艺术和历史文化的珍贵资料[26]。蔡大鼎在瞻仰赏玩之后，顿觉心旷神怡，海阔天空，随物赋感，因景生情，浓墨重彩，恣肆淋漓，色调明丽，境界高远。

《登九仙观》首联点明“神仙已往迹犹留”，典籍记载可资根据。“九仙山又名于山，是福州‘三山’之一，位于南门东隅，与乌石山对峙。相传汉朝时，有何氏兄弟九人居此炼丹，后成仙而去，故名九仙山。山上尚存有九仙洞、炼丹井等遗迹。又相传山上有春秋时期于越族人居住的地方，故又名‘于山’”[27]。“（于山）全山最大的庙宇九仙观，建于北宋崇宁三年（1104）”[28]。《福州府志》说：“九仙观：在府治东南。初，郡人谓九仙、乌石两山，左弱右强。宋崇宁中，建观于九仙山之巅，号‘天宁万寿’。”“元至正初，改为九仙观。”[29]

《游万岁禅寺》诗云：“凌霄佛殿构榕城，尚忆唐时宝塔成。万岁寺前花雨降，九仙观里竹风鸣。虚廊罢磬霜初落，高阁敲钟月始明。为伴远人相赏处，娑弥饮茗汲泉烹。”《福州府志》载：“万岁寺：在九仙观之西。唐时王审知建。五代梁赐今额。内有定光塔、金粟台，正德十二年（1517）镇守太监崔安重建。”[30]诗作重在叙事，语言晓畅精到。

《过五虎川》诗云：“五虎如蹲迓贡舟，钓鱼小艇逐波流。水痕远引晴虹白，秀气群山可画不。”作者在《二月二十五日在八重山开洋》末句就说“相送孤帆五虎川”，船刚从琉球启航，便先想到“五虎川”。五虎川即“五虎门”或“五虎礁”，位于闽江口入海处，古时就有“海疆雄镇”之称，是闽江第一大景点。“五虎礁是五座海蚀岛礁，好像五只猛虎雄踞海面，四只直视前方，一只回眸江内，俗称闽江口有‘双龟锁口，五虎守门’”[31]。五虎门也是琉球贡船回国开船的地点，《榕城考古略》述介：“在大海中，亦称五虎门，为海口冲险要地。”据福州民间传说，“此五只神虎因作恶天廷，被玉帝贬下人间。它们到闽江口后，白天在川石、壶江、荻芦等地残害百姓，夜间栖身于礁西北之虎洞岛的洞穴中。天兵天将多处搜寻都没有发现它们的踪影，但终于被托塔李天王用一座小山镇住。但它们掀翻小岛，为恶愈甚。适逢观音大士从南海归来，见它们仍在作恶，一怒之下便把它们点化成礁，让它们镇守闽江口，将功抵罪。”“清朝曾在五虎礁上设炮台，势甚险固，确有五虎镇守国门，巩固祖国河山的雄威。”[32]由于蔡大鼎受迷信思想和各种传说影响，把渡海视为畏途，因而畏惧五虎川这一险关要隘。

《游城隍庙》诗云：“庙貌森严镇福州，威灵俎豆直千秋。远人祈祷缘何事，海国安澜暗里求。”城隍庙在鼓屏东侧冶山的南麓，始建于晋武帝太康三年（282），是我国至今尚存年代最早的城隍庙之一。城隍之祀，始于汉高祖。刘邦命周苛坚守荥阳城，项羽破城俘周苛，封他为上将军，他非但不降，还怒斥项羽，为项羽所烹。高祖即位，思苛忠烈，令天下郡县各附城立庙祀之。福州人奉祀周苛为城隍[33]。

《万寿桥书怀》构思颇巧：“不识桥东水，曾流到仲山，低头添别泪，何日故乡还。”诗人从江水终将入海，想到托江水把思乡泪带回琉球，但念它去向渺茫，则“添别泪”，只盼早日返回故乡。它融咏物抒情为一体。古代台江与仓山间只有浮桥。宋哲宗元祐八年（1093）动工，翌年完工。南宋高宗绍兴十一年（1141），改建为石墩桥。元代万寿寺住持王法助募集资金，奏明皇上，奉旨修桥。元成宗大德七年（1303）动工，元英宗至治二年（1322）竣工。后人纪念其功德，取名“万寿桥”。从中洲到仓山，有“江南桥”相连。民国时将“万寿桥”和“江南桥”并建为钢筋混凝土大桥。新中国成立后重新修建，1996年竣工，成为一脉贯通南北的“解放大桥”[34]。

五、关注左海民俗

“琉球在华化初期，最先接受之中华文化，就是历法，即所谓‘奉正朔’，是宗主国与藩属国政治关系之一环”，“清以后，琉球经常派人来华（福建）学习历法”，每年使用中国官颁之皇历[35]。“随着历法而来者，是全盘遵守中国皇历上的二十四节气。华人风行的其他节日如元旦（正月初一）、元宵（正月十五）、清明、端午、中元（七月十五）、中秋、重九、冬至、祭灶、除夕等，在古琉球国上层社会，无不遵守，民间亦择其通俗者而守之”[36]。

蔡大鼎每逢琉球节日，不忘赋诗。来闽后，十分关注民俗，每逢岁时节庆，都留下诗章。《清明即事》云：“杏花吐艳认清明，细雨纷纷落远程。最是关心乡国处，禁烟时节客榕城。”诗作于林则徐禁烟岁月，诗人关心天下事，超越清明祭祀的思想境界。“细雨纷纷”脱胎于杜牧《清明》，境界却比杜诗高。杨仲揆写道：“琉球人遵守清明节的诚笃，甚至今日，还有远过华人之势。”至今每年清明时节，“还是有成千上万的琉球人，集体扫墓，盛况不减于中国”。1967年清明节，台湾杨仲揆参观金氏家族扫墓大典。古墓两座，一是移民始祖金瑛墓，一是其后裔骨殖的总墓。墓前铺草席，摆满祭品。男女老少120多人，到场先铲草清墓。12时整，据席列坐，长者领大家执线香叩首。叩毕，专人收线香插炉中，与蜡烛、鲜花并列。后由妇女分供品食用。下午3时，尽兴而散[37]。阮氏、毛氏家族清明墓祭参与者都是一二百人左右，祭品和祭拜程序，与金氏大同小异[38]。《福建文化概览·福建民俗》说：清明节是传统的祭祖节，家家户户供祭祖先，并上山扫墓祭祀，下山折松枝插在家门，含有怀念亲人、传教后代的积极意义[39]。中国现今无琉球式的集体扫墓，杨先生深感琉人慎终追远之虔诚与执着。

《端午即事》诗云：“多少龙舟吊屈原，更看艾虎绿垂门。开樽纵亦倾蒲酒，竟夕何堪忆故园。”此诗涵盖中琉两国的民俗。“琉球的瑞午节，以划龙舟为主”。《琉球国由来记》说：“爬龙舟，盖吊屈原而作也。本国原无此舟……今见中华江村人民，每年五月，多造龙舟，竞渡为吊。”[40]“福州从农历五月初一起，家家束蒲艾悬于门上以‘辟邪’，给儿童挂香袋。初五这一天，家家吃粽子，浴菖蒲汤，饮雄黄酒，以除毒健身。这几天，在西湖、台江和闽江下游各乡举行盛大的龙舟竞赛活动”[41]。

《九日登乌石山》和《重九即事》。后者诗云：“独在无诸有所思，今朝相酌菊花卮。前村谩（疑是‘漫’之误，——笔者）读渊明赋，后院初吟子美诗。”无诸，勾践子孙无诸因佐灭秦有功，刘邦封其为闽越王。福州重九登高，始于西汉初期。宋梁克家《三山志》载：福州九仙山（于山），原名九日山，是汉初闽越王无诸重九日登高望远的地方。九月九日，闽越王率领臣属登高望远，也饮菊花酒和插茱萸，闽越王盛菊花酒的大石樽，清嘉庆年间尚存于山，今虽不见，尚有九日台遗迹可寻[42]。《福州地方志》载：“九日登高，以大庙山、乌石山、于山为最多……士大夫则仿古遗事，相约游山饮菊酒。”[43]

《冬至即事》与《冬至望拜》。前者为驻闽逢节时所赋，表达赤子对高堂的敬爱情怀。后者乃在琉球安护浦候风时所作，全诗表达忠君的思想感情：“悠悠望谒我君王”，“臣身暌隔心常迩，如在筵前献寿觞”。福州旧俗，在冬至前一夜，合家聚在祖先牌位前搓粿，搓成各种形状。捏好煮熟后，外粘豆粉糖，焚香点烛供祖先。现在搓粿供祖先的习俗基本上已失传，但吃粿习俗尚存[44]。

清文宗咸丰十年（1860），蔡大鼎拜存留通事赴闽，在琉球马齿山候风，适逢旧灶君上天，新灶君下天，赋诗二首送迎。《腊月二十四日晚恭逢天上圣母上天口占》诗曰：“天晴此夕风波静，拜送明神竭赤诚。千点灯光悬两岸，遥知朝觐上云程。”字里行间洋溢着蔡氏对灶君灶母的虔诚崇敬和求神降福的心理。《正月初四晚恭逢天上圣母下天口占》诗云：“黎明洒扫贡舟中，日暮恭迎自碧穹。尊敬神祇蒙庇渥，平安往复喜无穷。”蔡顶礼膜拜灶王爷，为的是祈求其庇荫渥恩，使此行赴闽贡事得以完成，平安往返。此二首证实“琉球对灶神之崇敬远胜于其他神……清世宗雍正七年（1729），琉球王府曾规定每年正月五月九月择吉祭灶神”[45]。《福州祭灶》说，农历腊月二十四是祭灶日。按民间旧俗，这天要用三牲、水果、十锦灶糖、十锦灶饼、花脸壳等向

"调和鼎鼐，燮理阴阳"的灶君祷告。旧时传说，玉皇大帝为了管理人间善恶，每家每户均派一神监督。腊月二十四任满上天，向天帝禀报人间善恶。天帝据此决定降灾赐福。因此，家家户户都借"饯行"灶君机会，祈请灶神在玉帝面前美言几句。如今，祭灶习俗已不复存，而灶糖灶饼（现称年糖年饼）却作为传统食品保留下来，成为春节款待客人的糕点[46]。总之，琉球和福州乃至中国，祭灶是一种习见的民俗。杨仲揆说琉球特崇敬灶神，我看琉人崇敬灶神超过中国。

六、迷信神祇与域外交往

当时的琉球是个十分迷信神祇的国家。"自日本传入佛教，又从中国传入道教，影响极大……道士之择日、算命、扶乩、看风水、讲五行生克、画符跳神、驱鬼治病等，无不有之"[47]。大敌大难当前，总是求助于神灵。杨仲揆在《琉球举国上下惊恐骇怖》一节写道：日本明治八年（1875），明治政府决计吞灭琉球。"恰于此数月内，琉球先遭苦旱，继以大地震，均为数百年所仅见，冥冥中似有大凶兆。又有人于国都首里之南数十里，屡见琉球守国之神'诧游'示警。（仲按：琉球传说，有守国天神，每于国家大凶大变之顷，必于郊野'诧游'以示警。）于是琉球举国上下，惶惑骇怖，一夕数惊，不知所措。国王尚泰笃信佛教，以为求神禳灾，可以降福。乃令大小官吏及神职人员，分赴各寺庙，代王求神降福。又通令各教信众，就其本教内，求神赐福"[48]。

蔡大鼎平时迷信神祇，求神拜佛，逢灾遇难更是求助神灵。几件事实，足以证明。蔡大鼎母病重求神保佑，燃油手烂，已见上述。1879 年，日本吞灭琉国，蔡等北上乞师，除奔走呼吁外，每月朔望，都到关帝庙祀天求神。此外，在琉球候风赴闽时，蔡在琉随处求神拜佛，祈求神灵保佑旅途平安。他在海中遇险时急忙求神保佑。《海上口占》诗云："一经姑米风波险，舟子相惊祷告频。幸赖灵神时有应，风平浪息渡前津。"

蔡大鼎在中国多年，接触些诗人学者，拜师交友，以程门立雪精神，学习切磋。正续编 342 首诗中，同中国或琉国人士赠答者占 145 首。蔡与闽中人士赠酬答对诗篇，融入中琉两国人民的深情厚谊。蔡为郑虞臣夫子作诗 28 首。蔡与郑过从甚密，谊兼师友，蔡思家心切，郑常给予抚慰。蔡得家书，郑赋诗祝贺。不过，蔡与其他中国诗人酬和，因非深交，出语大都颂扬、感恩、奉承，有别于知交的规劝、正告、推心置腹之措辞，如祝愿对方“百世永簪缨”，恭维对方“文章山斗胜三唐”、“君才倚马久相知”、“谈鸡学富千军扫，吐凤篇成一座惊”等。这也难怪，一个来自贫瘠礁岩的属国之贡使，面对富饶繁荣、历史悠久、文化积淀深厚的宗主国，道不尽的是感恩、崇拜和艳羡，况且这些唱酬、次韵，多为谢赠、谢招饮、送别、寄候之类场合，特别是清国搞过文字狱，作为属国贡使不得不倍加谨慎，于是我们与蔡之间就隔一堵玻璃墙。

结　语

蔡大鼎创作时段为1860～1884年，跨越咸丰、同治、光绪三朝。他的诗集《北上杂记》刊行于琉球亡国5年后的1884年。从清诗史坐标轴来审视，晚清诗有三个流派，一是以黄遵宪为代表的“诗界革命”派，二是以陈三立为代表的“同光体”诗派，三是以秋瑾为代表的“民主革命”诗派。作为琉球汉诗，要“寻根”只能与“同光体”勉强对上口，但它根本不可能像黄遵宪、秋瑾等诗人群那样深刻揭示社会现实本质特征。蔡诗总的思想倾向是“颂圣德、饰太平”。围绕这核心，派生出孝亲忠君、忧国思乡，倾慕中华文化，盛赞闽都薪传，放歌三山史韵，关注左海民俗等分支。基于琉球一向依附大清帝国，便有蔡诗《闽县明伦堂举哀辛酉年，七月十七日，大行皇帝崩，九月十五十六十七日随班华官，举行此礼》、《恭迎钦颁登极红诏同治元年壬戌二月十七日行礼》，此属于“颂圣德”主题。《闻浙省为逆匪窜踞口占》，根据此诗“逆匪窜踞”地域判断，应是作于太平军攻占浙省之时，此属于“饰太平”主题。作者显然是站在维护清王朝的立场上，存在着一定的阶级局限和时代局限。

注释：

①③［日］赤岭守：《琉球归属问题与脱清人》，《第九届中琉历史关系国际会议论文集》，第344、336页，海洋出版社2005年版。（他们“客死”的年月，待考——笔者）

②［日］那霸市企画部市史编集室：《那霸市史·蔡氏家谱》，昭和五十五年（1980），第932页。

④⑱㉟㊱㊲㊵㊺㊼㊽（台）杨仲揆：《琉球古今谈》，第82、93、8、9、204、208、131、15、76页，台湾商务印书馆1990年版。

⑤⑦⑧蔡大鼎：《闽山游草》，第8、3、5页，同治癸酉年（1873）钦思堂藏版。

⑥谢其铨编纂：《于山志》，第3页，大众文艺出版社2009年版。

⑨⑫林伟功：《明清琉球国朝贡与福州》，《第五届中琉历史关系学术会议论文集》，第580、582页，福建教育出版社1996年版。

⑩⑪⑲⑳㉓林精华：《闽海史韵》，第127、127、237、237、391页，国际华文出版社2005年版。

⑬⑭㉗㉛㉜㉝㊶㊷㊸㊹刘大治等：《福州掌故》第180、180、106、163、163、30、193、196、197、197页，福建人民出版社1998年版。

⑮⑯⑰［琉］《中山诗文集》下册第40、30、35页，官省图书。

㉑㉖㊻《福建风物志》编写组：《福建风物志》，第47、37、285页，福建人民出版社1985年版。

㉒赵舒艳：《屏山风景名胜》，《福州晚报》2011年3月20日。

㉔㉙㉚（明）叶溥、张孟敬纂修：《福州府志》（下），第398、539、533页，海风出版社2001年版。

㉕艾青：《诗论》，第31页，人民文学出版社1983年版。

㉘福建日报社主编：《八闽纵横》（一），第133页。

㉞参见林精华《闽海史韵》、刘大治等《福州掌故》。

㊳参见［日］平敷令治《冲绳的祖先祭祀》等著作。

㊴王耀华主编：《福建文化概览》，第95页，福建教育出版社1994年版。

2011年作于金色家园

由福建师范大学主办的第13届中琉历史关系国际学术会议于2011年11月25～28日在福州召开，日本（20名）、中国的台湾（8名）和大陆（46名）的专家学者参加会议。《六探琉球汉诗——末代诗人，琉诗绝响》在大会宣读。全文17000字。先发表于《福建广播电视大学学报》2012年第1期，后收入《顺风相送：中琉历史与文化——第13届中琉历史关系国际学术会议论文集》，海洋出版社2013年版。

中国现代文学研究

郁达夫小说：呼唤人性的复归

五四文学革命以来第一部小说集《沉沦》，最先以“惊人的取材与大胆的描写”（成仿吾语），一枝独秀，吐艳艺苑，郭沫若、成仿吾同声应和，随即波及创造社内外，追随者纷至沓来：倪贻德、周全平、严良才、叶鼎洛、王以仁、冯沅君、贺玉波、林如稷、陈翔鹤……浩浩然形成流派，蔚为奇观。郁达夫启蒙小说，影响社会各阶层，唤起评论界争鸣，并带来“社会上、道德上的变动”，正如作家锦明当时指出的：“今日公开的性的讨论，那神圣的光，是《沉沦》启导的；今日青年在革命上所发生的巨大反抗性，可以说是从《沉沦》中那苦闷到了极端的反应所生的。”

在中国现代小说史上，最早大量表现性意识的是郁达夫。这位大师，就其文学创作影响而言，小说则远在诗词、散文之上。而他的小说，正是以大胆描写性意识，形成一道荡涤封建道德戒律的冲击波，起了郁达夫所主张的“启发人智人性”的伟大作用。综观他一生创作的44个中短篇，不同程度触及性意识的就有40篇，占91%。独具慧眼的胡愈之在20世纪40年代就敏锐地指出，郁达夫的“伟大就是因为他是一个天才的诗人，一个人文主义者，也是一个真正的爱国主义者”[①]。诚然，这位文学巨匠，站在追求个性解放的人文主义立场上，以个性主义为精神武器，大胆描写性苦闷，向腐朽的封建伦理和性道德勇敢挑战，不愧为中国现代热烈呼唤人性复归的启蒙小说家，现代小说史上反传统道德戒律的先驱者。

有中外专家学者参加的纪念郁达夫殉难40周年学术讨论会指出，过去对郁达夫及其作品的评价并不全面，他的作用与影响尚未被人充分认识。这是事实。本文拟从反对压抑人性、追求人性复归的角度切入，对郁达夫小说作些思考与探索。

一

中国是个对性问题极敏感的国家，但要研究郁达夫小说，却不能绕道通过。既然面对客观存在，就只能借助科学的哲学方法论和唯物史观，找出正确结论。

中外古今哲人、名人、文学家，都不曾回避性和性的主题。且不说孔、孟的“食色，性也”等语录，奥·倍倍尔也说：“在人的所有自然需要中，继饮食的需要之后，最强烈的就是性的需要了。”马、恩、列也有诸多论述。恩格斯认为，“生活资料……的生产”和“人类自身的生产”，是“历史中的决定性因素”②。这两种“生产”，指的不正是人类食色两种本能吗？他还说：“体态的美丽、亲密的交往、融洽的旨趣等等，曾经引起异性间的性交的欲望。”③这些论述，都说明性爱和繁衍后代在人类发展史上的地位。

文学是人学，文学要表现人性、张扬人性，这是众所公认的命题。而两性关系、性爱，则是人性的主要内容之一。因此它理所当然地成为文学的描写内容和审美对象。恩格斯在《格奥尔特·维尔特》一文中赞许德国无产阶级诗人维尔特的长处“就在于表现自然的、健康的肉感和肉欲”，还说：“性爱特别是在最近800年间……竟成了这个时期中一切诗歌必须环绕着旋转的轴心了。”另一方面，他又无情揭下一位“喜欢听猥亵的小故事”却又回避表现性欲的诗人之虚假外衣：“一读弗莱里格拉特的诗，的确就会想到，人们是完全没有生殖器官的。”可见，恩格斯肯定性爱、“肉感和肉欲”可以而且应当成为文学描写的题材。意大利文艺复兴时期人文主义先驱薄伽丘，将爱情看得高于人的一切其他本性，他那部被郁达夫誉为“中世纪文学的一个宝库”的《十日谈》，是关于爱情自由的美学宣言，向假仁假义的耶稣教道德发起挑衅。从启蒙意义上说，笔者认为，称郁达夫为中国的薄伽丘，似也恰切。

中国3000年封建专制窒息人性，扼杀人权。长期积淀下来的心理重压，造成了民族心理麻木的一个侧面：性的无知。礼教和文明的镣铐对情欲的严重禁锢，致使人们心理的深层结构中，都留下性爱分裂的痕迹。在华夏古国，做一世夫妻，拥成群子孙，挨挨挤挤，浩浩荡荡，却未必意识到异性爱的幸福，嫁娶几乎纯为延续香火。“不孝有三无后为大”的教条，万民世代信奉无疑。阿Q向吴妈求爱，其表层意识岂不与怕做鬼挨饿有关？李顺大三度造屋，岂不是从“繁衍”需要出发？柔石描绘的典妻陋习，岂不是赤裸裸地将女人当生育工具的明证?!

历代作家，背负着传统文化心理的十字架，其作品往往暴露出历史惯性带动其性心理中的伦理情感，性爱分裂的痕迹也自然显明。纵然是大师曹雪芹，其性意识也难免情理分离、爱欲对立。宝、黛情深意切，却冰清玉洁，毫无杂质；而宝玉虽同袭人试过“云雨情”，却无一丝爱味。因为在曹雪芹美学思想中，性生活让贾琏那班浊物弄脏了，所以作家不忍心让性的笔墨“玷污”宝黛圣洁的爱情。正是长期的性禁忌和性压抑，造成作家的畸形性意识，并产生相应的文学意识：性爱性爱，不许沾性，只许写爱。这种现象，渗透于“五四”前的一般作品中。总之，在人们性观念里，或则只承认爱情是神圣高尚的，而认为性欲是卑污下贱却又不可少的；或则将性欲与淫荡画等号。前者是畸形的性观念，后者是无性的传统意识，由它孕育出无性文学；而无性文学又加深了无性的传统意识，从而给民族心理造成巨大空白。严格说来，中国并没有性文学，却只有茅盾批评的那种虽加严禁却蔓生滋长的不算文学作品的“性欲描写”，因为“自始走进了恶魔道，没有正当的性欲描写的文学”。《金瓶梅》作者深怕恶谥加身，施了隐身法，致使考证“兰陵笑笑生”成为一大难题。足见在儒教统治时代，性欲小说决然得不到合法席位。茅盾在《中国文学内的性欲描写》一文中尖锐指出，中国出现性欲小说的根本原因是：对“禁欲主义的反动”和“性教育的不发达”[④]，正切中肯綮。

郁达夫对中国现代文学的独特贡献在于，更新了文学观念，拓展了道德领域和心理范畴的空间。在传统文学中，未见作家笔触深入到人（特别是作家自我）的内心世界、感情世界，即刘再复说的“人的精神主体”，“内自然、内宇宙”；更未见作家笔触出入于赤裸裸性心理的压抑和伸展之间，让读者洞察到主人公（特别是作家自我形象）那真实的、不加修饰的内心世界的奥秘。郁达夫无视传统性道德，把伪君子认为必须深藏的隐私丑恶，毫不讳饰地披露人前，甚至达到使伪君子不敢正视的地步。香港文学史家司马长风把郁达夫喻为“裸露台上，任人观赏的疯人”，誉为“脱除一切隐饰，暴露自我”的“大勇之人”。作家敞开精神门扉，使读者第一次发现“内宇宙”原来无比复杂，深不可测，使读者发现人的内心世界里还有个更内在的世界，感情世界中还有个秘密世界。可是，郁达夫描绘的“内宇宙”大千世界，不是充满喜悦的天国乐园，而是备受折磨的阴曹地府、阎罗十殿。在他笔下，人的个体意识、感性生命正从冬眠中复苏、觉醒，情欲正在崛起、跃动，要求释放、满足。然而，一幕幕悲剧令人肝胆欲裂：封建道德枷锁扼杀人的天性，异邦域外的民族歧视，压抑弱国子民的正当情欲。“真正艺术家”的良知，驱使郁达夫举起个性解放的思想武器，拿起心理解剖的手术刀，大胆插进人的灵魂深处，揭开隐藏在性心理深层的秘密，暴露出伪君子们在满口“仁义道德”的极度禁欲的画皮下隐藏着无度纵欲的恶德丑行，使得潜意识层的情欲，像长期蕴蓄地层下的岩浆，一旦有了突破口，便令人惊叹地喷涌而出！试问，若非刺到“道学、假才子们”的要害，怎会“震惊得至于狂怒”而“痛骂”？（郭沫若语）“道德家”怎会“大为光火，认为那种颓废气味足以败坏人心”？（夏志清语）

郁达夫启蒙小说，创造一系列旨在呼唤人性复归的自我形象，以控诉扼杀人性的封建制度。正是在这点上，郁达夫小说根本不同于那些教唆吃喝嫖赌、赞赏兽欲鬼窟，神魂颠倒于色情游戏，无耻展览性行为，以挑逗情欲的典型狭邪小说。因此，文学史容纳了郁达夫，浪淘尽乌七八糟之辈。

二

凭着艺术家的敏感性，郁达夫发现“中国的国民性，早已被3000年来的道德虚伪所腐化了”[⑤]。因此，他从特定角度、以特殊题材，揭露虚伪的传统性道德，抨击“吃人”的腐朽名教，实现他对个性主义的热烈追求。鲁迅为五四文学开拓了“人”的主题，郁达夫则拓展它“人性”的一个侧面。如果说，《狂人日记》是对“吃人”的封建社会发出第一声战斗呐喊，那么是否可以说，《沉沦》集是对“人性复归”发出第一声充满野性的呼唤？

郁达夫启蒙小说，弥漫着浓烈的抨击封建道德的火药味。它崇尚人的价值，尊重人的自然本能，大胆肯定七情六欲的合理性，把个性、情欲从封建礼教牢笼中解放出来。作家以“异端者”姿态出现文坛。一反“古圣昔贤的明训”，冲破传统文学的“禁区”，理直气壮地提出：“从前的人，是非礼弗听，非礼弗视，非礼弗……的，现在可不同了。一样的人体的一部分，为什么肚脐以下，尾间骨周围的一圈，就要隐藏抹杀，勿谈勿写呢？（这是霭理斯的意见)”[⑥]。霭理斯是英国研究性心理和优生学的医学博士，郁达夫特援引他的话，以否定孔子“非礼弗……”的“非人”公式。正是科学的方法论和唯物史观，支持了郁达夫的立论。

郁达夫“自叙传”小说，有着或隐或显的连续性。正如巴尔扎克《人间喜剧》中的拉斯蒂涅一样，于质夫也在6篇作品中反复出现。于质夫、质夫、姓于的、Y君、文朴、达、伊人等，既是系列形象，又是“自叙传”作者不同角度的投影，但却有着一以贯之的个性气质。这要另文专述。

郁达夫一生小说创作，大抵可分三个时期，主要刻画三个“弱者”形象系列。但不论是哪个系列，都发出一种对人性复归的呼唤，也都孕育一种被压弯了的灵魂的反抗。虽然主人公在不同时期反抗形式各异，却不难找出其性心理的发展轨迹。

一、留日后期（1921～1922）——弱国子民形象系列：受凌辱与无爱之苦，人性遭到摧残，乃放浪形骸，自我作贱，忧悒颓唐——这是病态的反抗。

《沉沦》、《胃病》、《怀乡病者》和《空虚》中的主人公形象，其性心理大都表现为胆怯、自恋。他们强烈追求个性解放和爱情自由，却备受异国歧视，感性本能遭到压抑，只得在沉沦中挣扎，在堕落中呼救，但也从中萌生出自发的反封建要求和反帝意识，这都是些个性主义者，患有时代忧郁症，其“受伤的灵魂”发出凄楚哀切的呻吟：

> 若有一个妇人，无论她是美是丑，能真心真意的爱我，我也愿意为她死的。(《沉沦》)

二、归国初期（1922～1927）——零余者形象系列：才华横溢，却报国无门，贫病交加，乃“以一己的力量，来拼命的攻击这3000年来的恶势力”，或“以一枝铁笔来挽回那堕落到再无可堕落的人心”[⑦]——这是无力的反抗。

这些形象，“袋里无钱，心头多恨”(《零余者》)，自怨自艾是“一个生则于世无补，死亦于人无损的零余者”(《茑萝行》)。论性心理，他们是大胆而颓唐，且认为宣泄于性欲是理所当然的：在“人性解放了的现代，个人的自我主张，自然要与古来的传统道德相冲突的”，年轻人与“几千年来的幽灵”“战得精疲力竭”、“倦颓”、“悲观”、“精神委顿”时，“只好去寻求官能的享乐”[⑧]。于质夫往花街柳巷前的答话，就震响着对野性的呼唤，显示出大胆而颓唐的性心理：

> 色胆天样的大，我教员可以不做，但是我的自由却不愿意被道德来束缚。（点为引者所加）……那些想以道德来攻击我们的反对党，你若仔细去调查调查，恐怕更下流的事情，他们也在那里干哟！（《秋柳》）

这固然是一种被扭曲的反抗，但主人公对个性自由的追求，是多么强烈，对伪君子们传统性道德的揭露，又是何等无情！《茫茫夜》、《秋柳》、《寒宵》、《街灯》和《祈愿》中的主人公，在无路可走时，去狎妓自醉，买笑当哭。人文主义者郁达夫，避去轻佻的挑逗、肆意的引诱，避去主人公求欢后扬扬自得的醉态，而着重从人的七情六欲中解剖性本能所受的社会压抑。这些主人公都是流着眼泪求欢，怀着道德纵欲的。"向善的焦躁与贪恶的苦闷"（《茫茫夜》）的矛盾，交织在一幅幅画面中。主人公变态的分裂心理，随处可见。他一面放纵情欲，"沉索性沉沉到底……试看酒色的迷力究竟有几多"（《祈愿》），一面痛责自己："我真是以金钱来蹂躏人的禽兽呀！""我是违反道德的叛逆者，我是戴假面的知识阶级，我是着衣冠的禽兽！"（《秋柳》）麦克开勃称萧伯纳为"最有道德的不道德家"，"最洁己的十诫否定人"，若移用来评价于质夫，似颇恰切。若仅就爱欲统一这点而论，于质夫岂不比鲁迅、巴金笔下的伪君子四铭、高尔础、高老太爷、冯乐山更具有"人性"？岂不比性无知的闰土、祥林嫂更具有"人性"？岂不比灵肉分离的封建礼教殉葬品觉新、钱梅芬更具有"人性"？"迷羊"王介成形象的塑造，在郁达夫全部小说中似是达到追求和满足肉欲的顶峰；但另方面，作家正是借主人公的痴情与狂热，作为自家的回顾与忏悔。

作家写弱国子民"性的苦闷"和零余者"生的烦恼"，实质上是厨川白村说的社会和时代的"苦闷的象征"。郁达夫出于人道主义的同情，宣泄这"苦闷"，但他的人道主义往往以报复主义形式表现出来。

三、动乱年代（1927～1936）——隐退者形象系列：败阵于人生战场，遁世隐居，回归自然，寻求解脱——这是消极的反抗。

这时期，好些篇章都流露欲情净化的性心理。乍看起来，它与表现性苦闷背道而驰，实则仍属于呼唤人性复归的母题。因为从性爱"净化"为情爱，表明作家在写灵肉冲突中，灵战胜了肉。不过，细加琢磨，异性间心心相印的“灵”，仍离不开“肉”，离不开性爱的基础。

早在留日初期，郁达夫就抒发过归隐的情怀。至小说创作后期，反传统性道德的叛逆精神明显减弱，而向佛道思想、基督教忏悔意识靠拢，出世思想和田园风味已明朗化。郁达夫誉之为“大自然的骄子”的卢梭所主张的“归依自然”，不仅是要回到美丽的大自然，更是要回到人的自然本性，这也是对“自我”的肯定。卢梭“爱好自然，诅咒现代社会的堕落……想归返到原始时代的自然状态去”⑨。郁达夫则面对“堕入衰运，流于淫靡”的艺术品，当头“棒喝”，令其“‘归向自然’，‘回到天真’上去”⑩。卢梭和郁达夫都认为，人类本是纯洁、天真、自由，同自然一体的，自从进入阶级社会特别是现代社会，就堕落了，人性中的性欲开始异化。郁达夫“对现实感到了不满，才想逃回到大自然的怀中”⑪，这是因为山水、自然是可以使人性发现，使名利心减淡，使人格净化的陶冶工具。正是在这种文艺观指导下，后期小说多有自然美景“净化”人物心灵的描写：五云山的景色，净化了郁先生的“一念邪心”；马缨花的温馨，净化了“我”的情欲；胜果寺的醴泉，涤净了秦国柱脑膜上佳人的印痕；陈逸群投入西湖山水怀抱，以摆脱情网；决计禁欲养身的文朴，向往徐竹园超脱世俗的生活……这些作品，归根结底，仍不离表现“灵”、“肉”冲突，但明显地向“灵”倾斜。

综观郁达夫的性心理和性道德观，其发展轨迹，似是兜了一个圆圈：起点接近终点；从反对性禁锢，到自觉趋向性淡漠；从有意识地背叛传统，到无意识地回归传统。显见作家传统文化积淀之深以及世界观充满矛盾。

无庸讳言，郁达夫笔下出现过性变态心理的刻画，如自性爱、同性爱、亲属爱、恋物症、被虐待症等，这些转化了的性欲，给时代画卷染上几点墨污。但从另一角度看，也正是凭着一个个人物的怪异病状，才得以准确无误地诊断病入膏肓的社会，也从而得知黑暗时代给青年造成的生理损伤、心理损伤是何其严重！

三

要在中国现代文学史总体框架上确定郁达夫小说的开拓性地位，须从纵横两向加以审视：一从横向审视欧美、日本文学对他创作的影响，如何在中外文化撞击中形成离经叛道意识；一从纵向审视他如何在反思传统文化意识中痛苦觉醒，对人性复归发出呼唤。

从横向看，郁达夫小说融汇着多元的外来影响。留日 10 年，遨游于世界文学之林，仅在八高 4 年间，就读了 1000 部左右的俄德英日法小说，不同程度地接受了欧洲的浪漫主义、自然主义、唯美主义和日本“魔鬼派”、“私小说”等流派的影响。同时，他又善于批判继承，大胆创新。屠格涅夫是他最喜欢、接受影响最大的作家，也是他小说创作的引路人：“我的开始读小说，开始想写小说，受的完全是这位……北国巨人的影响。”[12] 郁达夫笔下的“零余者”形象，同屠格涅夫笔下的“多余人”（郁达夫《零余者》中的 superfluous man 即译为“多余人”）形象有着精神上的血缘关系。只是郁达夫小说增加了浓重的感伤色彩和颓废情绪。卢梭在赤裸心灵的告白、感伤孤独的情怀、归依自然的倾向三方面，给郁达夫极大影响。卢梭《忏悔录》和郁达夫《沉沦》，都以惊人的真率对抗着虚伪的封建道德。因为他俩都充满道德的自信。只是卢梭兼谈“美德与罪过”，而郁达夫则集中暴露个人私生活，解剖人的生理本能，此又显见“私小说”的影响。郁达夫最崇拜的“私小说”作家为佐藤春夫和葛西善藏。这不仅见诸郁达夫文论，且《沉沦》等有些特征也酷似佐藤作品。从《茫茫夜》、《过去》的性变态描写，可窥见“魔鬼派”小说《痴人之爱》、《恶魔》、《富美子的脚》投下的“鬼影”。但郁达夫又嫌“私小说”“局面太小，模仿太过，不能独出新机杼”[13]。相形之下，显出郁达夫小说的进取、反抗、向外扩张个性的特质。

郁达夫的美学“偏嗜”等因素，决定他不仅追求表现性意识，也酷爱此类作品。他盛赞劳伦斯《贾泰莱夫人的情人》以“极细”而“周密”的心理描写表现性意识，称道其技巧远胜《金瓶梅》[14]；他叹服拉法夷特夫人《克莱芙公主》“对女人心理解剖的精细”达到“绝顶”；他称佩乔伊斯创作大量表现潜意识，刻意描写变态心理；他推崇剧作家魏德金德大胆选择性欲题材；他同情并景仰失恋诗人道荪以酒色自戕，写出沉痛的情诗。

再从纵向考察。五四时期，知识者发现了“人”，发现中国人处于“非人”地位；五四文学，要求的是“人性的解放”（鲁迅语），反映的是人必须回到人的自身。郁达夫文论，如春风吹醒沉睡千年的性意识；郁达夫启蒙小说，如晓鸡发出人性复归的啼鸣。

郁达夫多次回顾新文学历程，充分肯定“五四”个性解放的时代潮流。他剖析了我国传统文化心理结构，把“中国古代的国体组织，社会因袭，以及宗族思想等等”，喻为我们民族精神“蜗牛”的“固定的硬壳”，把“尊君、卫道与孝亲”，喻为这“硬壳”上的“三大厚柱”。他总结“五四”以来“打破硬壳”和“动摇三大厚柱”的功绩说，“五四运动的最大的成功，第一要算‘个人’的发见”，人们从“为君”、“为道”、“为父母而存在”，变成“为自我而存在”⑮。正是在这种观念支配下，“自叙传”主人公存在的目的，不是为礼教、君王、父母，也不是为金钱、名誉，而是为“自我”的肉欲。

> 苍天呀苍天，我并不要知识，我并不要名誉，我也不要那些无用的金钱，你若能赐我一个伊甸园内的“伊扶”，使她的肉体与心灵全归我有，我就心满意足了。（《沉沦》）

> 啊，恋爱呀……我情愿将我所有的知识……与你换一个有血有泪的拥抱。啊，恋爱呀……我恨你是不能以资格地位名誉来换的。（《茫茫夜》）

正是这种以“人”为中心的追求个性解放的觉醒意识，贯穿在其启蒙小说中，构成对封建礼教、传统性道德的彻底否定。他认为：个人对社会的反抗，包括向外和向内二者。后者表现为“个人的灵魂与肉体的斗争”，即“情欲与理性，本能和道德的斗争”⑯。但他在道德选择中追求的是性本能。他还屡次提出文学要着重表现“性欲”和“死”，显见作家的自觉意识。这种理论，表面上似与心理分析学说相去不远，其实不然。心理分析学说到他手里，赋以独特色彩。正如进化论、泛神论之于鲁迅、郭沫若一样，经过其演绎、酿制、改造，成为他们独有的思想武器了。

“沉沦”时期，五四文化运动虽渐落潮，但个性解放思潮仍汹涌澎湃，“人格独立”、“恋爱自由”、“婚姻自决”的呼声，仍激荡广大青年的心。正在留日的郁达夫，呼吸着岛国“性解放”的空气，接受“世纪末”思潮熏染，便提出反对性压抑，呼唤人性复归。它同国内风行的“个性解放”一拍即合，当即汇入当时思想革命的洪流，翻波涌浪，呼啸奔腾！

注释：

①胡愈之：《郁达夫的流亡和失踪》，王自立、陈子善《郁达夫研究资料》

（上），第 88 页，天津人民出版社 1982 年版。

②③恩格斯：《家庭、私有制和国家的起源》，《马克思恩格斯选集》第 4 卷（上），第 2、72 页，人民出版社 1972 年版。

④茅盾：《中国文学内的性欲描写》，《小说月报》第 18 卷第 9 号，1928 年 9 月。

⑤⑦郁达夫：《公开状答日本山口君》，《郁达夫文集》第 8 卷，第 30、32 页，花城出版社、三联书店香港分店 1983 年版。

⑥⑮郁达夫：《〈中国新文学大系·散文二集〉导言》，《郁达夫文集》第 6 卷，第 264、261 页，花城出版社、三联书店香港分店 1983 年版。

⑧郁达夫：《怎样叫做世纪末文学思潮?》，《郁达夫文集》第 6 卷，第 288 页，花城出版社、三联书店香港分店 1983 年版。

⑨郁达夫：《卢骚的思想和他的创作》，《郁达夫文集》第 6 卷，第 20 页，花城出版社、三联书店香港分店 1983 年版。

⑩郁达夫：《艺术与国家》，《郁达夫文集》第 5 卷，第 150 页，花城出版社、三联书店香港分店 1983 年版。

⑪郁达夫：《忏余独白——〈忏余集〉代序》，《郁达夫文集》第 7 卷，第 250 页，花城出版社、三联书店香港分店 1983 年版。

⑫郁达夫：《屠格涅夫的〈罗亭〉问世以前》，《郁达夫文集》第 6 卷，第 176 页，花城出版社、三联书店香港分店 1983 年版。

⑬郁达夫：《林道的短篇小说》，《郁达夫文集》第 6 卷，第 250 页，花城出版社、三联书店香港分店 1983 年版。

⑭郁达夫：《读劳伦斯的小说——〈却泰来夫人的情人〉》，《郁达夫文集》第 6 卷，第 221 页，花城出版社、三联书店香港分店 1983 年版。

⑯郁达夫：《戏剧论》，《郁达夫文集》第 5 卷，第 57 页，花城出版社、三联书店香港分店 1983 年版。

1987 年初稿，1988 年改定于进步路新村

本文载《语文学刊》1994 年第 5 期“文艺新论”栏。《中国现代文学研究丛刊》1995 年第 3 期将本文列为“1994 年中国现代文学研究”论文选目。

论郁达夫的自卑情结

近年来，随着新文学研究的繁荣和深入，对郁达夫的研究也有了长足的进步。任何作品都是作家审美意识和审美情感的艺术投影，对作家思想、情感透视得越深，就越能把握其创作的社会历史蕴含和审美特质。郁达夫无疑是位内心世界颇为复杂的现代作家，他的个性特质的复杂性，在相当大的程度上，影响了他的创作，使其作品既独标一格，又毁誉参半。笔者拟从郁达夫的自卑情结入手，探究其精神内质，以期求得探视郁达夫小说感伤情调的独特视角，并就其自卑情结的形成做出分析。

一

郁达夫作为一位饮誉五四文坛的作家，就其名声与地位而言，似乎应与自卑感无缘，然而，当我们考察了他的漂泊身世和婚恋经历后，却发现这位才华横溢的作家，在与同人或亲友的交往中，或在爱情的追求上，都表露出一个典型的自卑者的心态和行为。如果说，在创造社众多卓有成就的作家中，情感外露是他们的共同特点的话，那么，自卑感在郁达夫身上显得尤为突出。

不难发现，在不少伟人身上亦有自卑感的体现，但郁达夫作为一个文学家，其自卑究竟有何与众不同，其自卑情结的特异性表现在哪里？

作为个性特征一个侧面的自卑感，可从郁达夫为人处世、婚姻爱情、“自叙传”中得到佐证。从这些材料中，足以使人看到郁达夫自卑感的总体特征：多层面的自卑相互交织，不仅强化了自卑感，还形成了浓厚的自卑意识和自卑的心理定势。具体表现为以下三个层面。

自幼体弱多病的生理缺憾，在长期的群体交往中，郁达夫多半遭到的是轻蔑与歧视——小学堂里最年幼、最瘦小的丑小鸭；家境的困顿使他想打扮得神气点的欲望，也成为泡影；青春年华的中学时代，在郁达夫记忆中“只是诚惶诚恐，战战兢兢，同蜗牛似的蜷伏着，连头都不敢伸出壳来”，与同学徐志摩的洒脱磊落恰成对照。接连不断的心理挫折和创伤，在心理与情感上使他对外部世界充满了恐惧，对自身的前景悲观失望，从而导向内心体验和自怜：他最初的自卑感正是由此萌发，并逐渐滋长，成为一种不自觉的意识活动。虽然有许多事例可以说明郁达夫的天生不足，但同时也有不少例证足以体现其过人之处，如他在中学时就显露的文才。然而这些并未能使郁达夫跳出自卑的泥淖，他更多的只是看到自身的不足，于是“只好把热情收敛，转向了内，固守着我的壁垒”，“成了一个不入伙的孤独的游离分子”。富有意味的是，这种有意识的心理退让，却无意中给他以客观的心理补偿（尽管他不一定意识到）：由于他在孤独的悲哀里，一味读书，一味作诗，竟在《全浙公报》发表诗作，作文也压倒同辈。郁达夫主观上很少有出人头地的想法，他一生似乎都在自寻苦恼，即心理学家关计夫所说的“自认不如而苦恼”，纯然是内心的“主观感情”。他在文学上的锋芒毕露，完全是不自觉的结果。因而，由生理缺憾导向心理退缩，从而囿于内心的孤独体验与情感自抚，构成了郁达夫体貌自卑的心理轨迹和缩影。

少年时代积淀而成的体貌自卑心理，并不是郁达夫自卑心理的唯一成分。事实上，在青春期对异性的渴慕与幻想中，体貌自卑很自然地导致另一层面的自卑——婚恋自卑。这种自卑心理，表现在郁达夫早期的婚恋经历似还情有可原——少年时代他毕竟其貌不扬，且无情场经验，加以主观上的自我禁锢，少与众人接触，因而被人拖到女同学家时，难免“俯着首，红着脸，同被绑赴刑场的死囚似地”；留日期间，弱国子民的地位，更使他对异域少女敬而远之，想入非非之余，更多的只是自伤自怜。然而令人不解的是，当他东渡归来，业已誉满文坛之际，婚恋上的自卑心理却依然如故，这突出地表现于他对王映霞的追求上。尽管已婚男子的身份多少给他带来心理上的弱势感，但他当时的地位和声望足以使他胸有成竹地去征服仅以容貌见长的王映霞。可郁达夫的举动却有些悖于情理：他非但不是凭自身优势居高临下而赢得爱情，相反，他是通过一味的自责、自辱和自贬，以乞求对方的怜悯与赐爱，全然把自己置于被施舍的卑微地位。关计夫认为，怀有自卑感的人，往往怀疑自己的价值，总是苦恼于自己的体格、容貌、能力、社会地位处于劣势状态，因而不断产生内疚、沮丧、胆怯等情绪体验。郁达夫在追求王映霞过程中的自卑心态，和他的体貌自卑一样，典型地反映了一种“自认不如而苦恼”的自贬心态，即便已得到对方的垂爱，仍要“鸦凤追随自惭形”地自贬一番，足见其自我意识中本我形象的渺小和外部势力的强大。就是在孤寂自慰的心灵体现中，仍时时感受到外界的威逼，无端地处于被惊扰的惧怕之中。因而，与异性的交往中，本我形象的自觉萎缩，内心深处孤寂无助的怯懦感，构成了郁达夫婚恋自卑的内在依据。

体貌自卑与婚恋自卑的相互交织，无疑使郁达夫在人生竞技场上倍感心灵的疲惫，它在作家通往理想的道路上设置了重重精神障碍，加以朝政腐败，国弱民贫，使郁达夫深感前途渺茫；这内在与外在的双重屏障，给郁达夫带来的一系列打击，产生了其自卑心态的又一层面：地位自卑。人们也许以为郁达夫这种负有沉重精神包袱的文人，大约是不会有从政臆想的，殊不知他当初确有从政志向，并有政治才能。郭沫若就曾说他适合当外交官；留日时，他曾向长兄表述整顿颓政的设想，又在尾崎行雄演讲时舌战这个以“狮子吼”出名的雄辩家；他还修过法学部、经济学部；曾两度回国应外交官和高等文官招考，终因政界无人提携而归失败。著名的个性心理学家阿德勒说，人类最基本的欲望是权力欲，若无法如愿，便会产生自卑感。人受其折磨，往往转念谋求从人际竞争的烦恼中解脱出来。郁达夫仕途志向化为泡影，无疑使他内心深处传统士大夫“出仕”的文化心理受到严重挫伤，一种理想幻灭的失落感长久地笼罩着他。

由仕途而退居寒士地位，郁达夫已感到难言的屈辱，而作为弱国子民流落于强权专制的岛国，心头更是别有一番滋味。性情怪异、多愁善感的郁达夫，作为一个“支那人”漂泊海外，对自家的地位和异族的歧视，显然要比旁人敏感得多，因而也就要承受更多的屈辱，由此造成的精神痛苦是不难想象的。有时郁积于胸的愤懑也难免要爆发一下：“愁来无路……只好写些愤世嫉邪，怨天骂地的牢骚，放几句破坏一切，打倒一切的狂呓。”[①]这种诅咒一切的心态，其实最真妙不过地反衬出郁达夫自我意识中，个体价值在社会历史大背景下的微不足道。由此可见，时政的昏暗和故国的贫弱，不仅使他跻身仕途之梦想化为乌有，甚至使他连低微的寒士地位都处于岌岌可危之中。

人生旅途的颠沛体验和辛酸经历，使他产生仰望他人称羡不已，反顾己身则顾影自怜的心态，从而泯灭了他自我意识中的个体价值。

二

文艺作品作为作家思维与情感的艺术结晶，无疑将映照出作家的人格风貌、人生态度和审美趣味。即便是那些最为客观冷静的现实主义和自然主义作家也不能例外。郁达夫作为以表现情绪为艺术主旨的创造社的主要成员之一，由于其作品中那种迫不及待地表现自我的显著特征，使得他的作品比起郭沫若、成仿吾的作品，作家人格风貌的大量渗透显得尤为鲜明突出。事实上，郁达夫曾多次宣称：文艺作品都是作家的自叙传。因此，当我们剖析了郁达夫自卑情结的三个层面，并以此来开启其小说艺术世界的门扉时，可以说，我们找到了一条捷径。

在论及郁达夫小说之前，我们有必要粗略扫视一下郁达夫自卑情结在除小说之外的创作中的表现。郁达夫的许多创作与文论，在人们进入其内容的审读之前，往往从标题就先感受到他那自卑的心境——《鸡肋集》（作品全是“弃之可惜，存之可羞”、“不成东西”的“鸡肋”）、《奇零集》（鸡零狗碎）、《断残集》、《敝帚集》、《寒灰集》、《薇蕨集》……这一系列有些近乎离奇古怪的书名，却有着同一内涵指向：自卑心态的坦然流露。至于郁达夫的序跋与创作谈，更是常常要自我数落与贬低一番，不是把自己的作品喻为“虫鸣鼠语”、“丐者的穷泣”，就是摆出一副无奈之态：“被高等教育割势后的我这零余者”，“只会写衰颓得透顶的自伤自悼之文”……所谓创作谈，几乎成了他自卑感的自我展览。达夫日记，是被作为文学作品发表的，这一特殊文体无疑更能窥见其灵魂心像与心理情绪，它为我们了解郁达夫的自卑心态，提供了一个更真实、更直观的原型。

由于郁达夫贬低本我的意识自觉，在现实的坎坷中不断被强化，造成他在现实社会和人生旅程中，自我定位严重偏差，从而形成了个体价值判断的误区。这一心理现象，同郁达夫生性伤感忧郁的情绪类型，共同酿就了其独特的人格风貌，而正是这种人格风貌深深地影响和渗透在他的小说创作中，才使他的小说以特异的风采，独步现代文坛。

郁达夫自卑情结，作为一种人格光照，投射在他的小说创作中，是显而易见的。但小说毕竟是小说，是一门艺术。倘若我们以实证的方法去探寻他在小说中的自卑表现，就难免使论述流于平庸。这要求我们必须从总体艺术风貌和审美情调上，去把握郁达夫自卑情结对其小说创作艺术内质的影响及其内在联系。

郁达夫自卑情结对其创作的影响，就其最直观的表现来说，在于小说的感伤基调和怨愤情绪。从郁达夫最有影响的《沉沦》系列小说来看，几乎篇篇都浸透着一种苦闷悲哀的情绪。同为现代作家，同样感受着流落异国的屈辱，独独郁达夫，那样不遑他顾地在作品中弹奏着感伤的情调，使人们不得不归因于他心理结构中的自卑因子。郭沫若留日时曾与郁达夫同过班，然而，两人对民族歧视在心理上留下的印痕，似乎大不相同。郭沫若不仅娶日本少女为妻，而且其小说一开始就表现出英雄传奇气质，还唱出了高亢的《女神》之歌，其情感的昂奋，基调的宏阔，远非郁达夫小说所能比肩。不过，郁达夫小说尽管情调低沉，但因为它是大胆直率地吐露心绪，在五四时期，仍获得了它自身的价值：既为新文学表现真情开了风气之先，又有力冲击了封建文化虚伪矫饰的陋习。而就文艺的审美角度而言，郁达夫小说中感伤情调的注入，无疑有助于形成他的抒情风格。它的美学力量，突出地表现为诉诸情绪的感染。当时，许多读者，也正是共鸣于此而喜爱其作品的。

由于郁达夫小说常与恋情和性苦闷有关，婚恋自卑对创作的影响，就格外显著。这方面的影响之深，甚至在很大程度上，左右了郁达夫的小说构思、人物塑造和情节设置。倘若我们逐一审视郁达夫小说中的人物，不难发现，他们几乎都具有相似的性格特征：情感脆弱、自卑内省、愤世嫉俗。这还是最直观和表层的表现。深层的表现，则在于小说的艺术构思：情节模式的形成。郁达夫婚恋小说的情节框架本身，几乎都蕴含了自卑的心理归向，这在中国现代小说史上，也是罕见的。这些情节模式约有 5 种。

第一种模式：单恋或无爱之苦。这种模式，是以孤苦无助为它的心理归向的：他在这个世界上是孤单的，爱成为他的身外之物。《沉沦》中的主人公，渴望爱却因民族自卑感而把情感深藏于心。在自卑情结的折磨下，形成了他走向毁灭的情绪发展线索：感伤忧郁——恐惧自责——自羞自愧——自卑自贱——自暴自弃——自我麻醉——悲愤自毁。那种无爱的苦闷，被表现得淋漓尽致。《十一月初三》、《十三夜》等作品中，也都描写了自卑胆怯者的爱情生活。

第二种模式：第三者介入，斩断情丝。这种模式，昭示了一种获得爱的能力劣于他人的受挫心理，显然，这是导源于作家的婚恋自卑。在情场的角逐中，主人公总是以失败告终。《空虚》中的质夫之从情场败阵，还有点中国人自愧不如的心理，因而“劣败的悲哀”还多少与故国的贫弱相关联。而《南迁》与《微雪的早晨》，则表现主人公在三角恋爱中的劣势地位，也是其自身竞争力不强的生动体现。《秋河》中的三角，却是一种变形。第三者的介入与得胜，纯然是为了反衬主人公自伤自悼的哀怜情绪和自我败北的弱者行为。在这里，失恋对主人公的打击，似乎并不在于失去爱的本身，而在于证实“自己劣于他人的恐惧”，表现了一种典型的“弱者心态”、“弱者爱情”。

第三种模式：女弃男而去。五四新文学表现婚恋悲剧的不在少数，其悲剧的形态也多种多样，然而，像郁达夫这样一味表现男子为女子所抛弃的，实属少见。这无疑与郁达夫作为男性婚恋自卑者从事写作有关。《银灰色的死》以三环相扣的结构，把主人公步步逼进绝望痛苦的深渊：先是Y妻抛下Y而辞世，接着是静儿出嫁离Y而去，最后W也离弃Y走了。接踵而至的打击，生动展示了一个卑微者在世俗力量面前无力挣扎的痛苦体验。《胃病》中的W是作为“将亡的国民”而被日本少女所抛弃，在失恋的苦痛中，又增添一层民族自卑的屈辱感。《迷羊》、《蜃楼》、《碧浪湖的秋夜》、《马缨花开的时候》等，亦属此类。这一模式中，总是充满一种男性对女性的畏惧感，联系作家后来与王映霞的离异，仿佛具有某种预言的性质。也只有“自卑狂”，对这种情场的败北感，才有类似体验。

第四种模式：爱情净化为友情。这种悲剧式的爱情，是男主人公在纯洁面前的战栗与忏悔。在情场角逐中，爱情化为乌有，男子的自我价值已被否定。《迟桂花》写郁先生对翁莲邪念初起，即被她的纯真所净化，转为负罪感。《春风沉醉的晚上》中失业文人对烟厂女工的情欲刚抬头，即自责没资格爱人，很快被“冷”处理为友情。

第五种模式：嫖妓。嫖妓作为当时社会的普遍现象，本来反映了男性对女性的支配，但在郁达夫小说里，则呈现了逆反现象，成为男子在现实世界中作为劣败者的变态行为。《茫茫夜》、《秋柳》等作品中，主人公一反常态，只找丑、老、客少的妓女陪宿，着实反映了一个自卑者悲伤凄恻、自我贬斥的心理。一旦这妓女先去陪客，他便自伤自悼：“连海棠这样丑的人都不要我了。啊啊，我真是世上最孤独的人了！”郁达夫那种自我形象的自觉萎缩，在这里得到了艺术的显现。

郁达夫恋情小说的5种模式，其内涵和情感指向如此集中统一，完全是作家的婚恋自卑情结所致，而且更重要的是，这种情结如此浓郁，以致成了几乎是难以更易的思维和情感定势。倘无这种定势的存在，我们就很难理解这些模式内在的趋同性了。

婚恋悲剧，显然已成为郁达夫小说内容的侧重点，但除此之外，关于人生烦恼的体验，同样是他小说表现的一个重心。不难断定，这与郁达夫的现实境遇和地位自卑有着直接的深刻的联系。仰望仕途功业的幻灭和屈居寒士地位的悲哀，使作家更多地只看到人生悲苦的一面；而作家自卑情结所造成的对外部世界感受面的狭隘，使他即使在顺境中，对欢乐的体验也处于麻木状态。在这种心境和人生认知的导引下，郁达夫在小说创作中必然拘囿了对素材的广泛摄取，人生烦恼便成为他艺术视野的关注焦点。在郁达夫小说中，我们几乎很难看到稍微带有一点亮色的浪漫和透出几缕希望之光的人生，而是处处透溢着悒郁的情怀和悲苦的人生叹喟。系列作品《茑萝行》、《还乡记》、《还乡后记》中，失业后的穷愁潦倒，成为小说的主要内容。由于倍受生活的磨难和贫困的缠绕，主人公除了悲叹之外，完全丧失了自我价值感：在这样的人世间，“谅来也没有我的位置了”，甚至也没有“生存的资格”。这里，岂止是一种地位的自卑，几乎是地位的丧失！《烟影》、《纸币的跳跃》、《东梓关》、《青烟》等作品，不仅弹奏着同样的人生烦恼的曲调，而且还程度不同地将这一曲调推向了高音区。郁达夫那种强化自卑的心理习惯，深刻影响着他在小说中对情绪的表现——淡淡的伤感，被渲染成深深的痛苦；寻常的不幸，被夸饰为灭顶之灾，痛不欲生。而且，这种表现已成为一种审美自觉：在常人感到“五分痛苦”，艺术家“非要增加到十分或十二分不可”。正是这种审美自觉，给郁达夫小说带来了不同凡响的艺术感染力。

很显然，郁达夫小说无论是外在风致，还是内在艺术特质，都受到作家自卑情结的多方面的深刻影响。我们甚至可以说，在五四新文学运动中，郁达夫所处的特殊地位，在相当程度上是由他的独特的个性决定的，而其个性的一个重要组成部分，就是他的自卑情结。当然，在作以上论述时，我们不能忘掉郁达夫性格中的其他因素对其小说创作的影响：如他的率真直露和他的民族自尊心等。对郁达夫小说风格的全面、客观的阐发，应建立在对他人格风貌整体把握的基础之上。

三

郁达夫的创作风格很大程度上受其自卑情结的影响，那么，他如此鲜明而强烈的自卑感又是怎样形成的呢？恩格斯的一段话给我们以很大的启示：人的性格是由两方面——一方面是遗传机体，另一方面是人的周围环境，特别是他的发展时期的周围环境——相互作用的产物。这里说的“遗传机体”，是指内在因素，包括人的先天生理素质和性格的初始类型；而“人的周围环境”，则指外在因素，包括家庭环境、社会环境和时代气氛等。

先看内在因素。郁达夫自幼体弱多病，不仅先天不足，而且后天失调。婴儿期就患肠胃病。沃林认为，儿童身体机能性缺陷，也会产生自卑感。郁达夫曾是一个病孩，成天感受到疾病的痛苦，不像健康小孩那样活蹦乱跳，尽情嬉戏，而只是全神贯注于向内体验，不断形成和强化着自卑感。就是在成年后，也继续受到病魔的纠缠。在肺病屡发的情况下，生活起居又无规律：嗜酒成性，时常看书、打牌通宵达旦，或“连日荒唐”，以致“精神衰颓”，“头痛人倦”。在这种颓靡的精神状态下，逐渐形成了情感纤敏、意志脆弱的性格特征。

郁达夫在家中的排行，也值得注意。关计夫认为，末子摇摆于活跃型与意志消沉型之间，要么容易受娇宠，要么就消沉下去。郁达夫作为末子，显然属于后一种情况。他家境困顿，母亲整日奔波在外，家中无人给他抚爱。长期无爱的童年，使他性格柔弱，缺乏承受各种心理挫折的勇气，每遇棘手之事便萌退志，甚至自暴自弃，“在迎接外来的攻击上却非常脆弱”[②]。这种脆弱，在他日后的为人处世中得到反映。他对冤家许绍棣的退让态度，既反映他“自谦的心理发展到自我作贱的地步”[③]，也反映出寒士的自卑，正如他在20世纪20年代说的“我尤不屑与今之所谓政治家争”。郭沫若甚至把郁达夫和王映霞离异归结于“他的自卑心理在作祟”[④]，不无根据。显然，郁达夫早年的生理和心理的基础，奠定了他的自卑的心理情结。

再看外在因素。关计夫认为，心理的创伤可以发展为强烈的自卑感，而心理创伤大多起因于外部刺激。郁达夫童年、少年时所受的心理创伤，在成年后就因各种环境的逼迫而得到进一步发展。具有诗人气质的郁达夫，时代风雨必然搅动他纤敏的情感，社会动乱无疑也冲击他炽热的心灵，因此，他的自卑情结，深深烙上了时代和社会的印记。郁达夫生长于一个充满苦难和耻辱的年代，甲午战争的失败，八国联军的入侵，袁世凯的投降卖国……中国像任人宰割的猪羊，受到帝国主义尤其是日寇的蹂躏和掠夺。封建军阀的统治和帝国主义的侵略，使中国失去经济的独立和主权的完整。“五四”落潮后，反动势力更加猖獗，青年知识分子不满现实却又找不到出路，于是苦闷彷徨就成为普遍的“时代病”。郁达夫和国人一道共同感受着时代苦闷。这苦闷所造成的心理刺激，进一步强化了他的自卑情结。在流落军阀专政的岛国期间，他几乎是沉浸在“国际地位落后的大悲哀”中，渴求爱情的性苦闷，亦转化为深深的民族自卑感。而归国之后，依然像踏进无铁窗的囚牢，恶浊的社会，扼杀他才华，侮辱他良心，阻断他报国之路。处在这样的时代、社会背景之下，郁达夫性格中的自卑因素，只有被刺激和强化的可能，而无淡化和疗治的希望。

家庭环境作为外在因素，有一点特别值得提及的是，郁达夫对早年饥饿的记忆。在他早期记忆里，“经验到的最初的感觉，便是饥饿；对于饥饿的恐怖，到现在还在紧逼着我。”⑤心理分析学认为，儿童的早期记忆，对研究原型和自卑感的形成，有特殊的价值。饥饿本身已造成对生理的压迫，缺乏爱又给他心理造成损伤。他从小感受不到母爱的温暖，几乎在无人教育下长大。一般说来，在父母俱存的和谐家庭生长的儿童，大都能发展正常人格；而郁达夫自幼丧父，几乎由侍婢带大，缺乏奠定健康心理的基础，这也是日后产生自卑情结的导因。

不难看出，对郁达夫来说，不论是内在因素还是外在因素，都不具备形成健康心理的有利条件。先天不足与后天不利条件的相互作用，终于形成他强烈的自卑情结。

“自卑是人类奋斗和成功的基础”，“又是一切心理顺应不良问题的原因”⑥。自卑感给郁达夫带来了许多精神苦痛，但也不时激励他做出补偿行动。很显然，要回答郁达夫为何精神世界充满矛盾而文学创作又独具特色，就不能忽视自卑感在其中所起的积极和消极作用。

注释：

①郁达夫：《忏余独白——〈忏余集〉代序》，《郁达夫文集》第 7 卷，第 251 页，花城出版社、三联书店香港分店 1983 年版。

②③④郭沫若：《论郁达夫》，王自立、陈子善《郁达夫研究资料》（上），第93、96、97页，天津人民出版社1982年版。

⑤郁达夫：《悲剧的出生——自传之一》，王自立、陈子善《郁达夫研究资料》（上），第15页，天津人民出版社1982年版。

⑥［奥］阿德勒：《生活的科学》，第25页，重庆出版社1980年版。

1988年初稿，1989年改定

本文载《福建论坛》1989年第6期。修改后于1992年7月发表于纽约、香港、台湾合办的《九州学刊》第5卷第1期。

郁达夫与传统理欲观

一

在中国现代小说史上，最早涉及性意识、性道德、性心理的，是五四文学元老郁达夫。他以“五四”以来第一本小说集《沉沦》蜚声文坛。此后论者蜂起，毁誉参半。誉之者谓他与鲁迅“双峰并峙”[①]，“模拟的颓唐派，本质的清教徒”[②]，“很健全的时代病的表现者”[③]，台湾评论家赞誉他“向旧礼教的桎梏，炸了一个巨大的爆弹”[④]。毁之者则赠以“颓废作家”、“色情主义者”等称号，台湾女作家苏雪林斥其作品为“卖淫文学”[⑤]。那么，到底应如何评价郁达夫早期小说？如何确定这位风格特异的作家在现代文学史坐标轴上的位置？他究竟怎样背叛传统理欲观？对这些严肃的科学问题，值得认真探讨。

郁达夫虽在留学日本时崛起于文坛，但毕竟是一位中国作家，其小说离不开中国文化土壤。特别是他91%以上的小说涉及情爱内容，因此要做出公正评价，就得弄清他是如何背叛传统理欲观的，绝不能绕道通过。

二

马克思主义关于道德的历史性、阶级性的观点，也适用于认识理欲关系。几千年来，中国社会理欲关系虽复杂万端，归根结底，不外乎以理节欲、存理灭欲、去理纵欲三类。

（一）以理节欲。春秋末期，孔丘代表奴隶主贵族利益，提出恢复周礼，须压抑、克制人的感性欲求和本能冲动，即“非礼勿视，非礼勿听，非礼勿言，非礼勿动”的理欲观⑥。战国时的孟轲，既站在封建地主立场，又继承和发挥孔丘理欲观，认为“好色，人之所欲”⑦，但要多方加以限制，主张“养心莫善于寡欲”⑧、“男女授受不亲”⑨、“夫妇有别”⑩等。战国末期，为新兴地主阶级服务的荀况，从“人性恶”视角出发，认为“目好色，耳好声，口好味，心好利，骨体肤理好愉佚”⑪，提出用“礼以养情”来节制情欲，解决人的本能与封建礼教相悖的现象⑫。

（二）存理灭欲。先秦的道家老聃和庄周宣扬“无欲”，反映没落奴隶主阶级消极颓废的思想情绪，主张做人修养的目标是回到婴儿般无智寡欲的道德境界，表现出“存理去欲”的思想。战国时道家宋钘、尹文也主张“无欲”，发挥老聃“少私寡欲”观点，并论证“情欲寡浅”的观点⑬。汉代董仲舒为适应新兴地主阶级中央集权的需要，把封建专制制度的理论系统化。他继承孔孟的理欲观，提出人不能“无欲”，但“欲”不能超越道德伦理规范。他确立“三纲五常”为永世伦理规范⑭。这样，君权、父权、夫权、神权四条封建绳索，就紧缚在人民大众身上。南北朝隋唐的佛教，提出只有断情灭欲方能悟入“佛理”，这是地道的宗教禁欲主义。《魏书·佛老志》谓佛教“五戒，去杀、盗、淫、妄言、饮酒，大意与仁、义、礼、智、信同，名为异耳”，这就一语道破佛儒同为封建制度服务的实质。唐以后更形成以儒学为主的儒、道、佛合流的局面。宋明理学，在儒家“以理节欲”观点中，注入佛、道的“灭欲”、“无欲”的染色体。程颢、程颐和朱熹的理学提出“存天理去人欲”的主张⑮，这就把理欲观推向了顶峰。程颐《遗书》传播的寡妇“饿死事小，失节事大”的卫道宣言⑯，就是束缚妇女的锁链。

（三）去理纵欲。这在封建社会只是一股暗流，伪君子们都在实践它。这种潜藏的现象，是对“以理节欲”和“存理灭欲”的反拨。西晋门阀士族地主阶级大力宣扬其贪图肉欲享乐的纵欲主义思想：“唯患腹溢而不得恣口之饮，力惫而不得肆情于色。”⑰《列子》甚至说善良的尧舜和邪恶的桀纣，死后都成一堆腐骨，于是叫人们“且趣当生”⑱，生前最要紧的事就是及时享乐。魏晋典型的纵欲放荡的贵族何晏，论证贵族们比众人清高，大讲圣人无情欲，以掩饰他们灵魂深处的龌龊⑲。西晋郭象说“名教”即“自然”，既维护了“名教”，又过着纵情放荡、穷奢极欲的生活[20]。可见，封建统治阶级所谓“理”（包括封建性道德），其本质是何等的虚伪。

三

华夏文明古国，延续着世界上最漫长的封建社会。近于凝滞的自然经济形态，孵育出同样近于凝滞的性心理形态。在传统文化中，以作为统治阶级学说的儒教为主线，以道教、佛教的禁欲主义为副线，拧成粗而长的思想绞索，绞杀国民的人性。在传统理欲观中，“以理节欲”、“存理灭欲”占主导地位，而且是从“以理节欲”发展为“存理灭欲”。在传统文化中，性苦闷被视为淫乱与邪恶，正当的七情六欲，被视为洪水猛兽而加以残酷压抑。

禁欲主义维护等级制度，等级制度保护禁欲主义。在私有制、夫权制的社会里，存在着对少数人“性开放”和对大多数人“性压抑”的严重倾斜现象，形成了男子可以多妻、女人却要守寡的畸形道德。上流社会满足的性欲多有不当，而穷人寡妇的正当情欲却惨遭压抑。且不说历代帝王拥有“六宫粉黛”、“佳丽三千”，即使是王公贵族、地主豪绅也常有三妻四妾的现象。山东孔林“烈女坊”，即为17岁殉夫的少女颜氏而造。孔林的“十八婆之坟”，是孔丘某后裔18个妻妾合葬之墓。而贫苦农民（如阿Q辈），却有劳苦一世而终生未娶的。这些事实说明孔孟之徒的理欲观是怎样的一种骗人货色。

性意识的核心是性道德观和性价值观。中国文化的伦理特质，外壳涂满禁欲主义色彩，内核并非无欲世界，它是包含欲、理、情三者被人为割裂的“性爱结构”，即有性无爱，有理无情，而且极度禁欲与无度纵欲存在着因果关系。若再向深层开掘，更见出性道德观与性价值观的矛盾。

性道德观 （崇尚禁欲）	**性价值观** （充满生殖崇拜）
孔：非礼勿视，非礼勿听， 非礼勿言，非礼勿动。	《易》：天地之大德曰生。 男女构精，万物化生。
孟：男女授受不亲。	孟：不孝有三，无后为大。
程、朱：存天理去人欲。	旧习俗：追求百子千孙，添丁发甲，多子多福。
在道德—心理范畴里的“禁”，禁绝爱情，扼杀人性。	在性欲—生理范畴里的“纵”，唤起兽欲，导致人性降格，文明倒退。

性道德观的崇尚禁欲，性价值观的鼓励繁衍，不仅矛盾无法解决，而且势必产生变态与反常。老舍曾深刻揭示出旧社会婚姻和性爱的两个极端：畸形的压抑和变态的释放，进而揭露二者存在的因果关系：禁欲导致纵欲，封建婚姻导致卖淫，“三纲五常”、“三从四德”导致男盗女娼、嫖妓纳妾。老舍笔下的娼妓，如《微神》中的“她”，《新时代的旧悲剧》中的小凤，《骆驼祥子》中的小福子，《月牙儿》中的“我”，全是为力行孝道而卖淫的。传统道德谓“万恶淫为首，百善孝为先”，老舍绝妙地接通了“善”、“恶”两极，充分暴露出封建伦理道德观的因果性、虚伪性与残酷性。

至此，似可得出结论：以儒教为主流的传统文化，在国人身上，在社会上，产生恶性循环，存在如下辩证关系：腐朽的纲常名教，阉割全社会的性意识，而性意识被阉割，又使社会变得更加畸形。换言之，严厉的性禁忌，形成普遍的性压抑，导致严重的性变态，酿成全社会的性敏感。

四

马克思从未否定过人的感性欲望。他说：“情欲是人强烈追求自己对象的本质力量。”[21]恩格斯也多次论述性是人生最重要的基本问题。他说：“体态的美丽、亲密的交往、融洽的旨趣等等，曾经引起异性间的性交的欲望。”[22]鲁迅论感性欲望的功能性质时说，“性交……并非罪恶，并非不净”，倒是笼统地把感性欲望视为“不净”，才是虚伪、愚昧的封建观念[23]。他在《寡妇主义》一文中更揭露封建专制下的禁欲主义摧残人性，导致人性严重变态和灾难性的后果。

世界文学的优秀成果告诉我们，情欲不等于爱情。情欲与爱情的分离，是文明社会的共同趋向。人的原欲在文明导引下升华为爱情，爱情又净化着人的原欲，由粗鄙转化为优美。反观之，爱情又必须有情欲的基础。有的作家认为，爱情与情欲无法分开，这从生理学角度来看是合理的。人为地禁欲，必然毁灭爱情，造成人性的畸形和各种病态，正如作家乔治·桑所说的，把爱情与情欲绝对割裂，将导致两种极端，即妓院与修道院。但是爱情和情欲毕竟又有极大差别。若把爱情等同于情欲，就把人降低为动物了。爱情应当是灵与肉的统一。

文学是人学。文学要表现人性，张扬人性，这是众所公认的命题。而两性关系、性爱，则理所当然地应成为文学的描写内容和审美对象。恩格斯赞许德国无产阶级诗人维尔特“表现自然的、健康的肉感和肉欲[24]，还说：“性爱特别是在最近 800 年间……竟成了这个时期中一切诗歌必须环绕着旋转的轴心了。”[25]

郁达夫也持类似观点。从他的文论来看，他一反“古圣昔贤的明训”，冲破传统文学的禁区，理直气壮地提出文学可以也应当表现性爱的题材：“从前的人，是非礼弗听，非礼弗视，非礼弗……的，现在可不同了。一样的是人体的一部分，为什么肚脐以下，尾闾骨周围的一圈，就是隐藏抹杀，勿谈勿写呢？（这是霭理斯的意见）”[26]他把“性的压迫”、“生的苦闷”和“死的恐怖”列为近代戏剧反映生活的“三种要素”[27]。笔者认为，实际上当时郁达夫也认为这是文学反映生活的“三种要素”。再就文艺赏鉴之偏爱价值来说，他认为：“性欲和死，是人生的两大根本问题，所以以这两者为材料的作品，其偏爱价值比一般其他的作品更大。”[28]甚至他还着重加以强调：“种种情欲中间，最强有力，直接摇动我们的内部生命的，是爱欲之情。诸本能中，对我们的生命最危险而同时又最重要的，是性的本能。”[29]所有这些，都是对“以理节欲”、“存理灭欲”的反叛，也都是向传统理欲观提出挑战。

必须看到，郁达夫这种文艺观，是在发展变化的。如果说上述的[30] 20 世纪 20 年代所持的反传统理欲观有些片面的话，那么到 30 年代就较为客观了。1931 年 6 月他发表了《关于小说的话》，对原先见解有所修正，指出小说“表现人生，务须拿住人生最重要的处所，描写苦闷，专在描写比性的苦闷还要重大的生的苦闷，因为性欲不就是人生的全部。人的一生，在男女的性交之外，重要的事情还不知有多少”。这时的郁达夫就已认为，文学应着重表现社会人生，而把宣泄性苦闷置于极次要地位。

再从他的创作来看，如前所述，郁达夫小说绝大多数涉及性意识。拙作《郁达夫小说：呼唤人性的复归》[31]把郁达夫全部小说塑造的人物形象归纳为三个系列：一、留日后期为弱国子民形象，表现为受凌辱与无爱之苦，人性遭到摧残，乃放浪形骸，自我作贱，忧悒颓唐。他们的性心理多为胆怯、自恋。二、归国初期为零余者形象，表现为才华横溢，报国无门，贫病交加，“以一己的力量，来拼命的攻击 3000 年来的恶势力”。他们的性心理多为大胆、颓唐。三、动乱年代为隐退者形象，表现为败阵于人生战场，遁世隐居，回归自然，寻求解脱。他们的性心理多为欲情净化。可见，他所塑造的形象，是和文艺观同步发展的，并且都与传统理欲观相悖。

郁达夫描写情欲，不同于无耻展览性行为、挑逗男女情欲的“诲淫小说”、“狭邪文学”，他拿起弗洛伊德精神分析手术刀，瞄准封建礼教长期压抑下的中国人的意识深层开刀。于是，那些深隐在道貌岸然的假道学、伪君子们意识深层的情欲，正如长期深蕴在地壳深层的岩浆，一旦有了突破口，便令人惊叹地喷涌而出！郁达夫以他惊人的坦率，把锋利的解剖刀插入胸臆，赤裸裸地亮出人的本性来。郁达夫前期小说，写青年人对异性的敏感，对性爱的渴求，情欲的冲动以及欲望受压抑而造成的苦闷与变态释放……作家把性苦闷与思想苦闷联系起来，强调灵与肉冲突的社会意义。

郁达夫之所以大力肯定人性、肯定情欲，呼唤野性，目的是以此来揭露批判封建文化专制和封建士大夫虚伪的伦理观，揭穿他们口头上仁义道德，骨子里男盗女娼的恶德丑行。郁达夫这些作品与文论，在当时的文坛起了巨大冲击作用。正如郭沫若所说的：“他的清新的笔调，在中国的枯槁的社会里面好像吹来了一股春风，立刻吹醒了当时无数青年的心。他那大胆的自我暴露，对于深藏在千年万年的背甲里面的士大夫的虚伪，完全是一种暴风雨式的闪击，把一些假道学、假才子们震惊得至于狂怒了……这样露骨的真率，使他们感受着作假的困难。”[32]

郁达夫描写七情六欲，是向传统的“以理节欲”和“存理灭欲”宣战，具有巨大的社会意义。当时礼教的束缚，朝政的腐败，民族的歧视，故国的陆沉，求生的烦恼，婚姻的不满，爱情的失落，这种种因素，逼得他小说中的主人公走投无路，只得在自我谴责的心情下步入妓院，去寻求感官的短暂刺激和精神的片刻麻醉。我们通过作品中充满野性的呼唤，通过五四时代醒过来的人的“真声音”，不难发现当年的“时代病”。这也正是郁达夫小说社会意义的所在。

在郁达夫描写性苦闷中，我们也应看到，作家本身受到古代名士的影响和接受外国文化的影响。阮籍、嵇康等士大夫的“放浪形骸”，陶潜、李白等的以酒自醉，都在他身上留下投影；黄仲则不仅是他最热爱的诗人，而且他更借黄仲则以“夫子自道”。郁达夫笔下的人物，总是把现代人对浪漫生活的追求、理想失落、精神无所寄托的迷茫与悲观，同失意乃至没落的士大夫的放浪形骸（宿妓、酗酒）难分难解地混淆在一起。郁达夫以西方思想文化为参照系，发现封建伦理道德对人性的严重摧残和压抑，他接受西方和日本作家卢梭、劳伦斯、乔伊斯、道生、魏德金德、佐藤春夫等影响，加上他直率暴露的个性气质，便大胆选择情爱题材，大量表现潜意识，刻意描写变态心理。他特别注重表现人物内心的苦闷纷争。无庸讳言，在他小说中，确有用笔过重，渲染过分之处，如《沉沦》、《迷羊》、《饶了她》、《茫茫夜》等作品，写窥浴、听野合、手淫、乱伦、同性恋、恋物症等，都失之于“露”和“俗”。也正因为这样，才引起一些论者的非议，连周作人在评价《沉沦》时也说“虽然有猥亵的分子而并无不道德的性质”，还说“对于正需要性的教育的‘儿童’们却是极不适合的”㉝。但话说回来，这些又都是与传统理欲观背道而驰的。

由于郁达夫具有卢梭式的道德的自信，他才敢于在文学中袒露内心世界的奥秘。正如其好友、作家陈翔鹤所说的，郁达夫的“嫖妓”，只是“喝清茶，闲谈一阵”而已，“俗得那样的雅”㉞。因此，他把人物推到道德审判台上去受审，而终见其灵魂之洁白，也就是李初梨说的“本质的清教徒”。正因为这样，他的作品，既是向传统理欲观挑战，又根本上区别于张资平的恋爱性欲小说，因而在中国现代文学史上确立了不朽的地位。

注释：

①锦明：《达夫的三时期》，王自立、陈子善编《郁达夫研究资料》下册，第329页，天津人民出版社1982年版。

②郭沫若引李初梨语，王自立、陈子善编《郁达夫研究资料》上册，第93页，天津人民出版社1982年版。

③钱杏邨《〈达夫代表作〉后序》，王自立、陈子善编《郁达夫研究资料》下册，第339页，天津人民出版社1982年版。

④（台）黄得时：《郁达夫先生评传》，王自立、陈子善编《郁达夫研究资料》下册，第432页，天津人民出版社1982年版。

⑤（台）苏雪林：《郁达夫论》，王自立、陈子善编《郁达夫研究资料》下册，第385页，天津人民出版社1982年版。

⑥《颜渊》，《论语》，第102页，凤凰出版社1980年版。

⑦⑧⑨⑩《万章》（上）、《尽心》（下）、《离娄》（上）、《滕文公》（上），《孟子》，第155、247、117、78页，北京理工大学出版社1982年版。

⑪⑫《性恶》、《礼论》，《荀子》，第28、95页，贵州人民出版社1985

年版。

⑬任继愈主编：《中国哲学史》第1册，第119页，人民出版社1963年版。

⑭任继愈主编：《中国哲学史》第2册，第78页，人民出版社1963年版。

⑮⑯⑲⑳任继愈主编：《中国哲学史》第3册，第228、229、181、225页，人民出版社1964年版。

⑰⑱张默生选注：《先秦诸子文选》，第45、43页，重庆人民出版社1957年版。

㉑马克思：《对黑格尔的辩证法和整个哲学的批判》，马克思《1844年经济学—哲学手稿》，第120页，人民出版社1985年版。

㉒恩格斯：《家庭、私有制和国家的起源》，《马克思恩格斯选集》第4卷（上），第72页，人民出版社1972年版。

㉓鲁迅：《我们现在怎样做父亲》，《鲁迅全集》第1卷，第247页，人民文学出版社1981年版。

㉔恩格斯：《格奥尔格·维尔特》，《马克思恩格斯全集》第21卷，第9页，人民出版社1965年版。

㉕恩格斯：《路德维奇·费尔巴哈和德国古典哲学的终结》，《马克思恩格斯选集》第4卷（上），第229页，人民出版社1972年版。

㉖郁达夫：《〈中国新文学大系·散文二集〉导言》，《郁达夫文集》第6卷，第264页，花城出版社、三联书店香港分店1983年版。

㉗㉙郁达夫：《戏剧论》，《郁达夫文集》第5卷，第57、59页，花城出版社、三联书店香港分店1983年版。

㉘郁达夫：《文艺鉴赏上之偏爱价值》，《郁达夫文集》第5卷，第162页，花城出版社、三联书店香港分店1983年版。

㉚《文艺鉴赏上之偏爱价值》发表于1923年8月，《戏剧论》发表于1926年。

㉛载《语文学刊》1994年第5期，收入《中国现代文学研究丛刊》1995年第3期“中国现代文学研究论文选目”。

㉜郭沫若：《论郁达夫》，王自立、陈子善编《郁达夫研究资料》上册，第93页，天津人民出版社1982年版。

㉝仲密（周作人）：《沉沦》，王自立、陈子善编《郁达夫研究资料》下册，第306、308页，天津人民出版社1982年版。

㉞陈翔鹤：《郁达夫回忆琐记》，王自立、陈子善编《郁达夫研究资料》上册，第111页，天津人民出版社1982年版。

1986年10月初稿，2001年4月改定

本文载《福建师范大学学报》2002年第1期。全文先后收入《中国教育发展论坛》和《中国精典文库》两本书。

论“沉沦小说派”

——为纪念郁达夫诞辰100周年而作

众说纷坛，驳难时起

在中国现代文学流派史上，郁达夫等小说家群究竟属于哪个流派？或称“浪漫主义流派”，或称“感伤派”，或称“身边小说派”，或称“自我表现小说派”，或称“自我小说派”，或称“为自我表现而艺术的团体”，或称“浪漫抒情派”，或称“以浪漫主义为主，也掺杂不少现代主义成分的新流派”，或称“自叙传抒情小说”，或称“浪漫派身边小说”，等等，真是众说纷纭，驳难时起，连研究现代小说流派卓有成就的前辈，在给它命名时也特别谨慎，且不断修正说法，足见要为这个流派取个准确名字，着实不易。

出现这种现象，原因很复杂。有的是由于文学研究的方法问题，如有的论著不断变换划分流派角度，把“新浪漫派”、“小诗派”、“语丝派”、“鲁迅风派”、“荷花淀派”等并列为章节。有的是出于人云亦云，导致失误，如用“艺术派”指代前期创造社作家。殊不知当初创造社诸君恰是坚决反对“为人生而艺术”和“为艺术而艺术”的分类法，对于强加给他们的“艺术派”头衔不断提出抗议。郁达夫曾不无偏激地说：“谁知没有出息的后起者……反造了些什么‘为艺术的艺术’和‘为人生的艺术’的名词出来，痛诋他们（指卢梭等——笔者）……依我看来，始创这两个名词的……就罪该万死。因为艺术就是人生，人生就是艺术，又何必把两者分开来瞎闹呢？”① 还有的是由于美学理论上对浪漫主义的理解不同，各执一端，争论不休。

近年来，不少人对“浪漫主义流派说”持否定态度。事实是：创造社自始至终根本没有标榜过浪漫主义，甚至根本不屑于打“主义”的旗号。前期创造社作家的文艺思想，是以“文艺是天才的创造物”②为核心，并接受西方的浪漫主义、表现主义、象征主义、未来主义和弗洛伊德学说、柏格森学说等多种文艺思想。为纪念创造社成立70周年而召开的“创造社国际学术研讨会”上，专家们认为，前期创造社的创作方法与文学风格是浪漫主义、现实主义、现代主义并存，而以浪漫主义为主导；还有的认为：弗洛伊德学说在创作中运用，是创造社浪漫主义对现代主义的兼容；象征主义在中期创造社的出现，则是创造社浪漫主义对现代主义的并包。仅此可见，郁达夫等的小说，早已超越了浪漫主义的范围。

说是“自我小说派”，也不很科学。且不说郁达夫的“自我小说”不同于日本“大正”文坛表现狭隘的“自我小说”，就同郭沫若的“自我小说”相比，也各呈异彩。早在1931年就有评论家比较了创造社表现自我小说的两大家：郭沫若以“英雄的、夸大的、热情豪放的态度”来写作；郁达夫则以“贫困的、卑小的、苦闷忧郁的态度”来写作。是泾是渭，何其分明！

称他们为“身边小说派”，是只见形式，忽视实质。就以前期创造社小说而言，虽是多写身边题材，但由于他们是留学异邦的弱国子民，深受异族歧视，于是小说中个人郁积与民族郁积，以一种奇特的甚至是病态的形式相交织，身边事融入民族忧而成为重要主题。然而，不同作家的“身边小说”又都带有各自的个性。即便是“身边小说派”论者，也承认这个流派中的明显差异：郭沫若小说，“始终是尊重自我中富于反抗的精神和破坏的情绪”；郁达夫小说，特别是《沉沦》，重在表现“重压下的呻吟中的弱国子民的时代病”；而成仿吾等的小说，则“倾向于社会性的人生的客观化趋势”。况且，“身边小说”提法也欠科学。广而言之，不少小说家都取材于身边事，那么，难道“乡土写实派”写身边的民情习俗，巴金描绘大家族的盛衰荣枯，也都可以一律称之为“身边小说”吗？

笔者认为，不论从郁达夫小说的创作倾向和对当时文坛的影响来看，或从他的文学观来看，郁达夫小说确已起了“导潮流”作用，他们已构成一个单独流派，就称它为“沉沦小说派”吧。

“异军”崛起

中国现代文学史上第一部小说集《沉沦》，是沉沦小说派奠基之作。1921年10月刚问世，便立即震动文坛。虽也引起非议与争论，但事实证明，它在中国文学史上有着不可撼动的地位。

文学史家说，《沉沦》系列小说，在当时的声誉和影响，不下于鲁迅与郭沫若的作品。创造社元老郑伯奇在《忆创造社》中说，“《沉沦》一出版就打响了，差不多和《女神》一样地轰动”，郁达夫常“半带兴奋半开玩笑地说：‘沉沦以斯姆！沉沦以斯姆！’”(以斯姆，ism音译，即“……热”、“……主义”——笔者）泰东书局一连重版十几次，一度创出版史上最高纪录。当时，每当《沉沦》再版，许多青年连夜从无锡、镇江、苏州、杭州、嘉兴赶到上海购书。《沉沦》还激起许多文学青年的共鸣，他们有的模仿郁达夫风格写出类似的小说，有的崇拜者仿效郁达夫小说主人公穿着香港布制的衣服，连言行也模仿着主人公。据此种种，我们特为它取名“沉沦小说热”。

当时为何出现“沉沦热”？郁达夫如何崛起？他又怎样成为流派的中坚力量？这涉及郁达夫“人的意识”的觉醒。

作为创造社小说家主帅的郁达夫，其“人的意识”觉醒，有他特殊的文化机遇。他在1913年赴日留学。海外的环境，使他通过中外（特别是中西）文化对比，形成一种思维动力，强化了他的自我意识和民族意识。明治维新后的日本，逐步形成自己的文化圈，摆脱中国文化圈，郁达夫站在两个文化圈交叉处，既受中国文化制约，又受日本文化影响，既对中国传统文化有所疏离，又不能在日本文化中找到归宿。总之，他不断在两个文化圈中寻找中国文化的出路。

老大帝国兼文明古国的子民，到了日本，却成为弱国子民，受到重压。郁达夫在自我反省与民族反省中，发现中外文化差异。而文化的错位，则为郁达夫提供了意识觉醒的文化机遇。如果说创造社是中外文化圈交错处崛起的“异军”，那么《沉沦》集就是作家在中外文化圈交错处发出的个性主义的宣言了。郁达夫《沉沦》集所反映的“人的意识”，对传统文化来说，具有异端性与恶魔性。传统文化“思无邪”的诗教，跟“人的意识”相对立。封建礼教压抑情欲、扼杀人性，而《沉沦》系列小说却大胆而直率地袒露自己功罪兼杂、七情六欲齐备的胸襟，把道学夫子认为不可告人的生活隐私、内心秘密全都暴露出来。作者以卢梭《忏悔录》式的率真，把人们的个性和情欲从封建礼教的牢笼中释放出来，因此，作品带有鲜明的反传统道德的叛逆倾向。小说史家杨义称郁达夫为“反抗传统道德戒律的悲剧诗人，同时也是反抗传统文学戒律的成功英雄”③。

在创造社崛起的时日，那几位元老适才青春初萌，或正值韶华，他们身受民族压迫、经济压迫、社会压迫，而封建婚姻制度更是强烈地压抑其青春要求，他们饱尝无爱的痛苦，这些悲剧性的情绪体验，一经他们抒叙，便在中国社会上引起巨大的震动。郁达夫那充满“野性”的呼唤，恰与当时“人格独立”、“恋爱自由”、“婚姻自主”的时代思潮合拍，反映青年的功利，传达青年的心声。

当时，日本正处于性开放时代，灯红酒绿，肉感广告，名姝艳闻，裸体照片，男女同浴温泉，娼寮妓馆遍布城乡，双双对对青年男女鼓起的恋爱热……这极富刺激性的一切，挑动着郁达夫等留学生的青春欲望，但异域的民族歧视，不允许他们实现青春的价值，因而他们就在作品中宣泄“青春的悲哀”。这就使郁达夫等表现“人的意识”觉醒找到一个最好的突破口。

郁达夫、郭沫若等留日时，“读的是西洋书，受的是东洋气”。所谓“读的是西洋书”，就因为日本是西方文化传播中国的“中介”。此时日本正值大正年间，大量引进西方文艺思潮。这时日本知识界更加重视感性的自我，特别礼赞个人创造，极为崇尚天才，格外强调人种④。正是在这种文化氛围中，郭沫若、郁达夫、成仿吾高扬创造社旗帜，创办“纯粹的文学杂志”，以“艺术本身”为目的，做“真正的文学家”。此时，他们的文艺思想十分驳杂，几乎当时西方各种思潮都为他们所接受。可以说，创造社诸君每获得一个西方文艺观念，都离不开大正文坛的影响。1921 年为纪念波德莱尔诞生 100 周年，大正文坛掀起“波德莱尔热”，郭沫若立即把原本生疏的波德莱尔排在天才诗人的首位；田汉也在创作中尝试象征主义；郁达夫笔下也才出现其尊敬的“鲍特来尔”。同样，前期创造社文学中自觉地表现性心理和格外强调“直觉与生命”，也都是在日本大量译介弗洛伊德、柏格森学说之后才出现的。总之，创造社诸君是随着日本大正文坛的“指示镜头”，追踪世界文学的最新潮流。

前期创造社深受日本“私小说”的影响。其实，“私小说”是在西方文学与日本传统文化撞击下产生的小说格式。换言之，日本“私小说”的文化思想根基是：西方宗教文化的忏悔精神，近代思想的个性意识和近代思维的“私向化”特征。“私小说”的文学摹本是西方近代以来的自传体文学；所谓近代思维的“私向化”，是指西方文艺复兴以来个体思维的路线由外部空间向自己内心世界转移的倾向；所谓自传文学，是指西方近代以来产生的文学性的日记、自传、忏悔录和自传体小说等，其特征不仅在于形式上以自我为中心，而且内容上突出作者对自我生命的体验。

郁达夫《沉沦》系列小说，最先以“惊人的取材与大胆的描写”姿态出现，一枝独秀，吐艳艺苑，郭沫若、成仿吾同声应和，迅即波及创造社内外，一时追随者纷至沓来：倪贻德、周全平、叶鼎洛、严良才、王以仁、陈翔鹤、林如稷、冯沅君、白采、陶晶孙、刘大杰、胡云翼、滕固、贺玉波、张定璜、黄业初……浩浩然形成流派，蔚为奇观。郁达夫《沉沦》系列小说，影响社会各阶层，唤起评论界争鸣，并带来“社会上，道德上的变动”，正如锦明在1927年指出的：今日公开的性的讨论，那神圣的光，是《沉沦》启导的；今日青年在革命上所发生的巨大的反抗性，可以说是从《沉沦》中那苦闷到了极端的反应所生的。

文学思潮

关于郁达夫为代表的小说派的文学思潮，学术界数十年争论不休，争论的轨迹是兜了个圆圈：从“浪漫主义”出发，回到“浪漫主义”。

20世纪30年代，郑伯奇称该思潮为革命浪漫主义。李何林说，郁达夫反映了没落士绅的意识形态，创造社的文艺运动是浪漫主义的文艺运动，而浪漫主义是资产阶级的文学样式。这源于华汉、王丰园的“左”倾论调，陈陈相因，为日后植下“左”的根苗。50年代，丁易说，感伤颓废是郁达夫小说的一个主调。不久，曾华鹏、范伯群论证郁达夫是现实主义文学家，并拨开颓废主义者和色情主义者迷雾。80年代，有人说以郁达夫为代表的感伤派小说是浪漫主义文学流派的一个分支。杨义称该派为“浪漫抒情派”⑤。严家炎说该派是一个浪漫主义兼有现代主义成分的小说流派。魏绍馨说该派代表中国浪漫主义文学中的感伤主义倾向。但朱寿桐认为，创造社初期不具备浪漫主义的许多根本特征，他们根本没有标榜过浪漫主义，浪漫主义无法覆盖创造社的全部甚至大部。殷国明说，该派属浪漫主义，且派中有派，郁达夫及其追随者是中国现代浪漫主义中一个影响很大的派别，郭沫若为激进浪漫主义，张资平乃浪漫主义的末流。90 年代，朱寿桐论著以情绪表现来突破浪漫主义的框框，尝试绕道通过。随后朱德发又论证该派为最典型的浪漫派。邵伯周说，该派理论上提倡浪漫主义，创作上则浪漫主义、现实主义、现代主义并存。张大明等称该派属人的文学主潮中的浪漫派，郁达夫等的小说是感伤苦闷的自叙传抒情文学，浅草——沉钟社部分小说是浪漫抒情文学的开拓。

那么，究竟如何论断沉沦小说派的文学思潮呢？就该派的文学观而论，显然是属于浪漫主义范畴。但严格地说，西方浪漫主义传播到中国，就发生变形，正如梁实秋早在 1926 年就指出的，当时中国文学中的浪漫主义还在酝酿时期，只能说呈现出浪漫主义的趋势。另一方面，就该派的创作实践而论，不仅深受浪漫主义思潮的影响，也受到表现主义、象征主义、弗洛伊德精神分析等现代主义思潮的影响，还受到现实主义思潮的影响。

先探讨其文学观。笔者把沉沦小说派文学观归纳为：主观性、自我性和自然性。

“主观性”表现为该派作家把情感、想象、灵感提到艺术的首要位置，作品充满浓厚而强烈的主观色彩。浪漫主义美学把情感性作为生命线。郁达夫说：“总之诗的实质，全在情感。情感之中，就重情绪。”⑥这里说的诗，实际是泛指整个文学作品。郁达夫小说大胆地表现内心的真实情感，深切地写出人生的苦闷和压抑。他把深层意识赤裸裸地加以宣泄，并把性意识上升到人性的社会层面加以表现，从而拨开了传统观念笼罩在性意识上空的阴霾。他那率真的品性，形成他新的情感结构：爱恨悲喜任性而发，忧怨愤怒我自为之。该派作家还强调想象的特殊功能。郁达夫《诗论》说：“无论诗歌小说里，若没有这一种想象作用，那么情绪也不能发生，思想也无从传播，所以有人竟把纯文学叫作 Imaginary literature（想象的文学，——笔者）的，从此也可见得想象在文学上的重要了。”⑦成仿吾在《诗之防御战》中也说：诗是运用我们的想象，表现我们的情感。他们还强调灵感的作用。郭沫若说：有灵感的创作才能产生好诗。他说的灵感，指诗人内心已有所蕴积，由外界某种契机的触发，造成这蕴积的涌动、爆发。这样解释是正确的，为许多杰出作家的创作经验所证实。该派小说的“主观性”，在创作内容上，强调表现从自我主观出发的自我的尊严、个性、价值及内心精神状态，包括受弗洛伊德学说影响的潜意识、变态心理、“里比多”的冲动；在艺术形式上，强调运用从主观表现出发的“内心独白”、自由联想等类似意识流的表现手法。

该派小说的“自我性”，表现为作家个性意识的增强，主张艺术是自我的表现，追求艺术的独创性。他们认为，自我在艺术生成中具有重大意义，艺术是自我的表现，自我的确认，自我的创造。该派强调个性解放、自我扩张，要求在艺术上砸碎规则，推崇天才，讴歌独创，视一切艺术法则为压抑个性与束缚自我，主张听命于内心的声音与自我的冲动。郁达夫创作《沉沦》，就是在忧伤失望的心境之下，产生不吐不快的创作冲动，他“只求世人能够了解我内心的苦闷就对了”；他运用的是“无技巧的技巧”，以致在发表之前，有人怀疑这种体裁能否印行⑧。总之，他们对艺术自由、天才、独创的追求，在艺术形式上大胆地逾越常规，甚至故意使人感到惊骇，这实际上带来一场美学观念上的革命。沉沦派小说所表现的个性主题，呈现出三种对立的结构形态：个人与社会的对立，理想与现实的对立，灵与肉的对立。这三种“对立”，构成该派个性主题的外在结构形态，而建立在这些“对立”基础上的自我渺小感、无家可归感、虚无感和死亡感等生存感受，则构成该派个性主题的内在情绪基调。

该派小说的“自然性”，则表现为“返回自然”的倾向，向往人的自然本性和优美的大自然。初期创造社诸君，最尊崇浪漫文学大师卢梭和歌德。郁达夫深受卢梭和屠格涅夫的影响。他称誉卢梭为“人类解放者”、“大自然的骄子”。卢梭在以下三方面给予郁达夫以极大的影响：赤裸裸的自我告白；漂泊者的孤独情怀；归依自然的思想倾向。卢梭提出“返回自然”的口号，郁达夫响应他的号召，认为文学“流于淫靡时期，对此下一棒喝的就是‘返回自然’，‘回到天真’上去的一个标语”⑨。实际上，“返回自然”最重要的是要返回人的自然本性，它的基本内涵是承认人的自然本性，肯定人的价值和尊严、承认人的独立意志，实质上它体现了一种以个人为本位的个性主义思想。郁达夫作为一个人文主义者，更多的是从人的七情六欲中解剖人的本性，以及这种本性所受的社会压抑。郁达夫描写情欲题材，是在艺术中严肃地探讨人的自然欲求和人的价值问题，探讨弱国子民的爱情和生死问题。这个基本主题，是同五四时期肯定人的价值相一致的。在沉沦派小说中，抒情主人公对自我情感世界的开掘，已深入到潜意识层次，突出表现在对人的感性生命情欲的肯定，对人与人之间的情爱、同情、友好等人类情感的呼唤。作家以审美的科学态度，从本能与文明的冲突中，展示原始情欲在人的个性意识觉醒中的重要地位，从而揭示了“个人内心的斗争——情欲与理性，本能与道德的斗争——则人类存在一天，斗争也继续一天，就是个人的肉体消亡的时候，也不能入于休战的状态”的个体生命的律动。情欲本能之所以能成为感性生命的内驱力，是因为在“种种情欲中间，最强有力，直接摇动我们的内部生命的，是爱欲之情。诸本能之中，对我们的生命最危险而同时又最重要的，是性的本能”[10]。该派小说的“自然性”，还表现为作家对大自然的向往和吟咏之上。他们在文学观念和创作中，都十分重视描写大自然。创造社同人一部创作合集——《辛夷集》，它所收录的散文、小品、小说片段和诗歌，就是他们通过自然唱出的甘甜苦涩的歌。他们只是借自然景物和场境，抒写内心的情绪；他们完全是把自然当作自我感受的对象，当作情绪发泄的契机。他们把自己的情感、心态融入大自然的草木、鸟兽、河流、田畴、月光、日影之中，达到大统一、大和谐，一切景语皆人语。正如郁达夫所说的：“因为对现实感到了不满，才想逃回到大自然的怀中。”[11]在他的笔下，即使写自然景色、社会环境，也往往是从“表现自我”的特定角度来写，使得对外界的一切描写，都带上自我的情感色彩。

论创作实践，沉沦小说派存在着多元化的倾向。它接受了多种的思潮影响，其主导倾向无疑是浪漫主义，更准确地说，它是属于浪漫主义流派中的一个分支——感伤主义。朱光潜说，比起过去古典作品来，浪漫派的作品一般富于感伤忧郁情调，所以席勒把“浪漫的”和“感伤的”看成同义词。

该派小说重在自我表现，带有浓重的主观抒情色彩，强调忠实于“内心的要求”，这些都是浪漫主义的突出表现。其次，该派小说有许多夸张和想象的成分。再次，该派的浪漫主义，不是以英雄的、理想的形态表现出来，而是以感伤的、忧郁的形态表现出来。

从该派创作实践来看，则兼具感伤的浪漫主义、现代主义和现实主义三种倾向，而以浪漫主义为主导，详见上文。以下论述现代主义和现实主义。

现代主义，包括表现主义、未来主义、直觉主义、意象主义、达达主义、唯美主义、象征主义、意识流、弗洛伊德精神分析等，此仅就表现主义与弗洛伊德精神分析略作阐述。

西方表现主义对沉沦派小说有较大影响。郁达夫《小说论》说：“大战后的表现派的小说”，“颇有人称颂”。表现主义与浪漫主义本质上具有相通的内核。注重主观精神，注重情感流泻，注重自我表现，既是表现主义的特征，又是浪漫主义的标志。小说领域里表现主义的基本艺术手法有：内心独白、梦幻方式、直觉描写、人物分裂、主观情绪的骚动与发泄等。作家常借一点身边琐事或个人无意识中的细小经历，运用上述手法，虚构幻化出一番感伤之情景，以表现一种特定的微妙心境，显示出创作主体特有的个性、气质与才情。郁达夫《青烟》即运用“人物分裂”手法，让一个“我”对着孤灯吸烟默想，幻视另一个“我”于日暮时分回到阔别二十多年的故乡，由于家破妻走、祖屋易主，自己无颜愧对而自沉身亡。郭沫若从 1922 年作《残春》到 1925 年作《湖心亭》，计 15 篇小说，大都具有浪漫主义兼表现主义的情调。郁达夫、郭沫若这些作品，采用不少幻影、梦境之类手法，作品结构多是散漫，很难觅见高潮，但在表现人物特定心境、表现某些微妙的心理活动、表现作者的才情与个性方面，确有其独到之处。

弗洛伊德心理学是现代主义的重要理论基础之一，正如研究现代主义文学专家库纳所说：没有弗洛伊德，许多现代主义思想是不可想象的。郁达夫文论中虽不常提到弗洛伊德名字，但某些重要的文学观和不少小说都烙下弗洛伊德印记。他屡次提出文学要着重表现“性欲”和“死”，显见作家的自觉意识。他在《戏剧论》中指出文学作品就应该去表现“个人内心的斗争——情欲与理性、本能和道德的斗争”。这些无不与弗洛伊德精神分析有关。郭沫若是学医的，可能很早就接受了弗洛伊德学说，他的小说处女作《骷髅》，就留下弗洛伊德的印记。他还运用弗洛伊德学说来研究《西厢记》、《楚辞》、《胡笳十八拍》等。

该派受弗洛伊德学说影响，表现为：

1. 写潜意识、写梦。周全平《圣诞之夜》，写一老人年轻时错过追求璇屏的良机，以后几十年凭着诵读未发的“狂燃着情火”的情书，生活在“幻想的迷梦”中，直到枯老弥留之际，还“陶醉于可恋的回忆中”。

2. 写人物的变态性心理。时代的苦闷和社会的挤压，导致青年们的精神和心理扭曲、变态，走向崩溃，分裂为灵与肉两部分，形成相互冲突、苦不堪言的两重人格。周全平《楼头的烦恼》揭示青年经受着性格分裂、灵魂破碎的痛苦煎熬。主人公“我”性格中“灵”和人性的一面，使他竭力维护传统道德观念，见房东闺女韵琴，发誓“不夹杂一丝杂念”，“如姊妹似的爱着她”。“我”性格中“肉”和兽性的一面，使他体内的生理需求受《灵肉一致的恋爱》一文诱惑，痴望着同她交媾；白天见到韵琴，良心受到自责，入夜“欲火鼓起”，胆战心惊地摸进她的房间。

3. 直接运用“里比多”原理。郭沫若的《Lobenicht 的塔》便是对弗洛伊德“里比多”公式的直接图解。年逾花甲的康德教授因长期受到性压抑，听到公鸡叫，就感到心烦，看到窗前邻居的一排白杨，就觉得碍眼。待邻居砍去白杨树，他撤去了内外的藩篱，精神如像水晶一样，他的《三批判书》便“受胎”而出了。这就表现了弗洛伊德的观点：文学创作的动因是性欲（里比多）。

关于沉沦派小说中的现实主义。该派小说，紧密地贴近现实人生，因此带有较多的现实主义成分。郁达夫小说，就现实主义而言，也有前后期之分。作于日本的“沉沦”系列小说、《空虚》等，所追求的并非以反映人生客观真实为前提的现实主义，而是以主观真实为前提的现实主义，即心理现实主义，这种现实主义手法的选用，有助于刻画在现实重压下个性心理的真实。回国后所作《春风沉醉的晚上》、《薄奠》、《茑萝行》等，现实主义因素渐次增加，至于《唯命论者》，即已步入现实主义讽刺文学之途，《出奔》基本上是现实主义小说了。郭沫若《漂流三部曲》、《行路难》，王以仁《孤雁》集，倪贻德《玄武湖之秋》等等，都表现了生的悲哀和爱的苦闷，表现了在现实重压下个体心理的真实。

况且，在沉沦派小说中，写实的精神浸透在一些表现主义的技巧中。譬如在他们所写的梦幻背后，仍能窥见现实生活的底色。郭沫若在《残春》里写爱牟同S姑娘的一段梦游，以满足现实中得不到的欲望，显然是弗洛伊德学说“梦是愿望的实现”的形象化。其梦幻在形式上是主观的，然而在意象上却是实性的，梦幻的表现仍未超越写实的本质。郁达夫的《青烟》运用了表现主义“人物分裂”的技巧，夫妻不相认、愧而跳江一节，确实有点“背离真实”且带怪诞意味，但这种怪诞只不过是悬想，而悬想的内容仍与作者当时的处境息息相关。作者按眼下处境而推想自己将来，因而这种悬想仍是一种变体的写实，因为它毕竟合乎生活逻辑。沉沦派小说，正由于主观表现建立在写实基础上，便缩短了它与现实世界的距离，从而达到与五四时代步伐完全合拍。

流派特征

沉沦派小说具有以下几个流派特征：

一、以“表现自我”为艺术构思中心的自叙传抒情小说。沉沦小说派作家群，从“表现自我”出发，创造了现代自叙传抒情小说体式。这种小说，反映作家自己的生活经历、内心感受和情感波动。这个流派的作家，把创作看成宣泄内心感受的手段。所谓“自叙”，实际是“自我情绪的抒叙”，是作家灵魂奥秘的自白，而不是生活经历的记叙。在这个流派小说中，作者的自我暴露是大胆直率的。郭沫若说：“达夫的为人坦率到可以惊人。”[12]其实这种“惊人的坦率”，也正是他成功的“秘诀”。然而，这派作家的小说，虽以自己的经历为素材，却还适当地加以夸张和虚构。郁达夫也声称：“并不是主人公的一举一动，完完全全是我自己的过去生活。读者若以读《五柳先生传》的心情，来读我的小说，那未免太过了。”[13]正如郑伯奇所指出的，他赤裸裸地将自己暴露出来，有时还要加上一点“伪恶者”的面目。他的大胆的描写，在当时作者中，是一个惊异。就以郁达夫而言，自叙传小说《沉沦》主人公跳海自杀，作者却不曾自杀过；《血泪》主人公穷极昏厥街头，作者却不曾穷愁潦倒到如此地步；至于其他小说中主人公心理极度变态，更显见其夸张与虚构。总之，自叙传小说，终究还是小说，而不能等同于自传。

“自叙传”抒情小说，是中国小说史上的全新模式，也是对传统小说观念的一个新发展。郁达夫的《沉沦》问世之前，东京友人说：“中国哪里有这一种体裁?”[14]郭沫若的小说，也有人认为有些不像小说。论渊源，自叙传小说是接受了欧洲、日本和我国古代文学的影响。在世界文学史上，圣甫伯、勃兰兑斯、法朗士，都把文学作品视为作家的自叙传。郁达夫以高度的热情重申并实践这种文学的自传说。在我国，史传文学也具有悠久的历史。从陶潜《五柳先生传》、元稹《莺莺传》、欧阳修《六一居士传》，到林纾《冷红生传》，都属此类文学。日本大正年间，“私小说”风靡文坛，它以身边事情为题材，大胆描写灵肉冲突。郁达夫嫌它“局面太小，模仿太过，不能独出新机抒”[15]。因此，可以说沉沦派小说完全突破了传统小说的叙述模式，承续了我国古代文学的抒情脉流与西方现代抒情小说体式，使二者在“表现自我”契合点上相交融，形成自叙传抒情小说。这种小说又对“私小说”加以发展：

主张表现作家自己的生活和心境，排斥理想，排斥技巧，不注重外部事件描叙，而侧重袒露作家心境奥妙乃至性变态心理，来向旧世界、旧道德挑战。

二、塑造了“零余者”家族形象。郁达夫在《零余者》中写道：“令人愁闷的贫苦，何以与我这样有缘，使人快乐的富裕，何以总与我绝对的不来接近”，只因为“我是一个真正的零余者!”郁达夫自叙传小说中的主人公，其遭遇、地位和命运，造成了他们的孤独、敏感、自卑、内省、愤世嫉俗而又多愁善感的气质和性格。这些气质和性格使他们追求个性解放，却缺乏勇气；渴望祖国富强，却报国无门；同情受苦人，却无能为力；憎恶压迫者，却未作积极斗争；洁身自好，却追求性刺激；不甘沉沦，却不能自拔。因此，郁达夫称之为“人生战场上的失败者”，或谓“零余者”。

郁达夫前期小说中，“零余者”形象占绝大多数。诸如“Y”(《银灰色的死》)、“他”(《沉沦》)、“伊人”(《南迁》)、“于质夫”(《茫茫夜》、《秋柳》、《怀乡病者》)、“质夫”(《空虚》)、“我”(《茑萝行》、《十一月初三》、《杨梅烧酒》)、“文朴“(《烟影》、《纸币的跳跃》、《东梓关》)、“姓于的”(《青烟》)等，这些都是“零余者”的形象。郁达夫开风气之先，随即波及、渗透到创造社、沉钟社、浅草社、弥洒社，乃至文学研究会，许多作家跟踪而至，也塑造了许多个性气质与之类似的形象，共同构成一个“零余者家族”。如：王以仁《孤雁》集里的失业知识青年“我”；倪贻德《玄武湖之秋》中的“E先生”，《下弦月》中的贫寒画家，《寒士》中的艺术青年；陶晶孙自叙传小说《暑假》、《两姑娘》、《毕竟是个小荒唐了》中的“晶孙”；陈翔鹤《西风吹到了枕边》中的“C先生”；胡山源自叙传小说《三年》中的“胡山源”；赵景深《栀子花球》集(13篇小说分别写“我与我妻之事”、“我与友人失恋之事”、“我所经历及目见悲苦之事”)，书中主人公宴达善即作者化身；叶鼎洛自叙传小说《前梦》中的主人公；郭沫若《漂流三部曲》中的“爱牟”；成仿吾小说《一个流浪人的新年》中的“流浪人”，等等。尽管我们不能把这些小说中的人物形象，跟作家本人机械地等同起来，但读者从这些形象的漂泊身世、不幸遭遇、悲戚面容和郁闷情怀中，不难认出作家的气质和身影来。

郁达夫小说中的“零余者”形象，虽是接受屠格涅夫的影响而塑造出来的，但又有别于屠格涅夫笔下贵族知识分子“多余人”形象。他们是五四时期彷徨歧路的小资产阶级知识分子，是被挤出社会而无力把握自己命运的小人物，是被压迫被损害的弱者。庞大的“零余者”家族形象出现，丰富了中国现代文学的画廊。

三、追求沉郁的感伤美。郁达夫在塑造“零余者”家族形象时，对生命悲剧有深刻体验，即“人生终究是悲苦的结晶，我不信世界上有快乐的两字”[16]。这种生命悲剧感受，来源于作者对个体生命所持的形而上的生命悲剧意识，正如他的剧作《孤独》所说的：“世上的事情总不能如我们的意，我们就要生出许多悲感。”这“悲感”在小说中便是浓重的感伤色彩。他还认为“悲哀之词易工”。这种生命悲剧意识同追求沉郁的感伤美相结合，使他在小说中极力渲染知识者的不幸遭遇和悲苦命运，着力开掘主人公的心灵创伤和精神危机，刻意展示人物内宇宙的各种奥秘，把人物对于社会、人生、家庭、青春、爱情的失落感，以及由孤冷的感受和体验所激起的“零余感”和盘托出，以造成一种忧郁感伤的美学境界。

五四时期，沉沦派小说写出了个人情绪、时代思潮和民族灾难这多种因素融合的“时代病”。郁达夫的“沉沦”系列小说，浸润着忧郁和感伤，诸如报国无门的烦恼，怀才不遇的苦闷，遭受凌辱的郁悒，生离死别的悲哀，爱情失落的痛苦，思国怀乡的忧愁等等，总之，抒写“孤冷的情怀”，包括青春的悲哀和人生的烦恼，是郁达夫前期小说的共同主题。创造社成立后，郭沫若也向“郁达夫式”的表现人生苦闷、悲哀情绪的路数接近，他的《漂流三部曲》抒发一个穷困诗人漂泊的孤冷和失落的感喟。王以仁《孤雁》系列小说，直率地表现自己病态的心理活动，展示主人公备尝困苦艰辛的生活经历和狎妓痛苦自戕的心境，处处见出“郁达夫式”的愤懑和感伤。陈翔鹤《西风吹到了枕边》，写C先生痛感旧式婚姻是“长期的酷刑”，抒发一种悲愤与哀怨、无告与无望的复杂感情，带有郁达夫影响的痕迹。

四、开创了“情调小说”。郁达夫的自叙传抒情小说，不重视情节，不重视结构，不注重典型塑造，他追求的是一种作品的“情调”，一种内在情绪的表现。他曾把“情调”作为评价作品的标准。只要它能“酿出一种‘情调’来，使读者受了这‘情调’的感染，就能够很切实地感受着这作品的氛围气”，就是“好作品”[17]。他执着于这种美学追求，每一篇小说总是笼罩着一种“氛围气”，一种或忧郁，或愤慨，或空虚与悲哀、痛苦与自责、凄凉与寂寞的情调。在郁达夫的影响下，沉沦派大都重情绪的氛围，重情调的一致，没有完整的故事情节，只有生活片断的连缀。赵景深在《短篇小说的结构》中称这种小说为“情调小说”，称这种结构为“情调结构”。他说：“事实上的结构固然没有，情调却依然是统一的，所以仍旧是有结构的了。”

郁达夫之所以着意追求作品“情调”的“酿造”，是因为他写小说的目的，只是希望“赤裸裸地把我的心境写出来”，以求“世人能够了解我内心的苦闷”[18]。马良春等主编的《中国现代文学思潮史》说，郁达夫“开创了情调小说”，“在现代文学史上形成一种流派”。郁达夫的“情调小说”，以抒情主人公内心感情的波动或思绪的变化或心理演变轨迹为主线，来组织一种自然流动的抒情结构。也可以说，我们在郁达夫小说里，寻找不到“情节”线索，倒可以明显地觉察到其中的“情绪”线索，即一股“情绪流”，因此有人也称之为“情绪结构”方式。沉沦派小说家基于这种共识，“情绪流”就不约而同地奔涌在他们的作品中。

郁达夫小说《沉沦》，奔涌着这么一股“情绪流”：“求爱之心”不得实现的悲哀。郁达夫早期小说，将青春的悲哀放在青春发动期特有的渴慕异性慰爱的“情绪”意义上来表现，而不是一般地放在恋爱的焦灼和失恋的痛苦这种“感情”意义上来表现，这几乎是郁达夫的发现，也是他在创作上的独步。

当然，沉沦派小说中所酿成的感伤情调，绝不仅局限于青春的悲哀，还有人生的烦恼，即对人生的疑惧感、失落感、孤独感等悲哀情感。这些情感在他们的笔下都得到最广泛、最深刻的表现。

群星闪耀，同源分流

20 世纪 20 年代初，崛起于中国文坛的沉沦小说派作家，有如群星闪耀，交相辉映，极一时之盛。

沉沦小说派举旗人郁达夫（1896～1945），浙江富阳人。他是一位道路曲折而易遭误解的爱国主义作家。绝顶天才的智慧，卑己自牧的性格，惊世骇俗的创作，放荡不羁的生活，悲欢交织的婚恋，克己让人的处世，浪迹天涯的行旅，以身饲虎的归宿，使他的一生充满了传奇和浪漫色彩。

就郁达夫生长的主客观条件而言，朝政的腐败，列强的宰割，故国的陆沉，家道的贫寒，母爱的失落，礼教的束缚，婚姻的不满，身心的病态等诸多自卑感聚成的心理丛，形成“自卑情结”。（见拙作《论郁达夫的自卑情结》）而自卑情结对其小说创作的影响，则直观表现为作品的感伤情调。我们是否可以说，郁达夫的自卑情结同他小说的感伤情调互为表里？

郁达夫留日时创作的《沉沦》集刚问世，就惊世骇俗，毁誉参半。作家站在个性解放立场上，向封建专制主义、封建的性道德猛烈进攻。他把民族屈辱、传统性压抑，跟哀伤祖国贫弱融为一体，谱成伤春忧国的咏叹调。回国后的小说的内容，从报国无门的苦闷，扩展为同情劳动者的苦难，抨击封建军阀的反动统治，在生之悲哀情绪中，搏动着作家的爱国心。在艺术表现上，他大胆地袒露内心的隐秘、私生活的隐秘。他是描写内心苦闷纷争小说的开拓者。

郁达夫一生的小说[19]，大体分表现自我和表现社会两类。前者着重表现内在，即抒写彷徨于人生歧路的孤冷情绪。它包括《银灰色的死》、《沉沦》、《茫茫夜》、《秋柳》、《茑萝行》、《迟桂花》等。其中最有代表性的是《沉沦》。后者着重表现外界，更多是描绘社会现实，包括《春风沉醉的晚上》、《薄奠》、《她是一个弱女子》、《出奔》等。其中最有代表性的是前两篇。这类小说，技巧较圆熟，能反映革命倾向与时代精神，但却失去"沉沦"期震颤心灵的穿透力。这是个"怪圈"，它显示出郁达夫小说发展的轨迹。

郁达夫小说，具有鲜明的艺术风格。前期小说，直率暴露与浓郁诗意交织，孤冷感伤与愤世嫉俗相融，文笔清隽幽婉，凄切俊逸，构成其直露酣畅的风格特色；后期现实主义因素渐次增加，趋向清隽深沉。

创造社里直接受郁达夫影响、风格上堪称跟郁达夫一脉相承的，首推倪贻德。倪贻德（1901～1970），浙江杭州人。他本是画家，对于美有独特的感受。他兼用唯美派和象征派的表现手法，使他的小说别有风韵。朱自清说，倪贻德是郁达夫的追随者。郑伯奇也说：倪贻德有点像郁达夫。郑伯奇主要强调作品富于感伤情调。诚然，倪贻德作品带着悲叹叙述自己身世，郁达夫更多的写性苦闷和变态心理。笔者认为，倪贻德的个性气质与语言风格，也有点像郁达夫。郁达夫自谦到自我贬损的地步，自谓"在人生的战斗场里""居劣败的地位"，在小说《茑萝行》中称自己是个"生则于世无补，死则于世无损"的"零余者"。倪贻德则自谓"藏在秋叶之中待毙的秋蝉"，又说"我原是一个世上的弱者"，"一个一无可取的世上无所用的人"[20]。就语言风格而言，郁达夫和倪贻德都具有一种阴柔美。郁达夫文笔清隽幽婉，凄切俊逸；杨义说倪贻德"文心清苦，格调清哀，文字清婉"[21]。倪贻德跟郁达夫一样，长于写景，惯用抒情手法。以文字的清新来说，在创造社的后起之秀里，倪贻德是首屈一指的。倪贻德的小说集《玄武湖之秋》、《东海之滨》、《百合集》等，多偏重于主观情感的宣泄，以悲抑的调子叙述自己的身世，伤感地追怀逝去的爱情，诅咒庸俗腐恶的社会现实，明显地看出郁达夫对他的影响。小说集《玄武湖之秋》，是他的代表作。其中10篇小说，多写失恋和单相思，常与穷愁结合，时有梦境、幻像插入，扑朔迷离，单纯中见雅致。

周全平（1902～1983），江苏宜兴人，1924年崛起于《创造》季刊，曾得郭沫若、成仿吾的好评。成仿吾《创造日终刊感言》说："几个作者之中，尤以周全平与倪贻德二君为最有望。二君是这半年以来的最杰出的新进的作家。"周全平的小说相当写实，但因受其他作家影响，他主观的情绪常妨碍他客观的写实，因而作风不甚统一。周全平的小说集有《烦恼的网》、《梦里的微笑》、《苦笑》和《楼头的烦恼》。从书名见出其作品是以"烦恼"与"苦笑"为经纬线的。他多写正直、朴实的小职员。这是一些呆子型的小人物，不会圆滑处世，穷愁潦倒，满腔愤懑。《呆子和俊杰》、《苦笑》、《中秋月》是他所写的呆子型人物的系列小说，描写这种正直、厚道、穷困的小人物由求职、失业到自杀的生活三部曲。周全平的小说表现爱情失落与孤冷情绪，达到了创造社这类作品的"次高峰"（仅次于郁达夫）的水平。《林中》是创造社文学中十分成功的情绪表现之作，写露萍和仙舟表姐弟从小青梅竹马，相爱至深。长大后"社会的势力，家庭的权威"摧残了爱情之花。他们感到孤立无援，毫无反抗能力。仙舟沉浸于幻灭的哀感中，孑然一身，漂泊异乡，走完青年的路，又踏进老年门坎。而露萍，苦恋像"春梦"般幻灭，把仙舟的挚爱带进坟墓。仙舟回到故里，整天守着情人的墓，他所有的荣誉、财产、学问……都早已埋进墓里。作品从童年、青年写到老年，突出描写了爱情失落的人生孤冷情绪。

王以仁（1902～1926），浙江天台人，文学研究会作家，其小说集《孤雁》也是文学研究会丛书，但他的小说的风格，却和创造社的郁达夫接近。王以仁在不足三载的创作生涯中，留下25万多字作品，主要是小说和诗歌。1926年，他编定《孤雁》集后便失踪自杀了。随即郁达夫为文寻找"天台诗人王以仁"。《孤雁》集包括《我的自供状》（代序）和《孤雁》、《落魄》、《流浪》、《还乡》、《沉湎》、《殂落》6篇小说。作品以作者连续致函友人蒋径三的形式出现。6篇各自独立，又相互联系。全书写一个青年的落魄、流浪、还乡、沉湎终至死亡。小说的情节基本上就是作者经历的生活记录，带有自叙传性质，其中坦率的自我暴露，病态的心理描写，直抒胸臆的表白，伤感颓废的格调，凄婉清丽的风格，显见郁达夫小说对他的直接影响。他在《我的自供状》中也承认自己的小说“带有达夫的彩色”。而郁达夫在日记中也把王以仁称为自己创作风格的“直系的传代者”。

在沉沦小说派中，我们看到一种派中有派、派派相因的艺术风貌。郭沫若和张资平就是“左”、“右”两翼的代表。

从小说创作来看，郭沫若同郁达夫的某些小说有相同倾向，正如杨义所说：郭沫若前期小说，“苦闷探求，落魄穷愁，少有郁达夫式的颓废，同具郁达夫式的峻急”[22]。另一方面，郭沫若小说创作，又推动了沉沦小说派向“左”发展。郭沫若在创造社成立之后，一改过去的豪壮狂放气魄，情绪基调变为忧郁孤冷，无论是写爱情小说《残春》之类，还是写穷愁的小说《漂流三部曲》之类，都反映出这种变化。郭沫若接受了郁达夫式的情绪表现创作模式，着重表现人生孤冷情绪，包括爱情的失落感、家庭生活的危机感。《喀尔美萝姑娘》、《残春》、《叶罗提之墓》等，从不同角度表现了爱情的失落感。《叶罗提之墓》表述了作者少年时代形成的“恋嫂情结”，这篇小说是“叔嫂之恋”的升华，而作品对主人公作了以死殉爱的处理，意味着埋葬初恋，实质上也是表现爱情的失落。《漂流三部曲》、《行路难》则属于表现穷愁的总主题。总之，郭沫若前期小说的共同特点是：反抗性、抒情性、主观性和诗意化。他与郁达夫区别在于：他有矛盾，但不彷徨，有痛苦，但不颓唐，这就把沉沦派导向“左”的方向。

张资平是创造社四元老之一，但不是该社的前锋作家。他以进步作品走上文坛，在为新文学发展作点贡献之后，很快就脱离创造社，成了“脱离轨道的星球”。其早期小说有两种倾向：一是宣泄个人性苦闷和受经济压迫之苦，一是“三角恋爱小说”，与创造社同人的“沉沦小说”倾向大异其趣，显示出写实主义—自然主义的格调，后来陷入商业化的言情小说泥淖而不愿自拔，最终堕落为汉奸文人。小说史家杨义说，张资平“以脱离旧轨道作为起点，以媚世逐利作为转折点，以叛国附逆作为归宿点”[23]。张资平小说作为创造社文学的末流，向右发展，终为现代文学史所唾弃。

注释：

①郁达夫：《文学上的阶级斗争》，《郁达夫文集》第5卷，第135页，花城出版社、三联书店香港分店1982年版。

②郁达夫:《艺文私见》,《郁达夫文集》第5卷,第117页,花城出版社、三联书店香港分店1982年版。

③⑤㉑㉒㉓杨义:《中国现代小说史》第1卷,第536、528、631、582、607页,人民文学出版社1986年版。

④周佳荣:《近代日本文化与思想》,第97页,商务印书馆1936年版。

⑥⑦郁达夫:《诗论》,《郁达夫文集》第5卷,第208、210页,花城出版社、三联书店香港分店1982年版。

⑧郁达夫:《五六年来创作生活的回顾》,《郁达夫文集》第7卷,第179页,花城出版社、三联书店香港分店1983年版。

⑨郁达夫:《卢骚的思想和他的创作》,《郁达夫文集》第6卷,第20页,花城出版社、三联书店香港分店1983年版。

⑩郁达夫:《戏剧论》,《郁达夫文集》第5卷,第57页,花城出版社、三联书店香港分店1982年版。

⑪郁达夫:《忏余独白——〈忏余集〉代序》,《郁达夫文集》第7卷,第250页,花城出版社、三联书店香港分店1983年版。

⑫郭沫若:《论郁达夫》,王立自、陈子善《郁达夫研究资料》(上),第95页,天津人民出版社1982年版。

⑬郁达夫:《〈茫茫夜〉发表以后》,《郁达夫文集》第5卷,第126页,花城出版社、三联书店香港分店1982年版。

⑭郁达夫:《五六年来创作生活的回顾——〈过去集〉代序》,《郁达夫文集》第7卷,第179页,花城出版社、三联书店香港分店1983年版。

⑮郁达夫:《林道的短篇小说》,《郁达夫文集》第6卷,第250页,花城出版社、三联书店香港分店1983年版。

⑯郁达夫:《〈茑萝集〉自序》,《郁达夫文集》第7卷,第153页,花城出版社、三联书店香港分店1983年版。

⑰郁达夫:《我承认是"失败了"》,《郁达夫文集》第5卷,第198页,花城出版社、三联书店香港分店1982年版。

⑱郁达夫:《写完了〈茑萝集〉的最后一篇》,《郁达夫文集》第7卷,第156页,花城出版社、三联书店香港分店1983年版。

⑲据花城出版社、三联书店《郁达夫文集》(国内版)第1、2卷,小说共44篇。但有人把《还乡记》、《还乡后记》、《零余者》、《灯蛾埋葬之夜》等

8篇散文也当作小说，于是成为52篇。

⑳倪贻德：《致读者诸君》，倪贻德《玄武湖之秋》，第1页，泰东书局1924年版。

1995年3月初稿，1996年4月改定

本文原载《福建师范大学学报》1997年第2期。全文收入人民大学全国书报资料中心《中国现代当代文学研究》1997年第6期。又收《中国现代文学研究》丛刊“1997年中国现代文学研究论文选目”。

1996年12月7～9日，中国作家协会等联合举办“纪念郁达夫诞辰100周年国际学术讨论会”，日本、韩国、中国香港和大陆等国家、地区的专家学者参加，提交50多篇论文，遴选24篇，编成论文选。笔者将拙文提交“纪念郁达夫诞辰100周年国际学术讨论会”交流，后选入《世纪回眸：郁达夫纵论——纪念郁达夫诞辰100周年国际学术讨论会论文选》，天津人民出版社1997年版。

郁达夫妻小考略

郁达夫是爱国主义文化战士，著述等身，对现代文学兴起和发展做出巨大贡献。他惨死异域，归骨无所。他一生结三次婚，每次婚姻都烙下时代印记。留日时期，家庭包办婚姻，与孙荃成婚。上海时期，“第三者”王映霞“闯入”，自由恋爱而结婚。后因王行为不端，终于忍痛“毁家”。印尼时期，身陷狼窝的郁达夫，以“富商”身份出现，为避免日本人对他长期独身的怀疑，乃与目不识丁的何丽有结婚。三次结婚，育有7男4女，两子早夭，一女送人，自己抚养8个（大亚成才之路待考）。在“男主外女主内”的时代，郁达夫一心扑在文学事业上，对子女，绝大部分是“委培”：或交给孙荃，或委托二哥郁浩，或留给何丽有，或委托好友廖元善、陈世鸿，或嘱托老友陈仪，唯有王映霞不接受“委培”，一走了之。

事变见人心。面对婚变，三个妻子表现各异。

1. 孙荃（字兰坡，1897～1978）。

元配孙荃最为优秀。她是众所公认的才女、贤妻、良母。有诗集《夕阳楼诗稿》传世，但她谦抑自牧，视如敝帚。她真心爱丈夫，总是顾全他的事业、名誉和前途。她坚贞自守，身兼父母，含辛茹苦，刻意要让子女成才。由于王映霞的闯入，她带3个孩子从北京回富阳，苦撑家庭。抗战爆发，富阳县城沦陷，她带3个子女逃到山里娘家避难，住了8年。为了不让孩子们荒废学业，她就教他们古典文学作品，读创造社办的刊物，还指导他们办一个手抄刊物《零碎》，三人轮流编辑，每期每人写两三篇日记、故事、散文或小小说[1]。“十年动乱”中，孙荃坚信总有一天中国文学史会给郁达夫一个公允的地位。她临终前还惦记着郁达夫作品和资料的收集整理和出版。黎民评母亲说："追思母亲一生实在是艰苦辛酸的一生。对国家，她是一个爱国的公民；对丈夫，她是一个柔顺而识大体的妻子；对儿女，她是严厉而又慈祥的母亲。她受着封建礼教的束缚，是贤妻良母的典型，更是一个旧式婚姻制度下的牺牲者！但她不甘不弃，努力自学，想跟上时代，劳苦以生，默默以死。"[②]

1920 年 7 月，郁达夫与孙荃结婚。育有两男两女。长子龙儿夭折，长女洁民（现名黎民，1925～　），次子天民（幼名阿熊，1926～1987），次女正民（幼名胖妞，1927～2002）。

长女黎民。1938 年夏，考上浙西一中，1942 年考进浙西一师高师部。毕业后与邹陔笙结婚。他俩参加进步活动，受国民党通缉。新中国成立后，夫妻到湖南桂阳一中教书，直到退休。"十年动乱"期间，因老邹"历史问题"夫妻被开除教籍，回家劳动。1979 年得到平反，复职。1983 年湖南省政协特邀她为第五届委员。1988 年第六届又连任。

次子天民。1951 年 9 月考入上海东吴大学法学院，毕业后，相继在浙江省高级人民法院等处任职。1957 年被错划为"右派"，监督劳动多年。1962 年后，在富阳县文化馆等处任职。在富阳县政协第一、第二届会上，均当选为政协副主席，兼任政协文史资料委员会主任，同时为中国作家协会浙江分会会员、浙江省文学学会会员、杭州市作家协会会员；还担任郁达夫研究学会副会长等职。他个性执拗，淡于名利，在清贫中度过大半生。精通业务，治学严谨，有多种郁达夫研究文集面世。因患癌症，久治无效，1987 年辞世[③]。

次女正民。求学道路坎坷。小学、中学因家贫等原因，更换几处就读。在小学任教时，抽空复习备考。1947 年考上浙江医学院药学系，后由郭沫若推荐转北京大学生化系。1956 年考上并攻读北京师大化学系生化研究生，毕业后到河南卫生厅任职，后到河南师大执教，从助教逐步晋升到教授。因丈夫另有新欢，离异乃至分养孩子。后与细胞学权威周家兴结婚，不幸周心梗猝死。正民思想进步，教学出色，1954 年入党。按政策她要与"右派"胞兄、"反革命"姐夫划清界线，但她不忘为母分忧，不断予以照顾。动乱结束，兄姐二家得以平反，手足情恢复如初。2002 年脑溢血不幸去世。她自信、坦率、热情。故乡约她写纪念父亲文章，她只写郁达夫抗日时期的政治态度之类，复信说："大小老婆，太没意思了。"直言快语，显露出其坦率为人[④]。

2. 王旭（映霞，1907～2000）。

郁达夫在友人孙百刚家邂逅王映霞，即为之倾倒，不顾孙百刚制止，不顾大哥郁华反对，一味狂热追求王映霞。她有几分姿色，聪敏，爱面子，虚荣心重，好结交名人。郁达夫苦苦哀求，乃于1927年订婚，1928年结婚。王映霞生5个子女，一子早夭，一女送人。长子郁飞（幼名阳春，1928年生），长女静子（1929年出生后即送人），次子郁云（幼名殿春，1931年生），三子郁亮早夭，四子郁荀（幼名建春，1936年生）。

郁达夫对王映霞与许绍棣私通，早有所闻，矛盾一度公之于众，经友人劝解，暂告平息，但终存裂痕，埋下“毁家”祸根。而王映霞与国民党特务头子戴笠姘居，当时鲜为人知。至1998年汪静之《王映霞的一个秘密》发表，才公开揭秘。此文收上海鲁迅纪念馆编《汪静之先生纪念集》（见罗以民《郁达夫传》），这是后话。1938年12月，王映霞带郁飞随郁达夫赴新加坡。郁达夫《毁家诗纪》在香港《大风》问世，指责王映霞贪财而又行为不端，因而裂痕愈益扩大。1940年，“家”终解体。5月31日《郁达夫启事》见报，宣布离婚。王狠心抛弃三个孩子，断然离婚，从新加坡返回重庆。她在香港《星岛日报》和重庆《中央日报》同时发《王映霞离婚启事》，声言“儿子三人，统归郁君教养”。罗以民《郁达夫传》评道：“这轻松的一句话，使这三个年幼的孩子在日后的生活中吃够苦头。”[5] 1991年6月郁达夫儿女们在富阳商讨出版事宜，郁云诉说：“我吃的苦也算够多了，不说其他，我读过书的学校，一下子也难以数清楚。凡是费用最低的，能供上饭的，或者有衣穿的学校，我都想去。说句不中听的话，我们的父母只顾生，却从来不管教和养。”[6]这是何等沉痛的哭诉与尖锐的批评呵！一语破的，饱含哲理。

王映霞人品与素质，历史自有公断。王映霞夺走孙荃丈夫，给孙荃留下深深遗恨，郁、孙的子孙辈对她均无好感。她不给亲生儿女以母爱，连郁云兄弟也抱恨终身，她的三子中也有对其母某些文章、谈话持否定观点。她的《自传》，或借郁达夫为自己“贴金”，或对郁“鞭尸”，产生负面影响。郁云说“只顾生，不管教和养”，加上不安于室，背着丈夫与许、戴姘居，更见其道德堕落。

长子郁飞。1938年随父母到新加坡。1940年“毁家”后，一度被送进英国神道学校寄宿。此时郁达夫与刚离婚的李筱英同病相怜，相爱而同居。尽管李筱英对郁飞关爱有加，但郁飞仍反对父亲与李结婚，郁达夫也碍于郁飞感情受挫，不便结婚，只留下诗歌精品《乱离杂诗》。1942 年初新加坡危急，1 月 31 日，郁达夫请人将郁飞送回国，拟托付给陈仪。郁达夫真正抚养郁飞，充其量不过一年零 8 个月（从 1941 年 5 月与王映霞离婚，到 1942 年 1 月郁飞离新加坡回国），何况其间还应扣除郁飞寄宿神道学校的日子，和“钟点工”李筱英“替班”的时间。况且郁飞只是郁达夫 8 个子女中的一个。再说郁飞历经磨难回到重庆，好容易找到国民政府行政院秘书长陈仪。陈仪父女接受郁达夫嘱托，将郁飞养育成人。陈仪担负起教育他的工作，亲自到中学去了解郁飞投考成绩，抗战胜利后，还送他进上海中学念书⑦。新中国成立初，郁飞从浙江大学外语系毕业后，进北京新闻培训班学习，结业后自动报名去新疆，后因一个冤案被污为“叛国罪”，坐牢多年。20 世纪 80 年代冤案方得平反。后到浙江文艺出版社任外文编辑，直至退休。

郁云和郁荀。1938 年郁达夫、王映霞、郁飞同往新加坡。郁云、郁荀由外婆带往浙江建设厅投奔舅舅。1940 年郁王离婚，郁达夫委托在三明任教的老友廖元善到南平郁云的母舅家把孩子领去抚养。当时廖元善是位穷教师，家庭经济拮据，一家五口，人分三地，但他忠诚于友人，毫无怨言地养育郁云、郁荀。不久，廖先生妹妹成新寡，回娘家住，生活愈益艰难。郁云乃离开廖家到郁达夫好友陈世鸿家住。翌年到上海，从此由郁达夫二哥郁浩抚养成人。郁云晚年定居上海。而郁荀则从 1941 至 1952 年都在廖家生活，他乖巧听话，忠厚老实，早与廖家融为一体。福州沦陷时，无法入学，只能跟廖先生在家学习。抗战胜利，他插班小学三年级，毕业后考上福州一中初中部。廖先生无私的品德、严谨的治学，言传身教，熏陶出郁荀勤奋好学的习惯，使他成为德智体全面发展的学生。新中国成立后，时为福建师范学院教授的廖元善想让郁达夫父子团聚，后从郭沫若处获悉郁达夫早已牺牲，1952 年追认为烈士。1952 年秋，郁荀考上福州一中高中部。不久省里保送品学兼优者到南京水利学校（中专）学习，郁荀就在保送之列。1955 年毕业后分配到昆明水利设计院，数年后被调往昆明大学任教。1997 年退休。郁荀永远感念廖元善一家 11 年养育培养之深恩，时常不忘报答⑧。

3. 何丽有（1922～1991）。

何丽有出身贫贱，受命于危急之际，丈夫突然“失踪”，她勇挑家庭重担。虽无知识，却不忘让子女受教育。她抗争厄运，引导子女走正道，终使子女回国，立身于世。

她生于广东台山县贫苦农家，10岁送给陈家，取名陈莲有。后迁居印尼，成年后务工。1943年，赵廉（郁达夫化名）为掩护身陷狼窝的身份，跟小他25岁的无文化的莲有结婚，将她改名何丽有。郁呵护体贴她，她与郁配合默契，十分和谐。育有一子大雅（现名大亚，1944年生），一女美兰（亦名梅兰，1945年郁达夫“失踪”次日生）。何丽有艰难地维持三口之家。所幸者郁达夫生前常慷慨解囊资助华侨，“失踪”后生前好友与华侨纷纷资助接济他家。华侨蔡清竹代管此款项，抚养大亚和美兰。美兰8岁左右，各方资助款项用完。为了孩子们的未来，友人们再三劝说何丽有，她不得不答应改嫁给小商刘松寿，但提出唯一的条件：要保证大亚、美兰到首都雅加达上学。后果然如愿。由此看出这位质朴女性对丈夫挚爱，对儿女情深。

大亚与美兰。兄妹一心想回祖国。1960年，由于双重国籍原因，初一要进印尼语学校就读，这就更坚定了他们的回国决心。经胡愈之和海洋轮船长、郁达夫侄郁兴治鼎力相助，1960年7月终于乘船回国。先在集美华侨补校学习，后入北京华侨补校。1965年美兰读完全部课程，高中毕业，考上北京石油学院。“十年动乱”开始，“大串联”时她到海南华侨农场探望先于她回国的母亲，这才发现母亲日子难熬。后父早在1963年去世，全靠母亲每月30元工资养活她同母异父的5个弟妹，还不时被人欺凌。美兰一边倾囊改善母亲窘况，一边到农场场部为母亲一家伸张正义，终使母亲一家赴港定居。母亲在香港制衣厂做剪线头工作，大亚在工厂当驾驶员。1970年美兰毕业于北京石油学院，她满怀“报国志、报恩心”，坚决要求到祖国最需要的地方去，终于如愿以偿，分配到新疆独山子炼油厂工作。10年后与胡愈之侄胡序建结婚。1980年，组织上将美兰夫妇调到南京工作。1987年她到江苏省侨办国外处任职，工作十分出色。1997年她当选为江苏省侨联副主席⑨。

郁达夫子女共11人，两男夭折，一女送人。8个子女都很争气，在痛苦和灾难中成长，均成良材。或从事编辑和文化工作，或从事教育和科技工作，或从科技业务改为从政，或为学术界研究郁达夫著作和生平奉献力量。天民毕业于东吴大学法学院，有《郁达夫诗词》、《郁达夫风雨说》等传世；正民毕业于北京大学生化系，攻读北师大生物化学研究生，成为河南师范大学教授；郁飞毕业于浙江大学外文系，屡遭挫折，平反后任浙江文艺出版社外文编辑；郁荀毕业于国家重点大学华东水利学院，从水电设计院转到高校任教；

美兰从北京石油学院毕业后，在对口专业炼油厂工作，后抽调去搞侨务工作；郁飞参与编注《郁达夫全集》；郁云早在1979、1980年在《星洲日报》连载《郁达夫传》，1984年福建人民出版社出版，是国内最早的郁达夫传，引起学术界广泛关注。美兰撰文《记郁达夫最后的日子》、《南洋抗敌遇难记》、《郁美兰忆父　远如天上星》等。诸兄弟姐妹先后发表许多研究郁达夫的文章，均为珍贵的第一手资料，为郁达夫研究做出各自贡献。

1985年8月，纪念郁达夫殉难40周年，郁达夫子女先后在北京和富阳两度团聚。1995年在富阳纪念郁达夫殉难50周年，1996年在富阳召开郁达夫诞辰100周年国际学术讨论会，2005年在富阳纪念郁达夫殉难60周年。1991年后，为共商《郁达夫全集》出版事宜，郁达夫后裔一次又一次大会师。

注释：

①蒋增福：《不见归帆自扬帆——郁达夫的长女郁黎民》，蒋增福《郁达夫家族女性》，第81页，花城出版社2004年版。

②郁黎民：《我的母亲——孙荃》，蒋增福《郁达夫家族女性》，第49页，花城出版社2004年版。

③蒋增福：《郁达夫风雨说·序》，于昕《郁达夫风雨说》，第1页，浙江文艺出版社1991年版。

④蒋增福：《无需扬鞭自奋蹄——郁达夫次女郁正民》，蒋增福《郁达夫家族女性》，第88页，花城出版社2004年版。

⑤罗以民：《天涯孤舟——郁达夫传》，杭州出版社2004年版。

⑥蒋增福：《〈毁家诗纪〉及其他》，《家在富春江上》，第159页，新疆人民出版社2003年版。

⑦蒋增福、郁峻峰：《星岛另辟战场》，《抗战中的郁达夫》，第137页，学林出版社2005年版。

⑧王长英、黄兆郸：《福建藏书家传略·廖元善》，第319页，福建教育出版社2007年版。

⑨蒋增福：《我比前贤路已宽——郁达夫的“遗腹子”小女郁美兰》，蒋增福《郁达夫家族女性》，第108页，花城出版社2004年版。

2013年8月于康山里新村

老舍郁达夫人品比较

老舍和郁达夫最根本的一致性是爱国主义精神。1978 年 6 月 3 日，首都各界为“著名爱国作家”老舍隆重举行骨灰安放仪式。而郁达夫的墓碑，则刻着“爱国诗人郁达夫之墓”。

老舍和郁达夫，性格的结构形态相同：由主导性格和几组性格侧面交织成矛盾集合体。老舍的主导性格是严肃深沉，轻松幽默，还有几组矛盾的性格侧面：既善良随和，又恩仇分明，绝不苟同；既谦虚谨慎，又相当自信；既存燕赵义士的侠气，又有古都残灯末庙的遗风。郁达夫的主导性格是卑己自牧，忧郁感伤，也有几组矛盾的性格侧面：既孤僻内省，又旷达坦率；既柔弱温和，又疾恶如仇；既自尊孤傲，又自谦乃至自我作贱；既自怜自爱，又自我戕害。可见，伟大是由复杂和矛盾构成的。伟大作家的精神品格，是个复杂的存在，是矛盾的集合体。

一

老舍、郁达夫的生命起点，就见其个性雏形。“小秃儿”老舍，“被老师打断了藤教鞭”“也不肯掉下一滴泪珠或讨半句饶”①。郁达夫在小学是自惭形秽的“丑小鸭”，在中学是“不善交际”，“话也不太会说的”“怪物”，但其作文竟压倒同辈，还在《全浙公报》发表诗作②。心理学认为，少年期在整个儿童心理发展过程中占极重要地位。从“小秃儿”身上，不难预测老舍日后宁折不弯的高风亮节；从“丑小鸭”身上，预示出郁达夫卑己自牧的个性特征。至于他们怎样衍成各自的性格，不妨通过剖析“遗传素质”和“社会生活条件”，窥探他俩童年期心理发展规律。

论“遗传素质”，两位作家都属上等。老舍父亲舒永寿为国捐躯，母亲马氏以艰辛劳作、精打细算苦撑家庭。父母优良品性都传给老舍。他，观察敏锐，想象奇特，记忆持久准确，思维灵活敏捷，情感深刻稳定，才高手快，又格外勤奋。郁达夫出身书香门第。祖辈是宋朝太医院尹，其后裔智商都超越常人；祖父、父亲教书行医；三兄弟都聪慧好学，各有所成。祖母、母亲智商中上。总之，父系的天资颖悟，母亲陆氏的柔弱性格，双向遗传给达夫。他，思维敏捷，想象丰富，悟性特强，过目不忘，且胸罗万卷，具备优秀文学家素质。

再论“社会生活条件”（环境与教育）。老舍之母马氏教育能力较高，表现为：一、虽不识字，却能按她的意愿塑造老舍灵魂。她言传身教，把热心豪爽、正直善良、勤劳朴实、刚毅谦让等美德传给老舍。二、她无数次诉说八国联军罪行和舒家血泪史，在老舍心田播下反帝爱国种子。三、培养老舍对她的依附感。她不顾满城血光火焰，“在刺刀下，饥荒中，保护着儿女”③。阿德勒说，母亲“保护儿子的倾向”最强烈，母亲常常觉得她的儿子是她自身的一部分。这种依附意识已化为老舍的灵魂：人即使老了，“失了慈母便像花插在瓶子里，虽然还有色有香，却失去了根。”④加上他又有“父母在，不远游”的传统观念，总自责不该离开老母，奔走四方。与之相反，郁达夫母亲陆氏对子女教育极粗，并在郁达夫幼小心灵留下创伤，导致日后社会顺应不良。一、她为养活七口之家奔波在外，把达夫交使婢照看。体弱多病与缺少母爱，都影响达夫童年心理的健康发展。二、她在外每受欺凌，便回家对丈夫遗像痛哭。母亲职业的卑下与软弱受欺，使达夫情感受到创伤，经常产生胆怯、忧郁、沮丧等情绪体验，形成柔弱忧伤性格，缺乏承受心理挫折的勇气。三、寂寞孤独的童年，养成达夫孤僻内向性格。但富春江秀色，却启迪他丰富想象，孕育他诗人气质。四、达夫的“早年记忆”值得注意。他因赊账碰壁，而形成仇视有钱人的癖性。心理学认为，受挫容易产生自卑感甚至对立情绪。直到后来，他都以白眼傲骨怒对金钱势力。

“小秃儿”和“丑小鸭”，虽同是由寡母养大，但因主客观条件不同，性格发展走向各异：一个趋向放达幽默，宁折不弯；一个趋向卑己自牧，忧郁感伤。

二

老舍和郁达夫的生命最后一个乐章分别为：舍予殉难和以身饲虎。

两位作家的死，有惊人相似之处：都是民族遭劫时代的惨剧，都是生命悲剧悄然落幕，噩耗传开引起文坛痛悼，万众追怀；都死于非命，且墓（骨灰盒）中仅宿忠魂，不见遗骸（骨灰）……为什么他俩的死特别令人心灵震颤，千古缅怀？一位在“自己人”皮鞭下奔向生命终点，一位在敌人投降后被残敌绑架杀害！他们强烈的爱国精神、凛然的民族气节，反映了中华民族誓死不屈的精神。

老舍的民族气节和爱国精神极为感人。且不说抗战时期如何“舍予报国”，仅就“十年动乱”伊始横遭毒打时的表现，就足见其风骨是何等坚硬！他的深层心理，积淀着“士可杀不可辱”的传统意识。对他来说，凡事超越界限，就宁折不弯，“舍予殉道”！再从“满人意识”来看，清廷覆亡，满人变“至尊”为“至辱”；新中国成立后，“至辱”群中的“小秃儿”被尊为“人民艺术家”；浩劫开始，又从“至尊”的“人民艺术家”落到“至辱”的“黑帮”境地。指导他为人为文的“人的尊严观”一旦破碎，便断然“舍予殉道”，举身赴清池，以示“清白”。

郁达夫的民族气节和爱国精神，与老舍交相辉映。从为祖国贫弱而叹息，为改变祖国落后面貌而斗争，到为挽救祖国危亡而献身：他的一生，胸中总跃动着滚烫的爱国心！他从危难到失踪，历经3年生死考验。新加坡陷落前，他对刘海粟说：万一日寇入侵，“我们要宁死不屈，不能丧失黄帝子孙的气节”⑤。他为刘海粟《松竹梅石图》题诗，托物言志，是对祖国的庄严誓词。他作为星洲华侨一抗日首领，热情进行抗日宣传。转移印尼后，不论是受虎狼环饲，还是屡遭误解，都牢记国耻家恨，忍辱负重，渴望着为国为家复仇。即使被迫当通译，也像挺立污泥的荷花，始终保持凛然民族正气。他暗中救助华侨和印尼人，惩罚汉奸，阻挠缉拿抗日侨领陈嘉庚。特别是他发现自己被日寇走狗洪根培告密，便毅然决定牺牲自己，以身饲虎，保护战友们安全转移。这里，全不见他柔弱性格，闪烁的是舍己救人的夺目光辉！

两位作家，生于忧患，作于忧患，死于忧患，以强烈的爱国心为支点的忧患意识，贯穿他们的整个生命历程。

三

国恨家仇激发老舍和郁达夫的爱国心。他俩同是出生在国耻年代。老舍生于八国联军攻陷北京前一年。父亲在抗击敌军中被烧死，尸骸下落不明。随后家遭洗劫，老舍险些儿被刺死。母亲反复用国恨家仇，培养老舍的爱国情感。郁达夫生于甲午战争后两年。小学老师给他讲述国家屈辱和民族灾难，使他幼小心灵萌生爱国情愫。总之，我们的多难之邦，在两位作家的心灵，都打上国耻烙印。两位作家的母亲，又都有着同样悲惨的归宿。她们同在日寇占领故园时离开人世。两位母亲逝世噩耗，引起两个儿子心灵的震颤，各不相同。老舍逃难四川，获悉老母已病逝一年，特发表挽悼散文《我的母亲》。此文很能代表他的思想。自传体小说《正红旗下》和散文《宗月大师》、《想北平》、《抬头见喜》、《小型的复活》、《自传难写》等，都涉及母亲，足见老舍缅怀母亲之深切长久。至于郁达夫，在福州闻说老母惨死，就地设灵堂致祭，对联“无母何依，此仇必报”表达他的深切哀痛和强烈仇恨。此时他出入枪林弹雨，视察第三战区，为老母报血海深仇，为祖国雪民族大恨。南渡后，胞兄遭汉奸枪杀，以身殉国。郁达夫闻讯，悲愤至极，写挽联赞扬他的高风亮节和为国牺牲精神，也向日寇倾泻报仇雪恨之情。《悼胞兄曼陀》说明抗战以来殉国殉职者日多，“血族情感”“向民族、国家的大范围的情感”转化。此时，他纵然妻离子散，母兄殉难，但未被个人不幸和痛苦所压倒，只因“别有戴天仇恨在”。国家危亡，民族灾难，是摆在爱国者面前的严峻问题。“匈奴未灭家何恃?”他要“留取吴钩拼大敌”⑥。他忍受内心隐痛，宣传抗日，鼓舞侨胞斗争。

国恨家仇，在两位作家心中都燃起爱国火焰，但表露形式各异。这又与各自的生活经历、家庭影响、思维走向等有关。老舍和郁达夫，跟各自母亲的亲密程度不同，表达感情方式也各异。老舍从小与母亲相依为命。贫穷使他“特别孝爱老母”。在依存心态支配下，他总认为“生命是母亲给的”，甚至决计自尽，也选中太平湖，力求靠近母亲归天的处所。他在生命终了的时刻，要把生命奉还母亲，以补偿不及报恩的歉疚。而郁达夫，未成年就离开母亲，直到老母去世，都只偶尔回家小住，与其说是共享母子“天伦之乐”，不如说是为夫妻晤面。他的书信、日记、散文、自传，几乎不涉及母亲，只有《烟影》、《纸币的跳跃》和《东梓关》三篇小说，点出文朴贫病交加，母亲给钱治病，他受责遭怨，被嗔怪无能。《血泪》、《在寒风里》中的母亲，也只捎带一笔，未流露出作家对她的深情。总之，他跟母亲的亲密程度远不如老舍。

若进一步挖掘他俩的深层文化心理，则更见其异。在“五四”主潮影响下，郁达夫否定封建伦常，呼唤现代文明，创作启蒙主题小说，思想难免偏激。他说，五四运动最大的成功要算个人的发现，人们从“为君、为道、为父母而存在”，变成“为自我而存在”⑦。因而他的散文和自叙传小说主人公，也不是“为君、为道、为父母而存在”。如上所述，他在国难当头，家破人亡之际，“决心为国牺牲一切”，“先逐寇，再逐雉”⑧。这种先国后家的精神与决心，决定了他日后在南洋有可能为国殉难。1936 年 11 月出版的《论语》第 100 期“家的专号”，两位作家都应约撰文，但思维走向不同。郁达夫《就家字来说》指出，没有国就没有家，“匈奴未灭，何以家为？”先国后家的观点十分鲜明。老舍《我的理想家庭》，讽刺有人在民族危亡中仍麻木不仁，但更着重讽刺缺乏家庭责任感的“英雄好汉”。相比而言，老舍对产生家国矛盾的必然性缺乏认识准备，对家国矛盾的醒悟也比郁达夫迟缓些。胡絜青说，1937 年济南告急，老舍虑及家国无法两全，吟的是陆游诗句“报国欲死无战场”，想的是“读书人最珍贵的是气节”⑨，终以胡絜青一肩挑起抚养子女、侍母送终重担，他才只身奔赴武汉，献身抗日。他的小说剧本，从《老张的哲学》到《四世同堂》，都不离家国关系的思维框架，贯穿他对家国关系的全部思考，寻求解决家国两全的方案，但终究流露两难的困惑。看来在家庭观念上，老舍保留较多的传统意识，郁达夫体现较多的现代意识。

四

老舍和郁达夫都是素性谦逊，不惜自贬的。但因气质迥异，谦逊与自贬的表现形式也不相同。

老舍自称“写家”，反映他自我职业估价的谦虚、谨慎与质朴。他认为，职业不分高低贵贱，写家的价值同木匠、瓦匠一样，可见其谦逊是基于职业平等意识之上的。老舍的谦逊常以幽默形式出现，而且“往往挖苦或嘲弄自己”。他的《吴组缃先生的猪》说，他到吴宅去，“买了几个比醋还酸的桃子，拿着点东西好搭讪着骗顿饭吃”。实际是当时吴组缃贫病交加，他每到吴宅，总是买了许多肉、菜带去，让吴组缃全家打一次牙祭，“这就是老舍的幽默”[⑩]。又如，老舍的《习作二十年》对自己也不惜自贬。他说：“在质上，连一篇好东西也没有”，“《猫城记》最要不得”，《老牛破车》“不过是些陈谷子烂芝麻而已”。老舍头20年创作成就，当时评论家众口交赞。《猫城记》长期被粗暴地否定。近年研究者从文化层次观照，认为它不仅发出激愤的救亡呼喊，也透视古老民族的灵魂。前苏联老舍专家说它可与“世界上最好的讽刺文学作品比美”。至于《老牛破车》，胡絜青说：“我喜欢‘老牛破车’这个名字，很有风趣，又很自谦，这是老舍为人的写照……老牛——非常平凡，不值得夸耀，但它又是任劳任怨，勤勤恳恳，老成朴实的化身，它默默无闻地为大众百姓服务，任重而道远，鞠躬尽瘁，吃的却是普普通通的草。”[⑪]了解老舍，莫过于胡絜青。这段话，概括了老舍的为人为文。为何老舍的谦逊往往是幽默的自嘲呢？他认为，幽默是一种“一视同仁的好笑的心态”。老舍是位幽默心态很强、幽默感特别活跃的作家，又是个“心怀宽大”、“会笑，而且能笑自己的人”[⑫]；“小生产者社会的落后面是客观存在的……包括他自己在内……在心态上，他确是抱着同情阅人阅世的。这就是他的幽默感的来由”[⑬]。因此他的幽默“往往挖苦或嘲弄自己”。

郁达夫的谦逊与自贬，则是自卑感的必然流露。他说：“我平时对人，老有一种自卑狂。”“自卑狂”未免夸大，但确已形成“自卑情结”。其作品的篇名书名，兼见自卑心态与感伤情调，如《血泪》、《断残集》、《骸骨迷恋者的独语》、《感伤的行旅》等。至于序跋与创作谈，更是篇篇自贬，每每自摧，或自称作品为“马勃牛溲”、“虫鸣鼠语”，或自谓“文丐”、“被高等教育割势后的……零余者”；（见本书《论郁达夫的自卑情结》）友人约他写创作经验，他自贬“落得在饿死之前，再作一次忏悔”[⑭]等。由于在现实的坎坷中不断强化自贬自辱意识，造成他在人生旅程中自我定位的严重偏差，从而形成自我价值判断的误区。严重的自卑感给郁达夫带来社会顺应不良。郭沫若说他“有点类似于自暴自弃”。就以退出创造社而论，郁达夫整顿创造社，困难重重，外有军阀迫害，内有伙计胡闹，从性格发展逻辑来看，退社已属在所必然。这确有点像“自暴自弃”，但从深层心理来看，还是“自卑狂”的“退却——渴求自由”[⑮]的规律在起作用。为了证实他“在人生的战斗场里”，只能“居劣败的地位”。他在战友误解声中，满怀委屈声明退社。这是克己让人、卑己自牧的表现。为了避免牵累创造社，他更不惜承担全部责任。郭沫若盛赞他重友情而忘我的崇高品格。但就心理功能而论，这倒是伴随自卑感而来的社会顺应不良。

人称老舍为幽默大师。老舍说他是“一半恨一半笑的去看世界”。笔者以为，笑是假的，是苦中作乐，对伤痛的抚慰，恨是真的，是因好人失去尊严而发出诅咒。换言之，幽默是表象，严肃是实质。老舍为人为文，都是如此。至于郁达夫，人们都说他有浪漫才子的名士遗风，生活放荡不羁。李初梨说到点子上：“达夫是摹拟的颓唐派，本质的清教徒。”

黄苗子说：老舍“既有严肃的一面——同情穷苦和不幸的人，热爱祖国和人民，事业心重；与人道义相交，爱自己的家室儿女，为真理与正义不惜挺身而出；又有轻松的一面——放达率真，有幽默感，不骛名利”[16]。笔者以为，此中有表象与实质。尽管他整天有说有笑，或庄或谐，但“在荆棘载道的社会”，他常有“感伤与沉默”；国难当头，有时“沉默寡言”[17]。这是因为他时刻忧虑老大愚弱民族的前途，沉思“破碎也还可爱的中国”之命运。审视其深层文化心理，还可以在满族意识中找到根据。旗人穷得寅吃卯粮，还得顾“面子”；“没钱的穷讲究”，却掩盖不住满族从显赫地位骤降到屈辱地位的实质。老舍面对的正是如此严肃的社会人生问题，正是“残灯末庙”悲剧！而在创作上，他经历“之”字形的探索道路：立志幽默——禁绝幽默——返归幽默。必须指出，禁绝幽默阶段的小说也是佳作。就创作主题而言，他在新中国成立前的作品多是悲剧。可见，失去幽默，老舍仍是老舍；离开悲剧，老舍就不成其为老舍了。这又证明了幽默是表象，严肃是实质的论点。而郁达夫，生前死后，毁誉参半。毁之者骂他颓废派。他所以遭到误解，与他放荡不羁的私生活和良莠相间的交游有关。诚然，他曾三度成家，二度毁家，经历悲欢交织的婚恋。其实他的婚恋，烙有时代印记。与孙荃成亲，本属封建包办性质；与王映霞离异，主要应归咎于许绍棣闯入，“鸣鸠强占凤凰巢”。印尼时期，他为掩护身陷狼窝的身份，免除日本宪兵的猜疑，娶无文化的何丽有为妻。对寻花问柳，也应具体分析：一、狎妓是当时普遍的社会现象。率真的气质，促使他以心理解剖刀，揭开灵魂奥秘。经道德审判，却证明他是“最有道德的不道德家”。二、因受传统观念影响，他总是充满负罪感。其自叙传主人公都是流着眼泪求欢，怀着道德纵欲，见出他是“本质的清教徒”。《沉沦》中“他”的不断自责，意味着灵魂之洁白。《秋柳》中于质夫骂自己为“以金钱来蹂躏人的禽兽”，特别是他想救海棠出火坑，更显示其人道主义精神，何况他的“嫖妓”有时不过是喝茶聊天而已。[18]三、郁达夫的“颓废”，是热爱人生的变异，是反抗社会的呼唤。他留学回国时，心雄万夫，无奈报国无门，屡遭挫折，才以酒浇愁。他说：“人家骂我是颓废派……他们哪里知道我何以要去追求酒色……我岂是甘心堕落者？”[19]足见他对人生的热爱。他的作品充满对社会的反叛：“现代的社会……是我们主人公的榨压机，我们若要想替他复一复仇，只须我们能够各把自家的仇怨报复了就对了。”[20]像这类充满反抗情绪的议论，其他各篇比比皆是。总之，在老舍，幽默是表象，严肃是实质；而郁达夫，是模拟的颓唐派，本质的清教徒。

五

文艺界曾分别为老舍、郁达夫举办“生辰”茶会、宴会，他俩都落过“生日的泪”。若凭“泪水”来透视他俩的情感、性格，不难看出，老舍“泣不成声”，是由于感激，来自侠气，郁达夫“泣到天明”，则由于伤感，源于自卑。

1944年，重庆数百人为老舍从事文学创作20周年举行盛大庆祝会，《新华日报》发表题为《作家的创作生命——贺老舍先生创作二十周年》的专论，盛赞他文艺活动和创作等的杰出贡献，推崇他“不因利诱而改行，不因困难而搁笔，始终为着发扬与追求真理正义而努力，在任何情况下总要尽可能说出自己要说的话”，强调指出，他“应当受到全社会的尊重”。在庆祝会上，他百感交集，泣不成声，致辞答谢。无声的热泪，传达他的决心：一要把“文协”牌子扛到抗战胜利，二要创作反映抗战的巨著《四世同堂》。这里，不仅表现出他肺腑相见的待人真诚，也充满急公好义的义侠情怀，更显示出他化激情为行动的豪爽品格。1926年12月7日，郁达夫30岁生日，创造社在广州成员与好友20多人，举办盛宴，为他庆祝。郁达夫赋词《风流子·三十初度》：“小丑又登场……数从前事业，羞煞潘郎。只几篇小说，两鬓青霜。谅今后生涯，也长碌碌，老奴故态，不改佯狂。君等若来劝酒，醉死无妨。”这夜，他“一晚睡不着，想身世的悲凉，一个人泣到天明”。

同是众人为他们庆贺，同是落泪，但缘由全然不同。老舍以其谦逊自称“文艺界中的一名小卒”，聊以自慰的是勤劳著述，但愿入墓时有人赠一块矮碑，刻上："文艺界尽责的小卒，睡在这里。"他没想到文艺界竟如此隆重为他庆贺，又痛感黑暗社会对作家的冷漠，枨触万千，感激涕零。他确是"不因利诱而改行，不因困难而搁笔"。当时他经济拮据，遭受贫血等多种疾病夹攻，无钱医治，缺乏营养，却总不肯休息。坚韧不拔的力量，来自献身事业的精神，他说，"笔"是"我抗敌的武器"，"也是我的命"，"我不能为了金钱而牺牲了写作的志愿"[21]。至于郁达夫，生日喜庆，高朋满座，本应高兴、自豪，为什么自伤身世，竟是"殉杯主义"？这不仅出于自卑，还出自多愁善感、忧郁感伤。这个有自卑感者，才华横溢，报国无门，满怀憧憬赴粤，却大失所望返沪。上海创造社混乱，大家合议要他辞去教授，回沪整顿创造社，他是勇于任事。可是这几个月里，他爱子夭折，妻子抱病，"非但做文章的趣味没有，并且连做人的感兴都消亡尽了。"其实，他单凭一时热情南下，殊不知革命进程竟复杂万端。革命中"痛苦与血污"更使他震颤，从而怅惘失望。况且他将要面对创造社一群捣蛋鬼。忆往昔，蹉跎岁月，夜不能寐，于是萌生"醉死"念头。阿德勒说，当个人面对一个他无法适当应付的问题时，他表示他绝对无法解决这个问题，便出现自卑情结，愤怒和眼泪都可能是自卑情结的表现。

两位作家都极富于感情。老舍是既珍重友情，更存燕赵义士的侠气；而郁达夫则是孤僻自省，自卑自怜，善感多愁。

六

老舍和郁达夫都曾好喝酒，后来都戒了。戒的动机和背景不同，但都显示他们的高贵品质与坚毅精神。

老舍在武昌，开酒店乡亲常请他喝二锅头；为赶写剧本，贫血又喝酒，晕得天旋地转；到昆明，十几位朋友轮流请他，喝许多酒；平时，他好请友人上酒店小酌；老友异乡邂逅，再穷也当衣物，人谓"破产请客"。郁达夫几乎是嗜酒成性：百无聊赖，闷酒释闷；事不如意，苦酒遣愁；乘船遇风险过，以酒压惊；创造社受挫，连饮几家酒店，醉拦洋人汽车怒骂；追求王映霞，开怀畅饮，喜庆相识……后来，两位作家为何都彻底戒酒？1944年起，老舍戒酒，不仅为省钱，更由于发现喝酒使脑子昏乱迟钝，有碍写作。此时他被病魔纠缠，穷愁潦倒，时日难耐。原拟两年写成《四世同堂》，病痛迫使他不断停笔。纵然如此，除了病倒，从不偷懒。为了尽快完成这部巨著，他断然戒酒。透过这一忘我奉献的举动，看到老舍为抗战文艺鞠躬尽瘁的崇高精神，看到一颗火红的爱国心！嗜酒的郁达夫被迫当通译时，为避免贪杯误事暴露身份，竟长期戒酒，点滴不沾。心理学认为，需要是产生动机的前提，他的断然戒酒，是出于安全与对敌斗争需要。综上所述，老舍戒酒，是为了埋头创作，揭露日寇罪行，写亡国之痛，颂抗日斗争；郁达夫戒酒，是为了跟日寇进行斗争。一滴水反映出太阳的光辉，一桩小事窥见两位作家的爱国心。

七

综上所述，同是爱国作家的老舍和郁达夫，其人品风貌却各呈异彩。现实主义大师老舍：悲苦旗人的出身，外圆内方的个性，急公好义的情怀，肺腑相见的待人，含泪幽默的创作，宁折不弯的风骨，“舍予报国”的气度，构成他光辉四射的品格。郁达夫则是现代最富传奇与浪漫色彩的作家。绝顶天才的智慧，卑己自牧的性格，惊世骇俗的创作，放荡不羁的生活，悲欢交织的婚恋，克己让人的处世，以身饲虎的归宿，构成他超尘拔俗的人品。

中国古代文人有“儒雅”和“风流”两大类型。老舍爱国爱民，朴实厚道，举止斯文，近“儒雅”型。他认同的西方法理人格，正和满人守秩序合拍，加上旗人的幽默天性、刚直坚忍等，形成他独特人品。郁达夫近“风流”型，具有忧国忧民、志趣高洁、蔑视富贵的气度，又受五四思潮熏染，追求个性解放，还接受名士精神传统，淡泊功名，返归自然，构成他特异人品。中华民族气质里相反相成的“儒雅”与“风流”，渗透在他俩的生命中。

注释：

①罗常培：《我与老舍》，胡絜青：《老舍写作生涯》，第 276 页，百花文艺出版社 1981 年版。

②郁达夫：《孤独者——自传之六》，王自立、陈子善《郁达夫研究资料》（上），第 41 页，天津人民出版社 1982 年版。

③④老舍：《我的母亲》，《老舍生活与创作自述》，第 291、293 页，人民文学出版社 1982 年版。

⑤刘海粟：《序》，郁云《郁达夫传》，第 4 页，福建人民出版社 1984

年版。

⑥⑧郁达夫：《毁家诗纪·贺新郎》，《郁达夫文集》第 10 卷，第 390 页，花城出版社、三联书店香港分店 1985 年版。

⑦郁达夫：《〈中国新文学大系·散文二集〉导言》，《郁达夫文集》第 6 卷，第 261 页，花城出版社、三联书店香港分店 1983 年版。

⑨老舍：《八方风雨》，胡絜青《老舍写作生涯》，第 316 页，百花文艺出版社 1981 年版。

⑩⑬吴组缃：《〈老舍幽默文集〉序》，《十月》1982 年第 5 期。

⑪胡絜青：《〈老舍论创作〉后记》，胡絜青编选《老舍论创作》（增订本），第 356 页，上海文艺出版社 1982 年版。

⑫老舍：《谈幽默》，曾广灿、吴怀斌编《老舍研究资料》（上），第 428 页，北京十月文艺出版社 1985 年版。

⑭郁达夫：《忏余独白——〈忏余集〉代序》，《郁达夫文集》第 7 卷，第 251 页，花城出版社、三联书店香港分店 1983 年版。

⑮［德］荷妮：《自我的挣扎》，第 210 页，中国民间文艺出版社 1986 年版。

⑯黄苗子：《老舍之歌——老舍的生平和创作》，胡絜青《老舍写作生涯》，第 288 页，百花文艺出版社 1981 年版。

⑰王行之：《老舍夫人谈老舍》，胡絜青《老舍写作生涯》，第 318 页，百花文艺出版社 1981 年版。

⑱陈翔鹤：《郁达夫回忆琐记》，王自立、陈子善《郁达夫研究资料》（上），第 111 页，天津人民出版社 1982 年版。

⑲郁达夫：《〈茑萝集〉自序》，《郁达夫文集》第 7 卷，第 153 页，花城出版社、三联书店香港分店 1983 年版。

⑳郁达夫：《写完了〈茑萝集〉的最后一篇》，《郁达夫文集》第 7 卷，第 156 页，花城出版社、三联书店香港分店 1983 年版。

㉑老舍：《入会誓词》，胡絜青《老舍写作生涯》，第 149 页，百花文艺出版社 1981 年版。

1991 年 12 月初稿，1992 年 12 月改定于进步路新村本文载《福建师范大学学报》1994年第2期。全文收入人民大学全国书报资料中心《中国现代当代文学研究》1994年第6期。

由中国老舍研究会等单位联合举办的首届国际老舍学术讨论会，于1992年8月20～25日在北京召开。日本、美国、德国等10个国家和地区的34位专家学者，同我国的50多位专家学者，参加会议。笔者以《老舍郁达夫人品文品比较》提供大会交流。《文学评论》1992年第6期《首届国际老舍学术讨论会论点撮要》提到此文并概括评介。《中国现代文学研究丛刊》1993年第1期，以300字篇幅介绍此文的论点及主要内容。在《中国现代文学研究丛刊》1995年第2期“现代文学研究十五年专号”上，吴小美教授等总结我国15年老舍研究的专文《开创“老舍世界”诠释与研究的新局面》说：“值得重视的还有一批文学比较的‘优秀成果先后发表’。”拙作也忝列其中。

由于拙作全文2.3万字，在《福建师范大学学报》发表时，分“人品”和“文品”两篇刊出。

老舍郁达夫文品比较

老舍、郁达夫是两位风格迥异的作家，拙作《老舍郁达夫人品比较》，除寻出他们的显著差异性外，还发现其根本一致性、惊人相似性、内在相通性和彼此互补性。本文则就他们的小说创作来探索文品，试图通过比照，对他们的人品有进一步认识，并获得某些启示。

一

柯灵说："文品总是人品的表现。"老舍和郁达夫都是爱国作家，爱国主义精神自是他们文品一致之点。

老舍一生800多万字的创作，集中反映民族的苦难、斗争和新生，映射出这位爱国作家的伟大气魄和人格。郁达夫的创作乃至生命，是为祖国贫弱而叹息，为改变祖国落后面貌而斗争，为挽救祖国危亡而献身。

老舍的文学起步，就从剖析民族性来探讨中国贫弱原因和救国方法；他为同胞敲响亡国灭种的警钟；其抗战戏剧，以志士英雄谱、败类群丑图表现抗日救国母题；新中国成立后，剧作基调是讴歌党和新社会，展示祖国光辉前景。

郁达夫留日时期创作，在爱国主义母题下，反映民族屈辱、渴望爱情、哀叹祖国贫弱，汇成伤春忧国咏叹调；归国后作品，从报国无门的个人苦闷，扩展为写劳动者苦难，进而抨击军阀统治，痛斥蒋介石投降主义，汇入反帝反封建大合唱；南渡后的政论，激励华侨爱国抗日，怒斥汉奸行径。

总之，他们的作品中搏动着爱国之心，已为世所公认。

二

老舍和郁达夫都独标一格而震动文坛。老舍早期3部长篇一问世，便以“突梯滑稽名满天下”。郁达夫则以惊世骇俗的《沉沦》集震惊文坛，旋即波及海内，追随者纷至沓来，浩浩然形成个“沉沦小说派”。

老舍和郁达夫同是自学成才，同时“墙外廾花墙内香”，置身域外而蜚声中华。他们初写小说，都运用“无技巧的技巧”。他们基于强烈的创作冲动，产生试笔欲望。老舍说：“我初写小说……不懂何为技巧。”“在拿笔以前……我还不知道世上有小说作法这类书”，“随便写吧，管它像样不像样”①。郁达夫也谈过最初的创作冲动：“我只觉得不得不写……什么技巧不技巧，词句不词句，都一概不管。”②

在不讲究技巧的共同性中，又存在写作背景、作家心境等的差异性。老舍在客居伦敦的寂寞中，把对故都的怀念与焦虑，化为含泪幽默的图画《老张的哲学》。当然，更深层的因素是，国内革命思潮的波及，对劳苦大众的同情，对故国弊端的思考。而留学岛国的郁达夫，遭受异域的屈辱，激发他爱国热忱，并化为愤世嫉俗、忧郁感伤的“情绪流”。在“五四”浪潮激荡下，“真正艺术家”的良知，驱使他举起个性解放的思想武器，揭开隐藏在性心理深层的秘密，以暴露伪君子们的恶德丑行，使得潜意识层“情绪流”，像长期蕴蓄地层的岩浆，一旦有了突破口，便令人惊叹地喷涌而出！

两位作家崛起后，都做出划时代贡献。郁达夫拓展了道德领域和心理范畴的空间，大胆描写性意识，形成一道荡涤封建戒律的冲击波，产生“启发人智人性”的作用。他是中国现代描写内心苦闷纷争小说的开拓者。他采用“内视角”，真诚而无情地拷问自己的灵魂，经过严肃的道德审判，见出灵魂的洁白。老舍崛起较之晚5年。他没有郁达夫的偏激，却具有清醒的主体意识。他对新文学的贡献，他的世界影响，主要在于他对中国文化发展历史进程的探索。他一面将改造国民灵魂的主题引向深入，一面挖掘民族素质的宝藏，归根结底，是发现人的价值。他在批判“老国民”上，显示出特有的艺术才华。他总是把几千年古文化结构渗透到市民社会心理中加以批判，在传统文明与现代文明对比中透视国民劣根性。改造国民性，是一代作家共同挖掘的命题，但像《二马》这样从东西方民族对比的宏观角度，去批判“出窝儿老”的国民性，却是老舍的独步。

三

老舍和郁达夫，都善于批判地继承古代和外国的文化遗产，博采众长，自成一家。老舍对古代的传奇、话本和《水浒》、《儒林外史》、《红楼梦》以及《官场现形记》等谴责小说，有很深造诣，并能在继承基础上创新。朱自清早就把老舍小说放在中国讽刺文学的传统中做出比较研究，指出他对“谴责小说”的继承与发展。老舍的文学起步受外国文学影响更大些。在英伦时期，有时几乎是昼夜读小说，“好像是落在小说阵里”。从古希腊罗马文艺，到歌德、莎翁杰作，各种流派，无所不读。他是“但丁迷”，也喜欢果戈理和马克·吐温的幽默感，喜爱劳伦斯的心理描写。但直接激发他创作灵感的是英法近代现实主义小说。狄更斯描写都会积弊多端的生活现象，引起他的共鸣，并联想中国古都的积弊。他最爱康拉德，钦佩他冷静观察和描写现实的本领，又从康拉德严谨的写作态度里体认到不应把“写作当种游戏”，特别是康拉德极重视语言锤炼，“字字要推敲，句句要思索”的严肃态度，深深影响了他。他在创作实践中，不断寻找“自我”、发现“自我”，在吸取别人的艺术养分时，还努力追求“自树风格”，“不愿模仿别人而失去自己的长处”③。

郁达夫青少年时期就接受古典文学的熏陶，他读史书和唐诗古文，喜爱《红楼梦》、《西厢记》、《史记》等。入中学后，阅读面更有所扩展。《吴诗集览》等3部书，对他影响很大。他从中研究韵律，逐步升堂入室。接着又钻研《沧浪诗话》、《白香词谱》等诗歌理论，找到作诗词的门径。《西湖佳话》、《桃花扇》等传奇杂剧，也使他爱不释手。索居独学时，又读《唐宋诗文醇》等。这段独居苦学，是他一生中“收获最多、影响最大”的时代。他博览唐宋元明清诸家，熔李白、杜牧、李商隐、陆游、吴梅村、黄仲则、龚自珍等众作于一炉；对苏曼殊诗也深有研究；他对黄仲则的人品、气质和才学推崇备至，《采石矶》倾注他对黄仲则的敬慕和同情。总之，中国传统文化的教育，古典文学的滋养，为他步入文坛提供艺术准备。郁达夫小说，更融会多元的外来影响。八高4年，读了近千部俄德英日法小说，接受欧洲的浪漫主义、自然主义、唯美主义和日本“魔鬼派”、“私小说”等流派影响。他善于批判继承，大胆创新。他笔下的“零余者”形象，同屠格涅夫笔下的“多余人”形象，有着精神上的血缘关系，可他增加了感伤色彩和颓废情绪。他的《沉沦》和卢梭《忏悔录》，都以惊人的真率对抗着虚伪的封建道德，只是卢梭兼谈“美德与罪过”，他却全是暴露私生活，剖视生理本能，这又显见“私小说”的影响。他最崇拜佐藤春夫和葛西善藏，但又嫌他们的“私小说”“局面太小，模仿太过，不能独出新机杼”。他的小说比“私小说”更带有进取、反抗、向外扩张的特质。此外，他还盛赞劳伦斯以“极细而周密”的心理描写表现性意识，叹服拉法夷特夫人绝顶精细解剖女人心理，称佩乔伊斯大量表现潜意识，推崇魏德金德大胆选择性欲题材。他的美学“偏嗜”，决定他酷爱此类作品，创作中也大胆表现性意识，但继承中又有发展创新。

四

老舍和郁达夫的文学观，有些相通之处，仅就追求“真”而言，则同中有异。

真实是艺术的生命。老舍和郁达夫，都追求文学的“真”。老舍说：“真实即美。”还说：“从古至今，那些能传久的作品都有个相同之点，就是它们健康、崇高、真实。”[④]显然，他提倡的是强调“真与美”的西方传统的现实主义。郁达夫也极强调“真”：“艺术的价值，完全在一个真字上，是古今中外一例通称的。”又说：“文学的内在倾向……大抵是依作品的时代的倾向而决定的。”[⑤]这样主张文学的率真和内在倾向性，无疑表现了浪漫主义的一般原则。

创作倾向的不同，又决定两位作家追求的“真”有所区别。老舍注重的是再现生活的“真”，郁达夫追求的是表现自我内心的“真”。老舍借助“爱克斯光”，透视“真的社会与人生”，看到城市底层人民的命运，也透视民族传统文化，看到其中的“痼病”和“优质”，终成一代现实主义大师。郁达夫则把真实描写外在世界，转向真挚抒发内在情感。他的真，是真率、真切、真诚、真挚乃至相当真实。从文学表现自我出发，他进而提出“文学作品，都是作家的自叙传”的论点。他以“表现自我”“孤冷的情绪”的母题，震撼读者心灵，开“五四”浪漫主义小说创作的先河。

且以同是写北京人力车夫劳苦一生买车不成的悲剧题材为例，来看两位作家创作方法的差异。老舍在客观地观察洋车夫生活十几年之后，按照生活的本来样式加以精确细腻的描写，才完成《骆驼祥子》这部现实主义名著。可他并不是为观察而观察，而是和洋车夫交朋友，以“感同身受”的态度，在同他们亲切来往中，理解他们的“心态”。他所以要从深层心理把握车夫，为的是透过“车夫的内心状态观察到地狱究竟是什么样子。车夫的外表上的一切，都必有生活与生命上的根据。我必须找到这个根源，才能写出个劳苦社会”⑥。写出“地狱”、“劳苦社会”，即反映出生活的本质。而在郁达夫的《薄奠》中，“我”的情感与车夫情感相互交融，并染上“我”浓重的感伤情绪，自叙传的浪漫主义色彩仍很鲜明。理论界承认，表现与强调悲剧性情绪，是中国现代浪漫主义的一种特征。而郁达夫在抒发孤冷的悲剧性情绪的同时，也写车夫在悲惨处境下传出的悲痛呻吟。就是这样，他把表现自己的切身体验，扩展为具有社会意义的情感力量。由此看出，老舍和郁达夫最本质的“联系”是“互补”，即相反相成。中国现代文学，既需要老舍的冷静谛视，也需要郁达夫的热狂宣泄，既需要老舍的关注众生苦难，也需要郁达夫的伸张个体生命……各种奇葩争妍竞放，才构成文苑百花齐放景观。

五

老舍、郁达夫小说，故事发生的时间地点都较集中，这与各自生活敏感区有关。他俩塑造的人物形象系列，都来自这区域。

“文学是人学”，小说更重在反映时代生活，写出典型环境中的典型性格。老舍、郁达夫小说，都是一定历史时期中国社会的镜子。论时间，老舍小说大都描绘 20 世纪初到 40 年代的事情。论地点，故事背景多在北京。老舍终年 67 岁，在北京度过 42 年。他一生写的 250 万字长篇中，有 150 万字写北京，占长篇总字数的 60%；中短篇，也有不少篇什写北京；小说剧本代表作，全是写北京的；新中国成立后的剧作，几乎全是写北京的：他构筑一个“北京世界”。而郁达夫，在 40 岁以前的小说创作龄中，70%岁月在江浙度过，他一生写了 44 篇小说，有 28 篇写江浙，占总篇数 63.6%，故事发生的时间都在 20 世纪 20～30 年代。

作家都有自己的生活敏感区，作家的生活经历和个性气质，决定他对某种生活有特殊敏感性。在自己的生活敏感区中，他有特别的深入体验、强烈感受和幽微洞悉。老舍的生活敏感区是下层市民社会。郁达夫的生活敏感区是留日学生和穷苦知识阶层。老舍、郁达夫都为中国现代文学画廊增添独具特色的人物形象系列。老舍笔下的祥子等下层市民形象，与世界文学之林中的典型人物形象并列，毫无愧色。郁达夫的“零余者”形象，也可同俄国文学的“多余人”形象相媲美。

老舍的小说话剧，都注重写人。他说：“创造人物是小说家的第一项任务。”老舍小说中，众多的市民形象谱系，组成各色人等一应俱全的“市民王国”。他们可分为 5 个基本系列：一、老一代市民。赵姑母、马则仁、张大哥、祁老人等，是宽厚而保守、热诚而麻木的中庸性格的“人化”。老舍写他们，旨在批判与反省中国传统文化。二、老舍理想中的“国民楷模”。他们体内有古典市民小说中“儒侠身兼”理想人格的遗传基因。儒侠是古典文化的精神代表。李景纯、大鹰、丁二等，是侠型人物；孙守备、黑李、曹先生等，是儒型人物。他们既有传统的文化素养，又有一定的现代意识。三、底层市民。如祥子、小裱糊匠、小崔等。作家满怀同情地写他们的苦难与挣扎。四、市民知识分子。马威、老李、祁瑞宣等，是衰老文化在新思潮冲击下产生的精神气质衍化物。五、社会渣滓。老张、赵子曰、小赵、柳屯的等，是些青年恶少和故都臭沟旁的市井无赖。

郁达夫的小说创作，可分三期，较集中地写了三个系列“弱者”形象：一、留日后期（1921～1922）——弱国子民形象。如 Y 君、他、伊人、于质夫等，他们备受民族屈辱和无爱之苦，人性遭到摧残，乃放浪形骸，自我作贱，忧郁颓唐，是些凄苦无依的孤独者。二、归国初期（1922～1927）——零余者形象。如于质夫、达、姓于的、Y 君、文朴等，他们才华横溢，却报国无门，贫病交加，又多愁善感，愤世嫉俗，是些零落孤寂的知识者。三、动乱年代（1927～1935）——隐退者形象。如文朴、徐竹园、秦国柱、林旭、翁则生等，他们败阵于人生战场后，遁世隐居，回归自然，寻求解脱，作消极反抗。此外，郁达夫也写些表现社会的小说。它们技巧圆熟，能反映革命倾向与时代精神，但已失去“沉沦”期震颤心灵的穿透力。这“怪圈”，即郁达夫小说发展的轨迹。

六

在老舍、郁达夫的感情世界与小说世界中，爱情位置全然不同。

老舍的男女交往极为严肃，创作中也不敢摸恋爱题材的“禁果”。他说：“我怕写女人；平常日子见着女人也老觉得拘束”，“我没机会交女友，也似乎以此为荣”，“作品中差不多老是把恋爱作为副笔”⑦。原因何在？大抵有如下几点：其一，爱情受挫，有意回避。老舍早年单恋过刘寿棉的女儿，由于社会地位悬殊和刘家兴衰骤变，少女带发修行而去，单恋未得升华。爱情火苗可望点燃却过早熄灭，自是不愿触及心灵伤痛。对于重感情的老舍来说，初恋失败是个重大打击。这在素不求人的老舍，自然会转化为沉重的心理负担。其二，老舍的婚恋家庭观念，存在深刻矛盾。市民意识、传统观念和“五四”以来个性解放思想三者间的矛盾，在他身上都有所反映。23 岁时，他退了老母订的亲，不顺着她设下的轨道前进；他又满怀同情地写马威不切实际地热恋温格小姐，写瑞宣向往自由恋爱，写老李对马少奶奶“诗意”的追求。但更多的是，在批判市民社会的同时，也批判自己。作者既承认现行婚姻诸多不合理因素，又认为自由婚姻在社会上行不通，他在写老李失败中也包含着自我解嘲。在《二马》中，作家感情上倾向于马威，理智上却倾向于李子荣，认为善于做饭理家比浪漫爱情更有现实意义，这实际上是用小市民道德观念来压抑“人”对爱情的追求。老舍写韵梅苦撑一个大家庭，表达他的看法：勤劳、刻苦、有责任感、深明大义等传统美德，在民族灾难中重新焕发光华。作家从传统角度出发，肯定了缺乏强烈自我意识却富于献身精神的秉性，间接批评受个性解放思潮的影响的瑞宣，并表现瑞宣对韵梅的忏悔意识。老舍一贯认为，每个人在家庭、社会、国家中，都应当尽自己的一份责任。这观点，正好跟他在民族战争中看到民族优良传统得到发扬的现象结合了起来，让他为自己认识的矛盾找到出路。至于如何处理“家”、“国”矛盾问题，他却并未解决。他把恋爱作为副笔，看来也与此有关。其三，为避免走上写多角恋爱之路，就“不敢摸这个禁果”。从作家所写女性的婚姻情况来看，老舍和郁达夫截然不同。“偏嗜”写情爱的郁达夫，笔下的女性多为未婚或待婚的少女、处女之类，如静儿、谢月英、陈二妹、海棠、牧母、红茅沟村姑等；而老舍笔下的女性，多为已婚的太太、母亲、婆婆、儿媳妇之类，如牛太太、赵姑母、韵梅、虎妞、张大嫂、李太太、柳屯的、大姐婆婆等。至于“不敢去摸禁果”，“一碰即走”，也与“其二”有关。《微神》是老舍唯一的爱情主题的小说，1933 年 10 月发表。此时老舍已结婚两年，长女舒济出世。作品中有作者的投影，大概作者借助它来埋葬初恋，以摆脱感情重负。其四，老舍事母至孝，怕结婚影响照料老母，曾抱独身主义。这又与“其一”有关：“由于遭受着……心理上的受挫感，原型便对生活中出现的问题操持起一种错误的态度，并倾向于把人格朝着生活的无益方面发展。”后因经济好转，又经老母、好友劝说，才告别独身主义。至于他不敢去摸恋爱题材的“禁果”，还涉及审美情趣、生活积累、思想认识、男女交往等问题。

在郁达夫生命中，爱情占极重要地位。王任叔说，爱情和友情，是郁达夫生命的支持力。究其原因，大抵是：一、自卑情结的作祟。阿德勒说，自卑感者在选择配偶上，也许因为他意识到自己软弱、自卑，常常需要得到他人支持。郁达夫向王映霞求爱信说：“我本来是一个弱者……就希望你能够帮助我，使我强勇一点。”[⑧]果然在她爱情的抚慰下，创作获得丰收。二、爱情饥渴的折磨。留日时期，他正值青春觉醒，又遇岛国肉欲横流，强烈要求爱情，可又备受日本少女歧视，于是民族屈辱、祖国贫弱、传统性压抑等，凝结成爱情失落感，使他深切体验着孤冷情绪。正是在这种心境下，一度主张写“性欲和死”的作品“偏爱价值”最大。三、婚姻失谐。家庭包办婚姻，使他饱受无爱之苦，直到1926年底，还屡叹“半生恋爱未成”；遇上王映霞，“寒灰”始得“复燃”。郁达夫当时两本书的《题辞》就是明证。《鸡肋集·题辞》说，“一种外来的助力”，“救度”他的“灵魂”和“肉体”。《寒灰集·题辞》说，“寒灰的复燃”，借助“大力”，出处就在“王映霞的身上”。四、多方宣泄压抑。流泪、性刺激、醉酒，是他的主要宣泄途径。他特别“偏嗜”外国那些描写潜意识、展示性心理的小说。他写的许多小说，也可视为一种宣泄。他一生写下44篇小说，触及性意识者有40篇，约占91%。他以宣泄孤冷情绪而独树一帜。五、性意识早醒。他才13周岁，就对赵莲仙萌生“望春之意”，“水样的春愁”恼乱了他两年的童心[⑨]。性心理学指出，少儿时代出现这种富有浪漫色彩的两性自然吸引的性爱，是谓“影子爱情”，它日后还偶或在脑际浮现。而他的作品，就偶现其影子。17周岁，心中“发酵”着“性的启发，肉的交哄”，在上海看了色艺双绝的小旦演出，便“神魂颠倒”，做“色情迷梦”。留日期间，先后与隆子、雪儿、梅野、玉儿4个日本少女产生婚外恋，表现出对女性的“泛爱”[⑩]。六、肺病与泄欲呈恶性循环。据郁达夫日记及传记等史料记载，郁达夫从小体质较弱，在18岁至37岁（小说创作期内）5次发作呼吸系统或肺病。作家生活起居无规律，常彻夜看书、撰文、编稿、谈天、打牌，连日酗酒。而肺病患者欲火炽旺，性生活未加节制，又诱致肺病发作，二者互为诱因，呈恶性循环。这可从中医学找到理论根据：“凡禀赋薄弱，生活嗜好不当，酒色劳倦……正气先伤，则痨虫乘虚而入”，酿成肺病；“凡人用心太过则火亢，火亢则水不升而心肾不交”[11]，“相火偏亢”，“欲火内炽，阴不制阳，男子阳事易举”[12]。如此等等。

通过比照，则见在男女交往上，老舍严肃，郁达夫浪漫，在写婚恋题材上，老舍怕触“禁果”，郁达夫每每触及。

七

老舍和郁达夫的小说，各具独特风格。现实主义巨匠老舍，被誉为“笑王”、“语言大师”，其小说艺术风格表现为幽默、俗白、简洁、北京味。这四者间，彼此交融，如合金般熔成一体。老舍具有幽默的天性。独特的市民人生题材，也决定他独特的幽默风格。由北京文化温床孵育的“出窝儿老”的市井居民，可笑、可怜又可爱，浑身散发着酸牛奶浸泡的“京味”。在老舍那里，幽默是一种文化心态，一种人生态度。他怀着一颗宽厚的温情主义的心观照人生：“人人都有可笑之处”，“穷人的狡猾也是正义”，而且始终同情弱者、穷者、被压迫者。因此，老舍作品总带着酸楚的悲剧性。它以笑中藏悲、悲歌喜唱的方式表现出来。它在喜剧性幽默和诙谐中，常容纳悲剧主题，充满悲剧氛围。这是一种带着严肃、深沉的忧郁感的笑，是一种悲喜交融的艺术风格。老舍还讲求“俗”和“白”。所谓“俗”，指语言的平易畅达。“我……充分的信赖大白话”，力求“用顶通俗的话语去说很深的道理”，“文字要极平易”，“不单我的剧本和小说可以朗读，连我的报告性质的文字也都可以念出来就能被听懂”[13]。不过，老舍的“俗”，是艺术化的“俗”，俗中透雅，散中见律，“烧出了白话的真正香味”。所谓“白”，则是明白，彻底的白话。老舍笔下的白话，是活人嘴上采摘来的活语言。他致力于在白话中拣出传神字眼，把白话“炼成金子”，从中榨出“诗汁”，提炼出“宝石”来。老舍运用语言，有着工匠的一手“绝活”，即以独特方式用词用句的“风格句式”。老舍小说又十分简洁。他用经济的笔墨，去概括丰富的内容，写得准确、鲜明，富有特色，显示出艺术才华。老舍的简洁笔法表现为不是借助叙述离奇曲折的故事，而是准确、鲜明地表现人物的复杂性格，展现其情绪的微妙变化和心灵世界中的感情潮流。老舍还追求语言的简洁凝练。他说：“一个写家的本领就在于能把思想感情和语言结合起来，而后很精炼的说出来。”[14]他力求用最简洁的词语、句式，去表达、传递尽可能多的信息。他吸收了北京口语浅白、鲜活的优点，扬弃了口语叙述中常见的冗长和啰唆，创造出既符合群众口语习惯，又有“北京味”的凝练简洁的语言风格。由于老舍的努力，北京话才显得更加精确简练，富有表现力，也提高了白话文学在中国文学史上的地位。读老舍作品，总会尝到一种醇厚的老舍化的“北京味”。老舍笔下的市民社会多取自北京，人物是地道的北京个性气质，环境是地道的北京风物习俗，语言是地道的北京方言土语，但都经过他的提炼。许多作家虽也用北京话，写北京人，绘北京景，却不具有老舍那种醇厚的“北京味”，原因何在？这正如同样用酒曲、糯米酿酒，却有另一种口味的“福建老酒”，关键在于“做手”不同。老舍“做手”独特之处何在？他从文化、国民性、心理层次上来写北京市民社会的习俗规矩、民情世态，因而这个古都就具有古老的文明，又散发着陈腐的气息。而北京口语，经老舍精心加工提炼，形成质朴自然、平中见奇的语言特色，带有浓郁的“北京味”。

老舍前后期小说风格有所嬗变。前期小说，在含泪微笑中剖析国民性，文笔轻松酣畅，幽默几近油滑，结构松散舒展，语言机智俏皮，富于生活气息与地方色彩；后期小说，笔墨舒展，结构严密，幽默趋于自然明净，融机智于诙谐，多轻松而少严峻，语言通俗、明白、简净、鲜活、警慧。

浪漫主义作家郁达夫的小说风格，前后期也有不同。前期小说，直率暴露与诗意追求交织，孤冷感伤与愤世嫉俗相融，清新、幽婉、自然的文笔，构成他直露酣畅的风格特色；后期小说，现实主义因素渐次增加，趋向清隽深沉。

从《沉沦》问世，郁达夫小说就具有自叙传特色[15]。所谓自叙，实为“自我情绪的抒叙”，他以“惊人的直率”袒露这种“苦闷伤颓情绪”[16]。他早期小说都是赤裸心灵的告白，具有“直率暴露”的特点。郁达夫又是以诗人身份步入文坛。他说：“诗的实质，全在情感。情感之中，尤重情绪。”[17]他的小说具有诗的特质：浓郁的诗情，清幽的诗境，醇美的诗味。《沉沦》是伤春忧国吟，《十一月初三》是爱的失落咏叹调，《茑萝行》是叙怀的歌行，《迟桂花》是意境幽远的诗章……

郁达夫小说，大都“抒叙孤冷的情绪”，通过“零余者”形象抒叙了对于世界、社会、家庭乃至自我的失落感和负罪感，以及由此而来的孤冷情怀。

他的小说，不注重情节，而以主人公情绪流变为线索，让“情绪流”组成抒情结构。其小说中的感伤情调，又与愤世嫉俗相融合。感伤忧郁自是消沉，可愤世嫉俗则是对民族歧视和封建礼教的反抗，有一定社会意义。

郁达夫小说，文笔清新、绮丽、自然。他的行文，偶夹外语，借鉴欧美句式，偶见文言词与浙江口语，但没有迂晦艰涩的古风、雄浑豪壮的气势、纵横捭阖的变化。他的笔致，若翩翩云鹤，自如舒卷；似妖妖处子，丰满柔润；如潺潺溪流，清新活跃；像依依垂柳，摇曳多姿。他的清新，既不同于冰心的清隽典雅，也不同于朱自清的清丽委婉，更不同于老舍的“澄清如无波的湖水”。郁达夫“清新的笔调，在中国枯槁的社会里面好像吹来了一股春风”；他喜用温柔纤细的语言，抒写复杂的忧愁抑郁的深情。他的笔致，清新质朴，明丽流畅，似行云流水，不事雕琢，没有斧迹。他的小说，好描绘自然风物，他文笔中绮丽的色调，大都出现在景物描写中。他善于绘声绘色，讲究色彩，这是因为他把写景视为写人抒情的重要手段。总之，郁达夫文学语言扎根于民族的语言土壤，熔铸古今中外，而侧重于横向借鉴，为发展中国现代文学语言做出重大贡献。

笔者比照这两位作家，无意等同他们在文学史上的地位；探索为文，也都只取窥斑见豹之意。在文学史上，他俩各为“一面观”人物，综合起来研究考察，但愿对“面面观”有点益处。

注释：

①老舍：《我怎样写〈老张的哲学〉》，《老舍生活与创作自述》，第 4 页，人民文学出版社 1982 年版。

②郁达夫：《忏余独白——〈忏余集〉代序》，《郁达夫文集》第 7 卷，第 250 页，花城出版社、三联书店香港分店 1983 年版。

③老舍：《十年笔墨》、《闲话我的七个话剧》，胡絜青编选《老舍论创作》，第 240、第 55 页，上海文艺出版社 1982 年版。

④老舍：《写与读》，胡絜青编选《老舍论创作》，第 216 页，上海文艺出版社 1982 年版。

⑤郁达夫：《文学概说》，《郁达夫文集》第 5 卷，第 78 页，花城出版社、三联书店香港分店 1982 年版。

⑥老舍：《我怎样写〈骆驼祥子〉》，《老舍生活与创作自述》，第 46 页，人

民文学出版社 1982 年版。

⑦老舍：《我怎样写〈赵子曰〉》，胡絜青编选《老舍论创作》，第 10 页，上海文艺出版社 1982 年版。

⑧郁达夫：《致王映霞》，《郁达夫文集》第 9 卷，第 353 页，花城出版社、三联书店香港分店 1981 年版。

⑨郁达夫：《水样的春愁——自传之四》，王自立、陈子善《郁达夫研究资料》（上），第 35 页，天津人民出版社 1982 年版。

⑩曾华鹏、范伯群：《郁达夫评传》，第 23 页，百花文艺出版社 1983 年版。

⑪上海中医学院编著：《中医内科学讲义》，第 189 页，上海科学技术出版社 1964 年版。

⑫上海中医学院编著：《中医学基础》，第 205 页，上海科学技术出版社 1965 年版。

⑬⑭老舍：《我怎样学习语言》，《老舍论创作》，第 219、221 页，上海文艺出版社 1982 年版。

⑮"文学作品，都是作家的自叙传"，郁达夫这一名句，在《五六年来创作生活的回顾》等文多次出现。《郁达夫文集》第 7 卷，第 180 页，花城出版社、三联书店香港分店 1983 年版。

⑯朱寿桐：《情绪：创造社的诗学宇宙》，第 25 页，上海文艺出版社 1991 年版。

⑰郁达夫：《诗论》，《郁达夫文集》第 5 卷，第 208 页，花城出版社、三联书店香港分店 1982 年版。

1992 年 7 月初稿，1993 年 1 月改定

本文载《福建师范大学学报》1993 年第 3 期。《中国现代文学研究丛刊》将此文列为"1993 年中国现代文学研究论文选目"。

巴金的《激流三部曲》

巴金创作概述

巴金，原名李尧棠，字芾甘。出身四川成都官僚地主大家庭。童年时代，有三位“老师”给他以民主思想的启蒙教育：母亲教他“博爱”，轿夫教他“忠实”，吴先忧教他要“自我牺牲”。这都为巴金人生观奠定了根基。“五四”春雷把他从梦中震醒，扩大了他爱恨的视野：由同情弱者扩展为歌哭不幸民族，由憎恨强权压迫扩展为反对帝国主义强权，反对封建礼教的现存秩序，从而形成追求建立“平等、博爱、自由”社会的政治理想。当时传播的各种思潮中，对他影响最大的是无政府主义。此外，对西方人道主义、欧美恐怖主义、法国民主主义，也都有所吸收与剔除。克鲁泡特金的一系列著作、廖·抗夫剧本《夜未央》、爱玛·高德曼的雄文，都曾征服过少时巴金的心。重庆无政府主义团体“适社”关于建立“各尽所能、各取所需”社会的宣言，引起他的共鸣，不久他成为《半月》社一员，甚至自称为“安那其主义者”。嗣后很长时间都在探索中国革命道路。无政府主义是包含进步的、革命的、民主主义乃至共产主义成分的多种思想的“混合物”，巴金所接受的是其中的革命民主主义思想，进而形成无政府主义外衣裹藏革命民主主义内核的世界观。这世界观的核心是人道主义和反专制的民主思想。他本要献身社会革命，直到败阵于反帝反封建的实际斗争，才不得不借助纸笔来宣泄其战斗激情。无政府主义是他反封建的思想武器，在他早期创作中烙下印记。后经十多年求索思辨，终于同这种思潮分道扬镳。

巴金是一位异常勤奋的作家：从1927年开始创作《灭亡》，到1947年一度中止创作，共写了4部长篇，16部中篇，11本短篇集收入近百个短篇，1本童话故事，16本散文、杂文、评论集。1929～1992年创作500多万字，连译作近800万字。

巴金是一位以思潮、情感型为主，以人性、文化型为辅的作家。第一部中篇《灭亡》，用巴金笔名发表，从此蜚声文坛。《灭亡》写“病态革命家”杜大心从反抗黑暗势力而走向自我奋斗，直到以身殉道（信仰）的故事。《新生》叙述李冷、李静淑在杜大心牺牲事迹影响下，先后走向革命的故事。《爱情三部曲》描写一群小资产阶级革命党人反抗黑暗社会的斗争。从巴金前期创作来看，他笔下的革命党人，都是一些叛逆者和反抗者、无政府主义的信仰者和殉道者；他们的感情大都是“人类爱”和由此而来的“恨人生”思想；他们的言辞大都是关于人类爱的说教和对于罪恶人生的诅咒；他们最高尚的行为是为信仰而献身。

在写作《激流三部曲》10年间，作家还穿插写出许多中短篇。从抗战爆发到新中国成立前夕，巴金虽辗转各地，仍不断创作。《火》、《憩园》、《第四病室》和著名长篇《寒夜》都出现在这时期。《火》三部曲各在不同角度和不同程度上反映了抗战现实，但它和作家在抗战时期的其他创作，因受思想和生活的局限，未有新的突破。《憩园》可以说是《激流三部曲》的尾声，但比后者有更多的历史文化反思成分。无论是精明狠辣的主子还是坐吃祖业的飘零子弟，都是宗法家族制度的封建传统文化的产物。作品批判了财富“长宜子孙”的封建观念，并对封建传统文化和制度如何毁灭天性，进行了悲剧性的思考。《第四病室》通过真实记录大后方的中央医院，巧妙概括了整个社会在反动统治下的呻吟、挣扎和灾难。“平民史诗”《寒夜》，不仅是中国现代文学也是世界文学中的一部现实主义杰作。作品用“寒夜”的意象去象征黑暗现实，抒发作家对丑恶社会的厌恶感。它以深刻的思想、圆熟的技巧赢得盛誉。

巴金的短篇小说取材面甚宽，举凡域外国中，古往今来，人世阴间，无不问津。总之，众多生活景观、人物形象，都见诸作家笔下。巴金不仅短篇创作高产，而且是现代作家中写国外题材最多的一位。写于20世纪30年代的短篇，内容多半“写的是感情，不是生活”①，形式多采用第一人称写法，塑造人物则注意探索人的心灵，通过人们的心理透视社会。40年代，注意写“小人物”，显示出小说风格变化的趋势。

巴金根据自己对人生和生命意义特有的理解，在小说创作中，创造了一个主要是由封建家长和旧家庭青年男女组成的独立、完整的“生命”体系，包括三个系列的人物形象：一、“充实的生命”的形象，即《秋》尾声里说的“有着丰富的（充实的）生命力的人”。这是一些觉醒者、反叛者的形象。他们大胆、勇敢地追求正常人的生活，敢于反抗命运，跟环境奋斗，他们纯洁、善良，有着优美高尚的道德情操。如觉慧、觉民、琴、淑英（《激流三部曲》），杜大心（《灭亡》），李冷、李静淑（《新生》），吴养清（《死去的太阳》），陈真、吴仁民、李佩珠（《爱情三部曲》），冯文淑、朱素贞、刘波（《火》三部曲），杨木华（《第四病室》）等。二、“萎顿的生命”的形象。这是一些软弱者、牺牲者的形象。他们柔弱、怯懦、犹豫、缺乏斗争和反抗的勇气，他们忧怨无奈、郁郁寡欢，或被封建势力窒息了生命，或被生活压榨而哀告无门。如觉新、剑云、枚、梅、瑞珏、蕙、淑贞（《激流三部曲》），周如水（《爱情三部曲》），郑佩珞（《春天里的秋天》），田惠世（《火》三部曲），万昭华（《憩园》），汪文宣、曾树生（《寒夜》）等。三、“腐朽的生命”的形象。他们就像巴金在《谈〈秋〉》中比喻的“落叶树”上的“枯枝败叶”。这是一些封建统治者、卫道者的形象。他们或独断专横，顽固卫道，或伪善奸诈，口是心非，男盗女娼。如高老太爷、克明、克安、克定、周伯涛、冯乐山（《激流三部曲》）和杨梦痴（《憩园》）等。巴金小说的艺术成就在于创造了整个“生命”体系。它既是作家对旧家庭出身的青年男女的爱的结晶体，也是他长期探索人生和生命意义获取的智慧果。它有着巨大的认识价值，思想、伦理价值和美感价值，同时也存在一些局限性。

巴金和茅盾、老舍一样，具有大家的风度和气魄。他们的长篇，具有史诗般的结构。尤其是巴金，创作出一系列的三部曲，为现代小说体式的发展，做出独特的贡献。最初，他受左拉影响，锐意建造艺术大厦，构思写5部系列性小说：《春梦》、《一生》、《灭亡》、《新生》、《黎明》。后改变创作计划，成了“革命三部曲”（《灭亡》、《新生》、《黎明》，第三部后告阙如）；以后陆续创作了《爱情三部曲》（《雾》、《雨》、《电》，外一部《雷》）、《激流三部曲》（《家》、《春》、《秋》）、《火》三部曲（《火》、《冯文淑》、《田惠世》，又被称为“抗战三部曲”），还有被称为“人生三部曲”的《憩园》、《第四病室》、《寒夜》，以及《神·鬼·人》短篇连续三部曲。

巴金是热情四溢的作家，其感情积累中痛苦、悲哀、忧郁极多，因而作品带有“忧郁的”“哭诉调子”②。写真情、“无技巧”，是他的艺术追求，其艺术手段朴实如生活，无论写景、状物、叙事、言志，无不真率、通达、明快、活脱。从巴金创作历程，可见其艺术风格由“热”到“冷”的发展轨迹：前期小说，是满腔情感喷出火焰在纸上燃烧；后期小说，热情转为内向，冷静观察，深刻剖析，透出砭骨的“冷峻”，寓冷于热。从巴金创作历程，又见其创作方法的发展轨迹：前期小说重在写意，带有浪漫主义色彩；后期小说重在写实，现实主义不断深化。

巴金的小说，炽烈灼人的激情，毫不雕饰的真诚，呻吟呼号的旋律，忧郁倾诉的情调，单纯明快的结构，朴素流畅的语言，构成了热情酣畅的艺术风格。

《激流三部曲》：封建制度的丧钟

《激流三部曲》——《家》、《春》、《秋》，是巴金的代表作，也是作家晚年自认为一生最好的作品。它以成功地表现东方型社会及亚洲专制主义统治下的民族的本质特征而获得不朽，为中国现代文学做出卓越贡献。

作家以其对封建家族制度的深刻了解和丰富的生活积累，用现实主义的方法，刻画了特定历史背景下，封建家庭各种类型的人物形象，敲响了封建制度的丧钟。

贯穿于三部曲的总精神，是对民主精神的赞颂和对专制制度的否定。这三部连续性的长篇，从各个方面探索了封建大家庭的罪恶和封建礼教的吃人本质，揭示了在革命洪流冲击下封建宗法制度必然崩溃的趋势，并热情呼唤年青一代投身革命激流中去。

三部曲的独特之处在于，把批判的重心放在封建文化之上。它们题材大体相同，但每部又各有特点和侧重描写方面。《家》在巴金作品中成就最高，写于 1931 年。它以主要人物觉慧的活动为中心线索，通过鸣凤、梅、瑞珏相继惨死，觉民逃婚，觉慧出走等情节，集中控诉了封建制度的罪恶，歌颂年青一代的觉醒、抗争和胜利。它表达的是控诉专制制度和歌颂叛逆成长的主题。完成于 1938 年的《春》，描写淑英抗婚的故事和蕙的婚姻悲剧，作品以主要人物淑英始被克明许配予人，后在觉民等帮助下抗婚出走，表现了叛逆力量的壮大。蕙则服帖于其父的包办婚姻，受尽夫家虐待，终郁郁病死。可以说《春》是表现了专制制度下妇女解放的主题。1940 年写成的《秋》，描绘了大家庭分崩离析的景象。它从第二代的堕落、第三代的被腐蚀、懦弱者的起而反抗中，揭示了封建专制主义精神崩溃的主题。作品以长辈强迫主要人物觉新续弦开篇，以觉新娶翠环作结。

作家写高公馆主子们形象的价值在于，表明封建专制制度使统治者人性异化到畸形的地步。

高公馆的最高统治者高老太爷，是专制制度的总代表。作家着重突出其专横、虚伪和孤独感。他由于权力的高度集中，专横暴戾的性格发展到极点。他的意志就是不可违抗的法律，他凭一时喜怒，决定别人命运。他见觉民逃婚，不仅声称脱离祖孙关系，还荒唐地让觉慧顶替。他又很虚伪，口头上仁义道德，要儿孙读"教孝戒淫"书，实际上灵魂丑恶，奢侈荒淫，哪怕是行将就木，也还要浓妆艳抹的陈姨太陪伴。他在 66 岁寿辰席间，还垂涎欲滴地欣赏别人调弄小旦，自己也被花旦弄得神魂颠倒。他临终产生孤独感，是与他面对高家衰败、零落的现实有关。克安、克定的胡作非为，使他深感"失望和孤寂"，觉慧、觉民的叛逆举动，更使他预感到无法挽回家庭衰落的颓势。他临死前的"忏悔"，真实表现出人性的复杂。作家还点出在新旧时代交替时期，他的文化心态发生的变化。出于繁荣家族的价值取向，送克明留学日本，送觉民、觉慧进外语专科学校，

不让觉新走"仕途"老路，要他从商，且拥有实业公司不少股份，使高家由封建经济形态向资本主义商品经济形态转化。但他的整个心理特质，仍是认同封建主义文化，按封建纲常建立家庭秩序。

接任家长的克明，严守封建礼教，顽固地维护封建统治。但他既无力管束克安、克定的闲懒堕落，也无法阻止觉民、淑英的叛逆行为，为表现其权威性，他坚守伦常"怪异"到不近情理地步。淑英离家出走，他竟绝情绝义地表示："我不能宽恕她……在我看来二女已经死了。"

《春》里的周伯涛，是个迂腐、顽固、麻木、僵化的典型士绅。他除了只知搬弄封建教条外，便是施展专制家长的淫威。他既可恨又可怜，虽无害人本意，却屡做伤天害理的勾当。

荒淫无耻、狡猾贪婪、奸诈险恶的克安、克定，《家》中已作描写，《春》

则加以深化。诸如盗卖财物、私蓄娼优、玩弄丫头奶妈等浪子“败家相”，都显示高家崩溃的趋向。此外，作家刻画怪物郑国光和假道学、真淫棍冯乐山，都莫不表明人性的异化。

总之，巴金把他们残忍、虚伪、冥顽不灵等性格以一种“怪异”的特征表现出来，揭示出植根于专制基础上的封建制度及大家庭制度违反人性。而黑暗王国的统治者丧失人性，势必加深这王国底层的妇女及其他人们的不幸。

作品通过年青一代惨遭戕害的情节，来揭露封建专制制度的罪恶。《家》写了鸣凤投湖自尽、婉儿被迫“替嫁”、梅芬悒郁致死、瑞珏难产丧命，她们都是旧礼教的牺牲品。《春》、《秋》写了蕙的死、淑贞的死、倩儿的死和枚的死。他们也都是“被陈腐的封建道德、传统观念和两三个人的一时任性杀死的”。聪敏、美丽、善良的鸣凤，外表温柔平静，内心却心潮激荡。作家把握这种矛盾心态，塑造这个形象。她身为丫头，却与三少爷热烈相爱，阶级界限的高墙，是颗爱情悲剧的种子。作家写她胆怯而热烈的恋爱心理，揭示其内心与外表矛盾构成的悲剧美。梅园相遇一节，淋漓尽致地表现她强行压抑爱情的痛苦。觉慧向她表达爱情，她面对盼望已久的幸福突然来临，反而拒绝了。爱情的熔岩正寻觅缺口喷出，但主仆关系的严酷现实迫使她把火山口封死：这种内心巨大的情感冲突，构成她深沉的痛苦。盼望有人救她出苦海的依赖感，是她的文化心理。一旦发现觉慧不能救她，便以死来保全洁身，保全对觉慧的忠贞爱情，更向封建专制压迫表示抗议。

梅和瑞珏是一对互为补充的形象。但她们的悲剧，又同是封建家长制所造成。梅被“父母之命”的封建礼教吞噬了生命；瑞珏却死于迷信的“血光之灾”。梅受封建节烈观影响，形成了向后看的思维方式和万念俱灰的心态。她只能从回忆儿时甜美时光中得到麻醉，而在“我是什么都完了”的悲叹中憔悴逝去。梅和鸣凤虽同处在心灵的巨大矛盾之中，但更有差异：鸣凤是不敢爱，梅是不能爱；鸣凤爱生活而无权生活，梅却人未老而心早死；鸣凤常以相反举动掩饰真情，梅却苦于无处倾诉苦衷。瑞珏的形象也表现作家构思的精巧。她与觉新唯其相爱情深，才使他陷入欲断不能、欲续不忍的矛盾境地；而瑞珏也唯其善良、宽厚，才使梅陷入痛苦深渊。其次，梅之所失恰是瑞珏之所得，但梅又因其失去爱情而早逝，瑞珏也因其获得爱情而遇害，两人命运结局又都一样。再次，瑞珏的死恰安排在小生命诞生和老祖宗尸僵之间，作品写在抉择中，宁要死人及其所代表的制度，却不要活人，以此揭示封建制度重视死人而不重视新生命的本质。鸣凤、梅、瑞珏同是没有青春的悲剧女性，又有不同美质：鸣凤是含苞未放即遭摧残的花骨朵，梅是乍放即败碾入泥的花瓣，瑞珏是逢春怒放突遇风雨的香魂。三个悲剧典型，都具有震憾人心的力量。

《春》里的蕙，是前三个女性形象的补充和总结。在蕙身上，最集中地表现了父权、夫权的压迫，三从四德的虐杀。前三个女子都是在追求爱情幸福中与封建制度发生矛盾而造成悲剧，蕙的婚姻则是完全顺应封建制度而造成悲剧。作家写蕙的性格（极为软弱、顺从）、身世（平常普通）、结局（小产而死）等，都强调极为“平常”和“普通”。就在这平常和普通中，展现封建礼教软刀子慢慢宰割她，以概括旧中国千百万普通妇女的共同命运。

《激流三部曲》极成功地塑造一个在专制主义重压下的软弱者——觉新的形象。他是贯穿三部曲的中心人物。通过他，作家着重剖析和鞭笞了他在新旧嬗替时代的病态文化心理。嫡长继承制，使长房长孙的觉新从小百依百顺。因此，他比觉民、觉慧更易吸收封建意识毒素，行动也更会受到礼教法规的羁绊。孝顺观念牢牢扎根在他文化意识的板结层，成为他调节家庭人伦关系和制约个人行为的准则。而大家庭带给他的诸多烦恼，逼使他只得奉行“无抵抗主义”。而孝顺观念与“无抵抗主义”的融合，构成他病态文化心理的核心。它表现为自己“只有做牺牲者的资格”的价值观。在长辈的安排下，他牺牲了前途和爱情，但又由于并非情愿，内心却极度痛苦。他还以这种价值观来应付大家庭的复杂关系，凡事退缩隐忍，四方讨好，哪怕受到中伤，也不申辩。正是这种价值观，使他先后失去三个真诚爱他的女性：父亲“抓阄”否定了他与梅的爱情；“血光之灾”邪说，夺走其爱妻生命；不敢承认蕙对他“灵的爱情”，徒然增添他心上的伤痕。他拘于礼法，决定了几番爱情周折都把他置于尴尬的境地：对梅终未忘情，与瑞珏又爱得真挚，不论抛弃哪一方都势必造成悲剧，使他陷入一颗心锯成两半的苦境。且几次悲剧都由他亲手造就，又势必常遭内心谴责。足见封建专制制度是怎样戕害人的心灵。这种价值观，来自他以长辈意旨为导向的单向思维方式。这使他的行动完全受制于长辈，纵使长辈错了，他也盲从。面对祖父包办觉民婚姻，觉新的良知与思维导向产生冲突：良知提醒他这将使觉民重蹈自己的覆辙；而思维导向驱使他站在长辈一边，致被觉慧斥为“懦夫”。这种冲突，取决于他的“大少爷”和“新青年”两重人格：思想上，受新思潮激荡，愿做“新青年”；行动上，屈从于旧家庭，痛苦地过着“大少爷的旧式的生活”。觉新的性格，充分反映出人性的复杂。从心理层次上说，他始终未摆脱灵与肉的冲突；从文化层次上说，他始终挣扎在传统性与现代性交战的疆场。现代性和“肉”，支持他和梅自由恋爱，要求个性解放；传统性和“灵”，则用封建礼教规范他的个性，用腐朽的伦理观禁锢他的生命本能，压抑他的潜意识。病态文化心理，还抹煞觉新的个性，使他丧失自我意识和独立人格。他不像觉慧敢于对传统文化进行反思，他是背着沉重的传统文化十字架，艰难地趑趄。不过，审视其整个文化心理，他仍属于背着因袭的精神重担、尚未觉醒的青年之列。巴金正是通过写觉新既是旧礼教的受害者，却又不自觉地充当维护者的角色，深刻揭露礼教吃人的实质。创造这个艺术典型，是巴金最杰出的贡献。

觉新在《家》、《春》的结尾都有所转变，但到下一部开头却依然故我。应该承认，他通过受折磨是有所觉醒，但是错误的重复性又是他的一个性格特征。这也是民族的精神弱点：长期封建统治造成积重难返的恶习，懦弱者常把自欺自瞒作为奇妙的逃路。健忘是这奇妙逃路的分支。巴金也批判觉新灵魂一角“健忘”的弱点。但他只是借助遗忘冲淡往昔痛苦，内心却不忘往昔痛苦。

觉新的典型意义在于，通过这个形象，挖掘出我们民族在封建专制主义重压下懦弱苟且的国民性。鲁迅指出，封建等级制度和封建传统思想两者结合，形成强大的政治力量和思想统治力量。换言之，高老太爷等是有形刽子手，封建观念是无形刽子手，二者结合，使觉新在一系列迫害面前屡屡妥协，甚至主动把头伸进绞索中去。

《激流三部曲》富有政治色彩地描写了家庭内部两代人的对抗，使它的构思区别于同题材的作品。

觉慧是激流的代表人物，高公馆第一个“过激派”，幼稚而大胆的叛逆者。幼稚，表现为对封建势力的顽固性和反封建斗争的复杂性都认识不足；大胆，表现为“不顾忌，不害怕，不妥协”。在五四新思潮冲击下，觉慧的文化心理最先发生裂变。作家采用对比手法，刻画觉新、觉慧两个形象。他俩在文化心理上最大的差异是：觉慧认为自己是“人”，要靠自己争取幸福，应焕发奋进精神；觉新则承认自己是懦夫，不敢面对生活，失去进取心。觉慧敢爱敢恨敢反抗专制家长，并否定子承父业的传统观念，不愿做绅士。他以现代意识为观照系统来反观自己的思想行为，做出真诚忏悔。觉新则相反。

觉慧与鸣凤相爱，一方面反映出他的平等意识，敢于冲破阶级障壁，真心地爱她；另方面又暴露出阶级劣根性，只因她是丫头，终于放弃了她。也正因为如此，鸣凤死后，他才那样地深深自责，甚至骂自己是“杀人凶手”。应该说，鸣凤的死，既是封建专制制度造成的社会悲剧，也是他放弃鸣凤造成的爱情悲剧。

觉慧形象表明：只有革命才是唯一的出路，挣脱封建家庭束缚，仅是开始。觉慧的形象曾鼓舞过一些青年走向革命。

高公馆第二个“过激派”觉民，性格稳重，不好激动，但比觉慧更有心计，办事更有主见，不像觉慧光凭勇气猛冲，而是在义正词严中包含冷静，在理直气壮中带着机警。在《家》里，他抗婚胜利后，便沉缅在爱情幸福里。到《春》、《秋》两部曲，性格就有大发展。或办《利群周报》，或以唇枪舌剑否定长辈权威，或卫护淑英、淑华走上背叛旧家庭的道路。觉民和琴两个形象，是三部曲所有爱情事件中仅有的胜利者。作家以此揭示出只有坚决反抗才能争得幸福的道理。

第三个“过激派”淑英，反抗的核心是父权压迫，是为了获得自由，争得就学权利。她不像觉慧在反抗中把个性解放与社会解放结合起来。尽管如此，也不可贬低她的反抗意义。

《激流三部曲》以其突出的艺术成就，为中国现代小说发展做出贡献。

在《家》出现之前，左拉、托马斯·曼、谢德林、高尔基、曹雪芹等大师，已为世界文坛奉献出描写大家族历史命运的几朵奇葩。自中国现代小说诞生以来，尚未有作家去描写大家族历史命运，巴金创造性地运用“家即社会”的典型性原则，创作出《激流三部曲》，填补了中国现代文学史上的一个空白。作家把“家”和“制度”联系起来，通过剖析这个社会细胞，为读者认识中国封建制度提供一个完整的模型。作家说：“我写这三本小说都是揭露、控诉这个制度的罪恶的。”③这是三部曲的主旋律。

作品最大的成功，还是在人物塑造上。书中仅有名有姓的人物就有 60 多个，其性格鲜明，面目殊异。哪怕只三言两语，也栩栩如生，跃然纸上。巴金写人重在表现人情美。不仅借助美的外形产生美感效应，更借助美的心态引起读者强烈共鸣，而人情美的核心是最强烈最无私的爱！这是来自克鲁泡特金等安那其主义的人类爱的思想。三部曲中，往往用宽宏大量的泛爱来处理应受鞭笞的坏人。安那其主义对妇女的看法，也影响巴金对女性形象的塑造。三部曲中年青一代的女性，都是品德纯洁高雅的人，即便是任人蹂躏的女子，人格也极高尚。作家还借助一些艺术手法表现人情美：一是通过梦境、幻象、内心独白、心理描写来揭示人物心扉；二是运用情景交融、借景生情的艺术方法，使人物的内心状态表现得富有诗情画意。巴金最善于发掘人心，不仅表现为通常的心理描写，更重要的是善于发掘更深层次的心理过程。《家》描写两个爱情模式，一是觉新、瑞珏和梅，一是觉慧、鸣凤和琴。前一模式有关章节，有不少丰富、复杂的潜意识描写。后一模式特别是觉慧和琴交往的章节，更是艺术上最有魅力，也最有激情和活力的文字。觉慧出走，从潜意识看，有充分的心理根据。不仅是由于见识和胆量增长，老太爷死去，出走条件已经成熟，也由于觉民对他日益疏远，觉新也日渐走上旧路，致使他感到，家里“现在就只剩下敌人了”。更重要的是，与琴的关系。觉慧最初的爱情是在鸣凤和琴之间动摇，随后暗暗转向于琴，到觉民和琴关系明朗化，他就只得远走寻求别的安慰，以解除失落感。觉慧对琴的潜意识的爱，又涉及他与鸣凤的关系。他既已转向琴，便决定放弃鸣凤。殊不知这竟导致鸣凤自尽。至此，就不难理解，新思想和反抗性都超过觉民的觉慧，为什么爱情上反而不如觉民果敢坚决？为什么在关键时刻一反常态却不敢与长辈抗衡？作家在十分曲折而含蓄的描叙之中，剖析了觉慧极其微妙的深层心理。

注释：

①②巴金：《谈我的短篇小说》，《巴金论创作》，第 302、302 页，上海文艺出版社 1981 年版。

③巴金：《关于〈激流〉》，《巴金论创作》，第 418 页，上海文艺出版社 1981 年版。

1986 年初稿，1988 年改定于进步路新村

本文系华东七省（市）属七所师范大学协编的《新编中国现代文学史》中的一章，明天出版社 1989 年版。主编评价这章：“从新的思维角度切入，很有创见。”

老舍的市民小说

老舍（1899～1966），原名舒庆春，字舍予，北京人。1918 年，师范学校毕业后，任中小学教师等。1924 年赴英国，任伦敦大学东方学院中文讲师，并正式开始文学生涯。1930 年归国后，在齐鲁大学等校任副教授、教授，并继续创作。卢沟桥事变后，满怀爱国激情，投身抗战，主持“文协”工作，为巩固和扩大文艺界统一战线做出重要贡献。抗战 8 年，是老舍创作的丰收岁月。1946 年，应邀赴美国讲学，兼搞创作，新中国成立后回国。老舍作品，不仅在国内广为传诵，且被译为十多国文字，在世界文坛上享有盛誉。

老舍创作概述

愁吃愁穿的困境，穷苦人民的厄运，使出身贫寒的旗人家庭的老舍，深切同情下层社会的苦难，也激起对黑暗势力的憎恨；另方面，他从小喜爱北京曲艺，熟悉北京市民的习俗和语言。这些因素，对他后来的创作，都有深刻影响。

早在 1923 年，老舍就发表用白话试作的速写式短篇《小铃儿》，它虽然远不及后来的优秀创作，但反帝爱国的思想主线却贯穿于早期作品中。写于伦敦的《老张的哲学》、《赵子曰》和《二马》三部长篇相继问世，当即引起广大读者注意。小说处女作《老张的哲学》以夸张的手法，刻画了一个市民知识分子、横行乡里的恶棍老张的形象。他身兼三种职业：办学、营商、当兵，“钱本位而三位一体”，就是他的人生哲学。《赵子曰》嘲讽了北京一个公寓中一群大学生浑浑噩噩的处世态度。《二马》通过客居英国华侨马则仁和马威父子的遭遇，揭示出异域的种族歧视和中国的国民劣根。这三部长篇，以讽刺的情调，轻松的文笔，浓郁的“北京味”，和对下层市民人情世态的生动描绘，初露了作家构筑含泪喜剧的才华。而在他的嬉笑唾骂后面，包含着反帝反封建精神和作家的正义感、对祖国的挚爱与热望。老舍离欧归国，途经新加坡时创作的长篇《小坡的生日》，标志其小说创作进入探索阶段。他之所以抛弃已写出4万言的爱情小说《大概如此》，而选择《小坡的生日》这个表现被压迫民族要联合起来的主题，是因为发现新的思想是在东方，而不在西方。原稿焚于“一·二八”战火的《大明湖》，老舍对它不甚满意。但由其中精彩片段改成的《月牙儿》，却是公认的佳作。它用散文诗笔法，写母女俩相继沦为暗娼的悲惨遭遇，揭示了卖淫现象的社会根源。作者称之为《大明湖》妹妹的讽喻小说《猫城记》，借火星上的猫国以影射混乱的黑暗的中国现实。它尖锐讽刺军阀、政客和反动统治者，针砭自私、贪婪、势利、守旧的猫国民众，但也歪曲描写了革命力量。这种瑕瑜互见的现象，正是作者忧国至极却又不见出路的反映。

20世纪30年代初，随着作家接受现实的教育和革命文学理论的影响，其创作风格产生变化。如果说最初几部长篇是以喜剧性为主，大都嘲笑恶势力的话，那么，这时期作家的目光则转向社会底层，悲剧色彩占主导地位，开掘生活也明显深化。从短篇《月牙儿》、《柳家大院》、《新时代的旧悲剧》、《新韩穆烈德》等作品，显见作家创作思想和艺术风格嬗变的轨迹。受了革命思潮的影响，也尝试描绘革命者的活动（《黑白李》），同时仍不放过对恶势力的揭露和抨击，如《上任》、《柳屯的》、《牺牲》、《善人》等。这时期的短篇，大都收入《赶集》、《樱海集》、《蛤藻集》内。它们比早期长篇题材开阔，倾向鲜明，精练含蓄，技巧亦臻纯熟。1933年创作的《离婚》，鞭挞了一群公务员妥协敷衍的生活态度、空虚无聊的精神世界，间接暴露出官僚机构的腐败和特务制度的罪恶。《离婚》的思想和艺术，比起以前长篇创作，都有突破。最初几部长篇，由于作家抱着“立意要幽默”和看戏的态度，风格近于戏谑，甚至失之油滑，后来作家决意另作尝试。《大明湖》就“没有一句幽默的话”，《猫城记》也“故意的禁止幽默”，但作家随即发现这不合自己的气质和风格。作家总结一放一收的教训，于是《离婚》又“返归幽默”，但有所控制，讲究技巧，使它和《骆驼样子》一样成为作家较满意的长篇。而后者又标志着老舍创作进入成熟阶段。家传性质的历史小说《小人物自述》，因抗战爆发而未能终篇。

抗战时期，为适应斗争需要，老舍进行多种文艺形式的创作，写出小说、杂文、散文、话剧、京剧、新诗、歌词、童话故事，以及大量鼓词、数来宝、洋片词、坠子等通俗文艺作品。可以说在运用体裁上，老舍是中国现代文学史上多面手的作家。这时期的小说创作主要有：短篇小说《火车集》、《贫血集》、《东海巴山集》等，长篇小说《火葬》和《四世同堂》第一、二部《惶惑》、《偷生》。在美国期间，完成《四世同堂》第三部《饥荒》和长篇《鼓书艺人》。具有史诗格调的煌煌巨著《四世同堂》，以一条胡同，展示一个时代的历史动向。它揭露了日寇的凶残和汉奸的卑劣，反映了沦陷区人民的亡国之痛，以及他们由惶惑苦闷、忍辱偷生，到逐步觉醒，奋起抗争的艰难历程，显示出作家强烈的爱国激情。作品描写了多层次的130多个人物，其中典型和群象相随，星月与共，各各生辉，又各有社会意义，各具美学价值。在中国现代小说史上，它是迄今为止唯一的一部描绘抗日时代风云而又结构宏大、人物众多的作品。《鼓书艺人》通过抗战期间一群说唱大鼓评书者的痛苦挣扎，反映出旧中国艺人的悲惨遭遇和不幸命运。它的成就，超过此前其他作家描写艺人悲剧的作品，在中国现代文学史上占有独特地位。

独具特质的市民小说

老舍一生写的19部长篇（其中5部未完，一部原稿被焚）、66个中短篇，大都以市民生活为题材。在老舍笔下，三教九流，五行八作，坐商行贩，医卜星相，无所不包，众多的市民形象谱系，组成各色人等一应俱全的“市民王国”。

老舍市民小说中的形象，可分为5个基本系列：一、老一代市民。这是老舍笔下市民形象中塑造得最成功、最富有感染力的一类。赵姑母、马则仁、张大哥、牛老者、牛太太、祁老人、祁天佑等，可以说是宽厚而保守、热诚而麻木的中庸性格的人物。作家刻画他们，旨在批判与反省中国传统的文化。二、老舍理想中的“国民楷模”。他们体内有古典市民小说中“儒侠身兼”理想人格的遗传基因，而“儒”、“侠”则是中国古典文化的精神代表。李景纯、大鹰、丁二、钱默吟等，都是侠型人物；孙守备、黑李、曹先生等，则是儒型人物。他们既具有传统的文化素养，又具有一定的现代意识。三、底层市民。这是老舍市民小说中人数最多、读者也最熟悉的一类。如祥子、小福子、小裱糊匠、小崔、孙七等是。作家怀着深切的同情心写他们的苦难挣扎。四、市民知识分子。马威、小蝎、老李、田烈德、祁瑞宣等形象。概括出从传统向现代过渡的艰难。他们是衰老文化在新思潮冲击下产生的精神气质衍化物。五、社会渣滓。如老张、南飞生、赵子曰、欧阳天风、小赵、毛博士、夏廉、柳屯的、穆女士等。作家十分憎恶地鞭挞了这些年轻恶少和故都臭沟旁的市井无赖。其共同特点是，中西糟粕集于一身。老舍在作品中不仅划出市民社会的不同层次，还理出各个层次人们的相互关系。这位被誉为用纯熟的北京语言描写北京市民生活的“铁笔”、“圣手”，是中国现代文学史上最杰出的市民社会的表现者与批判者。

老舍作品“北京味”浓，主要是指用提炼过的普通北京话，写北京城，写北京人。在他一生所写的250万字的长篇中，有150万字是以北京为地理背景的，占全部长篇字数的60%，中、短篇小说，也有不少篇什以北京为地理背景。评论界公认的老舍在新中国成立前的代表作《骆驼祥子》、《四世同堂》、《月牙儿》、《我这一辈子》，全是写北京的。可以说，老舍小说中最精彩的部分是写北京的。总之，不论是从作品数目，还是从字数上看，老舍小说大都是以北京为背景的，构筑一个“北京世界”。他的作品，似都透露某种寻根意识，这根就在北京。

以作家的文学类型而论，老舍最善于描写老北京风土习俗、民情世态，最擅长从文化、国民性、心理层次上对时代进行独特表现。老舍是一位以风俗、文化型为主，以政治、伦理型为辅的作家。浮现在老舍脑海中的历史画面主要有两组：一是以旗人文化为代表的老北京风土习俗，一是下层小人物的痛苦挣扎。到老舍长大成人时，八旗子弟显赫岁月早已逝去，但作为前朝遗民的那套观念形态并未消泯，它已融进老北京风俗习惯的一切方面，甚至成为其主要特色。老舍小说常用的“官样”一词，准确概括了这种特色，意即考究、体面、有气派，讲老规矩。正如《正红旗下》写的：“100多年积下的历史尘垢，使一般的旗人既忘了自谴，也忘了自励。我们创造了一种独具风格的生活方式：有钱的真讲究，没钱的穷讲究。”虎妞父亲刘四做生日，讲老规矩、讲排场，是穷讲究的典型一例：“不知道由哪里借来的破留声机，每一个声音都像踩了猫尾巴那么叫得钻心！刘四爷倒不在乎，只要有点声响就好。”老舍小说中描写北京市民文化习俗的文字，最富有艺术魅力。那些跟北京中下层市民生活密切相关的场所，如满汉饽饽铺、冰窖、胡同、大杂院、小茶馆、烤肉店、吃食摊，以及下等妓院“白房子”，全都带着北京独特的印记，至于北海、护国寺、德胜门、积水潭等，则更事属当然。哪怕是烈日暴雨、灰云黄沙，也无不染上北京的地方色彩。这是由于作家对北京的一草一木、一沙一石都极为熟悉，甚至连北京空气里所含的一点特别气味似乎也能辨识得一清二楚。但作家着力表现的是积淀着传统文化心理、渗透着封建伦理观念、反映着现实世态的北京风土人情。例如，同祥子命运紧密联系的情节，或故事发生的背景，像铺主兜车、兵营逃命、刘四“庆九”、虎妞成亲、天桥春节、大仙通神、朝顶进香、阮明处死、小福子上吊、夏太太通奸以及“还保存着旧有的仪式与气派”的“红白事情”等，都展现出一幅幅色彩鲜明的北京风俗画和世态画。对于北京“车夫社会”风习的描摹，作者用力尤多，可以说《骆驼祥子》是一本北京车夫生活习俗的小辞典。若把老舍作品中有关北京风俗习尚的描写全部汇编成册，则将是一部洋洋大观的古都民俗史了。

老舍对新文学的贡献，老舍的世界影响，主要在于他对中国文化发展历史进程的探索。他的作品和文论，大都是从文化史和国民性的角度，对时代和民族进行反思，从中也显示出作家在新旧交替时代的觉醒与困惑。他既痛感民族的老大愚弱而期望民族新生，又忧虑古老文明在现代文明冲击下骤然衰落；他既在现代意识层次上，重新审视传统文明，又从传统文明中符合理性与人性的角度，来批评现代文明；他既抨击古老民族血液中的沉淀物，又力图让传统美德融进时代潮流中去。老舍正是在批判“老国民”上，显示出特有的艺术才华。他总是把几千年古文化结构渗透到市民社会心理中加以批判，在传统文明与现代文明的对比中，透视国民劣根性。《老张的哲学》中老张和蓝小山这两个形象，是传统文明与现代文明的矛盾与统一。《赵子曰》显然意在剖析民族的文化，揭示国民性弱点。赵子曰的姓名，由百家姓首姓与《论语》首句合成，是典型概括的人物。如果说以上两部长篇是针砭市民阶层精神的弱点，那么《二马》则是进而揭示出几千年封建文化是形成这国民性弱点的原因。作家通过英国人的好学勤苦、独立务实、科学爱国，同老马的懒散挥霍、奴颜婢膝、中庸迷信等一系列对比，鲜明突现古老民族的许多致命弱点。批判、改造国民性，是一批现代作家共同挖掘的命题，但像《二马》

这样从东西方民族对比的宏观角度，去批判“出窝儿老”的国民性，却是老舍的独步。曾被人仅从政治视角给予否定的《猫城记》，若从文化视角观照，显见作家在道德情感层次上批判中国的现代文明。猫人们的傲慢、懒惰、利己、恐外、低能、自欺、互不信任和逃避现实，都影射中国国民性。“我”认为猫人国万病之源是丧失人格，而丧失人格则因以“迷叶”为“国食”所致。作家写猫人国灭亡，意在给中国敲起警钟。《离婚》展示出市民的驯顺、因循、保守、怯懦、敷衍的性格特点，指明宗法制度和传统文化心理对市民社会的深刻影响。可贵的是，作家不仅否定了小市民赖以生存和竭力维护的既成秩序，还表达了对“健美的文化”的追求。现代教育小说《牛天赐传》，从反面考察了现代人格的教育生成，展现了新旧两代人之间开放与封闭的矛盾冲突。姐妹篇《骆驼祥子》和《我这一辈子》的主人公，都选取下层人民中继承民族传统秉性的优秀人物。车夫和裱糊匠，分别具有劳动人民传统的两组美质：勤劳刻苦与聪明灵活。作家着重揭示他们身上传统秉性的泯灭，精神支柱的崩折。只因社会经济基础变动，固有道德标准、价值观念随之动摇，主人公灵魂则骤然失去依托。反帝反封建的警世之作《四世同堂》，在控诉日寇侵略罪行的同时，清理北京文化：以汉奸走狗显露北京文化的腐朽一面，以老国民揭示民族的精神奴役创伤，以“真金”形象显示“真正中国文化的真实力量”。作家把封闭、愚昧、自私、妥协、偷生等劣根性，放在民族浩劫中观照，启迪人们进行历史反思，抛弃只知有家、不知有国的老皇历！

1934 年创作《黑白李》之后，老舍的政治意识渐趋增强。抗战期间所作小说，已克服早期的疏离政治倾向，逐步以民族意识和政治意识作为风俗、文化型的创作副调。《火葬》充满政治热情。《四世同堂》也带着强烈的民族图存意识和社会批判意识。至于新中国成立后的作品，政治色彩则愈益鲜明。因此，也可以说，老舍的一生，经历了一个从“为艺术”到“为人生”，从关注文化到关注政治的创作历程。

《骆驼祥子》：人性蜕变为兽性

《骆驼祥子》，是中国现代文学史上一部优秀的现实主义作品。老舍创作这部反映北京下层市民生活的小说，有着雄厚的生活积累，自述是“积了十几年对洋车夫的生活观察”[①] 才动手写成的。1936 年春，他从朋友处听到两个有关车夫的故事，引起创作冲动。随后经过锐意穷搜材料和精心构思，这部长篇终于从当年9月起在《宇宙风》连载，1939年3月出单行本。作品通过对祥子悲惨遭遇的描写，揭露了旧社会把人变成走兽的罪行，也否定了小生产者个人奋斗的道路。在此之前的同题材作品中，还没有哪位作家刻画出如此成功的文学典型。

祥子原是个失去土地的农民，流落到北京拉车后，立志买一辆洋车自己拉，做个独立劳动者。他为实现这一夙愿而顽强奋斗。但他买车的愿望三起三落，生活理想的火花一次次闪亮、熄灭，终致穷困潦倒，伤身败志，自甘沉沦，成为没灵魂的无业游民。

作家从时间变异性和空间差异性来揭示祥子性格的二重结构：一方面发掘他身上的美好品质，另方面也不回避他身上的丑陋东西。他既有劳动人民的一般优秀品质，又有区别于其他洋车夫的独特个性。作家不仅写他的健壮、勤俭、沉默、朴实、有一定反抗性，也写他的狭隘、保守、宿命等，优劣性格因素如合金般熔成一体，更着重写他的要强与韧劲。他从小农心理出发，形成自己的职业理想——有一辆自己的车，像土地一样固定可靠。这是他的“志愿、希望，甚至是宗教”。

作品描写祥子“奋斗、挣扎、幻灭”三部曲，展示祥子“奋发有为——怀疑自己——自甘堕落”的心灵痛苦历程，这是一部“要强”之心“被摘去”的完整的“心史”。起初，年轻力壮的祥子，对生活充满希望和幻想，经三年苦挣苦度买上一辆洋车，于是更加雄心勃勃。车被抢走，是对他的沉重打击，生活信念虽有所动摇，但仍重打鼓另开张，且经受打击后，希望反更强烈，为实现它也更不择手段。他不顾性命地苦奔，不顾职业道德，“像一只饿疯的野兽”。至第二辆车的积蓄又化为泡影，他的精神开始麻木，渐趋颓废，并一反过去封闭式的处世态度，把自己从“好人”削成“坏嘎嘎”。为收殓虎妞而卖车，是再次遭到的沉重打击，从此日益堕落，不仅吃、喝、嫖、赌，还打架、掏坏、骗钱、占便宜、讨厌拉车，甚至出卖人命。

祥子的悲剧，反映出破产农民在“市民化”过程中生活选择的艰难，以及在异质环境中的挣扎与失落。作家描写他的身心在历史进程中受到双重挤压：一是受传统世界（生产方式、生活方式、伦理道德、价值观念）的挤压；一是受陌生世界（不合群、不“入辙”）的挤压。他投身于陌生世界北京，北京并不轻易接纳他。他又异常自恃，以为单凭自己苦干，就能实现愿望。因此显得孤独、软弱，不知所措，经不起挫折与打击。传统世界在他心理上留下很深的积淀层，他只凭乡间生活逻辑进行生活选择。农民封闭的、分散狭小的生产方式、生存形态、行为模式和交往准则，赋予他狭隘短视、保守自私的先天弱点。面临异质环境，观念并没有随着更新，结果处处受到挤压、损害、凌辱。他完全不理解农民进城作生活选择，要经过一场痛苦的“换血”，却简单地把“车”当成“土地”，以为在生存竞争疆场上，只须经过几年拼搏，便可发家。殊不知在异质环境中“土地（车)”竟会被乱兵劫去，手中买“土地（车)”的钱竟因受株连而被诈。因此，始终不曾摆脱小农意识影响，决定了他在生活选择中必然失败；以个人力量实现小农所追求的理想，必然被城市唾弃。

在发财致富这点上，祥子和虎妞的目标完全一致，但实现方式截然不同。祥子认为以诚实劳动能挣得独立的生活地位，以至成家立业；只要埋头拉车，平均两年就能买上一辆，若干年后便成为车厂主。在积钱上，他拒绝高妈与方太太关于放债和存入银行的建议，以现金抓在手中为乐，堵塞了货币转化为资本的流通之路。假若祥子果真把钱放贷或储存银行，则孙侦探的讹诈将空手而归。而虎妞则“凭心路吃饭”，想继承刘四的车厂，按资本主义经营方式，靠雇佣劳动（吃车份）积累资本。显然，市民比小农进了一步。在适应社会经济发展规律中，虎妞的路向比祥子有更大的成功可能性。祥子不解自己的失败“得罪”了谁，实际上是“得罪”了资本主义在半殖民地运行的经济规律。作家写了两个有车的车夫老马和二强子的命运，正是为否定祥子选择的小农式的发家道路。直到后来，祥子完全堕落到一般车夫的地步，孤独感才真正消失。可见，祥子“入辙”之日，也正是从“人”群里被“同类驱逐到野兽里去”之时。

恩格斯指出，被压迫者只要对统治阶级还感到愤怒，就仍然是“人”，但若任人把鞔轭套在颈上且不想摆脱，那真变成“牲口”了②。祥子从“不入辙”到“入辙”，正是完成了从“人”到“牲口”的蜕变。

老舍还从道德思考上展现了祥子心理蜕变的“心史”。祥子几经扑腾，通过良心与物欲的矛盾，道德与邪恶的冲突，从淳朴的农民，变为干净的车夫，后因道德受污染、良心被蒙垢，终于被迫同化于异质环境。

老舍写祥子的人性异化，着重表现他伦理观的崩溃。作家巧妙地让买车失车与道德沦落的痛苦两相交织，且在情欲与理性交战中，表现这种痛苦。

当祥子还以买车为“宗教”时，精神支柱支撑着整个生命。车是他的生命线。他一心扑在车上，为它而狂热地追求、痛苦地挣扎，茶、烟、酒、色，都远不如车的吸引力大。但历经两次“失车”，社会的压迫，世事的昏暗，使他感到前途茫然，精神空虚，偶或用茶、烟、酒、色来暂且麻醉痛苦的神经，安慰受伤的灵魂。从三度回人和车厂、三次失车，显见其道德发展的趋势是逐步走向沦落的。可以说，在祥子身上，随着独立劳动者的人生追求的幻灭，纯洁美好的农民品格也同时消泯。更可悲的是，他不仅不以此自谴，还竭力为自己的人性消减而辩护：“连个苍蝇还会在粪坑上取乐呢，何况这么大的一个活人!?”“命既苦到底儿，身体算什么呢?”

祥子第一次失车后，也是第一度回到人和车厂：刚逃出命来，回到熟人身旁，还给他饭吃，几乎感激涕零。虎妞对他的喜爱与殷勤，已初露端倪，也为以后祥子无法拒绝虎妞的引诱张本。后来他辞去杨家包月，惭愧而气闷地回到人和车厂（第二度），虎妞诱骗他上钩以满足她生理性需要，害得他成了“偷娘们的人”，甚至觉着她比抢车大兵更“可恨可厌”；但另方面，她却唤醒他潜意识里沉睡的情欲，这种“经验”，“像生了根似的”在他“心中盘绕”。贪求官能享乐的性心理，甚至“拦阻”他去想买车的事。每到天黑，疯狂战胜理智，动物本能凝成的“邪气”催他去找她。待事过境迁，理智压倒疯狂，又想同她一刀两断。但面对她撒下的“绝户网”，无可奈何，只好自认“倒霉”！孙侦探诈走他买车钱（第二次失车），他只得又回人和车厂（第三度），并被迫与虎妞结婚。祥子明知她是吸人血的妖精，贪婪地从他身上补偿她失去的青春，却终愿给她“婚后的快乐”。特别当她给他买了车，他竟化怒为笑，老账“一笔勾销”；待虎妞有孕，他更宽恕她的一切，肯定“她有一百成的功劳”。虎妞难产身亡，给他第三次失车打击，顿感生命空虚，便禁不住夏太太引诱而放纵本能。他欲火炽燃中的性心理是：希冀、勇气与恐惧、理智的矛盾，想“大胆”地“往下淌”、又“小心”地“怕掉下去”的感情冲突与心灵撞击。作家写两次同是女人设下圈套，祥子的性心理却前后判若两人：当初落入虎妞圈套之后是，“疑惑，羞愧，难过，并且觉着有点危险”；后来被夏太太勾引而患了淋病，却“打着哈哈似的泄露给大家”，“疼痛”时稍有“后悔”，“舒服”时却回味着“甜美”。至此，高尚品格丧失殆尽，人的精神将归毁灭，兽性渐次取代人性！曹先生鼓励他找小福子成家，只是“回光返照”而已。显然，他的体力、品德、雄心、自信力等，都远不如三次失车前的了。他对自我和小福子的评价也比以往降格：他是“娶过，偷过”，她也不是“一清二白的姑娘”，恰门当户对。而小福子的自缢，对他不仅是施加社会压迫，更是施加道德压迫，使之形成自渎心理，走向全面的精神崩溃。

作品的艺术成就很高。作家成功地继承了中国古典小说的优良传统，按时间发展顺序，展开故事情节，具有结构缜密、线索分明的特点。它以祥子的“奋斗、挣扎、幻灭”为主线，以祥子的“违心苟合、成亲丧偶、求偶落空”为副线，采取纵式结构和多侧面立体式结构相结合的方法，极自然地把市民社会各阶层的生活画面和社会的黑暗腐败图景错落有致地交织起来。就主线而言，它把握住祥子的职业特点来安排结构。老舍说：“人既以祥子为主，事情当然也以拉车为主。只要我教一切的人都和车发生关系，我便能把祥子拴住。”③作家通过祥子接触的车厂、茶馆、兵营、城郊、大杂院、“白房子”等，展示社会生活的畸形面貌；又通过祥子的经历，涉及军阀混战、兵匪为害、特务横行、厂主压榨、车夫受苦、穷人挣扎……总之，上自士绅阔佬，下至市井无赖，都在作家描写的范围之内。就副线而言，祥子和虎妞的结合，是一种外在力量，处处与他内心生活形成矛盾、冲突。作家写祥子被拉伕而又回归，是为了安排他与虎妞结合作准备的；写祥子从杨宅辞工落入虎妞圈套，是为了进一步加固两人关系；写侦探豪夺，刘四父女决裂，又是一步步把祥子“逼上梁山”，促成他与虎妞结合，使两种致富手段得以短兵相接，撞击出火花。

注释：

①老舍：《三年写作自述》，《老舍生活与创作自述》，第 63 页，人民文学出版社 1982 年版。

②恩格斯：《英国工人阶级状况》，《马克思恩格斯选集》第 4 卷（上），第 271 页，人民出版社 1972 年版。

③老舍：《我怎样写〈骆驼祥子〉》，《老舍生活与创作自述》，第 44 页，人民文学出版社 1982 年版。

1986 年初稿，1988 年改定

本文系华东七省（市）属七所师范大学协编的《新编中国现代文学史》

中的一章，明天出版社1989年版。主编评价这章“从新的思维角度切入，很有创见”。成书之前，曾以《老舍小说中的“市民王国”》和《祥子的悲剧》为题，先后发表于《语文学刊》1988年第5期和1989年第1期。

《战士和苍蝇》考辨

鲁迅杂文《战士和苍蝇》中，“苍蝇”究竟指谁？近年好些出版物，均未明确回答。篇首所引叔本华语，究竟作何理解，有何作用？也是众说纷纭。本文就这两个问题略作考辨。

“苍蝇”考

这篇杂文，是为了回击那些“讥笑糟蹋”孙中山等革命先烈的“奴才们”①，为了回击孙中山刚逝世就说“风凉话”的“几个论客”而作的。至于孰为“奴才”，谁是“论客”，一些读物都只说是“反动派”和“市侩小丑”②，“甘当帝国主义、北洋军阀走狗和奴才的顽固派们”③，“一些乞怜封建主子，仰承洋人鼻息的奴才走狗”④，“反动政客文人”⑤，然而也有人说是指陈西滢等人的。经查考史料，笔者确认鲁迅的矛头是指向“研究系”，尤其是梁启超等人，而不是指向陈西滢一伙。

一、关于“研究系”、梁启超等人。

要弄清这个问题，须了解历史背景。从民国成立到孙中山逝世，国内政党林立，南北政权对峙，政治斗争尖锐而复杂。北方，各派军阀在外国主子支持下，轮番崛起；政权更迭，如走马灯。南方，国民党则党外有党，党内有派。鲁迅作此文时，北京有以段祺瑞为首的临时执政府，广州有以孙中山为首的革命政府大元帅府，南北遥相对立。

1924 年，孙中山在共产党帮助下，改组国民党，制定“联俄、联共、扶助农工”三大政策，建立革命统一战线。这就引起帝国主义、封建军阀的恐惧与仇恨，也加速国民党内部的分化。

同年10月，冯玉祥发动“首都革命”。11月，冯玉祥与段祺瑞、张作霖三系成立临时执政府，段任总执政。冯电请孙中山北上解决政局问题；段、张却企图迫孙就范，瓦解革命阵营。孙拒不与段、张妥协，但不幸于次年3月12日辞世。于是，全国人民同声哀悼；就连段祺瑞也不得不颁发“哀悼令”。可是，“研究系”梁启超等人，竟冒天下之大不韪，对孙中山及民国元年（1912）前后的殉国烈士，进行讥谤。

梁启超此时攻击孙中山并非偶然。追根溯源，孙中山和梁启超的政治路向，一直是相互敌对的。早在1895年，兴中会于日本创办学校时，孙聘梁主持其事，康、梁却视孙等人为“无道之逆贼”，“要乘机把他们‘吃’掉”⑥。“戊戌变法”失败后，梁一面致函孙中山，表示“我辈既已订交，他日共天下事，必无分歧之理”（1900年1月11日），一面却又组织“保皇会”，进行所谓“名为保皇，实则革命”的欺骗宣传，破坏兴中会在海外的活动，并在两广跟兴中会争夺地盘。1902年，康、梁大肆宣扬“只可立宪不可革命”，不断遭到孙中山的驳斥。在1905年展开的改良派与革命派的大论战中，梁大力提倡君主立宪，反对孙中山的民主共和主张，终因违反时代潮流而失败。辛亥革命后，他先是投靠袁世凯，跟孙中山作对。到了袁称帝时，因几被抛弃，才策动蔡锷组织“护国军”倒袁。但袁死后，他又组织宪法研究会（被称“研究系”，北京《晨报》和上海《时事新报》为该系机关报），依附段祺瑞，并勾结西南军阀，搞政治投机，还同孙中山对立。

孙中山一逝世，“研究系”立即开动舆论机器进行攻击谩骂，上自梁启超，下至小喽罗，嗡嗡嘤嘤，鼓噪一时。

3月13日，《时事新报》以头条位置社论栏发表圣心的评论《孙文真死矣》，攻击孙之精神“死已久矣”，诬蔑他近年变成另一个孙文，即“勾结军阀”、“媚俄兼媚日”、“恃红党宣传费以生活”，“烧杀市民”、“包蔽（庇）土匪”、“蹂躏人民自由十倍于军阀”、“专以大言欺世盗名”的人，抱怨他死得“太晚”，谣诼诬谤，无以复加。

同日，《晨报》发表社论《悼孙文氏》，公然声称“吾侪对孙平日所持之主义与政略”“不能强同”，诬蔑他“政治不满人望”，“党同伐异，轻举妄动，以图一逞”，“倒行逆施”，攻击他提倡不合今日国情之“共产主义”等。又在

《革命先觉者孙文竟溘然长逝矣》总标题下，载14则消息，其中梁启超答记者问《孙文之价值》一则，说他对孙“最不满的”是“为目的而不择手段”，诬蔑孙勾结各种军阀。其结论是：我们只见其“手段”，未见其“实现”“本来目的”，故“无从判断他的真价值”。“人物介绍”栏也有一篇《孙文》，攻击“孙段张有三角同盟，共同倒曹之约”。

过几天，《晨报》的“七嘴八舌”栏连刊小杂感，攻击孙中山。赤心的《帅座》，谓唁电称孙“帅座”为“属僚”口吻；慰园的《将来的学校》，就孙逝世放假一天，挖苦说若自称“大人物”者接连死去，学校岂不终年放假？哲的《中央私园生意兴隆》，就中央公园移进孙灵柩以供吊唁一事，讥议干脆把它改名中央“私园”好了。晋谀的《谄媚的国民性的表现》，以“陵寝”一词为由头，挖苦地称孙为“中华民国太祖高皇帝”（其实，1912年孙中山到福州时，自己就谢绝欢迎群众欢呼“万岁”⑦）；K的《追悼与欢迎》，诋毁学生进行追悼，是为了放假……这些“苍蝇”的“嗡嗡嘤嘤”，似是无聊，实为放诞，显然是应和“研究系”首领梁启超定下的糟蹋诽谤的调子。总之，北京上海，南北呼应，闹腾喧嚣，跟全国的哀悼气氛，恰成对照。

为什么此时鲁迅要奋起讨伐梁启超等“奴才们”呢？是激于革命义愤，是出于捍卫革命先行者的责任感，出于对“研究系”梁启超等人的深恶痛绝。不仅如此，在孙中山逝世周年前夕，鲁迅再度作文抨击“研究系”论客，高度评价孙中山：“他是一个全体，永远的革命者。无论所做的那一件，全都是革命。无论后人如何吹求他，冷落他，他终于全都是革命”的。

回顾鲁迅整个写作生涯，可以说批评梁启超贯于始终，而且随着对梁认识的深化而深化。这是由于他对梁的“全人”有着清醒的认识。他虽然也肯定梁提倡“新文体”及其对小说社会功能的重视，但就整体而言，他是彻底否定梁反动的政治立场和投机善变的政治品质的。

纵观16卷本《鲁迅全集》和《两地书》原稿，鲁迅至少有29处（篇）触及“研究系”、梁启超⑧，其中多数是给梁捎带一击的。所以，从某种意义上说，批评梁启超纵贯鲁迅的整个写作生涯。早在革命派孙中山、章太炎同保皇派梁启超论战前后，鲁迅就发表译述小说和论文，意在启发民智，激励人们奋起斗争。1908年，他又以《文化偏至论》参加上述论战，批判梁的改良主义论调。作于1925年的《我的“籍”和“系”》，在揭露“正人君子”阴谋时给梁以顺手一“刺”。作于1926年的《杂论管闲事·做学问·灰色等》，讽刺“学贯中西，世界闻名的学者”梁启超：“可惜西学不大贯，所以配上一个北大教授李四光先生做副馆长，凑成一个中外兼通的完人。”作于“四一二”政变前夕的《庆祝沪宁克复的那一边》，揭露了“研究系”善于投机钻营的狡猾本性：“统一以后，我恐怕研究系也要讲革命。”同年，在《致台静农》中，谢绝做诺贝尔奖金的候选人：“诺贝尔赏金，梁启超自然不配，我也不配，要拿这钱，还欠努力。”文中明显地表现出对梁的轻蔑。同年写的《〈丙和甲〉按语》，就梁在题诗中把“丙寅”年误作“甲寅”年，嘲讽说：“学者不会错的”，“这个考证，也只好请研究系首领，研究院教授来作吧。”1934年作的《算账》写道：“说起清代的学术来，有几位学者总是眉飞色舞，说那发达是为前代所未有的。”文章虽未点名，《鲁迅全集》却注明是指“梁启超、胡适等人”。鲁迅讽刺这些“学者”只见“这几页的学术史”，却忘了这是用“做了二百五十年奴隶”的“巨大代价”换来的。1935年作的《在现代中国的孔夫子》，说梁亡命日本创办鼓吹保皇立宪的《清议报》，以孔子画像为卷头画，“从日本倒输入中国来”。直到弥留之际，还作《关于太炎先生的二三事》，回忆章太炎主编的《民报》说：“我爱我这《民报》”，“是为了他和主张保皇的梁启超斗争……真是所向披靡，令人神旺。”

《鲁迅景宋通信集——〈两地书〉的原信》一书，鲁迅9次点“研究系”的名（见1926年9月14日，10月4日、20日，11月1日、3日、7日和15日各信），两处不点名地提到与“研究系”相关的人和事（见1926年10月12日和12月24日两封信）：

> 研究系比狐狸还坏，而国民党则太老实……国民党有力时，对于异党宽容大量，而他们一有力，则对于民党之压迫陷害，无所不至，但民党复起时，却又忘却了，这时他们自然也将故态隐藏起来。（1926年10月20日）

> 研究系应该痛击，但我想，我大约只能乱骂一通，因为我太不冷静，他们的东西一看就生气，所以看不完，结果就只好乱打一通了。（1926年11月1日）

> 你看研究系下的小卒就这么阴险，无孔不入，真是可怕可恨……研

究系学者之浅薄，就因为分心于此等下流事情之故也。（1926 年 11 月 3 日）

其实我也还有一点野心，也想到广州后，对于研究系加以打击，至多无非我不能到北京去，并不在意。（1926 年 11 月 7 日）

从原信看出，鲁迅早就发现这个派系政治能量甚大，又拥有宣传机器，是思想战线的主要敌人，准备给予打击。但由于种种原因，在《两地书》出版时，鲁迅把有关“研究系”部分或删或改（改为“现代评论”派、“现代”派、“绅士”、“军阀帮闲”等），致使读者对于他同“研究系”的战斗不甚了然了。因此笔者认为，查证原始资料，才能更准确地理解鲁迅当时的思想。

在对待马克思主义理论方面，同样显示出鲁迅和梁启超的不同态度。1920 年间，我国出现关于社会主义的大论战。梁启超、张东荪打着“社会主义”旗号，散布不少谬论，提出“实行劳资协调的改良主义纲领，反对无产阶级革命”[9]。这一年，《新青年》从第 8 卷第 4 号起，连刊李大钊、瞿秋白等的论文，批驳梁、张谬论。鲁迅此时虽未作文驳斥，却正在热烈追寻“新说”（革命理论），也开始接触马克思主义理论，并在思想中潜移默化地起作用。这些年，鲁迅始终以李大钊“为站在同一战线上伙伴”。从《新青年》第 4 卷第 5 号（1918 年 5 月），至第 9 卷第 4 号（1921 年 8 月），他在该刊发表的 50 篇文章，不论是提倡新文学，还是批判封建复古主义和资产阶级改良主义，“步调是和大家大概一致的”。

总之，鲁迅基于亲身经历，总结历史教训，透视“研究系”梁启超这伙投机家的五脏六腑，认定必须予以回击。而“论客们”为虎作伥、敌视革命的“风凉话”，更使鲁迅激起“公仇”，燃起胸中怒火，于是挥笔写《战士和苍蝇》成这篇战斗檄文。

二、关于陈西滢。

“苍蝇”是指陈西滢的论点，必须否定。以上的论证，也有助于排除此说。

若是出版《陈西滢全集》，那就很容易寻得结论。可是，至今为止，我国的大陆和台、港[10]，均未编印全集。笔者查过 1925 年 3 月份国内百来种期刊（包括报纸副刊）目录（从 3 月 12 日孙中山逝世至 21 日鲁迅作《战士和苍蝇》)，均未发现陈西滢发表有关孙中山的文章[11]。《鲁迅日记》中也未见此类记载。就在鲁迅作《战士和苍蝇》的同日，陈西滢编辑的《现代评论》第1卷第15期，还被段执政警厅“暗向邮局间接没收”，该刊对当局此举“殊深骇异”，只是在3月23日的《晨报》上，刊出一篇“西滢”为段当局任命王九龄为教育总长助威、敲边鼓的“时论”《北京的清洁高尚的教育界》，这也与孙中山无关。

3月28日出版的第1卷第16期《现代评论》，有一篇“西滢”的《哀思》，文中绝没有“讥笑糟蹋”，却只有缅怀“哀思”。他回忆先前见过孙先生两次面，是在民国元年（1912）孙先生“第一次下政治舞台”之际。作者写道：“他的秀美的面容，优烂（悠闲）的态度，完全表现出一个书生政治家来。政治家像孙先生这样的有气魄而无架子的，我到欧洲以后还偶然见过，在中国可以说没有。”而今是在孙先生“非但下政治舞台，并且下人生舞台”之际。“孙先生灵柩到我面前的时候，我的眼泪真要夺眶而出了”。作者“归途想到我所见的都是下台的孙先生”，但是，“每次下台，都有千千万万的人欢迎或是哀悼着，孙先生之外还有什么人有这种魔力？孙先生在国人心中的势（魔）力怎样来的呢？我想，与其说因他的功业，还不如说因他伟大的人格罢？”文中景仰之情溢于言表。

在4月11日出版的《现代评论》第1卷第18期上，又有一篇“西滢”的《中山先生大殡给我的感想》，它从不大懂事的青少年瞎跟着呼口号谈起，提出要让他们的“信仰”以“理智”为根基，进而“希望崇拜孙先生而‘仍须努力’的人，努力下些研究功夫，使他的主义成为一种更完美而能应实用的学说，不要仅仅在宣传方面努力……‘行之匪难，知之维艰’，孙先生的这句话，是应当时记在心上的。”篇末引萧伯纳“世界上没有金科玉律”等语，归结说：“就是金科玉律，经了年月，换了地点，也免不了修改，何况本来就没有什么金科玉律呢？”这篇文章，贯穿着独立思考的观点，表现出一个局外人对孙先生新三民主义学说有所保留的态度，也是资产阶级自由主义者的立场。要说有倾向性，那么，文中对孙先生的同情、支持的因素，比指责、否定的因素则多得多了。本文和《哀思》，均收进《西滢闲话》一书。

《西滢闲话》里有关孙中山的，除上述两篇外，还有一篇《劝进表与伟人的传记》，是劝他所崇拜的吴稚晖给伟人孙中山立传。从留传至今的上述三篇文章来看，西滢对孙中山尚怀敬仰之情，而无攻击之意。

至于陈西滢是否也在“七嘴八舌”栏凑过热闹，从该栏那些随感的思想、笔调和署名来看，也不像有陈西滢的形迹。冰冻三尺，非一日之寒。一般说来，一个作家的思想感情有其相对的稳定性，陈西滢对孙中山的态度也有其一贯性，不大可能在几天内来个180度的大转弯，尤其不大可能从攻击、诽谤蓦地转为崇敬、颂扬。在陈西滢的客观环境和主观因素中，也找不到产生这种骤变的根据。《现代评论》是在胡汉民策划资助下创办的，编辑事宜主要由王世杰负责。而胡汉民在孙中山北上时被指定代行孙大元帅职权。此时，孙中山尸骨未寒，国民党右派未公开叛变革命，胡汉民也未曾反戈相向，想来陈西滢也不敢悖逆后台老板的旨意。从陈西滢笔调来看，情调较为舒缓，喜爱征引，善于联想，文采也较丰富；他似乎不屑于只唧喳两句，谈风也不像“七嘴八舌”作者们那样浅陋鄙俗。从署名看，他通常用“西滢”笔名发表文章。至于要排除“七嘴八舌”中的那些笔名，尚待查证。

总之，我们至今尚不能证实在3月12日至21日这10天里陈西滢曾作文攻击孙中山，倒是发现他在3月23日以后陆续发表缅怀孙中山的文章。究其原因，看来这10天他还正在窥测方向，后来事态发展表明，他很想投靠段执政，而段一时却还不让陈西滢等搭上他的船，这至多只能说陈正徘徊于胡汉民与段祺瑞两派之间而已。

当然，后来在“五卅”惨案、“女师大学潮”、“三一八”事件中，陈充当北洋军阀的帮凶和辩护士，则是有目共睹的事实，但它与孙中山没啥关系。

“叔本华语”辨

下面谈如何理解叔本华语的含义。叔本华认为：自然界只是现象，意志才是宇宙的本质。人是宇宙的一部分，因此人的本质也就是意志。在他看来，物质与思想都是从意志派生出来的，受意志决定的。《战士和苍蝇》开头引叔本华的话是：“Schopenhauer说过这样的话：要估定人的伟大，则精神上的大和体格上的大，那法则完全相反。后者距离愈远即愈小，前者却见得愈大。”这句话，鲁迅是从日译本《叔本华论文集·杂喻》中直接译出的。鲁迅说过，看人生是因作者而不同，看作品又因读者而不同。对于叔本华这句话，近年出版物大抵有两种看法：一种是持肯定的态度，认为一个人精神的伟大，时间愈久，愈见得明显，不会随着时间的流逝而消失；衡量人的精神的伟大，同看人的体格正好相反。一个人的体格，距离愈远则愈小，而伟大人物的精神，距离愈远则愈大。另一种则持否定态度，认为这是一条唯心主义的法则。因为一个历史人物的伟大与否，并不取决于这个人历史距离的远近，伟大总不会变为渺小，渺小终竟是渺小。

叔本华此语含有歧义，有所争议，这是正常现象。不过可以肯定，它重点在于评价人的“精神上的伟大”，而不在于“体格上的伟大”。在这个前提下，笔者以为可有三种理解。其一，就一个历史人物而言，其伟大与否，跟时间距离成正比：历时越久，精神上就越伟大。显然，这条规律不能成立。一般说来，对伟大人物的评价有着相对的稳定性，而不可能与时俱增，日益提价。除非个别历史人物，后世有人为他作“翻案文章”，并得到学术界承认，于是评价顿时提高起来。这是一种例外。其二，就一切历史人物而言，其“伟大系数”就与树木年轮一样，远古者最伟大，上古、中古、近古、近代、现代、当代，依次递减，这又成何逻辑？这两种理解，均属唯心主义观点。其三，一个伟大人物在世时，由于同代人对他了解较多，人们评价他时不仅见其伟大，也不忘其缺点；等他死后几十年、百来年，随着第一手资料的减少、散失，人们对他的评价，将会有所不同。只要他是个有定评的伟人，纵然经过历史风雨的吹打，他在人们心目中，其“伟大”一面，就将比同代人在世时明显突现出来。这样理解是对的，合乎情理，也符合一般规律。

笔者认为，叔本华这句话是要表达这样的意思：人的体格和一切物体一样，都是随着空间距离的变换而愈远愈小，都是随着时间的流逝，渐趋泯灭，唯有意志，才具有决定意义，而且是永恒的。这句话，以精神是永恒的来证明世界的本原是“意志”的唯心主义观点。这样解释，也许较接近叔本华的本意，较合于叔本华唯意志论的思想体系。

在叔本华其他著作里，多处出现的类似论述，可看成是注脚：其一，伟大才智的人同他们在世的时间比较起来，如同建立在一小块地上的高楼大厦。它们的体量，站在它们前面的人不能见到；一个才子在他活着的时候，他的伟大不能估计，也是因为这种原故。但是一个世纪后，世人全都公认他的才学，并且还希望他重复降生。其二，假如一世即死的人作出万世不朽的作品，他的寿命和他那作品寿命比较起来，他的生命未免好像是太短了。其三，产生真正伟大的思想者，当他想到他和他的后人的关系，他就明了这种关系；所以他觉得他的寿命长延，经过了数世纪依然同后世并存，并且还是为后世生存。其四，一个这种著作家（指风格独特的——引者），可以使他的生命延长与后人同存，因为他的身虽死，而他的作品和精神不死，他在世上，找不出一个和他相似的人来，他用他的特性和异点表现出他和旁人显然不同。如此等等。

叔本华认为，“名人”、“才子”、“伟大才智的人”和独具风格的“著作家”，他们在世时，人们几乎“不能见到”其“伟大”，但个把世纪之后，“世人全都公认他的才学”。他们都是“愈远则愈大”，其精神是永恒的，他们的“身虽死”而“作品和精神”却“不死”。他们只要能写出“万世不朽”的作品，就可以使他的“精神不死”。这就在于，“意志”可以使他的生命延长与后人同存。可见，在叔本华看来，“意志”具有何等的“决定意义”，是何等“永恒”的东西。叔本华“硬说世界意志就是世界的本质”[12]。这是叔本华“唯意志论”哲学观的典型表现。

但是，鲁迅这里引用叔本华语“只是作为发挥自己观点的一个引子”而已。鲁迅杂文，善于引用，精于引用，或作为立论依据，或借以引出话题，或加以翻新改造，或使之点石成金，总之，都是采取“拿来主义”、为我所用的态度。《战士和苍绳》则是借叔本华语以引出话题，以它为论述起点，加以翻新改造，由此生发开来。他从叔本华关于精神上“愈远则愈大”的法则，推导出“愈近则愈小”的逆命题，进而展开逆运算。

这个“愈近则愈小”的逆命题，有些事情已为古今事件所证实。许多划时代的发现，起初往往被斥为“异端邪说”，后来才被承认为真理。哥白尼的“宇宙的太阳中心说”，拉马克关于生物界发展的学说，被誉为19世纪三大发现之一的达尔文“物种起源学说”等等，无不如此。

妙就妙在鲁迅并不表示赞成叔本华的观点，而仅仅是为了借以引出话题，进行论述。他的逆运算也确实高妙：正因为“近则愈小”，就愈能看到他（战士）的“缺点和创伤”，所以就愈显得他不是“神”，而是“人”。“但也唯其如此，所以他是伟大的人”。作者在论述中，不仅环环紧扣，推理严密，顺理成章，而且体现出辩证法思想。在战士身上，“伟人”和“缺点”这对矛盾，共居于统一体中。“伟大”，是本质，是主流；而“缺点”，则是非本质的，是支流。作者透过战士的“缺点和创伤”，看到了他们战斗的无畏，献身的英勇，品格的高尚，精神的伟大。与此相反，苍蝇尽管自炫外表“完美”，其本质却只是昆虫而已。由此得出饱含哲理的论断，即全文的篇眼：“有缺点的战士终竟是战士，完美的苍蝇终竟不过是苍蝇。”短短两句，就把作家的褒贬之意，爱憎之情，全然驱遣于笔端，倾泻在纸上。

有的研究者认为，鲁迅开头征引叔本华语，是为全篇文章奠定哲理基础，让人读到下文，愈体味到开头那含蓄不尽的深意。照此说来，《战士和苍绳》就应是立足于叔本华语的“哲理基础”，以论证伟大人物“远则愈大”。笔者以为，鲁迅的意图显然不在于此。他既不曾把叔本华的“法则”当成“哲理”，也不曾着力证明“近则愈小”或“远则愈大”。他在文中辩证地论证了“战士”是“伟大的人”，那些攻击“战士”的“奴才们”只是“苍蝇”而已。可见他已全然撇开叔本华的“法则”来“估定”人之“大”“小”。这是立足于唯物论的历史观来评价人物了。

注释：

①鲁迅在1925年4月3日发表《这是这么一个意思》一文，说：“所谓战士者，是指中山先生和民国元年前后殉国而反受奴才们讥笑糟蹋的先烈，苍蝇则当然是指奴才们。”鲁迅博物馆鲁迅研究室编：《鲁迅年谱》（第2卷），人民文学出版社1984年版。《战士和苍蝇》原载《京报》1925年3月24日副刊《民众文艺周刊》第14号。

②山东大学编著：《鲁迅作品选读》（6），第130页，山东人民出版社1976年版。

③吉林大学编著：《鲁迅杂文选讲》（3），第106页，吉林人民出版社1977年版。

④淮阴师范专科学校等著：《鲁迅杂文选讲》，第180、191页，江苏人民出版社1981年版。

⑤鲁迅博物馆、鲁迅研究室编写的《鲁迅年谱》（第2卷）第188页，说苍蝇是指“奴才们”，人民文学出版社1984年版。另外，复旦大学《鲁迅年谱》编写组编写的《鲁迅年谱》（上）说是指“反动派的奴才们”，安徽人民出版社1979年版。鲍昌、邱文治著《鲁迅年谱》（上）第238页说是指“奴才们”，天津人民出版社1979年版。

⑥邵传烈：《民主革命的先行者——孙中山》，第320页，上海人民出版社1984年版。

⑦《周末》1984年11月17日。

⑧《鲁迅全集》16卷本中，涉及梁启超、“研究系”而又加注者共13篇(处)。此外，不加注者还有《阿Q正传的成因》、《略谈香港》、《不是信》、《答有恒先生》、《马上日记》、《祝中俄文字之交》、《聊答“……”》等文。

⑨《新闻战线》1958年第1～2期。

⑩据台湾《环华百科全书》第14卷“陈源”条。

⑪中共中央马克思恩格斯列宁斯大林编译局研究室编《五四时期期刊介绍》第一、二、三集所附的151种期刊的目录，人民出版社1958年版。

⑫罗森塔尔、尤金编，中共中央马克思恩格斯列宁斯大林著作编译局译：《简明哲学辞典》，第230页，人民出版社1955年版。

1985年5月初稿，9月改定

本文载《福建师范大学学报》1986年第3期。全文收入人民大学全国报刊资料选汇《鲁迅研究》1986年第4期。

追本溯源：重探现代评论派

现代评论派，是中国现代文学史上有相当影响的一个文化流派。可是，新中国成立以来出版的某些中国现代文学史和有关读物，杂志上的不少评论，不论是对该派的总评价，还是偶然涉及有关问题，往往欠缺公允，乖违史实，偏颇失误，屡见不鲜：或史料匮乏，凭空论断；或以偏概全，把它纯乎当成靶子；或回避评价其新文学贡献；或无视它作为一个社团、流派，不屑带上一笔；或把它与新月社俱乐部、《晨报·诗镌》诗人群、新月派三个群体混为一谈……笔者认为，必须抛弃以讹传讹、陈陈相因的论断，追本溯源，爬梳原始资料，兼之认真细致的考辨、校订，宏观审视该派产生的政治、文化背景，重新评估其历史功过，才能确定它在现代文学史上的恰当位置。

一

现代评论派由《现代评论》周刊而得名。该刊由《太平洋》月刊和《创造周报》合并而成。1924 年 12 月 31 日《学艺》月刊报道《〈现代评论〉出版了!》说："现代评论撰述人，包含'太平洋'、'创造'两社全部社员和其他国内有名杂志的执笔者。"

《太平洋》创办于 1917 年 3 月，原定月刊，每卷 12 期，从第 2 卷起改为双月刊，每卷 10 期。主编先是李剑农，后为杨端六（通常误作周鲠生——笔者注）。撰稿人多为在英、日研究政治、法律、经济的留学生，归国后执教于北京大学等校。《太平洋》系综合性刊物，以政治为主，文艺为辅。社址初设上海，后迁北京。1924 年 12 月出完第 4 卷第 9 期后，说是与《创造周报》合并，但在 1925 年 6 月又出第 4 卷第 10 期，遂满 4 卷。1924 年，郁达夫在北大任教期间，曾先后于 6 月、12 月在《太平洋》发表《零余者的自觉》和《薄奠》。这年，太平洋社两度向郁达夫提议，《太平洋》与《创造周报》合并，出新周刊《现代评论》。提议曾被拒绝，后终于采纳。

以创造社名义主编的纯文学刊物《创造周报》，实际上是郭沫若、成仿吾包办。总共 52 期，发稿 201 篇，撰稿人 34 名，郭、成共撰 105 篇，占总数一半以上，郁达夫只撰 12 篇，倪贻德 10 篇，其余作者大都是发一两篇，或三五篇。郭赴日后，成仿吾独力苦撑，终经磋商，同意合并。福建人民出版社《郁达夫传》说，《创造周报》第 52 期"刊出了两社合办新周刊的预告"。其实，周报未刊"预告"，只发成仿吾《一年的回顾》一文，单说周报停办，流露"遗弃爱儿"的"切肤悲感"，并预言日后"卷土重来"，只字不提《现代评论》，足见另有用意。

《现代评论》实际上是由太平洋社主办。创造社仅郁达夫、郭沫若、成仿吾等 3 人在该刊发稿 8 篇。待郁等发觉现代评论社有政治靠山，办刊别怀政治动机，"合办"纯被利用之后，虽深为气愤，但也只有徒叹奈何。后来"复活《创造周报》"的计划与此密切相关。

当时孙中山接受中共与苏联的帮助，筹备改组国民党，发布新政纲。国民党右派胡汉民策划资助办个刊物，以为喉舌，为争权夺利效劳。伪装左派的汪精卫也对办刊有所捐助。国民党右派中央委员石瑛到北京，吁请北大教授等有关人士办刊。满怀政治野心的王世杰负责筹办，函约周鲠生、石瑛、燕树棠、杨端六、高一涵、袁昌英、王星拱、张慰慈、陈衡哲、谭熙鸿、丁西林、陈源（西滢）、皮宗石、顾颉刚、杨肇熑、陶希圣、陈顾远、刘范祥、纪人庆、罗敦伟、李寿雍、陈大齐、彭学沛、宁协万、陈翰笙、汪敬熙、张奚若、朱经农、唐擘黄、尚钺、唐有壬、李景汉、刘大均等北大教授、社会名流或国民党右派，于 1924 年 8 月在北京大学第二院开会。这便是现代评论社的最初班底[①]。经一番筹备，周刊乃与读者见面。

初创时，王世杰为主编，参加编务工作的有：燕树棠、周鲠生、杨振声、钱端升、彭学沛、陈源。沈从文做收发之类事务。主要撰稿人有：王世杰、陈源、高一涵、唐有壬、燕树棠、周鲠生、陈翰笙、钱端升、彭学沛、皮宗石、张定璜、马宗融、徐志摩、胡适、丁西林、陈衡哲、凌叔华、袁昌英、沈从文、杨振声、李四光、陶孟和等。下面介绍几个主要成员。

1. 王世杰，北洋大学采矿冶金科肄业，后留学英、法，政治硕士、法学博士，任北京大学法律系主任，后兼教务长，又任武汉大学校长等职。这个政治投机商，在国民党内胡汉民与蒋介石派系争权时，先投靠胡汉民，后转向蒋介石。1927 年下半年，丁西林接任主编，王世杰于当年冬任南京国民政府法制局长。镇压革命者的《反革命治罪法》即出自他手笔。后又任中央宣传部部长等职。新中国成立后，他任台湾“总统府”秘书长等职。2. 燕树棠，留美，法学博士，北京大学法律系教授，文思敏捷，是王世杰的得力助手。3. 钱端升，王世杰的连襟，留美，哲学博士，清华大学政治学教授，是王世杰赏识的“快手”；李大钊被北洋军阀杀害时，钱作《党狱和领事裁判权》一文，抨击当局；丁西林当主编时，曾请钱编政治稿件。4. 陈源，笔名西滢，留英，1922 年获博士学位后回国，任北京大学西洋文学系主任兼教授，编过《现代评论》第 1～2 卷文艺稿件，又是该刊杂文专栏“闲话”的主要作者，1942 年任中国驻联合国文教组织常驻代表。晚年定居英国。5. 周鲠生，留学英、法，法学博士，北大政治系主任兼教授，新中国成立后加入中国共产党。6. 高一涵，是陈独秀好友，当年与陈一道办《新青年》。陈入南京监狱时，高多次前往探望。7. 陈翰笙，北大文学院、法学院教授，李大钊曾介绍他参加第三国际地下工作。8. 后期主编丁西林，留英，物理学家。新中国成立后对社会主义文化事业和对外友好事业做出一定贡献。由上可知，这是一个政治思想驳杂、文学色彩浓厚的资产阶级自由主义者聚合的文化派别。

综合性周刊《现代评论》于 1924 年 12 月 13 日在北京创刊，其《本刊启事》说：“本刊内容，包涵关于政治、经济、法律、文艺、哲学、教育、科学各种文字。”实际上，主要刊登政论、时评，发表文学作品、文艺评论，而文学所占比重远超过其他各项，还声称：“本刊的精神是独立的，不主附和；本刊的态度是研究的，不尚攻讦；本刊的言论趋重实际问题，不尚空谈。”刊物命名“现代评论”，意即采取旁观的评论时政态度，此中显露出资产阶级自由主义色彩。这个同人刊物署名“现代评论社”编辑、出版、发行。社址初设北京大学第一院，发行地点为北京吉祥胡同。第 2 卷发行时迁北京黄北门内碾儿胡同 18 号。该刊为 16 开本，每期 16 页，多至 20 页，周末出版。1927 年 7 月 30 日，从第 138 期起迁至上海白克路出版，丁西林主编，至 1928 年 12 月 29 日终刊止。共出 9 卷 209 期。还出过 4 期增刊和一批“现代丛书”，计划分为文艺、自然科学、社会科学、哲学4类。关于期数，某些颇具权威性的资料，以讹传讹。《中国现代文学期刊目录》说，《现代评论》周刊分8卷，第8卷从第183期起，至第209期止。安徽教育出版社《胡适年谱》说，《现代评论》出至第205期。均有误。

二

现代评论派的主要成员，多为留学英美的资产阶级自由主义者，多任教北京大学文科各系，又多住东吉祥胡同，被称为“东吉祥派的正人君子”。他们受英美资产阶级的文化思想影响较深，因而都有民主自由的思想要求和建立资产阶级民主共和国的政治理想。1922年5月，以北大校长蔡元培为首发表宣言《我们的政治主张》，主旨是建立好政府，实行计划政治，并提出资产阶级改良主义的政治主张。在宣言签名的15人中，北大教授占10人，且多为日后的现代评论派骨干。

可是，他们的政治理想又与当时封建军阀的专制统治构成矛盾。这种矛盾使他们既能参加反帝反封建的政治、文化斗争，又和统治者保持千丝万缕的思想联系。阶级斗争一趋激烈，他们便以自由主义身份出现，站在第三者立场，取折中公允态度，既谴责反动军阀的倒行逆施，又害怕人民的革命斗争。民族资产阶级政治思想上的软弱性、动摇性，决定了作为他们“意识代表”的现代评论派的思想倾向，势必呈现出复杂面貌。

《现代评论》办刊过程，经历了整理国故、五卅运动、女师大学潮、“三一八”惨案、“四一二”政变等一系列重大事件。面对这些事件，该派成员态度各异，有的前后不同。

1925年五卅运动仍汹涌澎湃之时，该刊发表许多反帝反封建的爱国诗文，如闻一多的《爱国的心》、《洗衣曲》、《我是中国人》、《醒呀》、《闻一多先生的书桌》等诗，都燃烧着热爱祖国的“火”；执无的《日本的文化侵略》，揭露日本帝国主义借退还庚子赔款之名，行文化侵略之实的阴谋。“三一八”惨案刚过，3月27日出版的《现代评论》第68期，全刊20页，竟以13页的大量篇幅来揭露、抨击段祺瑞的残暴行径。记者的《悼三月十八日的牺牲者》，放在首篇地位；王世杰的《论三月十八日的惨剧》，抨击段祺瑞的“举措”“侵犯司法独立与人权”，尖锐指出“段氏及段党与教育界有宿仇新怨”，要求绳之以法，强调“元首犯罪”，“也是要与庶民百姓，同受普通法与法庭制裁的”。陈翰笙的《三月十八日的惨案目击记》和泉的《三月十八日》两篇报道，更增加了揭露力量；连西滢的《闲话》也写道：这次血案，“主谋的是谁？下令的是谁？行凶的是谁？他们都负有杀人的罪，一个都不能轻轻放过”。许仕廉的“通信”《首都流血与军学阶级战争》，也起配合作用。杨振声小说《阿兰的母亲》和稍后的凌叔华小说，都以这惨案为背景塑造形象，富有感人的艺术力量。在段祺瑞鼻子底下办刊的《现代评论》，此时敢刊发这些文章来抨击当局，显然冒着巨大风险。不仅如此，第69期，又发表涵的“时事短评”《惨案前途的黑暗》、唐有壬的《漆黑一团的时局》；第70期，发表凌叔华小说《等》，西滢“通信”《杨德群女士事件》，都是这个惨案的“余波”，说明该刊抨击段祺瑞暴行的持续性。在“四一二”反革命政变之后，8月27日出版的《现代评论》，刊出著名爱国人士杨杏佛《牺牲与堕落》一诗，充满革命豪情，激励人们勇敢前进：“在革命的激流中，哪里有徘徊的余地，不能逆流的向前猛进，便是无条件的向后崩溃。/……人们，你苦黑暗么？请你以身作烛。用自己的膏血换来的，方是真正光明之福。/同志们，我疲了！但是不敢后退，与畏缩落伍的行尸作伴，还情愿和被创的战士在血泊中僵睡。”

笔者无意把闻一多、杨杏佛代替现代评论派的全体，而是让读者通过回顾史实，以认识该刊曾长期被掩盖的一面。不仅如此，现代评论派的个别成员在与鲁迅展开笔战的10年后，他们在纵观新文学的功绩时，也实事求是地高度评价鲁迅。张定璜在《鲁迅先生》中说：“鲁迅先生也是新文学的第一个开拓者。事实是在一切意义上他是文学革命后我们所得到了的第一个作家。是他在中国文学史上用实力给我们划了一个新时代。”陈源评述“五四”以来10部文学名著时，也公正地推崇了鲁迅的《呐喊》、《彷徨》两部小说集。他们不因过去的政治分歧而制约其艺术偏爱。

该刊在一些重大的事件中也表现出资产阶级政治上的两面性：既有主持正义，揭露帝国主义、军阀政府罪行，支持进步学生的言论，也有散布污蔑学生、为封建军阀开脱罪责的流言；既对群众的反帝反军阀斗争有所同情，又站在章士钊一边，攻击支持学生的鲁迅。周刊撰稿人政治态度本来不同，加上他们办刊用稿又采取自由主义的宽容并包姿态和开放的平等精神，就势必同时出现观点对立的文章。例如，周刊发表了郁达夫的《咒〈甲寅〉十四号的评新文学运动》一文，随后又刊出对郁达夫观点略有微词的梁明政《关于〈咒甲寅〉》，它先承认甲寅“思想腐朽”、“议论琐碎”、“冬烘臭味”等，后说郁氏文章“意气太盛，流于斗口。以学者出此，殊为失态”，等等。有时同一个人，对同一件事所持态度前后就截然相反。陈源对待“三一八”惨案就是典型一例。他的《文化的交流》指出“三一八”惨案是军阀“惨杀爱国民众”。但惨案过后，他却又说，学生之被惨杀，“群众领袖也要负道义上的责任”。

现代评论派本来就不是铁板一块，其中良莠不齐，精芜并存，更何况他们又处于分化瓦解之中，特别是从“四一二”政变，到新中国成立，更发生急剧的分化：王世杰、胡适等一直跟蒋介石走，而李四光、高一涵、丁西林、陈翰笙、沈从文、钱端升等，经过曲折的思想道路，转向人民阵营。因此，必须对他们进行历史的辩证的分析。

三

鲁迅说：“《现代评论》是学者们的喉舌。”[②] 诚然，现代评论派是个“学院派”气味很浓的学者群体。它之所以明显区别于其他流派，不仅在于它的多学科结构，更主要的是取决于大多数成员的社会地位和文化教养带来的独特性。

其一，成员多为大学教授，他们大半时间埋头学术研究，疏离社会生活，少接触人民群众，惯用理性眼光认识生活，品评文学；他们常出入上流社会客厅、家庭文学沙龙，将谈论文学视为高级艺术享受，向往“象牙之塔”，陶醉于孤芳自赏的艺术情趣。陈源就十分推崇凌叔华搞“小剧院”的新颖试验：用英文写中国故事，由中国演员“用中国的排演方法，布景服装，表演出来”[③]，显见其远离当时的广大劳苦大众。其二，该派普遍精通外文，多读西方文学原著，难免“言必称希腊”，小视青年作者“下里巴人”之作。又由于他们生活根底不深，又自命高雅，缺少在创作上下苦功夫（除沈从文等外），又爱对别人作品评头论足，自己却拿不出惊人之作，“眼高手低”，为鲁迅挖苦。陈源尽管发表 103 则“闲话”，只以量取胜，未显示艺术才华；沈从文此时才崭露头角，直到周刊终刊，才进入成熟阶段；丁西林虽以 3 个喜剧吸引过读者，却未能以大量优秀剧作与其他作家争胜称雄；胡适、徐志摩当时各有办刊，他们在该刊发的多半不是力作，因而影响有限。其三，该派的文学思想，大都以人道主义思想为核心，辅以自由主义思想。人道主义，在此表现为尊重人、肯定人的价值，以人为本位的特征。这是该派反封建的思想武器。现代自由主义，在政治上即胡适等人所说的“和平改革主义”，它与中国民族资产阶级温和的改良主义一拍即合。他们主张创作应注重“心灵抒发”。陈衡哲说她创作小说“必是由于内心的被扰”，这种被现实人生的喜怒哀乐所扰的内心感受，非抒发出来不可。该派在强调“心灵抒发”的同时，又提出艺术独创和“自我表现”。他们提倡一种新颖的satire（色太尔）体裁。sadre，意即讽刺，不过他们追求的是温文尔雅，“热忱”地进行社会批评和讽喻。西滢《闲话》和丁西林杂文就是典型代表。与此相关的是该派“不尚攻讦”的批评观。他们宣布，该刊抱“不尚攻讦”的态度，坚持“科学的精神，以事实为根据的议论是非”，声称该刊“所有的批评都本于学理和事实，绝不肆口谩骂”，“这也许是‘绅士的臭架子’”。王世杰主张批评不搞人身攻击：批评的人只应批评作品不应批评作者。所谓不批评作者，第一就是不攻击作者的人格，第二就是不攻击作者发表作品的动机。丁西林《批评与骂人》可看成是它的注脚：“如果一个人文理不通，我们只好说他文理不通；如果一个人在胡说，我们也只好说他胡说……”，“我决不赞成……乱骂人”。显然，这种不尚攻讦的批评观，有利于文学花圃的繁荣，学术领域的争鸣。该派还追求“冲和淡雅”的艺术风格。陈衡哲追求“幽淡”，凌叔华追求“雅淡”，沈从文追求“清淡”，丁西林追求“平淡”，他们创作的共同美学特征是：没有尖锐的矛盾冲突，没有血泪淋漓的哭诉。正由于他们不曾正面表现社会斗争的重大主题，不曾描绘人民革命的洪波巨流，缺少风起云涌的壮阔画面，因而时代感不强，思想深度也受局限。从现代文学流派发展史的视角来看，现代评论派可说是日后以沈从文为领袖的“京派”的开端；摸透了现代评论派作家共同追求的美学风格，也就找到“京派”作家“冲淡、恬静、飘逸、洒脱”风格的渊源了。

新中国成立以来，国内出版的许多中国现代文学史，只字不提这个非纯文学流派对新文学的贡献，甚至一些论述流派的专著也不例外，这是不公正的，也是不全面的。

《现代评论》在办刊的4年间，出版209期，增刊4期，发表了几十位作家的中、短篇200多个，连载长篇1部，刊发几十位诗人的大量新诗，还有不少剧本和许多散文。其中凌叔华的《酒后》、《绣枕》、《花之寺》，丁西林的《压迫》，汪敬熙的《瘸子王二的驴》，蹇先艾的《水葬》，杨振声的《济南城上》，沈从文的《蜜柑》、《山鬼》，徐志摩的《翡冷翠的一夜》、《雪花的快乐》，闻一多的《洗衣曲》、《醒呀》，陈西滢的《闲话》，都是新文学史上的名篇。现代社还出版一套"现代文艺丛书"，像杨振声的《玉君》、《志摩的诗》，丁西林的《一只马蜂及其他独幕剧》，郁达夫的《寒灰集》，凌叔华的《花之寺》，都是脍炙人口的作品。

该派还致力于介绍西方文学，翻译许多文学名著。把歌德、契可夫、莫泊桑、雪莱、哈代、曼殊斐儿、梅立克等名家作品译成中文，有助于中国作家摄取异域的艺术养分，创造优秀作品。由于该派中许多成员都有深厚的外文根底，其中有些作家又是优秀翻译家，他们在翻译实践基础上，进行翻译学研究，主张翻译作品应着力体现原著的风格、韵味，力求达到"神译"、"魂译"的地步。

在现代文学史上，很少像现代评论社这样具有豁达胸怀和宽容气度。他们上承五四新文化运动兼容风度，身染经院学风，文化心态显得雍容、恬淡而安逸。他们的办刊精神和文艺思想，都显现出罕见的开放性。在审读刊用文稿中，表现出自由主义的兼容态度和民主平等的作风。该刊创刊号《本刊启事》就开宗明义宣布：在该刊发表作品，"不论社内或社外，有名或无名，文坛的老将或新进的作家，甲派或乙派，都受同样的看待"。该刊容纳了十多个观点不同的社团流派的作家作品，沈从文、凌叔华、陈衡哲、胡也频、郁达夫、郭沫若、张资平、刘大杰、王向辰、蹇先艾、冯文炳、杨振声、汪敬熙等几十位作家在该刊发表小说；闻一多、徐志摩、朱大楠、饶孟侃、刘梦苇、胡适、沈从文、胡也频、李金发、王独清等几十位诗人在该刊发表新诗；俞平伯、林语堂、成仿吾等众多作家在该刊发表散文；丁西林、袁昌英、田汉、熊佛西、胡也频、沈从文等在该刊发表剧本。

特别值得注意的是，其中大都是其他社团流派的作家，而且有的还是社团骨干或流派举旗人。郭沫若、郁达夫、成仿吾，是创造社的主将；闻一多、徐志摩、朱大楠、刘梦苇、饶孟侃，是《晨报·诗镌》的核心人物，闻、徐是导潮流的一代诗豪；"诗怪"李金发是象征派诗歌的建树人，胡也频的诗，受李金发影响又超越了李；王独清也是较早写象征派诗歌的诗人；沈从文、凌叔华、李健吾，都是崛起于《现代评论》周刊，后来成为"京派"作家，沈从文则是“京派”领袖；而曾在该刊发表作品的冯文炳、王向辰，后来也都成为“京派”作家，冯、凌是骨干力量；施蛰存则是新感觉派中最富于探索又独具风格的作家；原属新潮社的杨振声、汪敬熙，是从“问题小说”发端的作家，汪敬熙的小说出现在中国现代小说诞生之初，亦即由“情节小说”向“性格小说”转化的潮流激进之时；林语堂原是语丝派作家，后成为论语派的巨头；后期《现代评论》主编丁西林，是现代剧坛上幽默讽刺派的奠基者；熊佛西、欧阳予倩是民众戏剧社的中坚，田汉是南国社的首脑，熊、田二位，在初期剧坛都享有盛誉，时有“南田北熊”之称；文学研究会的俞平伯、蹇先艾，都是开风气的作家，俞平伯是初期白话诗尝试者，蹇先艾既是最早的乡土小说家，又是《晨报·诗镌》的诗人。总之，周刊吸引着众多社团流派的核心人物为它撰稿，形成一种百花竞放、群星争辉的热烈景观，但这不是群雄并峙的竞技斗殴气氛，而是“群贤毕至，少长咸集”和睦共处局面。至于形成这种可喜局面的原因，既是受制于自由主义文艺思想，又因遵循北大校长蔡元培的“兼容并包主义”的原则，而在深层文化心理，还可以窥见“和为贵”、“耽于和谐”、“中庸之道”的传统文化心理积淀。平心而论，这种办刊精神和态度，对建设新文学与繁荣文学创作，是起了推动的作用。那种片面强调它调和不同文艺思想的斗争，断言它只能起融解的消极作用，是不能使人信服的。

《现代评论》周刊在培养青年作家方面，有其不可磨灭的功绩。沈从文借重郁达夫的推荐，同《现代评论》结不解之缘，从 1925 年到 1928 年终刊，他有几十万字的作品在该刊问世，其中包括 11 个长短篇，3 个剧本，7 首诗，散文、文论各 1 篇，长篇连载达 28 期之久。当时他多以从文、甲辰、为琳、懋琳等笔名发表作品。他前期的一些名篇都在该刊上引起文坛注意。他正是从这里起步，走向全国，走向世界的。左联烈士作家胡也频，其成长离不开该刊的扶植培育。他除在《民众文艺周刊》发稿外，就是给该刊撰文。他共在 23 期《现代评论》上发表 14 篇小说（有的专著说 13 篇，有误）、1 个剧本、2 首诗。胡也频是社外青年作家在《现代评论》发稿最多的一位。他也是在该刊的沈从文等作家影响下，突破狭窄的题材范围，拓展了艺术视野，并逐步显示革命倾向，为日后的成长奠定了基础。

此外，该刊还发现与培养了许多无名的“新进作家”，如李健吾、吴伯箫、朱大楠、施蛰存等，都得到它的哺育和扶掖。

在209期《现代评论》中，110期有陈西滢的文章和译作，他可算是该刊的最主要撰稿人。103则“闲话”，散见于60期周刊，占作品中最大部分；其次是翻译小说9篇，连载20期；再则是3篇剧评，2篇小说。《现代评论》上最先在“闲话”栏撰稿的是奚落，后来一度几乎由西滢独家经营。但他103则“闲话”，结集时一经过滤，只剩78则。《闲话》一书论题广泛，析理细密，意态从容，娓娓闲谈，以轻松幽默的笔调进行文明批评与社会批评。其中缅怀孙中山的《哀思》等3篇，今天读来仍不乏社会意义；《行路难》写贫富不均、军阀横行的社会相；《中国的精神文明》嘲讽与反击封建复古派；第46期《闲话》，先说在中国，穷人纳税多，阔人无须纳税，后得出结论：中国是个“官僚共平民产”、“富人共穷人产的国家”，针砭时弊，痛快淋漓。《节育问题》提倡少生、优生、优育，批判多子多福，否定资产阶级是“优良的人种”、富翁比车夫聪明等观点，至今仍有积极意义。至于他在“三一八”惨案、女师大学潮中的表演，已如上述，典型地表现出资产阶级政治两面性。总之，整册《西滢闲话》基本上是从资产阶级自由主义视角来观察生活，评价一切的。

沈从文是崛起于《现代评论》周刊的最有成就的小说家。他以自然人性、化外风俗和诗化笔墨为支柱，擎起“京派”小说的顶梁，成为“京派”领袖。他构筑的“湘西世界”，从特定角度开拓了现代小说的表现领域，形成他独特的风格。他那“非都市、颂乡野”的价值取向，旨在否定都市物质文明带来的精神污染，希望恢复被现代文明所泯灭的“人性”。沈从文这时期的小说，在行云流水的抒情笔致中，把自然景观、古朴风习和少数民族的“生命形式”融为一体，具有散文诗的特质，带着诗的意境、诗的韵律、诗的情怀，给人以无尽的美感享受。

物理学家丁西林，是五四时期著名的喜剧作家。他自《一只马蜂》和《亲爱的丈夫》两个独幕剧在《太平洋》月刊发表后，便蜚声文坛。前者表现新老两代在婚姻自主问题上的冲突。剧中层出不穷的反语和谎语，造成饶有风趣的喜剧效果。随后，在《现代评论》上发表《酒后》（根据凌叔华同名小说改编）、《压迫》和《瞎了一只眼!》等剧，都受到热烈欢迎。还有杂文8篇、论文3篇、小说1篇、书评1篇。《压迫》是他的代表作。作家通过一场喜剧性的冲突，表达他对不合理社会制度的愤激，寄托了对被压迫者的同情。他的独幕剧，温和典雅，具有轻松淡远、明净机智、洗炼隽永的艺术风格，赵景深称它为“西林风”。他的剧作，没有尖锐的戏剧冲突，但正如评论家李健吾说的，读者“能从平淡中领会出它的妙趣”。他这种“平淡”的风格，是跟现代评论派“冲和淡雅”的群体风格一脉相承的。

凌叔华在燕京大学念二年级时，就在《现代评论》发表成名作《酒后》，经丁西林编剧上演后，更加引人注目。作品写一个温顺的妻子，突然爱慕醉卧的客人，萌生吻他的强烈愿望，请求丈夫允许，丈夫终于答应，但她走到客人面前，却失去一吻的勇气。一时此类作品层出不穷，形成“酒后派”，足见它所泛起的波澜。她在该刊不仅发表许多小说，还有散文、剧本多篇。她的早期创作，多是描绘高门巨族温顺女性的枯寂忧郁的灵魂，技巧娴熟，描写细腻，其心理写实堪称独步。她细致含蓄地描写女性的心灵，虽有烦愁苦闷，却总是优雅贞淑。苏雪林评叔华的语言“淡雅幽丽，秀韵天成”。在凌叔华“谨慎的，适可而止”的描写中，我们可以品味到它蕴藏在其中的“温婉雅淡”之美。徐志摩称羡叔华《花之寺》的“幽雅”、“清芬”，杨义评论它是“温室里的幽兰，潇闲淡雅，清芬微微”[④]。鲁迅虽与陈源笔战一阵，却给凌叔华小说以准确的评价，并把《绣枕》收进《中国新文学大系·小说二集》。“绣枕”是全篇的艺术焦点，它包含着一种生活的暗示，也是一种命运的象征。

崛起于《新潮》的杨振声，在《现代评论》上发表小说、诗歌、散文、杂文、文论等15篇。他的中篇《玉君》作为“现代文艺丛书”第一种出版。陈源著文推荐，把它和《沉沦》、《呐喊》、《女神》、《超人》等称为“新文学运动以来的10部著作”。杨振声在《序言》中有小说家“说假话”并“以理想与意志去补天然之缺陷”的提法，意在说明艺术创作与科学研究、形象思维与逻辑思维的不同特点，还有，在现实主义中包含着表现理想的浪漫主义成分。《玉君》表现作者现实主义的深化。作品通过少女玉君的爱情故事，揭露家族制度和包办婚姻的弊害，并突出渲染林一存道德的自我完善。林一存的人道主义思想和道德自我完善，虽属资产阶级思想范畴，但在当时却与反封建礼教的民主主义思想紧密相连，具有时代特征。作品构思精巧，情节曲折，文笔洗练，不失为一部佳作。事实上《玉君》的降生，并不像鲁迅所说的意味着杨振声小说的死亡。在这之后，他还发表小说。“三一八”惨案后急就的《阿兰的母亲》描写寡母正盼着阿兰回来，谁知她却在惨案中像“小绵羊，竟被屠杀了”。杨振声面对日寇制造的济南惨案，怒火中烧，奋笔疾书，立即在《现代评论》发表《济南城上》，通过塑造两个英雄形象，揭露日寇犯下惨绝人寰的罪行，讴歌中国人民不甘沦亡、浴血奋战的勇敢精神。

四

有些现代文学史教材和自学指南读物，未能分辨4个群体，即新月社俱乐部、现代评论社、《晨报·诗镌》诗人群和新月派，或弄不清这些群体成员的交叉关系，或说第二、第四个群体是“一套人马，两块招牌”，或一股脑儿地称现代评论派成员为“洋奴买办”；不少现代文学史说胡适是他们的“共同领袖”。为此，以下特作一番爬梳，以分辨清楚。

1. 新月社俱乐部。1923年，由徐志摩之父、资本家徐申如和黄子美垫付活动经费，以“聚餐会”形式开始，次年发展为“新月社俱乐部”，成员复杂，有政客、军人、文人、交际花、银行家、资本家等，如梁启超、张君劢、张君瑍、胡适、徐志摩、王赓、林徽因、陆小曼、徐申如等，可以说这是一个有产有业的先生太太们娱乐消遣的场所，平时搞些灯会、古琴会、书画会、年会等，很少进行文学学术的研究。它不像某些文学史说的是“文学社团”。徐志摩、胡适等是该社的发起人。余上沅、闻一多留美回国后也参加该社。

2.《晨报·诗镌》诗人群。新月社俱乐部为扩大它在文艺界的影响，趁徐志摩接掌《晨报副刊》的机会，先后借副刊创办周刊《诗镌》和《剧刊》。它们不是以新月社名义办的。前者以徐志摩、闻一多为主（轮流主编），后者以余上沅、张嘉铸为主。一群有志研究新诗创作的诗人，以《诗镌》为园地，开展活动。1926年4月1日，《诗镌》创刊，至6月10日终刊。主要成员有：徐志摩、闻一多、朱湘、饶孟侃、孙大雨、杨子惠、刘梦苇、于赓虞、朱大楠、蹇先艾等，又称为前期新月诗派。为新诗“创格”是该刊宗旨。朱自清在《中国新文学大系·诗集导言》中评说《诗镌》，写道：他们不仅进行创作实践，还提出系统的理论主张。他们真研究，真试验，每周有诗会，或讨论，或诵读，是现代诗史上第一次一伙人聚集起来诚心诚意地试验作新诗，且产生深远影响。

3. 新月派。它和新月社俱乐部不是同一概念。有些文章混同二者，甚至误认为《新月》月刊是新月社俱乐部办的。这是绝对错误的。《新月》创刊号上《〈新月〉的态度》说：“我们这个月刊题名新月，不是因为曾经有过什么

'新月社'，那早已散消……”新月派由来是：1927年春，胡适、徐志摩、梁实秋、余上沅等在上海开设新月书店。1928年3月创办《新月》月刊，1933年6月停刊，共出4卷7期。余上沅曾提议胡适任社长，但闻一多、饶孟侃等反对，终未设社长。编辑有徐志摩、闻一多、饶孟侃、叶公超、梁实秋、潘光旦、罗隆基。编辑时而一人，时而数人。所谓新月派，是指1927年以新月书店和《新月》月刊为中心重新组合起来的“新月”队伍。它是一个以一批资产阶级知识分子为骨干的散漫群体。他们不全是搞文学的，有不少是搞政治、哲学、自然科学的。《新月》月刊，是综合性刊物，但以文学稿居多。此外，徐志摩、邵洵美于1931年还创办《诗刊》季刊，共出4期。活跃在这个园地的，除当年《晨报·诗镌》部分诗人外，另加一批新秀，如陈梦家、方玮德、臧克家、何其芳、卞之琳、林徽因等，这是后期新月诗派。后来，陈梦家选编《新月诗选》，收前后期新月诗派18位诗人的80首诗作，他们是：徐志摩、闻一多、朱大楠、饶孟侃、杨子惠、孙大雨、朱湘、陈梦家、刘梦苇、沈从文、卞之琳、方玮德、沈祖牟、林徽因、梁镇、俞大纲、方令孺、邵洵美。

由此可见，新月社俱乐部、现代评论社、《晨报·诗镌》诗人群、新月派这4个群体，是起迄时间不一、人员多数不同、旨趣追求各异的群体。

胡适与《现代评论》周刊的关系。1960年，丁西林、沈从文说，“胡适没有参加现代评论”，其根据是李石曾与该刊关系密切、而李石曾与胡适是死对头。这个理由既不充分，也有乖史实。胡适在该刊共发表29篇作品（诗文25篇，译作4篇），远远超过李石曾。有专著说，胡适是现代评论派的“领袖”、“总后台”，同样不符史实。理由是：其一，胡适虽是该刊的一个重要作者，但没正式列名为周刊编辑，该刊成员也常常不赞同胡适观点。如胡适在第83期发表《我们对于西洋近代文明的态度》后，第90、91两期，常燕生撰长文加以反驳，阐明不同观点：《东西文化问题质胡适之先生——读〈我们对于西洋近代文明的态度〉》；又如对整理国故，陈源的态度也和胡适全然不同，胡适热心提倡，陈源却不同意搞什么整理国故运动，认为一则这是当前的不急之务，二则现在的国故学者十九还不配去整理国故。其二，胡适未直接参与《现代评论》编务之事。在《现代评论》出世前的1922年5月，胡适就创办《努力周报》，随后又办《读书杂志》、《国学季刊》；而在《现代评论》终刊之前，胡适又忙于办新月书店和《新月》月刊。总之，在《现代评论》办刊的全过程中，胡适的精力都集中自己办刊和其他事务之上，他写于《现代评论》创刊前夕的两封信《致高一涵、陶孟和》、《致李书华、季宋侗》，都只讲扩充《努力周报》，如何办好《努力周报》，只字未提《现代评论》，这就是明证。何况在《现代评论》办刊的4年中，胡适有近一年时间在英、美等国从事考察活动，又有许多时间不在京沪，到处进行学术和政治活动，无暇顾及、参与《现代评论》编务工作。

以下澄清几点事实。

重庆出版社出版的《现代作家和文学流派》说："1923年胡适、徐志摩、闻一多、梁实秋、陈源等人发起成立新月社……是个俱乐部性质的团体。"这是很有代表性的，它把4个团体中的主要成员抽出来，混为一谈。显然，就时间而言，它是指"新月社俱乐部"，而在上述成员中，闻一多、梁实秋都不是发起人。1923年，闻一多还在美国研习绘画，1925年夏回国，次年4月才参加《晨报·诗镌》活动。梁实秋此时也刚从清华大学毕业，转赴美国留学，1926年回北京后往东南大学任教，直至1928年才参加上海《新月》编辑活动。

作家出版社出版的《中国现代文学史略》说："'新月派'的前身就是'现代评论派'，主要人物除'现代评论派'原有的胡适、徐志摩、陈西滢外，又纠合了梁实秋、叶公超、沈从文等辈。"这也有乖事实。沈从文本来就算是现代评论派的一员，再则两派并非"前后身"关系。梁实秋晚年作于台北的《忆〈新月〉》，说他不是新月派成员，新月派这帽子是所谓左派作家送的。1969年8月1日，陈源《答董保中》一信，也否认自己是新月派，"我也没见过社员名册，所以谁是社员，谁是客人也无从知道"。

注释：

①陈漱渝引述、校订《现代评论》撰稿人范体仁《现代评派论与王世杰》。《陈漱渝走访撰稿人陈翰笙》，《文史资料选辑》第90辑。

②鲁迅：《〈集外集拾遗〉·编完写起〈案语〉》。《鲁迅全集》第11卷，第74页，人民文学出版社1981年版。最初发表在1925年5月15日《莽原》周刊第4期。

③西滢：《庆贺——小剧院——成功》，《西滢闲话》，第86页，新月书店1928年版。

④杨义：《中国现代小说史》第 1 卷，第 283 页，人民文学出版社 1986 年版。

1990 年 6 月于进步路新村

本文载《中国文学研究》1991 年第 4 期。

现代文学史与文学流派

中国现代文学作家，群星灿烂，交相辉映。中国现代文学世界，思潮起伏，流派纵横。中国现代文学研究，大致可分作家作品、社团流派和理论思潮三个层面。可是，新中国成立后30多年间出版的许多有关中国现代文学史专著，或以文艺思想斗争和文学运动为纲写史，或按时期作家作品写史，或按文学体裁的创作写史……总之，没有完全按文学流派来写史的。

第一种模式：以文艺思想斗争和文学运动为纲写史。作家出版社1955年出的《中国现代文学史略》（下简称《史略》），是这种模式的突出代表，是学术政治化的标本。政治强化的时代，要求把多年的斗争经验系统化、规律化，把政治渗透到各学科领域中去。《史略》，连《绪论》共13章，其中7章讲述思潮和文艺思想斗争，6章讲述作家作品，而6章中鲁迅占2章（共5节），用4节半篇幅从文艺思想斗争和文学运动角度介绍鲁迅，用半节讲作品。在作者笔下，鲁迅是"神"，是政治的、阶级斗争的"人"。而老舍、巴金只各占一节中的1/3段。《史略》体例仿效苏联季莫菲耶夫的《苏联文学史》，采用编年与作家评传的结构模式。季氏以全书1/3篇幅介绍高尔基生活道路与创作道路。当时《史略》作者正在苏联讲学，在一切学习苏联老大哥的大背景下，接受苏联"学术为政治服务"的影响。作者套用现代政治公式评述文学史，从新文学运动的性质与指导思想、文学史分期、对《在延安文艺座谈会上的讲话》的评价、对"反动文人"沈从文、徐訏和萧军"反动思想"的定性，到给胡风"反革命集团"下的结论，都是极"左"路线的产物。由于极"左"政治对文学史研究的粗暴干涉，作者根本不可能公正评价胡适、周作人、徐志摩、沈从文、冰心、戴望舒、老舍、巴金等的历史作用与作品艺术价值。学术政治化孵育的“革命大批判”语言，也大量跻进文学史评述中来。“丑恶嘴脸”、“恶毒攻击”、“反动文人……一击之后，也就销声匿迹，不敢狂吠”等充满火药味的文字，俯拾皆是。作家出版社 1956 年出版的“高校文科教材”《中国新文学史初稿》，也是以文艺思想斗争为纲，捎带介绍文学创作的。在全国性批判胡适学术思想的政治背景下，作者失去正视历史的勇气，甚至作了悖离历史事实的叙述，连文学革命“发难者”胡适，也被颠倒为反对新文化运动：“胡适，在开始参加新文化运动的时候，就是作为美帝国主义的代言人……企图反对新文学运动的革命内容，来为他的主子——反动统治者的利益服务的。”再则，真正的政治干涉，表现在文学史写作中，对作家或历史人物臧否以及历史地位的确定，不是依据作家过去的贡献，而是依据作家本人在当代政治旋涡中的沉浮。例如 1957 年以前出版的新文学史，对艾青、丁玲、冯雪峰的文学活动和作品成就，都作了如实介绍和高度评价，但曾几何时，当他们一夜之间成了阶下囚时，他们过去的文学贡献和文艺思想便被一笔抹煞，像《太阳照在桑乾河上》、《大堰河》这样重要的作品，也被文学史放逐。

第二种模式：按时期讲述文艺思想斗争和作家作品。1979—1980 年同时出版了唐弢主编的 3 卷本《中国现代文学史》和林志浩主编的《中国现代文学史》，均属这种模式。它们都以专章介绍鲁迅、郭沫若、茅盾，以合章介绍巴金、老舍、曹禺，文学运动与文艺思想斗争占大量篇幅。唐史介绍作家面铺太广，3 卷涉及 500 多人。1984 年山东师范大学编著的《中国现代文学史教程》，2/7 讲文学运动与文艺思想斗争，5/7 介绍作品。其章节安排，突破以往陈规，而为巴金、老舍、曹禺设专章，全书各节均附阅读书目与复习思考题，书后附录现代文学大事记，便于自学。1979 年北京大学等九院校的《中国现代文学史》，也是分时期写文艺运动、文艺思想斗争和进行作家作品论述。同年华中师范学院等七院校的《中国现代文学史》，1981 年云南大学等 14 院校的《中国现代文学史》，均属这一模式。内蒙古师范大学、福建师范大学等 9 院校 1983 年协编的《中国现代文学史》，先在有关院校内部印行，1989 年改名《现代文学自学教程》公开出版。它也属这种模式，且每章都有学习提要、思考与练习，是名副其实的自学教程。该书较早对陈独秀、胡适、周作人、徐志摩、沈从文、钱钟书、张恨水等作公正评价，但因出版太费周折，未能尽早产生影响。

第三种模式：分时期讲述文艺思想斗争和 4 种文学体裁创作。新中国成立后现代文学史开山作《中国新文学史稿》，开明书店 1951 年出版上册，新文艺出版社 1953 年出版上下册，为高校文科教材。它按政治思想史分 4 个时期（1917～1927 年、1927～1937 年、1937～1942 年、1942～1949 年）叙史，突出延安文艺座谈会的划时代意义。它采用块状叠合式结构。绪论总领全书，表述现代文学史的开端、性质、领导思想与分期问题。按 4 个时期分四大块（四编），每时期分五小块（五章）：①文艺思想斗争、②诗歌、③小说、④戏剧、⑤散文。这种结构优点是：能容纳丰富的文学史现象，便于准确介绍各种文体在各时期的创作倾向、特点。缺点是：4 个时期的相互联系、前后发展轨迹欠清晰；重点作家难于突出，多面手作家被分割于各章节，不能给人以完整印象。中国青年出版社 1984 年出版的《中国现代文学简史》也采用这种结构，由于强调了重点作家，缓解了《中国新文学史稿》划一的呆板性，书中偶或涉及文学流派。但总体上显得紊乱、重复、烦琐，涉及作家过多，叙史又简，模式弊端则更觉明显。全书近 1/4 讲文学运动、文艺思想斗争。1985 年北京等 23 个省市教育学院合编的《中国现代文学史》，是这一模式的演化，它的 5%写文学运动，其余全是介绍 4 种文体的主要作家创作，多面手作家被分割几块。这实质上是一本作家论汇编。1989 年华东七省（市）属师范大学的《新编中国现代文学史》，虽也属这模式，但体例、观念、方法等都有所创新、突破。全书由八大块组成：一、《绪论》、《结语》，勾画新文学发展轮廓，揭示其演变规律；二、文学理论思潮：突出创作随文学观念流变而变，以此贯穿全书，显示该书特色；三、巨匠编为鲁、郭、茅三章；其余五大块叙 4 种文体创作（小说分两编），四编首章先描述该体裁创作发展轨迹，后分章按社团、流派或风格介绍主要作家群。巴、老、曹升格为各一专章。该书有 16 章出现流派。1986 年钱理群等 3 位青年学者的《中国现代文学三十年》较令人瞩目。作者的史识、史德、史才都值得称道。他们尊重史实，勇于正视历史，恢复历史本来面目。大胆地给胡适等作家以公允评价，较早钩沉钱钟书、张爱玲两位优秀作家。此书流派意识较强，至少有 14 个流派作为重点阐述，像“洋场小说”流派，在其他文学史却不多见。

经过一番粗略回顾中国现代文学史的编写，我们再来谈现代文学流派的研究，就有较充分的认识基础。唐弢先生主编完 3 卷本现代文学史后深有感慨地说：“研究文学史，不研究风格，不研究流派，是很大的缺陷。”还说，文学史既不能只写斗争、运动，不写作家作品，也不能只是作家作品论，而没有一个东西把它们串起来，理出文学发展的脉络。这就道明史的写法。原来他早就构思个人写一部现代文学史，“写社团、流派和风格”，后被调去主编 3 卷本教材式文学史，集体讨论、执笔，他的个人设想遂付东流。他认为，假使有人能写一本介绍中国现代文学社团、流派的书，那将是一个很有意义的工作。

为什么唐弢这样强调流派在现代文学发展中的作用？文学流派是中国现代文学史上一个显著而独特的现象。学者杨义指出：“流派的出现，是‘五四’小说对我国传统小说的一项重大突破，是现代小说意识觉醒的另一个突出标志。”①

回顾现代文学 30 年，几乎每位作家都同一至数个文学社团、流派有联系，几乎每一种文学理论和文学思潮，都为一个或几个文学社团所提倡、所推行。如周作人是文学研究会成立宣言的起草人，又是初期白话诗派的诗人，不久成为语丝派的骨干，随后走上消极避兴、闲适趣味的道路，成为京派的理论家和散文家，到办《骆驼草》周刊时，便失去语丝时期正视现实、批评社会的勇气，专注于闲适、趣味一路，开“论语”派的先河。随后积极支持林语堂创办《论语》等刊，作为该派的精神领袖，提倡“闲适”、“幽默”小品，躲进“苦雨斋”，隔离时代风雨，终至堕落为民族罪人。他 20 多年的文学生涯，与好多个社团、流派有联系，其理论和创作的演变轨迹，是一条从“斗士”到“隐士”的道路。

再说理论思潮与社团的关系。提倡和推行现实主义思潮的，有文学研究会、语丝社、未名社、朝花社、太阳社、我们社、七月社、雪朝诗人群、中国诗歌会等。提倡和推行浪漫主义思潮的，有创造社、新月社、浅草—沉钟社和弥洒社的部分成员，而湖畔诗社则倾向于浪漫主义，又带更多的现实生活风采。因此，从某种意义上说，中国现代文学史是由一连串文学思潮和作家流派构成的。一种文学思潮一旦涌起，就可能形成流派，并聚集为作家群体，然后以它的发源地为中心，向四面八方辐射传播，形成一个颇具规模的文学运动。

文学流派是时代要求、文学思潮和作家美学追求几方面融合渗透而形成的结晶。文学流派形成与时代要求有密切关系。“东北作家群”是“九一八”

后东北沦陷的政治形势的产物。京派是北方政治意识淡化、艺术独立意识浓化的审美凝聚物。国民党的高压政策，在某种程度上迫使他们跟社会现实有意保持距离。他们对近代中国特别是都市半殖民地化过程中人性异化现象十分憎恶，因此着力赞颂纯朴、原始的人性美和人情美。文学流派的形成，与文艺思潮的关系更为密切。国际上某种文艺思潮的传播，往往对我国现代文学产生重大影响。蒋光慈为代表的“革命小说”派，就是接受了苏联“拉普”和日本左翼文艺思潮的深刻影响。刘呐鸥、穆时英、施蛰存等的新感觉派小说，主要是受了日本新感觉派和西方意识流文学等现代主义文艺思潮的影响。哲学思潮对某些小说流派也有较大影响，弗洛伊德的精神分析学说，五四时期就影响了郭沫若、郁达夫、成仿吾等创造社作家，更影响了后来的新感觉派。一些美学追求相同的作家聚集一起，可能形成流派。现代评论派中的作家，共同追求一种“冲和淡雅”的艺术风格。陈衡哲追求“幽淡”，凌叔华追求“雅淡”，沈从文追求“清淡”，丁西林追求“平淡”，他们创作的共同美学特征是：没有尖锐的矛盾冲突，没有血泪淋漓的哭诉②。在许多因素中，从根本上对形成流派起作用的，恐怕还是作家们运用的创作方法、接受的文艺思潮。

研究文学流派，正确识别文学流派，必须弄清与流派形成有关的几组关系。

一、艺术风格与文学流派的关系。艺术风格是文学流派形成的决定性条件。一个作家群若不具有大体一致的艺术风格，尽管有共同的文学主张、组织形式，仍然不能构成文学流派。周作人尽管与叶绍钧、沈雁冰、郑振铎等共同组成文学研究会，发表过文学宣言，但终究构不成一个流派。上述的现代评论派作家，虽不曾共同发表文学主张，却追求共同的艺术风格，乃形成一个流派。

二、文学思潮与文学流派的关系。中外古今的文学现象表明：一种文学思潮可以成为几个文学流派。在西方现代主义思潮中，就有未来主义、表现主义、立方主义、达达主义、超现实主义、抽象主义、存在主义、新小说派、意识流小说、荒诞派戏剧等四五十个流派。在中国现代文学中，现代主义思潮的流派有：李金发为代表的象征诗派、戴望舒为代表的现代派、新感觉派、九叶诗派、台湾现代派诗歌小说、新时期现代派文学等。可见，文学思潮概念大于文学流派。

三、文学社团与文学流派的关系。不能把文学社团和文学流派混为一谈。王以仁、李金发、徐志摩、许杰、李健吾，虽然同是文学研究会的成员，但从他们的作品来考察，却分别属于浪漫抒情派、象征诗派、新月诗派、乡土写实派、京派。为什么呢？鲁迅讲得十分透彻："文学团体不是豆荚，包含在里面的始终都是豆。大约集成时本已各个不同，后来更各有种种的变化。"意思是文学团体"集成"时就很庞杂，后来变化更难预料，不如豆荚纯净。把流派比作豆荚十分恰切。

四、时代精神与文学流派的关系。文学流派的出现，跟时代精神或时代思潮有关。它们有的是时代精神的产物，有的则是逆反时代精神的。区别文学流派是主流、支流和逆流的标准是时代精神。五四时期，先进的知识者举起"民主"、"科学"的旗帜，掀起文化革命运动。在文学领域，先驱者就提倡新文学、反对旧文学，提倡白话文、反对文言文，倡导文学革命。人生派、乡土写实派、初期白话诗派、民歌体诗派等，都是主流；而反对新文学的鸳鸯蝴蝶派、国故派、学衡派、甲寅派等，可说是逆流。民族主义文学，是20世纪30年代的文学逆流。

五、文学体裁与文学流派的关系。艺术风格是从多方面显示出来的。体裁亦可形成艺术风格。若是一批作家的艺术风格都以文体为特征，他们就可以形成一个文学流派。五四时期：郁达夫率先创作一种以抒写"孤冷情绪流"为情绪结构的自叙传小说，一枝独秀，吐艳艺苑，郭沫若、成仿吾同声应和，旋即波及创造社内外，追随者纷至沓来：倪贻德、周全平、严良才、叶鼎洛、王以仁、林如稷、陈翔鹤……浩浩然形成一个"沉沦小说派"，震动文坛，蔚为奇观。

六、文学题材与文学流派的关系。题材也可以显示独特的艺术风格，若产生较大影响，追随者多，便形成以某种题材为风格特征的文学流派。20世纪20年代，在鲁迅影响下，许钦文、王鲁彦、蹇先艾、许杰、王任叔、彭家煌、台静农、冯文炳等青年作家，都以自己亲身经历的乡镇生活为题材，描绘色彩斑斓的风情画，创作出一系列具有浓郁的地方色彩的小说，形成乡土写实派。

七、同人刊物与文学流派的关系。同人刊物是否就是文学流派，必须以艺术风格大体一致性为划分标准。任何刊物的撰稿人都是复杂的，风格也难于一致，所以不能把同人刊物等同于流派。况且有的流派不止一种刊物，如鸳鸯蝴蝶派就先后创办200多种刊物，其实只有一个流派。

八、作家所在地区与文学流派的关系。古代的江西诗派、公安派、竟陵派、桐城派、阳湖派，都是以作家所在地命名的流派。现当代的“白洋淀派”作家孙犁、康濯、刘绍棠、从维熙、韩映山、冉淮舟等，都是冀中人，原先确算同一流派。但随着作家社会生活的复杂化，也可能派生出新的流派。从维熙身陷囹圄多年，复出后创作反映狱中生活的“大墙文学”，在冷峻深沉中，透露出浪漫主义色彩。刘绍棠当了20年农民后，也有所突破，形成自己的“运河滩文学”派。

弄明白上述这些问题，将有助于辨别文学流派。

从研究文学流派出发，可以启迪我们掌握和分析纷纭复杂的文学现象，从纵向可以梳理归纳出文学史的脉络，从横向又能考察出同时代作家们不同的思想和艺术的分野，发现和总结文学发展的规律、经验。

文学流派，顾名思义，不光有“派”，还得“流”。“流”的时间有长有短，有的只昙花一现，有的则源远流长。社会剖析派就是源远流长，直至今天，周而复、李劼人、姚雪垠等都受此派影响。“山药蛋”派、“白洋淀”派，都是后有来者，继往开来。

20世纪80年代中后期，文学流派研究论著才陆续问世。严家炎《中国现代小说流派史》、殷国明《中国现代文学流派发展史》、魏绍馨《中国现代文学思潮史》、杨义《中国现代小说史》、朱德发《二十世纪文学流派论纲》、柯文溥《中国新诗流派史》、吕家乡《诗潮·诗人·诗艺》、贾植芳主编《中国现代文学社团流派》、陆耀东《二十年代各派诗人论》、施建伟《中国现代文学流派论》、温儒敏《新文学现实主义的流变》、贾植芳主编《中国现代文学的主潮》、魏洪丘等《中国现代文学流派概观》、孙玉石《中国初期象征派诗歌研究》、朱寿桐《情绪：创造社的诗学宇宙》、赵凌河《中国现代派文学引论》、谭楚良《中国·现代主义文学》、艾晓明《中国左翼文学思潮探源》、秦亢宗等《现代作家和文学流派》等等，从思潮、流派角度，填补了现代文学史的空白，形成一个百家争鸣的繁荣景观，也标志着现代文学研究进入一个新阶段。其中杨义150万言3卷本煌煌巨著，兼有美学、史学与文化学三个层面的性质和特征，在历史纪传体基础上，以作家流派、文学思潮的演变，作家群体的文化倾向的流变，来梳理和勾勒近半个世纪中国现代小说的发展过程、线索与总体轮廓和文化轨迹。其他论著，也各有独到的成就。唐弢先生晚年喜见这一盛况，他虽未能实现夙愿，后来者却已竟其志，如今，他尽可以含笑九泉了。

注释：

①杨义：《中国现代小说史》第1卷，第93页，人民文学出版社1986年版。

②黄裔：《追本溯源：重探现代评论派》，《中国文学研究》1991年第4期。

1991年10月于进步路新村

本文载《语文学刊》1995年第1期。

略论“新冰心体”的艺术风格

新中国成立初期，冰心以她的创作，热情歌颂新的社会、新的人，歌颂光明，歌颂各国人民的友谊。新中国成立前那种“淡淡的哀愁”不见了，代之以明快、高亢的格调。而新时期以来，由于文艺界的拨乱反正和思想解放运动，党的文艺方针的深入贯彻，冰心的艺术个性得以自由发挥，创作出她一向追求的“发挥个性，表现自己”的“真的文学”。在新时期，我们发现一个“新的冰心”，我们看到一种具有明朗健美、清新隽永的艺术风格的“新冰心体”。了解“新冰心体”的艺术风格，对于全面研究这位“五四”文学元老、现代当代文学的大师，也许有一定的意义。

众所周知，风格有可变性，又有延续性。从文学创作的成就来说，冰心多方面文学成就则是延续性的一面。五四时期，冰心是引人注目的“多面手”作家：她最早写“问题小说”；又是小诗派的举旗人，周作人称它为“冰心体”；她的散文，是新文学运动最早的“美文”；她又是“五四”以来最早的儿童文学家。新时期以来，她的文学成就也是多方面的：

一、抒情散文。《绿的歌》、《霞》、《腊八粥》、《等待》等，都是情深意切、文采斐然、耐人寻味的佳作。《绿的歌》和《霞》等，在简洁朴实的篇什里，或借景抒情，或托物言志，使诗意和哲理交融，凝聚和浓缩着作家数十年的人生体验，抒发出她对生命历程的感悟，吟唱着青春与生命的赞歌。作品一发表，就被视为名作来欣赏，评论界称赞它们达到炉火纯青的境地。

二、人物回忆。《关于男人》是系列回忆录，包括《我的祖父》、《我的父亲》、《我的小舅舅》、《我的老师——管叶羽先生》、《我的老伴——吴文藻》

诸篇。作者以细腻的笔致，描绘她熟悉的人物形象。这些真人真事的忆述，自由酣畅，真实生动，感人至深。这些作品，又富有历史感。它通过叙写亲人师友的生活流变，从一个侧面反映出20世纪中国社会历史文化的人间沧桑，揭示了国家民族历经劫难、变革更新的曲折进程，也刻画出中国知识分子在不同历史时期的文化心态和精神风貌。

三、自传。《我的故乡》、《我的童年》、《我到了北京》、《我入了贝满中斋》、《我的大学生涯》、《留美三年的回忆》。这些作品，通过作家亲身经历、特有际遇，真实地反映出时代的侧影。从另一方面，又是以自己的人生经历为线索，串联地写出自己所熟悉的许多知识分子人物。这些人物，生活在19世纪末到20世纪90年代的好几个历史时期，这样大的历史跨度，只有长寿的老作家才能写出，很有史料价值和教育价值，它熔记实和艺术描写于一炉，勾勒人物，反映时代，所以成为传记文学的精品。

四、通讯。这类作品有30来篇之多。《三寄小读者》是《再寄小读者》的续篇。它哺育、吸引、激励几代作家和几代读者群。《寄家乡小读者》是福建《小学生周报》的发刊词。通讯中的某些作品，或荣获全国少年儿童文学创作的荣誉奖，或荣获宋庆龄少年儿童基金会“樟树奖”。在《三寄小读者》一些通信中，作家向少年儿童描述了世界上还有数以亿计的少年儿童过着苦难生活；同时作家还以欣喜的心情，告诉小读者，世界各国人民、少年儿童之间的友谊是深厚的，人民的革命斗争是相互支援的，这扩大了小读者的眼界，使幼小的心灵受到国际主义思想的熏陶。

五、杂文。这是一些针砭时弊、大胆直书的醒世文章，好些发表在《散文世界》的《想到就写》栏。《我请求》、《我感谢》、《希望三百六十五天都尊师》、《施者比受者更有福》等，凭着真情实感，抒写人民群众的思想、情感和愿望。在这种主调的支配下，文坛上那些浮浅说教、虚伪雕饰的散文，显得黯然失色。《我请求》在《人民日报》一刊出，各地大中小学教师和有识之士，给作家的信，如雪片纷纷扬扬，飞向北京。笔者在中国现代文学馆看到整个大玻璃橱的书信原件，感受到全国教师的心、有识之士的心，跟这位文坛泰斗的心，合拍搏动。总之，新时期以来，她写的《我请求》、《无士则如何》、《我的家在哪里》等作品，就教育危机、知识分子待遇、社会腐败现象等热点话题，直抒己见，社会影响很大。所以人们常说，冰心新时期以来的文章都是“醒世文章”，比以前“辣”了起来，也更“烫手”。老作家萧乾说：

"老年的冰心更勇敢，更辉煌，她那支一向写人间之爱的笔，挥向邪恶的势力及腐朽的风气，真是光芒万丈。"

六、文学评论。包括《〈滴血的童心——孩子心中的文革〉序》、《广岛姑娘》、《我控诉——看日本电影〈混血儿〉后》、《〈海市〉打动了我的心》、《〈依依惜别的深情〉读后》等序、论创作和评介文章。特别值得一提的是她为《滴血的童心——孩子心中的文革》一书所作的序。这本书的百来位作者，"十年动乱"时都是中小学生，如今分散在各条战线，其中就有北师大学者艾晓明，他们以饱蘸感情的墨水，写下自己的悲愤、屈辱、内疚、悔恨、疑惑，再现了那场浩劫。冰心作序，是出于满腔爱国热情，彻底否定"十年动乱"，希望我们国家不要重蹈覆辙。

七、小说。有《空巢》、《万般皆上品……——一位副教授的独白》、《落价》、《桥》、《干涉》、《远来的和尚》、《明子和咪子》等7篇。前3篇都是"问题小说"，第一篇写两个"殊途"而不"同归"的高级知识分子的命运，比照了两种不同的社会制度和生活方式，概括了极其广阔的生活内容，形象地回答了如何看待新社会本质的美。作品充满爱国激情，寓意深刻，获1980年全国优秀短篇小说奖。第二、三篇，从不同角度，表现同一主题，作品反映的是随着社会的变革、文化的变革，现实生活中出现的知识贬值问题。万般皆上品，唯有读书低，它不仅牵动亿万群众的心，而且关系到国家民族的前途和命运。第二篇发表后，许多读者含着感激的热泪，倾诉小说如何撼动他们的心。20多年后的今天，知识升值与考研、考博"热"的出现，印证了老作家的远见卓识。

八、随笔。如《我家的对联》、《一颗没有人肯刻的图章》、《我向文学馆捐赠字画的经过》、《说梦》、《病榻呓语》、《我梦中的小翠鸟》、《我喜爱的小动物》等等。第二、三篇，都谈到一件事，她90多岁，想到说不定哪天忽然死去。可她在医院体检，说心脏"和年轻人的一模一样"，于是乃用孔夫子"老而不死是为贼"一语自嘲，请王世襄给她刻那枚"是为贼"的图章。第三篇全文一气呵成，类乎遗嘱的文字，通篇贯串一个"闲"字，使人读来感到举重若轻。她将人生生死大限，谈得那样轻松自如，看得那么平淡超脱，一个人"修炼"到这种地步，还有什么可畏可惧、可慕可求？

通过以上粗略的回顾，不难看出"新冰心体"跟冰心早期散文二者风格是何等不同。冰心早期散文风格特色是：温柔亲切的感情，微带优郁的色调，含蓄不露的手法，清新隽丽的语言，构成其柔和细腻、清丽典雅的艺术风格。而“新冰心体”的风格特色是：深沉真挚的感情，明朗健美的韵味，苍劲朴茂的笔致，蕴含哲理的语言，构成其明朗健美、清新隽永的艺术风格。冰心近年来的散文作品，色调明朗、乐观，特别是历尽了人世的艰辛，跨进老年的门坎，情感显得格外深沉，对世间一切事物都洞若观火，了然于胸。至于语言风格，早已达到炉火纯青的境界。正如冰心所说的：“文章写到了有风格，必须是作者自己对于他所描述的人、物、情、景，有着浓厚真挚的情感，他是抑制不住冲口而出的，不是人云亦云东抄西袭的语言，乃是代表他自己的情感的独特的语言。”新时期，冰心散文正呈现出苍劲朴茂的势态，而且字里行间，都充满了哲理意味。

冰心散文的艺术风格为何产生如此巨大的变化？笔者试从时代生活、作家心态和诗人气质几方面，对这种艺术风格变化的原因，略作探索。

时代生活的变化，是决定冰心艺术风格变化的重要因素。1946 年，国民党当局任命冰心丈夫吴文藻先生为中国驻日本代表团政治组组长，冰心全家赴日本，1949 年，冰心在东京大学教授《中国新文学》课程。新中国成立后，台湾当局拒不签护照，使冰心一家回不了大陆。到 1951 年，她应美国耶鲁大学聘任，台湾当局才签了护照。冰心一心向往祖国，一到香港，即转回北京。随着社会现实的变革，新中国成立以后，冰心散文就充满明朗、乐观的色彩。正如作家在《归来以后》中所说的：“如今在这万象更新的新中国的环境中，举目四望，有的是健康活泼的儿童，有的是快乐光明的新事物，有的是光辉灿烂的远景，我的材料和文思，应当是取之不尽、用之不竭的。”20 世纪五六十年代，她的散文仍然带有早期的清新隽丽、含而不露的风格特色。不过由于时代不同了，生活前进了，她的作品已消失了新中国成立前写的那种微带忧郁的色彩，而是饱和着先进的思想和健康的感情，辉映着时代的光芒。这时期，她只是一味地歌颂祖国、歌颂新社会，而不敢写自己，显示出含而不露的特点。新时期以来，冰心的创作，则呈现出全新的面貌。“十年浩劫”的血与火，磨炼了全国人民，充分暴露出各个阴暗的死角，表明社会主义制度还存在不完善之处。作家思想一旦解放，就开始正视人生，站在新的历史高度，全方位地认识生活、评价生活。粉碎“四人帮”后，社会生活趋于安定，民主空气得到发扬，冰心和巴金等老一辈作家，痛定思痛，心中有话，不吐不快。在“十年动乱”中的感情积累，一旦喷射出来，就具有灼人的力量。

特别是她的杂文，写得尖锐泼辣，意味深长，富于哲理和思辨色彩。另一方面，她从不敢写自己，发展为敢写自己，冲破“心有余悸”的禁锢，充满轻松愉快的胜利感。正如她在《我的故乡》中所描述的那样：“十几年来，我还没有这样地畅快挥写过！我的回忆像初融的春水，涌溢奔流……如果不把这些写记下来，将来这些图文就会和我的刻着印象的头脑一起消失。”正是在这种心情之下，她写下了许多有关自己和别人的回忆录作品。

作家的心态，决定了她艺术风格发展的趋势。在“十年浩劫”中，反面教员启示她悟透了过去难于明白的道理，纠正了她思想的偏颇。“十七年”时期，作家只告诉孩子们前进路上铺满玫瑰的花瓣；新时期，她则告诉孩子们还要看到玫瑰的利刺，这才是完整的一朵玫瑰。过去，她总把孩子们看得像水晶般纯净透明，“十年浩劫”中，她看到佩红袖章的红卫兵抄家、批斗时的所作所为，痛切地感到他们在五色染缸中易被浸染，同时感到他们又是无辜的、受害的。由此，她意识到必须肃清封建主义思想在意识形态领域中的影响。她看到愚昧无知、迷信盲从，容易被愚弄，因此着力于提高孩子们的识别能力，使得封建专制主义找不到市场，使得中华民族不再重演“史无前例”的历史悲剧。

冰心真是跟童心结下不解之缘。早年创作，从歌颂纯洁的童心起步，提倡人类彼此相爱，以改变黑暗现实；到晚年，为《滴血的童心——孩子心中的文革》一书作序，嗟叹童心在“滴血”，呼唤制止悲剧重演！经历一轮“甲子”，留下作家创作发展的轨迹，也看出风格发展的一个侧面。

诗人的气质，决定了作家的审美追求。冰心一贯主张说真话。她作为《散文世界》杂志的顾问，要求编辑部坚持“讲真话，写真情，别搞假大空”的办刊宗旨，这也是冰心的艺术追求。“双百”方针激励她纵情挥毫，畅所欲言，做党和人民的诤友。她出于对祖国、对人民、对社会主义的热爱，大胆地说真话，写真情。巴金盛赞她说：“她呼吁，她请求，她那些真诚的语言，她那些充满感情的文字，都是为了我们这个多灾多难的国家，都是为了我们大家熟悉的忠诚、老实的人民。她要求‘真话’。她追求‘真话’。将近一个世纪过去了，她还以自己做榜样鼓励大家讲‘真话’，写‘真话’……她是那么坦率，又那么纯真！她是那么坚定，又那么坚强！”当然，冰心在“说真话”、“写真情”中，也遇到过60年创作生涯中的“第一次挫折”，但终于实现了自己为人民说真话的愿望①。

冰心具有典型的诗人气质。即使到90岁高龄，还易于激动，寻求情感宣泄。况且老作家见识多，阅历广，加以文思慧敏，博闻强记，遇事能迅速表达独到见解，因而近年散文创作，作品越写越短，平均每篇800字，且用散文写政论。作家郭风把它描绘成“冰心景象”，即炽热的火焰一般的文学风格和景象，说她晚年散文，是诗和政论融化而成的新文体，充满诗的热情和哲人之见。茅盾早就评论“冰心是最最属于她自己的作家”。新时期以来，冰心更淡泊个人名利地位，更看重事业，她的座右铭是“淡泊以明志，宁静以致远”。她把自己的十来万元稿费，全部捐作儿童事业基金，发展散文、小说创作基金和“希望工程”等。新时期以来，她和巴金的散文创作，为我们树立了说真话的旗帜，它们敢于揭露时弊，严于解剖自己灵魂，以真情实感，激动广大读者的心。

冰心在漫长的文学生涯中，形成自己独特的艺术风格，早期散文的艺术风格和“新冰心体”的艺术风格，尽管迥然不同，却互为补充，相辅相成。两种不同的艺术风格，构成了完整的冰心艺术风格。

综观冰心一生，走的是一条爱国主义者的路。不论是早期创作的艺术风格，还是晚年“新冰心体”的艺术风格，爱国主义的思想红线，总是贯穿在她的创作中。她在“十年浩劫”过后说，热爱祖国是一个人最基本最崇高的品质。一个人只要有一颗爱国心，就什么事情都能解决，什么苦楚、什么冤屈都受得了。诚然，20世纪50年代初的中国现代文学史，给冰心扣上“资产阶级作家”帽子，“十年动乱”时期，她也被抄过家，受到不公正的待遇，可是，历史证明冰心是爱国主义作家，近年来文学评论界高度评价了文坛泰斗冰心的文学成就，肯定了她崇高的文学地位。冰心书房挂着的对联是龚自珍名句“世事沧桑心事定，胸中海岳梦中飞”，语见龚自珍历尽沧桑后的慷慨之作《己亥杂诗》。这两句诗，不仅是龚自珍，也是冰心的精神与艺术的写照。只有历尽坎坷的诗人，才能写出这般充满人生感慨的诗句，也只有以泰然自若心态面对人生的文学元老，才配欣赏这样的诗句。

上联是冰心人生态度的写照，下联是冰心艺术经验的概括。冰心，被誉为“人民群众的代言人”、“中国知识分子的光辉典范”、“中华民族的希望”。在中国现代当代文坛上，冰心以她多方面的文学贡献，哺育和影响了几代作家；冰心以她博大的爱心和人格力量，感召着同时代人，并成为文学后继者的楷模。

注释：

①［日］冈田祥子：《记八十年代以后的谢冰心》，“冰心研究丛书”《冰心论集》（下），第268页，海峡文艺出版社2000年版。

1995年4月于康山里新村

本文载《语文学刊》1999年第1期。全文收入“中国·跨世纪系列丛书”《中国发展研究文库》。

无意树旗帜却成为旗帜

——冰心人品谈片

文坛泰斗冰心永远离开我们了，可她给我们留下了无价的精神财富：她的文学成就是不灭的明灯，她的人格力量是光辉的旗帜。冰心不论为人为文，为妻为母，为师为友，都是人世的楷模。

冰心无意树旗帜，却处处成为旗帜。本文管中窥豹，仅就“贤妻”、“良母”、“名师”、“诤友”四个角度切入，以见出冰心人格之伟大。

也许有人认为，把一位享誉世界的作家，降格为“贤妻”、“良母”，这对她未免过于贬抑。笔者认为，首先，冰心是一个“人”，而不是生活在真空、不食人间烟火的“神”。其次，冰心是一位女性作家，她有家庭、有父母、丈夫、儿女，她承担着比丈夫更多的社会责任，况且笔者所说的“贤妻良母”，绝不仅仅是一般的任劳任怨、勤俭朴素的家庭主妇，冰心是“典型环境中的典型人物”。作为人妻人母，她要操持家中一切事务，而作为作家，她又要从事创作活动。20世纪50年代后期，其丈夫、儿子、弟弟都被错划为“右派”，她承受了一般人难以承受的压力，她的处境极其艰难而尴尬；一方面，她身兼父职和母职，还得宽慰受冤屈的亲人，相信以后“重有报效祖国的机会”，同时又作为“右派”的眷属生活在人群之中；另方面，她又要写作品歌颂党的路线、方针和政策，歌颂祖国和人民，这是多么勉为其难呀！因此，她绝不是一般意义上的“贤妻良母”，她是被周恩来总理誉为“十亿大国女性中的第一完人”。

冰心先生可贵之处在于，她原本并不追求树什么旗帜，是客观形势，把她推到“贤妻良母”、“名师诤友”这个尊荣的地位上去。她不曾立志当什么模范妻子、英雄母亲、先进教师、杰出作家，是北洋军阀的统治、日寇野蛮的入侵、延续8年的抗战、极“左”路线的肆虐等等这些“家难”“国忧”磨炼了她，使她成为出类拔萃的“贤妻良母”、“名师诤友”。可不是吗？在北洋军阀统治的20世纪20年代，冰心出于“感化社会”、“改良现状”的目的，写出一系列“问题小说”，谁知竟成为“问题小说”的首席作家，初步显示出人民“诤友”的气质。20年代，母校燕京大学聘冰心任教，为她成为“名师”、成为“燕大的掌上明珠和骄傲”，提供了前提条件。

抗战8年，冰心颠沛流离于云南、四川，文藻几度病危，她既是主内主外、养家糊口的贤妻良母，又是写下铁骨铮铮的散文的作家，表达了她和广大人民抗击日寇的共同心声，做共产党和人民的“诤友”。20世纪50年代，家庭因文藻被错划为“右派”而遭厄运，这“典型环境”进一步磨炼了她“贤妻良母”的“典型性格”。新时期，民主的政治氛围，使这位饱经沧桑的老作家，“为民请命”，一无所惧地“豁出去”（萧乾语），写下许多针砭时弊的警世诤言，使她成为“中国知识分子的良知的光辉代表”，成为党和人民的“诤友”。所有这些，都表明冰心无意树旗帜，可在客观实践中却处处成为旗帜。

冰心是标准的贤妻。她和吴文藻博士的婚礼，可谓俭朴至极，他俩选定北京西山大觉寺为洞房，那儿只有一张简陋的木床，还有一张白胚的方桌，仅三条腿，另一条腿是用砖垒的。

抗日期间，冰心一家颠沛流离于云南、重庆一带，她卖了书在歌乐山买一所没围墙的土屋。1940年，她拒绝校友宋美龄邀请，不去妇女指导委员会文化教育组主持工作，退还聘书和薪金。这时吴文藻正患重病，年关逼近，经济拮据，连年夜饭也没着落。适逢《星期评论》杂志向她约稿，她为避免国民党找麻烦，就以“男士”笔名，连载《关于女人》16篇散文，用第一篇的稿酬，上重庆三六九点心店吃年夜饭。1941年，吴又患肺炎，起死回生，他们又一同渡过险关。

1958年，中国社会学奠基人和大师吴文藻被错划为“右派”。周总理夫妇派一辆小车，召冰心到中南海西花厅，让她好好帮助吴文藻改造。她对邓大姐倾吐一腔冤愤：“如果他是右派，我也就是漏网右派，我们的思想都差不多，但决没有‘反党反社会主义’的思想！”冰心晚年所作《我的老伴——吴文藻》，就他们结为夫妇、培育子女的56年间，概括出饱含哲理的结论：人生道路上，不但有“家难”，而且有“国忧”，“在坎坷的路上，扶掖而行的时候，要坚忍地咽下各自的冤抑和痛苦，在荆棘遍地的路上，互慰互勉，相濡以沫”，“有着忠贞而精诚的爱情在维护着，永远也不会有什么人为的‘划界限’，什么离异出走，不会有家破人亡，也不会教育出那种因偏激、怪癖、不平、愤怒而破坏社会秩序的儿女。”如今回顾“反右”当年，更体认到冰心那贤妻良母的优秀品格。在艰难的岁月里，她不仅顽强地挑起五口之家的生活重担，还把3个儿女都培育成优秀人才，终于迎来第二次“解放”。

1985年，吴文藻病逝，留下遗言：不搞遗体告别，不开追悼会，火葬后骨灰投海。冰心在1986年写道：现在先将他的骨灰寄在革命公墓，“等我死后，我们的遗骨再一同投海，也是‘死同穴’的意思吧！”① 1999年9月，冰心女儿吴青在“冰心文学首届国际学术研讨会”上说：“1995年，妈决定把爸爸和她的骨灰埋在一起，以便家里人常去看看。”还说：“妈妈的大脑和五脏六腑都献给医学界了。爸爸的五脏六腑当年也献给医学界了。”这对夫妇都把各自的五脏六腑献给了医学界，献给了社会，献给了人民，他们对社会、对人民都做到了鞠躬尽瘁，在这层意义上，他们确实做到了“死同穴”，而且是高品位的“死同穴”。

冰心又是位典型的良母。她在世界文学中将母爱主题发挥得淋漓尽致，可她的家教艺术一向鲜为人知。吴文藻一心扑在事业上，对每个研究生，连留学的国家、学校、学派、导师等都作了周密安排，培养出一批批杰出的社会学人才。他的学生的唁信说：“吴老师花在培养学生身上的精力和心思，比花在自己儿女身上的多得多了。”是的，他全然不管家务，甚至连要给子女买的糕点“萨其玛”，也只记住一个“马”字；让他给岳父买一件夹袍面料，也买错了。冰心身为著名作家，双肩则挑着为父为母两副担子。她对子女，历来讲道理，讲民主，尊重其人格。儿女懂事后，她告诉他们，你首先是人，其次才是孩子。她教女儿要勇敢，啥都别怕，男孩子做得到的，你也做得到。在她的鼓励下，女儿吴青跟男孩比赛爬山、上树、游泳……冰心还教育儿女们要博爱，要爱因抗日作战而残废的战士。在募捐时，儿女们把妈妈给的零用钱都捐献了。她时常带儿女们到大自然中去，看树木、花鸟、虫鱼。她教儿女们要爱小动物。一次，吴青逮到一只小鸟，她说“鸟妈妈在等着它呢”，吴青就把它放了。她还教儿女们要懂得恨，告诉他们只有赶走日本鬼子，才能过上和平、幸福的日子。她还教育儿女们要说真话，不许骗人。谁说了假话，就罚谁喝奎宁丸泡的苦水，因此儿女们从不撒谎。

冰心的三个子女，都是在父亲含冤受屈当“右派”的年代里成才的。他们勤于钻研业务，政治思想和作风也都正派。长子吴平，20世纪50年代入清华大学，毕业后在中国科学院任研究员，现为北京建筑设计院高级工程师。长女吴冰、次女吴青都精通外语，长期执教高校，现都在北京外国语大学英语系任教授，吴冰还是博士生导师。吴青自1984年以来，先后被选为北京海淀区、北京市人大代表，由于师承母训，敢讲真话，表达人民的心声，受到群众的好评，也成为党和人民的“诤友”。

冰心还是一位名师。她的师名为文名所掩，其实她曾是一位有名的好教师。冰心素以教师世家自豪。1912年，她考进福州女子师范学校预科，只读了3个学期，因父亲应召回北京任职，乃随家北上。1920年，冰心还在燕京大学念书时，就创办了“儿童半日义校”和“妇女注音字母识字班”，她是这两个义校的校长，并在前者任课。这是她最早的教育实践。1926年，她留美归国后，即受聘于母校燕京大学。由于种种原因，她埋头教学，搁笔3年，燕京大学赋予她“燕大的掌上明珠和骄傲”的最高荣誉。1930年、1933年，先后受聘于北平女子文理学院、清华大学国文系担任讲师。抗战爆发，她夫妇离北平到云南，吴文藻执教于云南大学，冰心在呈贡简易师范学校义务兼课。1946年，她随吴文藻赴日本。1947、1948两年，她先后7次应邀到京都大学和东京大学作《如何鉴赏中国文学》的系列讲座。1949年至1951年，东京大学聘她为教授，讲授《中国新文学》课程。1951年，美国的耶鲁大学以优厚待遇邀请冰心夫妇去任教，他们却毅然决定回祖国，终于辗转香港，回到北京。

广义地说，冰心是文学界一代宗师，她的作品哺育、影响了几代作家。狭义地说，冰心作为教师，培养过许多高足，好些都成了文化名人：诗人林庚教授、戏剧家焦菊隐、史学家翁独健、教育家关瑞梧、地理学家侯仁之等等，真可谓名师出高徒。关于学生评价冰心老师的信息，从她的《衷心的感谢》一段引文可见一斑。即将归国的学者李有义悼吴文藻老师的唁信说：“我作为您和藻师弟子，已经54个年头了，这是天翻地覆的54年，你们给我们的教导是：爱祖国，爱人民。在这半个多世纪以来，你和藻师就是为祖国的现代化而努力，我也在实践你们的教导……”从落款推断，这是冰心夫妇在清华大学任教时的学生。年深月久，冰心老师对学生的影响显得那样久远。

冰心虽为文坛泰斗却始终情系教坛。她把爱心分赠给丈夫的、女儿的学生们。1958年，吴文藻被错划“右派”并隔离审查，吴的学生兼助手也被株连错划，助手决计自尽，噙泪诀别师母，冰心正言詈骂：“你太懦弱了！你想过没有？你死后，家庭怎么办？教研室怎么办？社会学专业怎么办？——给我活下去！”在导师蒙冤受屈的特殊时刻，师母毅然挑起老师的担子，正言厉色教训即将抛弃生命、告别人生的学生，激励他鼓起生活的勇气，苦撑“社会学”学科。师母的话果然化为他的行动。这岂止是师母的爱心？与其说是吴老师的信念融进她的血液，不如说是具有良师素质的冰心对后辈的希望与重托，不如说是她对教育事业高度责任感的表现。

作为文学家的冰心，长期与中国共产党肝胆相照，亲密合作，她是党和人民的诤友。作为中国民主促进会名誉主席的冰心，谈到民主协商制度时说过：“我们有和执政党‘长期共存’的权利，就该尽上‘互相监督’的义务。我们要做对他们‘促进’的诤友。”这位五四新文学运动的元老，现当代文坛具有重大影响的文学大师，在80年的文学生涯中，始终关心祖国和人民的命运。她终生跟“童心”结下不解之缘。她的散文创作，从赞美童心起步，自青年时期，到新中国成立初17年，都在歌颂祖国，赞美祖国的花朵，告诉人们前进路上铺满玫瑰花瓣，鲜艳而芬芳。“十年浩劫”后，她的认识有了飞跃，她在《滴血的童心——孩子心中的文革》序中，沉痛地指出，在封建法西斯文化专制的岁月，中国的“童心”在“滴血”！作家呼吁全社会、全民族共同制止“童心滴血”的悲剧重演。她在《序》中写道：“孩子是中国的希望和未来，只要他们把自己的‘难忘一事’永远铭刻在心，英国思想家孟德斯鸠在一段话中所说的‘既无法律，又无规则，由单独一人按照一己的意志与反复无常的心情领导一切’的史无前例的怪事才不会重演！”这就是郭风描绘的“冰心景象”——炽热的火焰一般的文学风格和景象，“她晚年散文是诗和政论融化而成的新文体，充满诗的热情和哲人之见”。如今的冰心散文，消失了新中国成立前作品“淡淡的哀愁”，代之以明朗健美、清新隽永的艺术风格，人们惊奇地发现一个“新的冰心”，她为党和人民的利益，敢于讲真话，写真情，纵情挥毫，畅所欲言，不愧为党和人民的诤友。

茅盾早年就赞誉冰心为“富有强烈的正义感的作家”。郭沫若在抗战期间用诗概括冰心的人品文品：“……婉婉唱随乐，殷殷家国忧。微冷松石瘦，贞静立山头。”郭沫若称颂冰心那清词妙句有如婉约动人的乐章的诗文，表达出忧国忧民的殷殷之情，她在抗战岁月拒绝顽固派的拉拢，有如松石贞静地傲立于人格山巅。

冰心大师，既是历尽人间沧桑的老作家，中国作家协会名誉主席，又是历届全国人大的代表，中国民主促进会名誉主席，因此她思考问题总是高屋建瓴，着眼于民族的命运，国家的前途，她无愧于“中国知识分子的良心”、“民族的良心”的荣誉称号。

冰心之所以成为出类拔萃的“贤妻”、“良母”、“名师”、“诤友”，之所以呈现出伟大的人格力量，是同她的女性意识密切相关的，是同她的“人的自觉”、“女性的自觉”密切相关的。

冰心认为，女人是真善美的象征。她曾以“男士”的笔名来评价女性：“世界上若没有女人，这世界至少要失去十分之五的‘真’、十分之六的‘善’、十分之七的‘美’。”[②] 冰心的为人和创作，处处显示出真善美。冰心“发挥个性，表现自己”的“真”的文学观，处处显示出她的真心、真情、真实、真挚。巴金的《随想录》激起她深切的共鸣，她写道：“真挚是一切创作的灵魂和力量。”她作为《散文世界》杂志的顾问，提出“讲真话，写真情，不搞假大空”的办刊宗旨；她指导少儿童写作，极强调真心和真诚；她告诉文学青年，只有在“能使你动了真正的感情”时才下笔，“这种文学往往是‘真’的，而‘真’和‘善’、‘美’又是分不开的。‘真’和‘美’的文字，又总是有激励人们向上的‘善’的社会效果。”冰心从事文学创作，执意求真，她一生始终追求说真话，抒真情，写真相。巴金盛赞冰心老人说：“她要求‘真话’，她追求‘真话’，将近一个世纪过去了，她还以自己做榜样鼓励大家讲‘真话’，写‘真话’。”可以说，从总体来看，冰心的人品和文品，都是真善美的象征。

冰心认为，女人用爱“来维持这个世界”[③]，“女人的力量在于用爱‘温柔了世界’”[④]，她更多地看到女性的“不自私”，“无条件的爱着，鞠躬尽瘁，死而后已！”[⑤] 特别是五四新文化运动以来，中国新一代女性在反对封建礼教和封建伦理道德的斗争中，显示出为李大钊、鲁迅所确认的“妇女的时代”的“辉煌的曙色”。

中国是一个“盛产”贤妻良母的国家，长期的封建经济，以男权为中心的社会，男主外女主内的生活模式，自然会产生众多的贤妻良母。然而，那种时代的贤妻良母，是缺乏主体意识的。在封建社会中，女性是作为男人泄欲的对象和传宗接代的工具，女性的社会存在，是奴婢或附庸，女性的精神存在，则全然被窒息。只有在“五四”浪潮激荡下，一代妇女，特别是一代女作家，在反对封建思想文化的斗争中，才真正觉醒过来。她们的觉醒，首先是“人的觉醒”，其次是“女性的觉醒”。这正如1990年冰心为《妇女研究》杂志题词所指出的：“一个人要先想到自己是一个人，然后想到自己是个女人或男人。”⑥这正道出了“人的自觉”和“女性自觉”相统一的思想。“人的自觉”，使她作为教师，就一心一意地教书育人，于是名师出高徒；“人的自觉”，使她作为作家，便以高度的社会责任感，创作出优秀作品，以塑造读者灵魂，启示他们做规范化的人；作为作家，她用爱来“温柔”这个“世界”。“女性的自觉”，使得她无论遭逢怎样的“国忧”和“家难”，都肩负起为妻为母的重任，用爱“来维持这个世界”。

冰心的为人和为文，都体现出女人用爱来“维持世界”和“温柔世界”的女性观。冰心的无私美德，使她成为融传统美德与时代精神于一体的贤妻良母。她笔下的众多妇女形象，特别是《关于女人》一书中的女主人公形象，无一不是贤妻良母、无私奉献的女子的形象。作家绘声传神、简捷畅达地写出了她们的温良博爱、活泼聪明、妩媚动人、稳静端庄、严肃认真、诲人不倦、勤恳多能、舍己救人等等气质和美德。她们确是出色地“维持”了这个“世界”，也“温柔”了这个“世界”。

冰心的座右铭是：淡泊以明志，宁静以致远。她历来淡乎名利，她把毕生的精力，把所有的稿酬，连同遗体，总之，把一切的一切，都献给人民。唯其如此，她越发受到世人的敬重与怀念。文坛泰斗冰心，是华夏及至全球的骄傲，她的作品属于世界，她的人品永照千秋！

注释：

①冰心：《〈关于男人〉之五：我的老伴——吴文藻》，卓如编《冰心全集》第8卷，第32页，海峡文艺出版社1994年版。

②③⑤冰心：《〈关于女人〉后记》，卓如编《冰心全集》第3卷，第306、306、306页，海峡文艺出版社1994年版。

④盛英：《世纪的同龄人——冰心》，《中国女性文学新探》，第151页，中国文联出版社1999年版。

⑥盛英：《中国女作家和女性文学——为〈妇女大百科辞典〉而作》，《中国女性文学新探》，第373页，中国文联出版社1999年版。

1996年7月初稿，2000年3月改定

由中国作协等联合举办的“冰心文学首届国际学术研讨会”于1999年9月17～22日在福州长乐冰心文学馆召开。来自日本、美国等5国和国内文学界福州专家学者60多位参加大会。此文在大会交流、宣读，后收入会议论文集“冰心研究丛书”《冰心论集》，于2000年10月由海峡文艺出版社出版。前此发表于《语文学刊》2000年第1期，分别收入《二十一世纪中国社会发展战略研究文集》（长征出版社2000年10月出版）和《中国教育改革与发展文献》（四川人民出版社2000年5月出版）。

新时期现代文学研究一瞥

新时期以来，中国现代文学研究有极大发展：一是拨乱反正，公正评价作家作品；二是研究领域扩展，视角多样，课题翻新；三是重视史料建设。

笔者研读新时期以来中国现代文学研究的一些书报资料，每感目不暇接，气象喜人。反思历史，则感触殊多。新时期由于调整文艺政策，实行学术民主，现代文学研究才有较大进展。可以说，从1979年到1999年这20年取得的成绩，远远超过1919年到1979年这60年。以下仅从三个侧面略作扫描，就正于同行专家与读者。

一

由拨乱反正开始，重新实事求是地评价许多作家和作品。这主要指因为被粗暴地否定或由于种种原因被排斥、被冷落、被贬低的作家和作品。

由于拨乱反正，近拨林彪、“四人帮”之乱和“肃反”、“反右”之“乱”，远至排除20世纪30年代、40年代“左”倾错误路线干扰，使得许多事件恢复或接近了本来的面目。包括对王实味、萧军、胡风、潘汉年、丁玲、陈企霞、冯雪峰、艾青在内的几起历史积案所涉及的文学问题，初步得到清理。同时，由于解放思想，科学地把握历史批评和审美批评的标准，重新评价一大批作家和作品，包括胡适、周作人、徐志摩、林语堂、梁实秋、沈从文、穆时英、张爱玲、徐訏、陈铨等作家。还有许多作品，都陆续给予实事求是的评价。如：史学家、诗人孙毓棠创作的800多行长诗《宝马》，香港文学史家司马长风给予很高评价，国内长期没有给予应有的重视，现在也有学者开始研究和正确评论它了。新时期，研究李劼人“大河小说”的人逐渐多起来。20世纪80年代初出版的唐弢主编的《中国现代文学史简编》，对李劼人连续性的3部长篇小说《死水微澜》、《暴风雨前》和《大波》，仅用一页篇幅匆匆带过。80～90年代，评论者都一致充分肯定这三部系列长篇，90年代出版的郭志刚、孙中田主编的《中国现代文学史》，就把“沈从文和李劼人”合一专章加以评述，肯定了李劼人“这3部优秀的现实主义作品的出版，奠定了他在中国现代文学史上的地位，使他进入杰出的现实主义小说家的行列”①，还说这3部长篇的问世，“填补了我国文学史上的空白，开拓了中国现代长篇小说的新格局”②。

此外，一批过去被贬低甚至被曲解的名作，得到实事求是的评价。如：曹禺的《原野》、萧红的《呼兰河传》、师陀的《果园城记》、老舍的《四世同堂》和《猫城记》、巴金的《寒夜》、姚雪垠的《长夜》、端木蕻良的《科尔沁旗草原》、钱钟书的《围城》、路翎的《财主底儿女们》、“九叶诗派”诗人的作品等，都得到了科学的评价。

二

长期以来，现代文学研究有很多空白点，而且研究视角狭窄，研究方法单一。如今，研究领域大为扩展，研究视角也多种多样，研究课题更层出不穷，许多空白点都给填补了。

（一）从民族方面来看，老舍，作为一位满族作家，很少有人从民族学角度来考察他的满族的特殊素质。20世纪90年代以来，中国社会科学院关纪新先生曾专注于老舍的满族特殊素质的研究。在《1999年国际老舍学术研讨会论文选》中，关纪新发表《老舍，民族文学的光辉旗帜》，海南大学李鸿然教授发表《老舍与中国当代少数民族文学》，民族团结杂志社主任记者刘增林发表《老舍与中国少数民族文学》，如此等等。作家沈从文，其祖父、父亲是汉族血统，母亲是土家族血统，祖母是苗族血统，因此，沈从文的血管里，奔流着汉族、苗族、土家族的鲜血。近年来国内外不少研究沈从文的专著和论文，都提到沈从文的少数民族气质。这些表明，新时期现代文学的研究视角，有所扩大。

（二）从创作倾向来看，在现代文学领域中，对浪漫主义文艺思潮的研究，十分薄弱。现代主义文艺思潮，更是长期遭受贬斥。九叶诗派诗人，长期受到冷落和压抑。杰出的翻译家、九叶派诗人穆旦（查良铮），1958 年起，在政治烟尘中蒙难近 20 年之久，还等不及平反昭雪，就离开了人世。他的不幸遭遇，同他作为现代主义思潮的文艺家，不无关系。可以说，九叶诗派的 9 位诗人，在新中国成立以后受到有意冷落，跟极“左”的文艺路线有极大关系。新时期以来，对浪漫主义的评价，渐趋公正。朱寿桐的博士论文《情绪：创造社的诗学宇宙》，对浪漫主义的评价，则还其本来面目。对于浪漫主义的“左”倾偏见，在新时期的许多研究文学思潮的专著中，已逐渐消失，这不能不说是一种学术民主的可喜景观。如：严家炎著《中国现代小说流派史》，魏绍馨著《中国现代文学思潮史》，贾植芳主编《中国现代文学社团、流派》，殷国明著《中国现代文学流派发展史》，朱德发著《二十世纪中国文学流派论纲》，邵伯周著《中国现代文学思潮研究》，马良春等主编《中国现代文学思潮史》，秦亢宗等著《现代作家和文学流派》，谭楚良等著《中国·现代主义文学》等等，对各种文艺思潮的评论，都能坚持实事求是的科学态度，做到持论公允，令人心悦诚服。

（三）从研究地区来看，“十七年”时期，对日寇占据时期的台湾文学、东北等沦陷区文学、港澳文学，几乎无人问津。新时期以来，才开始有人作些研究。20 世纪 90 年代初，《中国现代文学研究丛刊》出过两期“沦陷区文学专号”，引起学术界注意。1984 年，唐弢主编的《中国现代文学史简编》仅以不足一页的篇幅，一笔带过台湾作家赖和、杨逵等的创作。随着对台、港、澳现代文学研究的日益加深，到 1999 年郭志刚、孙中田主编的《中国现代文学史》（修订版），则以一专章篇幅来写 1919～1949 年的《台湾和香港、澳门文学》，总共 64 页。而散见于各报纸杂志的研究台、港、澳文学的论文，还未及加以统计。总之，填补了一个空白，确是一大好事。

三

高度重视资料建设。新中国成立后的“十七年”，虽说也搞了一点资料建设，但由于指导思想是机械地配合政治斗争，这就不可能做到客观、如实，也就不科学。“十七年”时期，由于“左”倾路线占统治地位，天天讲阶级斗争和路线斗争，老作家、新作家人人自危，政治斗争取代了文学创作。60 年代初出版的福建师范学院中文系资料室编的《中国现代作家作品评论资料索引》，大都是文艺批判的内容，批判电影《武训传》，批判俞平伯《红楼梦研究》，声讨“胡风反革命集团”，批判“丁玲陈企霞反党集团”，批判“右派”分子……后来，又是批电影《早春二月》、《林家铺子》、《舞台姐妹》等等。总之，上述资料中，大量的目录索引，属大批判范围的文章。在拨乱反正后的今天看来，这些资料，没有多少是科学的、符合文艺自身规律的。

新时期以来编撰的各种中国现代当代文学史，如雨后春笋，不断出现，其中郭志刚、孙中田主编的《中国现代文学史》和洪子诚著的《中国当代文学史》极富特色，它们用十分客观的视点，不带主观偏见地叙述历史事实，让读者自己从中看出“左”倾路线对文学创作的危害、对作家的贬损。

在资料建设方面，新时期以来，学术界做了许多功德无量的贡献。由中国社会科学院文学研究所发起，有全国 70 多所高校人员参与编纂的一套《中国现代文学史资料汇编》，计 180 多卷，五六千万字。继 20 世纪 30 年代赵家璧主编一套 10 卷本的第一个十年的《中国新文学大系》，80 年代中期，上海文艺出版社出版了一套 20 卷本的第二个十年的《中国新文学大系》，由丁景唐主持，赵家璧任顾问，组织国内著名专家学者参加选编。80 年代末，上海文艺出版社又出版一套 20 卷本的第三个十年的《中国新文学大系》。至此，《中国新文学大系》这一文献资料，才完整地涵盖了三个“十年”。

老作家巴金建议搞的中国现代文学馆，现已初具规模。由作家李准任馆长，舒乙任副馆长。馆中有巴金、丁玲、张天翼等专室，其中有鲁迅签名赠给巴金、丁玲、张天翼等作家的书籍及书信原件，有巴金捐赠的大量书籍。文学馆还收集很多绝版书，上海“孤岛”时期及沦陷区、苏区的书、报、刊，这些珍贵资料，对研究版本学、考据学等，有重大意义。笔者曾将 1982 年前后中国作家协会福建分会、福建师范大学中文系、福建社会科学院合编的《福建新文学史料集刊》（第一、二、三、四辑）寄赠给中国现代文学馆，舒乙研究员来信说，他们对这套资料很感兴趣，且给予甚高评价。1980 年，中国现代文学馆主办一个刊物：《中国现代文学研究丛刊》（季刊），这是当代国内外最高水平的中国现代文学研究刊物。创刊以来，受到国内外学术界的广泛重视和一致好评，现已成为各国学者研究中国现代文学的共同园地。

近年来，国内还陆续发现已故作家闻一多、赵树理、老舍、郁达夫、丁玲等的不少佚文。朱正出版《鲁迅回忆录正误》一书，纠正了许广平有关鲁迅的回忆录中的差错。

在新时期的大背景下，北京大学朱金顺论著《新文学资料引论》问世，在学术界起了开风气、导潮流作用。

近年来，先后出现了鲁迅、老舍、巴金、丁玲、曹禺“研究史”一类专著。各种杂志，还发表不少阶段性的回顾某作家研究的“述评”等等，都具有创新和指导意义。

为老一辈作家百年华诞举办国际学术研讨会，提供大会交流的专著与论文，是对优秀科研成果的检阅。如：1996 年 12 月，举办郁达夫研究国际学术讨论会，随即由天津人民出版社出版《世纪回眸：郁达夫纵论——纪念郁达夫诞辰 100 周年国际学术讨论会论文选》，24.5 万字，作为“20 世纪中国文学研究书系”之一种推出。1999 年 2 月，纪念老舍诞辰 100 周年国际学术研讨会举办之后，就有天津人民出版社出版的《老舍与二十世纪：'99 国际老舍学术研讨会论文选》问世，35 万字。1999 年 9 月“冰心文学首届国际学术研讨会”的论文，题为《冰心论集》（下），由海峡文艺出版社出版，78 万字，如此等等。这些论文选、论文集，都具有深刻的历史意义和很高的学术价值。

福建师范大学中文系资料室于 1985 年之前编了一套《中国现代作家作品评论资料索引》（上、下册），收集 1962～1983 年各报纸、杂志上发表的有关文章，几经曲折，终于在 1992 年问世。

天津教育出版社出版一套“学术研究指南丛书”。它分为文学类、哲学类、历史类、法学类、教育类等。文学类出过《老舍研究纵览》、《郁达夫研究纵论》、《郭沫若文学研究管窥》、《曹禺研究五十年》、《元杂剧研究概述》等多种。这套治学入门丛书，填补了学术著作领域，特别是“入门”这个层次的空白。它集学术性、资料性和工具性于一体，一册在手，就可对这门学科研究的基本情况一览无余。一些年轻人希望跨入学术殿堂，但一接触到浩如烟海的资料、专著、论文，就手足无措，有时翻遍群书，也难得门径。为了解决这类难题，天津教育出版社就编辑出版了这套“概览性”的丛书，既有成果总结，介绍研究动态，也指出发展趋势，还展示学术研究门径。

上海文艺出版社从 1956 年起，直至今天，出版了一套“中国现代文学研究丛书”，如：楼栖的《论郭沫若的诗》，叶子铭的《茅盾四十年的文学道路》，王瑶的《中国新文学史稿》。新时期又出版了钱谷融的《雷雨人物谈》，陈鸣树的《鲁迅小说论稿》，杨匡汉等的《艾青传论》，汪应果的《巴金论》，王晓明的《沙汀艾芜的小说世界》，朱寿桐的《情绪：创造社的诗学宇宙》，王嘉良的《茅盾小说论稿》等。

国内各省出版社分工出版一套“中国现代作家研究资料丛书”，如天津人民出版社出版王自立、陈子善编《郁达夫研究资料》，北京十月文艺出版社出版曾广灿、吴怀斌编《老舍研究资料》，海峡文艺出版社出版李存光编《巴金研究资料》，中国戏剧出版社出版《曹禺研究资料》，北京十月文艺出版社出版《叶圣陶研究资料》，江西人民出版社出版《王鲁彦研究资料》，等等。

国内各省出版社分工出版一套“中国当代文学研究资料”，预计出百册丛书，以当代作家研究专集命名，如四川人民出版社的《郭沫若研究专集》，江苏人民出版社的《贺敬之研究专集》，福建人民出版社的《杜鹏程研究专集》、《柳青研究专集》、《秦牧研究专集》、《闻捷研究专集》，海峡文艺出版社的《郭风研究专集》，四川文艺出版社的《马识途研究专集》，贵州人民出版社的《刘心武研究专集》等等。

上海文艺出版社出版一套“中国现代作家论创作丛书”，如《老舍论创作》、《巴金论创作》、《叶圣陶论创作》等。

各出版社出版的丛书，更是不胜枚举，如书目文献出版社出版的“中国作家研究丛书”（有《老舍年谱》等），北京大学出版社出版的“北京大学青年学者文库”（有温儒敏的《新文学现实主义的流变》、方锡德的《中国现代小说与文学传统》等），好多是博士学位论著，展现了青年一代的学术风采。

总而言之，笔者面对新时期繁荣兴旺的学术景观，欢欣鼓舞之情油然而生。展望我国现代文学研究的前景，我们更充满信心。

注释：

①②郭志刚、孙中田主编：《中国现代文学史》（上册），第409页，高等教育出版社。

2004年春作于康山里新村

发表于《厦门广播电视大学学报》2004年第3期。入选《中国现代文学研究丛刊》2004年中国现代文学研究索引。

附录

中国当代文学作品选评

《茶馆》

作者简介

老舍，原名舒庆春，字舍予，满族，北京人。新中国成立前在小说、话剧方面已卓有建树；新中国成立后创作 23 个剧本，其中尤以《龙须沟》和《茶馆》成就最高。于“十年动乱”开始，就被林彪、江青迫害致死。1978 年，冤案得以昭雪。老舍是当代著名剧作家，剧作风格为：朴实，精炼，幽默，富于“北京味”。

作品评析

《茶馆》发表于《收获》1957 年 7 月创刊号上，后编入《老舍剧作选》。

《茶馆》是老舍代表作之一，也是享有国际盛誉的剧作。1958 年、1963 年、1979 年它在国内 3 次上演，都震动剧坛。1980 年此剧在欧洲和日本上演，被誉为“东方舞台上的奇迹”、“中国现代戏剧的精华”。

剧本通过一个茶馆的盛衰，以及与茶馆有牵连的人物命运之浮沉，反映旧中国半个世纪的风云变幻，含蓄而深刻地揭示出旧社会行将灭亡、新时代即将来临的历史趋势。全剧共三幕。第一幕背景是戊戌变法失败后，描绘一幅国弱民贫、政治极端腐败的晚清社会图景；第二幕背景是民国初年军阀混战时期，呈现出一派国势日衰，兵荒马乱，人民陷入苦难深渊的悲惨景象；

第三幕背景是抗日战争胜利后，描绘出蒋介石独裁统治，特务横行，人民盼解放的图景。作品通过这三幅社会生活图画，形象地揭示出中国已病入膏肓。通过三个老人的自我祭奠来诅咒和和葬送这旧时代，还通过描写康大力和西山游击队，展现了新时代的曙光。总之，《茶馆》是旧时代的丧钟，也是一曲带笑的葬歌。

《茶馆》出场人物70多个，有名有姓的50人。其中王利发、常四爷、秦仲义是贯穿全剧的三个人物。

王利发是个精明干练的小业主形象。他信奉顺民哲学。从不招惹是非，对太监、资本家、特务、大兵等，一概逆来顺受：请安、作揖、进贡、说好话。他不仅对有权有势的太监是一副八面玲珑的姿态，就是对地位低下的算命先生唐铁嘴，也宁可让他白喝茶。房东秦仲义要长房钱，他只好曲意奉承，吃了亏还装出高兴的样子。他善于经营，能吃苦耐劳，且努力适应社会风气流变，在“改良”中找出路：卖茶不行，添公寓；公寓没了，添评书；评书不叫座儿，想用女招待招徕茶客。他虽然有商人的自私，但还善良，守本分，有一定正义感。他尽管并不富裕，却收留康顺子母子，保护公寓的学生，斥责刘麻子贩卖人口的丧尽天良的行为，说明他具有中国人的良知。凭他的思想、性格和能耐，茶馆理应开得下去，可在万恶的旧社会，这个委曲求全的小商人，在三皇道要人、特务要钱、沈处长要房“三管齐下”、八方受气中，只得悲愤自尽。王利发的死，是对黑暗社会的有力控诉，也是对改良主义道路的彻底否定。

常四爷是个旗人，享有“吃皇粮”的特权，为人耿直刚强，有正义感和爱国心。他从自己的家世败落中，痛感清王朝的昏暗腐败，帝国主义者的残暴肆虐，只因说一句“大清国要完”而被捕入狱。出牢后，他参加义和团，和洋人打过仗，后来成为一个自食其力的劳动者，穷困潦倒，艰苦度日。他“一辈子不服软，敢作敢当，专打抱不平”，把个人命运置之度外，“凭良心干了一辈子”，“只盼国家像个样儿，不受外国人欺侮”。可终于“一事无成”，他悲愤地喊道：“我爱咱们的国呀，可是谁爱我呢？”常四爷形象说明，单凭一腔热血，企图通过个人奋斗的方式求得自身的生存与发展，根本行不通。

秦仲义是一个满怀雄心壮志，致力实业救国的民族资本家形象。他从20多岁起，就不安于做一个财大气粗的阔少爷，变卖财产办工厂，想走维新道路，振兴民族工业，抵制洋货，以求国富民强。可是他惨淡经营40年的工厂，先是被日本侵略者以“合作”为名夺去，后又被国民党反动派作为“逆产”没收。他数十年心血付诸东流，振兴民族的事业前功尽弃，落得个倾家荡产、孑然一身的悲惨结局。秦仲义厄运充分表明，在半封建半殖民地社会，实业救国只是一种幻想而已。

《茶馆》的艺术结构，为话剧创作闯出一条新路。它冲破“一人一事”为主线的“老套子”，而从刻画人物、表现主题着眼，把众多人物的生活片断巧妙地编织一起，反映社会风貌，表现时代特征和社会心理。这是“以人物带动故事”的“人像展览式”的结构方式：主要人物从壮年到老年贯穿全剧；次要人物父子相承；每个人物都说自己的事，又都跟时代发生关系。这些都体现了老舍“写戏主要是写人”的理论。它还冲破“没有冲突就没有戏剧”的“老套子”，没有贯穿全剧的戏剧冲突与故事情节，而以人物命运的变迁推动剧情发展，把不同类型的人物集中在三个时代的横断面里，通过他们的生活片断和故事展现一幅幅时代的生活图画。而傻杨这角色，用数来宝将相对独立的三幕戏，连缀成一个有机整体，使全剧统一在“埋葬三个时代”的主题思想之中。

参考篇目

①焦菊隐等：《座谈老舍的〈茶馆〉》，《文艺报》1958 年第 1 期。

②李健吾：《读〈茶馆〉》，《人民文学》1958 年第 1 期。

③冉忆桥：《带笑的葬歌——谈围绕〈茶馆〉争议的几个问题》，《上海师大学报》1980 年第 1 期。

④倪宗武：《〈茶馆〉的卓越成就》，张炯主编《新中国话剧文学概观》，第 24 页，中国戏剧出版社 1990 年版。

⑤老舍：《答复有关〈茶馆〉的几个问题》，《剧本》1958 年第 5 期。

《青春之歌》

作品梗概

林道静生长在北平官僚地主家庭，为反抗封建包办婚姻出走，投奔北戴河表兄，谁知竟落入劣绅圈套。她濒临绝境，愤而投海，为余永泽所救，余还介绍她到小学任教，于是两人相爱。“九一八”事变发生时，她结识共产党员卢嘉川，接受抗日救国道理，激起爱国热情。她因宣传抗日而被迫辞职，潜回北平，在余永泽苦苦哀求下两人同居。除夕晚会上，卢嘉川进一步引导她走革命道路，从此她大量阅读马列著作与进步书刊，参加革命活动。在争论如何救亡中，卢嘉川等主张抗战救亡，余永泽出于追求名利动机，赞成“读书救国论”。林道静思想倾向卢嘉川，与余永泽疏远。一天，卢嘉川到她家暂避特务跟踪，托她保存一包材料。她一出门，卢嘉川就被余永泽撵走，以致被捕。林道静见卢寄存的是传单，便深夜上街张贴，遭余指责，两人终于分道扬镳。

从此，林道静坚定地走向革命。但由于缺乏斗争经验而被捕，获释后潜入定县。在江华的引导下，她与贫苦农民的联系加强了，阶级斗争觉悟迅速提高。后因身份暴露，几经周折，回北平，又不幸被捕。在狱中，林红以英勇斗争精神对她言传身教，讲述共产党人为真理而献身的故事，使她深受教育，勇敢投入狱中斗争。出狱后，她被吸收入党，派往北大搞地下工作。她遵循党组织指示，终于克服重重困难，打开局面。声势浩大的“一二·九”和“一二·一六”示威游行震惊中外，林道静坚定地走在队伍最前列……

作者简介

杨沫，原名杨成业，原籍湖南湘阴。抗日战争爆发后，她投身抗日游击战争，担任过报社编辑工作。新中国成立后，她把主要精力放在长篇小说创作上。1958年由作家出版社出版代表作《青春之歌》。1980年出版长篇《东方欲晓》，修改后更名《芳菲之歌》。拟再写《英华之歌》，与《青春之歌》、《芳菲之歌》组成三部曲。

作品评析

《青春之歌》是中国当代文学史上第一部描写共产党领导学生运动的优秀长篇。它以“九一八”事变到“一二·九”运动这段历史为背景，展示20世纪30年代我国知识界各种人物面貌，反映进步知识分子从个人奋斗到投身革命的曲折历程。

主人公林道静是20世纪30年代在党的教育下走上革命道路的知识分子的典型。她的成长经历了三个阶段。

第一阶段：从抗婚出走到同余永泽决裂，是个人奋斗阶段。她抗婚出走，谁知逃出狼窝又落入虎口，只得跳海自尽。这反映出旧社会知识者个人奋斗的软弱无力。随后，摆脱了劣绅圈套，又误入余永泽樊笼。她跟余由相爱而同居，仍是个悲剧。因为她纵然获得暂时的平静与爱情的满足，可她的性格是要追求个性解放，渴望自立谋生，更何况民族斗争的风暴震撼其心灵，召唤她投身抗日救亡运动中去。而余永泽却热衷于功名利禄，对抗日救亡漠然置之，且把林道静关在象牙之塔，限制她读进步书刊，阻挠她参加救亡活动。卢嘉川的被捕，则促使他俩决裂。这是政治严重分歧、感情彻底破裂的表现，也是她思想认识飞跃的重要标志。它还意味着主人公已摆脱个人狭小天地，把自己的理想、出路同民族解放事业联系起来。

第二阶段：从独居公寓到再度被捕入狱，是完成从小资产阶级到无产阶级先锋战士的质变阶段。她潜入定县、深泽县，经历斗争风雨的洗礼，阶级立场发生了根本变化。有了这个质的飞跃，她政治上才更加坚定。她在农村锻炼中接受阶级教育，在铁窗烈火冶炼中又经受严峻的生死考验。林红使她丰富了斗争经验，懂得更多革命道理。总之，在党的教育下，她摒弃个人英雄主义思想，克服温情、狂热、多愁善感等小资产阶级情调，认识斗争的尖锐性与长期性；面对敌人的酷刑和诱逼，她表现出宁死不屈的精神。

第三阶段：从出狱后入党到领导北大学生运动，是接受新考验并继续前进的阶段。她入党后，思想得到更大的锻炼与发展。作者把此时的林道静，作为成熟的革命者来写。无论接受什么任务，她都表现出对党忠心耿耿，对共产主义信念坚定不移。

作品的艺术成就，主要表现在人物塑造上。作者善于以中心人物为主轴，通过对比、映衬、烘托，从不同侧面来加强形象的立体感。如卢嘉川、江华是林道静的引路人；林红是林道静的表率；罗大方、许宁、余永泽、白莉苹、戴愉等，既标志着革命浪潮中知识分子的组合与分化、动摇与沉沦，又反衬出林道静道路的正确、光明和她信念之坚定不移。作品不足之处是，后半部结构较松散，语言不够丰富多彩，人物对话缺乏个性。

20 世纪 50 年代末，国内曾对《青春之歌》展开激烈争论。郭开等的批评显然带简单化倾向；茅盾、何其芳等则坚持对作品作科学全面的评价。

参考篇目

①郭开：《略谈林道静描写中的缺点——评杨沫小说〈青春之歌〉》，《中国青年》1959 年第 2 期。

②茅盾：《怎样评价〈青春之歌〉》，《中国青年》1959 年第 1 期。

③陈骏涛：《重读〈青春之歌〉——关于林道静的形象及其他》，《安徽文艺》1977 年第 10 期。

④李杨:《杨沫生活创作的历程》,《十月》1985年第4期。

⑤杨沫:《〈青春之歌〉与我》,《山西文学》1984年第1期。

《关汉卿》

作者简介

田汉,湖南长沙人,现代杰出的戏剧家,革命戏剧运动的奠基人,戏曲改革运动的先驱者。新中国成立后,除创作话剧、改编戏曲,还写了大量诗歌、散文和学术论文,而在话剧创作中则以《关汉卿》、《文成公主》成就为最高。他的剧作具有气势豪放、热情洋溢、氛围壮阔的风格特色。"十年动乱"初期,他惨遭江青一伙迫害,含冤负屈病死狱中;1978年,平反昭雪。

作品评析

历史剧《关汉卿》是田汉于1958年为纪念世界文化名人关汉卿戏剧活动700周年而写成的。它是田汉剧作的顶峰,也是当代话剧的瑰宝。剧本以关汉卿《窦娥冤》的创作与演出为中心线索,深刻揭露元朝统治者的残酷腐朽,热情歌颂人民艺术家关汉卿不顾个人安危、敢于为民请命的崇高精神。

田汉笔下的关汉卿,是一个以笔代刀,向黑暗势力勇敢进击的剧作家,是一颗"蒸不烂、煮不熟、捶不扁、炒不爆,响铛铛的铜豌豆"。田汉紧紧围绕《窦娥冤》的创作和演出来组织戏剧冲突,表现主人公性格。作品有层次地描写了主人公的性格特征。1. 关汉卿目睹朱小兰冤案,满怀悲愤,怨艾自己"无刀可拔,只有一枝破笔",朱帘秀提醒并鼓励他以笔作刀,向恶势力挑战;他不顾叶和甫的威胁阻挠,甘冒杀头危险,决意写一杂剧为朱小兰伸冤屈。但在险恶环境中,即使写了又有谁敢演呢?朱帘秀慨然应允扮演主角,这又增强了他为民请命的决心与勇气。2.《窦娥冤》演出,触怒了权奸阿合马。他威逼关汉卿按他旨意改后再演,并且明令:"不改不演,要你们的脑袋。"但关汉卿坚定表示:"断然不改。"朱帘秀劝关汉卿离开大都暂避风险,他坚决不肯临阵脱逃;朱帘秀按原剧本再演时,他仍亲临剧场,挺身而出,承担全部责任,充分表现出他那刚正不阿、不畏权势、置生死于度外的高风亮节。3. 他与朱帘秀锒铛入狱。面临杀身之祸,他不动摇,不反悔。面对叶和甫的劝降,他回报以一记重重的耳光。而一曲《蝶双飞》则表现了他大义凛然的气概、视死如归的精神与忠贞不渝的爱情。田汉通过这些戏剧冲突,让这颗铜碗豆在蒸、煮、捶、炒中，完成了他的性格塑造，显示出关汉卿疾恶如仇、宁折不弯的斗争精神。

田汉塑造朱帘秀形象，堪称得意之笔。她是个具有豪情侠骨、坚贞不屈的女演员。她出身卑微但精神境界却十分高尚。她不畏强暴，舍己为人。她鼓励关汉卿以杂剧为武器，勾画世间的鬼脸；并勇敢地担负起危险的演出任务。她无视权臣的淫威，用生命来保卫关汉卿的戏。为了保护关汉卿，她主动承担责任，即使身陷囹圄、生命垂危，也毫无悔意，坚定地向关汉卿表白爱情，展现出她那有胆有识、披荆斩棘的巾帼英雄的性格。

第八场是全剧的高潮。关汉卿与朱帘秀在狱中诀别，本是伤心断肠的时刻，但他们却没有悲伤没有泪，两个战友，一对情侣，志同道合，心心相印，向往光明，视死如归。仇恨恶势力的共同心志和坚贞纯洁的爱情交织在一起，表现出他俩同战斗、共生死的高尚情操。一曲《蝶双飞》，出自关汉卿笔下，传自朱帘秀口中，倾吐了共同的心曲，使他俩的精神境界升华到一个新的高度，也使全剧的悲壮气氛达到饱和。这是画龙点睛之笔。

采用“戏中戏”的结构手法，是本剧的主要艺术特色。作者围绕杂剧《窦娥冤》的写——演——再演的过程组织故事，使人物、情节、矛盾、波澜依次出现，高潮迭起。而人物性格就在戏剧冲突不断展开中得以表现。“写”是情节的发端，为平民百姓伸冤是写的动机。因商量写和演，引出演员朱帘秀、作家杨显之等人。因企图阻挠《窦娥冤》写作，引出叶和甫。接着因“演”而展开尖锐的戏剧冲突，一方是关汉卿、朱帘秀等，另一方是阿合马等，双方针锋相对，互不相让，把情节推向高峰。最后，围绕着“再演”，矛盾进入了高潮。阿合马见台词竟然不改，恼羞成怒，把关、朱投入大狱，并挖掉赛帘秀的双眼……整个剧情发展舒卷自如，浑然天成，表现了黑暗时代人民的冤、恨、反，歌颂了为呼唤光明而献身的精神。

诗情与剧情融合，是本剧又一艺术特色。田汉是杰出的戏剧家，又是著名的诗人，他常在剧中加诗、添唱，以突出主题，使剧中有诗，诗中有戏，情深意远，感人肺腑。如关汉卿怒斥叶和甫的慷慨陈词，朱帘秀在狱中诀别时充满激情的道白，卢沟桥送别等，都寓情于人、于事、于景，造成浓烈的抒情气氛。而插曲《蝶双飞》和《沉醉东风》，既是激越的诗章，又把剧情推向高潮。

参考篇目

①郭沫若、田汉：《关于〈关汉卿〉的通信》，《剧本》1958 年第 6 期。

②陈瘦竹：《田汉的剧作》，《现代剧作家散论》，江苏人民出版社 1979 年版。

③王行之：《剧作家之歌——简论话剧〈关汉卿〉》，《戏剧艺术论丛》1979 年第 1 期。

④倪宗武：《田汉的〈关汉卿〉》，张炯主编《新中国话剧文学概观》，第 151 页，中国戏剧出版社 1990 年版。

⑤田汉：《自序》，田汉《关汉卿》，人民文学出版社 1961 年版。

《红岩》

作品梗概

1947 年，蒋介石挑动内战，《新华日报》停刊，重庆地下党秘密出版《挺进报》，并建立备用的联络站“沙坪书店”。由于甫志高叛变，致使许云峰、成岗、江姐等被捕，关进集中营。敌人用威胁利诱的手段进行审讯，都一无所获。江姐通宵受刑，仍志坚如钢。敌人给成岗注射“诚实剂”，他仍守口如瓶。许云峰挫败敌人摆刑具、假宴请等伎俩，还徒手挖通越狱的地道。狱中党组织领导党员进行斗争。在狱中装疯的华子良，找机会逃脱，送情报给党组织。

重庆解放前夕，敌人秘密枪杀江姐、许云峰、成岗等。狱中党组织指挥越狱，在敌人弹雨中冲出一条血路。指挥者齐晓轩为掩护同志们脱险，站在红岩上吸引敌人射击。在危急中，华子良领解放军、游击队赶到，里应外合，敌人集中营在火光中崩塌毁灭。红旗飘展，红岩更艳！

作者简介

罗广斌，四川成都人。杨益言，四川武胜人。他们都曾被囚禁于重庆集中营，后逃脱出狱。新中国成立初，他们合写了《在烈火中永生》等回忆录，后在此基础上写成《红岩》。“十年浩劫”中惨遭迫害，罗广斌死于非命。1978 年《红岩》及其作者冤狱得以昭雪。

作品评析

《红岩》于 1961 年由中国青年出版社出版，它是根据重庆集中营里革命者的斗争事迹写成的优秀长篇。它再现了黎明前革命与反革命的生死搏斗，揭露了敌人色厉内荏的反动本质，讴歌了共产党人大义凛然、视死如归的浩然正气。它是革命先烈用鲜血和生命谱写的壮丽凯歌。

作品成功地塑造了许云峰、江姐、徐鹏飞等一系列人物形象。

许云峰是我地下党优秀的领导干部。他集中体现了无产阶级革命家卓越的才干、品质和气魄。他忠于革命，勇于牺牲。他敏锐地觉察到甫志高失职，备用联络站已暴露，于是，当机立断，决定撤销联络站，并完成了安全转移，使敌人阴谋未能得逞，表现了高度的政治敏感性、惊人的判断力和杰出的指挥才能。他为掩护市委书记李敬原，主动把敌人注意力引向自己，从容就捕。他把三次受审，变成三次审判敌人，表现出大智大勇的斗争精神和高超的斗争艺术。他虽身负重伤，囚于地牢，却还用带血的手指在石壁上挖出越狱通道。最后壮烈牺牲。

江姐原名江雪琴。她坚定沉着、英勇无畏、纯洁无瑕。作者着重从同志关系、夫妻关系来展现其性格。她对待同志，既亲切温存，又富于原则性。在码头上，她批评甫志高穿西服、掮皮箱的轻率行为，表现出她有高度的革命警觉性和委婉温和的性格。她下乡途中思念孩子、丈夫，表现出这是一位感情丰富、细致的母亲与妻子。她发现城楼上高悬的是丈夫的头颅，便以坚强的革命意志和非凡的自制力控制自己，化悲愤为力量，表现出共产党人纯洁的灵魂。她面对酷刑，却把敌人的审讯当作揭露敌人的战场。她临刑前同战友的诀别，充分展现了她对革命事业无限忠贞的胸怀和崇高的精神境界。她给难友留下的格言“为共产主义理想而牺牲”、“脸不变色，心不跳”，高度概括了她的英雄本色。

作品中的其他人物，诸如沉着坚强、稳健从容，在狱中坚持出《挺进报》，最后为掩护战友越狱而血洒红岩的齐晓轩，忍辱负重、卧薪尝胆，为革命埋名隐姓、装疯卖傻的华子良，精力充沛、意志坚强，对工作兢兢业业，用“自白书”威震敌胆的成岗等等，无不性格鲜明，栩栩如生。

国民党高级特务徐鹏飞的形象也很鲜明突出。作者不是用漫画化手法来写，而是通过破坏沙坪书店、策动甫志高叛变、逮捕许云峰等具体情节，突现他的反革命“才干”；又借助一些心理活动和精神状态的描写，刻画出他凶残暴戾、阴险狡猾和色厉内荏的性格。这个形象艺术概括了反动分子濒临末日时的阴暗心理和复杂情感，具有一定的典型性。

《红岩》的结构宏伟而严谨，错落而集中。小说描绘的生活画面广阔，事件复杂，人物众多，场景变化频繁。全书不用一个中心人物和事件贯穿始终，却能做到理丝有绪，章法井然，充分显示出构思的匠心。作品由狱外斗争和狱中斗争两部分构成，而以狱中斗争为中心，又把狱外斗争与狱中斗争紧密交织起来，使之浑然一体。作品以一些关键性人物的活动为线索，并由其引出、联结起复杂的斗争生活，诸如：由江姐调动工作引出川北的武装斗争；由甫志高叛变，导致许云峰、江姐、成岗、刘思扬、余新江等人的被捕，引出狱中的斗争；刘思扬的捕、放、再捕，又把渣滓洞、白公馆的斗争联结起来。这样就把复杂的斗争和众多的人物，组成一个有机的整体。而所有斗争，都是围绕挫败敌人阴谋、迎接重庆解放的总目标来开展，又以《挺进报》来沟通狱内狱外、敌我双方，使纷繁内容得以集中表现。

作品艺术加工尚嫌不够，往往拘泥于真人真事；用笔也欠集中，致使一些人物形象不够丰满，留有革命回忆录的痕迹。

参考篇目

①罗荪等：《黎明时刻的一首悲壮史诗——评〈红岩〉》，《文学评论》1962年第3期。

②朱寨：《时代革命精神的光辉——读〈红岩〉》，《文学评论》1963年第6期。

③严家炎：《〈红岩〉的突出贡献》，《贵州社会科学》1984年第4期。

④罗广斌、杨益言：《创作的过程，学习的过程——略谈〈红岩〉的写作》，《中国青年报》1963年5月13日。

《于无声处》

作品梗概

1976年初夏的一个雷雨前的上午。何是非想把“四人帮”爪牙唐有才介绍给女儿何芸，而何芸却思念青梅竹马的男友欧阳平，两人因“十年动乱”失去联系。刘秀英发现丈夫何是非诬陷救命恩人梅林为叛徒，精神受到强烈刺激。忽然，梅林、欧阳平来到何宅，何芸喜出望外，何是非见梅林却吓一跳。数年来，梅林被打成“叛徒”，受尽折磨，无法治病，导致肝病恶变。欧阳平被株连离开部队，到北京郊区小吃店工作。何芸本想陪梅林上医院检查，但公安局交给她侦破任务：侦捕刚抵沪的全国通缉的重大“现行反革命犯”。梅林母子见形势不对，就想当天离沪，秀英也知道住下有危险，劝他们即速离去。何是非的儿子何为这些年被沉闷的政治空气憋坏了，欧阳平告诉他清明节天安门万众挥泪悼总理的情景，并赠他一本自编的悼念总理诗集《扬眉剑出鞘》，何为读后万分感奋。抗日战争时梅林曾在周恩来身边工作，如今有人为了反对周总理，而把梅林打成“叛徒”。何芸发现欧阳平正是她所要侦缉的“罪犯”，竟昏倒了。欧阳平为了不连累何芸，骗她说已有爱人。9 年前，何是非为保官、保命，写假材料诬陷梅林；今天，他又出卖捍卫周总理的欧阳平。梅林鼓励儿子到监狱、法庭去跟他们作斗争；她又以手中掌握的那些人反对周总理的材料，作为一柄出鞘的“剑”，配合战斗。何为带梅林去向死神挑战，刘秀英、何芸也同时离家。何是非众叛亲离，孑然一身。

作者简介

宗福先，江苏常熟人。1978 年发表成名作《于无声处》。该剧获中宣部、文化部、总工会同时授予的创作奖和演出奖。此外，他与人合作的《血，总是热的》也获得 1980～1981 年全国话剧优秀剧本奖。

作品评析

剧本通过梅、何两家纠葛，反映当时中国人民在政治生活、家庭生活、爱情生活等方面的斗争与考验，揭示“四五”运动的实质，歌颂人民的巨大力量，展示“四人帮”必将覆灭的历史趋势。

作品戏剧冲突的实质是：保卫周总理的欧阳平、梅林同反对周总理的何是非之间的斗争。

作品在开展戏剧冲突中展现人物性格。欧阳平是在反对“四人帮”斗争中涌现出来的青年英雄形象。他是一柄刺向敌人的出鞘利剑。他尽管遭到错误处理，却依然斗志不衰，毫不气馁。他编印、散发革命诗集《扬眉剑出鞘》，以唤醒群众。面对“四人帮”设下的牢狱，他坚定沉着，临危不惧，坚持斗争，并充满必胜的信心。在作品里，作家将中国人民的觉悟，中华民族的希望，都集中寄寓在他的身上。他所在的何宅被人包围时，他却毫无惧色，坦然大笑，表现出极端的蔑视。他身上还充满“亲子之爱”、“男女之情”：他对母亲敬爱、关心、体贴，富有人情味；对何芸一往情深，而又处处为对方着想。梅林是一个受迫害的革命老干部的形象。她饱经战争风霜，对党无限忠诚。动乱年月，她虽受尽迫害却矢志不移，始终坚持党性立场，并怀着坚定信心，以自己特有方式按时“交纳党费”；纵然生命垂危，还坚持同“四人帮”斗争。何为是“四人帮”统治时期具有一定典型意义的青年知识分子。他原是有抱负、有作为的外科医生，但在当时的政治气氛之下，苦闷彷徨，只好采取玩世不恭、消极抵抗的斗争方式。他的嬉笑怒骂，不论是对人对己，都是射向“四人帮”的冷枪冷箭。他表面上漫不经心，实质上严肃认真；表面上怪话连篇，实质上正话反说；表现上冷言冷语，实质上满腔热情。他为梅林治病热情奔走，同欧阳平推心置腹谈话，对母亲、妹妹的关心，都反映出他对同志、对家人的真挚感情。何是非是“十年动乱”中“风派”人物的代表，塑造得相当成功。他的姓名，便是他市侩哲学的认识基础：政治斗争无所谓是非，得势为是，失败为非。当年他在洋行搞生意投机，参加革命后又在党内搞政治投机。“十年动乱”伊始，他拿原则作交易，恩将仇报，写假材料诬陷梅林；如今为邀功请赏，又出卖欧阳平。他在赌徒心理的支配下，把同志、妻子、女儿甚至自己的灵魂，都作为赌注，孤注一掷。但他的面目一旦暴露，便成为孤家寡人，在雷电交加中等待灭亡。

剧本的情节处理，独具匠心。它把一场惊心动魄的斗争，集中在 2 个家庭、6 个人物、1 个客厅、9 个小时内进行。它让剧中人物构成夫妻、父子、母子、兄妹、情侣等关系，又让恩人、仇人、情人碰在一起，迸发出感情火花。剧本情节处理的特色是：家庭矛盾的火花紧连着社会斗争的雷电；爱情纠葛的浪花紧连着政治斗争的波涛；现实斗争的图景紧连着历史斗争的画卷；上海斗争的硝烟紧连着北京斗争的烽火。作者让四幕一景的话剧，容纳了上下 40 年、南北千余里的社会生活内容。

作品产生较大的社会影响。作者是在“天安门事件”平反前创作此剧，一经上演立刻产生轰动效应；此外，剧本在打开创作禁区方面也作了有益的尝试。剧本不足之处：结构过于受“三一律”局限；剧情发展只张不驰；有的台词过于直白；何芸形象漏洞较多。但它在当时剧坛背景下依然有着筚路蓝缕之功。

参考篇目

①赵寻：《戏剧舞台上的一声惊雷——评话剧〈于无声处〉》，《光明日报》1978 年 11 月 16 日。

②《人民日报》特约评论员：《人民的愿望　人民的力量——评话剧〈于无声处〉》，《人民日报》1978 年 11 月 16 日。

③王家熙：《塞凝大地发春华——评话剧〈于无声处〉》，《文汇报》1978年10月21日。

④曹禺、赵寻、宗福先：《〈于无声处〉三人谈》，《人民戏剧》1979年第1期。

《芙蓉镇》

作者简介

古华，原名罗鸿玉，湖南嘉禾人。20世纪60年代初开始写作，1979年至1982年间，发表60多万字作品。其中《芙蓉镇》获首届等盾文学奖，《爬满青藤的木屋》获1981年全国优秀短篇小说奖。

作品评析

最初发表于《当代》1981年第1期，同年由人民文学出版社出版。小说围绕胡玉音勤劳发家却屡受打击的曲折遭际及其爱情纠葛，描叙了一群性格鲜明人物20多年的悲欢浮沉，深刻揭露了“左”倾政策的谬误，热情歌颂了山里人美好善良的心灵和纯真的爱情，展现了秀丽多姿的南国山乡的生活图景。这是“一曲严峻的乡村牧歌”。

“芙蓉仙子”胡玉音，是当代文学画廊中感人的劳动妇女形象。她的爱情乃至整个人生遭际，历尽坎坷。血统论扼杀了她与青梅竹马的黎满庚的爱情。面对这第一次打击，她只恨自己命苦。她与桂桂勤劳发家，但“四清运动”一来，新楼没收，丈夫上吊，自己沦为“黑鬼”，人的尊严被肆意践踏，这第二次打击比前次更为沉重悲惨。“十年动乱”期间，备受凌辱，苦不欲生，秦书田带给她人世的温暖。可是这畸形的婚姻，却招来第三次打击：她怀孕服刑家乡，秦流放外省劳改。可也正是在这种毁灭性的打击中，两颗被侮辱的灵魂紧贴在一起，迎着政治风暴挣扎，终于顽强地活下来，盼到平反昭雪。作家写她外貌娟秀，内心美好，既不乏我国劳动妇女勤劳善良的本色，又具备南国山乡农妇宽厚柔顺的特质，还有着小镇摊贩利索能干的本领。起初，她对头两次到来的打击毫无思想准备，只以宿命论观点来解释这反常的现实。“十年浩劫”使她的性格发生逆转。这个几欲投河的女子，突然感到世道太不公平，发出“我无罪”、“偏不死”的悲怆呼声。而萌生在“罪人”之间的爱情，正是她对不公正待遇的反叛，是人性尊严的觉醒，也是她由忍辱走上反抗的转折点。她不怕更大的打击，不怕坐牢，敢于当众揭露李国香的丑事……在磨难中她已逐步成长为敢于对抗横逆的新女性。正由于她在高压下孕出酷爱自由、追求幸福、敢于斗争的思想性格，才使得她成为具有积极力量的、表现我们民族在极“左”思潮肆虐中不曾失去生命力的人物。

此外，作家还着力刻画了几个人物形象。“铁帽右派”秦书田，是当代文学画廊中独具一格的奇人形象。他原是歌舞团编剧，因编演宣传反封建的风俗歌舞剧《喜歌堂》而被错划为“右派”。严酷的现实斗争，扭曲了他的性格，养成他适应逆境而顽强生存的能力。作者着重表现他外表与内心矛盾的统一：外表达观，内心痛苦；外表逆来顺受，内心是非分明；外表自轻自贱，内心自尊自重；外表玩世不恭，内心严肃认真……这一切构成秦书田的完整性格。这个形象集中概括了生活中一部分“右派”的性格特征。他们无力改变不公正的待遇，便以“乐天”来自慰自娱，调节“入了另册”的苦闷与悲哀。他又很正直，富于同情心，对那些在“左”的旗号下肆虐的人，极为憎恶、鄙视，对弱小者则真诚相助。他鼓励胡玉音起来向恶势力抗争、执着地追求幸福。这形象本身，就是对“左”倾路线的彻底否定。“北方大兵”谷燕山，是农村基层干部的形象，是党的优良传统的体现者。他为人耿直，侠胆多义，负有众望。面对极“左”思潮泛滥、无辜百姓受害，他敢于顶撞，表现出老党员正直无私的本色和坚强的党性。他身处逆境，却悄然参加“黑鬼”秦书田、胡玉音的“婚礼”，他不怕牵连，风雪中救助胡玉音母子，充满人道主义精神。大队支书黎满庚，是个可怜的盲从者。他本性忠厚，但在生死关头却只保自己，为表示忠诚于“组织”，他背弃从小青梅竹马的胡玉音，违背了保护胡玉音的誓言，交出她寄藏的现款，起了落井下石的作用。“运动根子”王秋赦，是具有流氓无产者特质的时代畸形儿。“王秋蛇”、“王秋赊”、“王秋奢”等外号，概括了他的思想和为人。疯狂追求个人欲望，是他一切行为的动机。他与极“左”路线一拍即合，但到头还是以发疯告终，这是性格的必然，也是时代的必然。这一形象具有较高的认识价值，它艺术地揭示了极“左”路线得以在农村泛滥的社会基础。极“左”思潮中应运而生的“政治女将”李国香，阴险歹毒，好耍权术。她的灵魂深处，路线斗争与个人恩怨彼此掺和；支配她行动的是权欲、利欲和情欲。她在寂寞中生出仇视，因孤独益增阴毒，以政治斗争为阶梯，谋取私利，坑害善良无辜，是一个特定社会环境中的变态人物。

《芙蓉镇》的构思是："寓政治风云于风俗民情图画，借人物命运演乡镇生活变迁。"作者选取1963年、1964年、1969年、1979年4个年份，通过各种人物表演和山乡风情变异，来反映政治风云变幻。在结构上，作家借鉴了古代小说的传统和西洋小说的表现艺术。他要"写四个年代"，"每一年代成一章，每一章写七节，每一节都集中写一个人物的表演"，"每个人物之间必须紧密而自然地互相联结，犬牙交错，经纬编织"。这就使作品结构具有"土洋结合"的特点。作品的语言，兼有乡土气息、抒情色彩、史家笔法、杂文格调、哲理意味的特点，形成清新洒脱、明快犀利、机智幽默的语言风格。

参考篇目

①雷达：《一卷当代农村的社会风俗画——略论〈芙蓉镇〉》，《当代》1981年第3期。

②潘旭澜：《论〈芙蓉镇〉的人物塑造》，《钟山》1983年第2期。

③吴慧颖：《〈芙蓉镇〉的浓缩技巧》，《新文学论丛》1983年第4期。

④古华：《闲话〈芙蓉镇〉》，《作品与争鸣》1982年第3期。

以上6篇收入福建师范大学等九院校协编《中国当代文学作品选评》，福建教育出版社1993年版。

琉球文化蕴含福建元素

吴旭涛　廖志坚

拿到琉球汉诗集《唐歌唐跃集》，福建师范大学文学院黄裔老师十分激动，不仅因为这是一本难得的研究素材，更因为这本诗集是以福州方言创作的。“琉球文化一直带有福建文化的印记。”他说。

琉球汉诗，指琉球王国时代琉球诗人用古汉语创作的诗篇。从20世纪90年代初起，黄裔老师就开始潜心研究琉球汉诗，成为国内这一领域研究的拓荒者。当记者提起琉球汉诗，他兴致勃勃地说，关于琉球汉诗，他已经撰写了6篇系列论文，《六探琉球汉诗》已经发表，而且最新一届国际会议论文集也已出版。他的每一“探”都有新发现。

汉文化的“移植”

20多年前，黄裔老师凭借赴日讲学教授从日本冲绳带回的几本无标点的诗集和资料，开始了对琉球汉诗的研究。

“古琉球国是一个贫瘠的荒岛，文化十分落后。1372年，明太祖朱元璋为显国力，派人东渡，和琉球建立了宗属关系，自此琉球开始每年来中国进贡，进贡的物品只是芭蕉布、磨刀石、螺壳、番薯、甘蔗这些粗陋的土产。当时明朝是世界首屈一指的大帝国，为了显示泱泱大国的风范，明太祖赐给他们的是华美冠服、精致的绸缎和丝织品。明朝还给他们中药，教他们针灸问诊。他们航海技术落后，明朝就赐给他们大海船，从各方面帮助他们。那时，汉文化东渐，‘移植’到了琉球。”谈话间，黄裔老师从书房拿出一摞古朴的典籍资料，边介绍这些史实，边查找给记者看。

从史料中可以看出，琉球汉诗的内容丰富多彩，有览胜纪行、即景咏物、怀乡思亲、送行留别、赠酬答对、赞中琉友谊等。黄裔老师说：“琉球汉诗的时间界限分明，从 1372 年也就是洪武五年开始，到 1879 年琉球成为日本的一个县。此后琉球人被禁止使用汉字，而现在日本可以看到的日本汉诗，则是另一回事了。”

“琉球汉诗是汉文化的连根移植，即从意识深层、世界观上进行移植。几个世纪前，琉球的有识之士就开始研究汉学，汉文化中的礼、忠、孝、节、义、仁，以及修身、齐家、治国、平天下等观念，都融入琉球诗人的血液。当时福州的文人学士翁兆连为蔡大鼎诗集《闽山游草》作序，写道：‘学不外于修齐平治，道具在于四书五经，苟通文之士，以躬行之实，求道学之真。’从中，我们可以看出汉文化对琉球的深远影响。”黄裔老师这样说。

琉球历史上经历多次波折，因此许多历史资料均已丧失。黄裔老师说：“琉球曾经三次亡国，第一次是日本萨摩藩侵占琉球，抓走了琉球王，破坏了很多文献典籍。第二次是明治时期，日本正式吞并琉球，规定琉球人只能用日文，不准用中文，禁绝创作琉球汉诗。第三次是‘二战’期间美国轰炸琉球，文物典籍毁于一旦。几次波折，关于琉球汉诗的许多原始资料都找不到了，最近几年才陆续钩沉到一些。”

琉球汉诗的福建元素

琉球文化有着福建文化的影子。黄裔老师介绍，琉球自明朝成为中国的附属国后，开始全方位学习中国文化。当时琉球使者来中国，必经海路来闽，因此琉球与福建特别是福州的交往极为密切。如今福州长安山公园旁有琉球墓园，就是琉球人客死在福州的长眠之所。而台江南公园附近的柔远驿（亦称琉球馆），就是明朝至清末用于接待琉球国前来朝贡的宾客和商人的地方。

“1392 年，明太祖朱元璋派闽 36 姓 200 余人到琉球，帮助当地人发展生产，传播文化。他们在琉球扎根之地叫作久米村。这些人带去了中华博大精深的文化，包括文字、语言、诗歌、各种民俗等，在琉球进行全方位移植。当时，琉球国也派了许多留学生来中国学习，其中公派的叫作‘官生’，在京城就读，自费的称为‘勤学’，都在福州学习。”黄裔老师说，从那时候起，琉球文化就烙上了福建文化的印记，比如琉球语口音受福建方言影响最深，关帝、观音、妈祖等民间诸神，也在琉球受到信众膜拜。琉球至今还有刻着

"泰山石敢当"的碑，琉球古都首里至今还留存刻着"守礼之邦"的牌楼。

谈到福州和琉球的文化渊源，黄裔老师说，有一人不得不提，即琉球诗人蔡大鼎，"蔡大鼎是清朝道光至光绪年间人，是琉球汉诗创作量最大的诗人，他曾任进贡存留通事（外交使节），驻榕多年，经常跟福州的名人学士对诗唱答。他在福州时，游遍了鼓山、于山、乌山、镇海楼等名胜古迹，均留下了诗篇，收录在他的诗集《闽山游草》中"。

例如，蔡大鼎的汉诗《过榕城》中有这样的诗句："东西旗鼓添诗思，翘首乌峰一抹云。"这是他在福州游玩时留下的，"东西旗鼓"是指福州城东边的鼓山和西侧的旗山。他的另一首诗《辛酉八月朔丁祭谒见文庙》写道："客居闽峤值秋丁，整肃衣冠仰圣明。乐备杏坛多士集，礼尊阙里庶宫盈。洋洋俎豆兼三代，秩秩罍樽列两楹。遥忆球阳当此日，略同释奠尽丹诚。"诗中我们能感受到福州当年祭孔的盛况。蔡大鼎看到福州祭孔，便联想到家乡琉球国祭孔时人们顶礼膜拜的情况，与福州不相上下。"从他的诗中，可以感受到琉球人对汉文化的崇敬和向往，也可以看到当时福州的民情风俗、山光水色、节日庆典等内容。"

以福州方言写的琉球诗集《唐歌唐跃集》则更直接地说明了福建与琉球的文化关系。"这是琉球久米村后人写的诗集，没有作者，属于群众创作。现在，日本有许多久米村的后人，他们中有许多人回福建来寻宗问祖。"黄裔老师说。

激励文化自信

20多年的琉球汉诗研究，黄裔老师坦言不轻松："我所获得的资料都是没有标点符号的，都是雕版印刷品。所以，单单对于那些没有标点的书，怎么断句、圈点，都花了很多工夫，还请教了许多老学者，才使得研究能够顺利进行。"

在大量的资料搜集和研究中，最令他惊讶的是琉球人对中国传统礼仪的尊崇。"孔孟之道对琉球人的影响非常深，他们提倡用孔孟之道治理国家。琉球国王治国'以德不以剑'，以孔孟之道来教育子民，并大施仁政。每个家庭都用孔孟之道来教育后代，规范家庭秩序。人们内心安逸富足，社会稳定和谐，也就不搞武力装备，以免酿成亡国的悲剧。"

黄裔老师拿出一张在2011年第13届中琉历史关系国际学术会议上琉球

御座乐复原演奏会的照片给记者看，他说：“这些表演者都来自琉球，年纪大多四五十岁，他们非常向往和崇敬中国璀璨夺目的文化。”

黄裔老师说，他们的这些行为，激励着我们的文化自信。“中国文化灿烂，源远流长，传播到周边国家如朝鲜、越南、印度、古琉球国、日本及东南亚国家。其中琉球对中国文化特别崇拜，造船、医药、酿酒、歌舞、诗画、服饰、历法，他们都虚心加以学习和接纳”。

“福建师大闽台区域研究中心藏有一本书，台湾琉球学家杨仲揆先生所著，叫《琉球古今谈——兼论钓鱼岛问题》，记载了古代琉球人对王羲之、朱熹、董其昌、乾隆皇帝的墨宝等中华艺术品都奉为至宝。古老的中华文化在琉球影响这么深，而且保存这么好，实在难能可贵。我们更应该尊崇、弘扬自己的传统文化。”黄裔老师话里话外，充满着对中华文化传承的关切和希冀。

本文载《福建日报》2014 年 4 月 11 日，题为《福建师大黄裔教授解读琉球汉诗——琉球文化蕴含福建元素》。